btb

Den ehemaligen Kollegen hat er immer beneidet. Um den Ruhestand, das Motorrad und die neue Freiheit. Doch jetzt steht er selbst frisch verrentet auf den bemoosten Treppen vor seinem Haus und weiß nicht wohin. Eine Krawatte braucht er nicht mehr, zu Hause ist er im Weg, die Kinder sind längst ausgezogen. Ob die junge Frau, die er jüngst auf dem Friedhof getroffen hat, ihm nur etwas vormacht, vermag er nicht zu sagen. Er ist aus der Übung. Und dennoch nimmt er ihren Vorschlag an, lässt sich von ihrer Agentur »Happy family« mal als Opa, mal als Exmann, dann wieder als Vorgesetzter engagieren und trifft auf fremde Menschen und Schicksale. Er spielt seine Rollen gut, und seine Frau bekommt von alledem nichts mit. Sie hat wieder angefangen zu tanzen …

Milena Michiko Flašar, geboren 1980 in St. Pölten, hat in Wien und Berlin Komparatistik, Germanistik und Romanistik studiert. Sie ist die Tochter einer japanischen Mutter und eines österreichischen Vaters, lebt als Schriftstellerin in Wien und unterrichtet nebenbei Deutsch als Fremdsprache. Ihr Roman »Ich nannte ihn Krawatte« wurde über 100.000 Mal verkauft, als Theaterstück am Maxim Gorki Theater uraufgeführt und mehrfach ausgezeichnet. Er stand auf der Longlist des Deutschen Buchpreises und wurde in zahlreichen Sprachen übersetzt. Zuletzt erschien von der Autorin der Roman »Oben Erde, unten Himmel«.

Milena Michiko Flašar

Herr Katō spielt Familie

Roman

btb

Für Deepak

夢みた未来ってどんなだっけな
さよなら
昨日のぼくよ

見上げた空に飛行機雲
ぼくはどこへ帰ろうかな

Hanaregumi, Shinkokyū

I

Als man ihm sagt, dass alles in Ordnung ist – keine Auffälligkeiten, nichts Besorgniserregendes – für sein Alter tipptopp –, da empfindet er neben der Erleichterung eine insgeheime Enttäuschung. Er hat gehofft, man würde etwas finden. Und auch wenn es ihm kaum bewusst gewesen ist, hat ihm die Hoffnung darauf ein Gefühl von Wichtigkeit gegeben: Man würde etwas finden und entsprechende Maßnahmen ergreifen. Eine Diät etwa. Sport. Drei Tabletten pro Tag. Maßnahmen, auf die er sich gefreut hat und die er trotz Vorfreude darauf zuerst mit einigem Widerstand, dann, sich nach und nach fügend, am Ende eifrig befolgt haben würde. Aber so? Was soll er machen? Man händigt ihm die Befunde aus, er nimmt sie entgegen. Jetzt könnte er darauf zu sprechen kommen, wie schwer es ihm fällt, morgens aufzustehen, aber da hat man ihn bereits aus dem Untersuchungsraum begleitet, zurück ins Wartezimmer, wo er am liebsten bleiben würde. Es ist schön hier. Man hat sich Mühe gegeben. An den Wänden hängen Fotos von Babys in Blumenkelchen, und er würde gerne, sehr gerne davor sitzen bleiben. Sich fragen, wie sie wohl dorthinein geraten sind, die Babys mit ihren Schmetterlingsflügeln, wie die wohl befestigt wurden, an ihren schmalen weißen Rücken. Auch darauf hätte er zu sprechen kommen können, dass er sich immerzu fragt und fragt und fragt, ohne dass sich daraus ein Sinn ergibt, und ob das nicht symptomatisch ist für eine Krankheit, dass er keine Ruhe hat vor den Fragen, gerade morgens nicht, wenn er die Augen aufschlägt, dass dann die Sinnlosigkeit auf seinen Brustkorb drückt. Oder ist das normal? Eine Alterserscheinung? Und es braucht Zeit, die er ja nun hat, bis er sich gewöhnt hat ans Zeithaben? Bei der Garderobe nimmt er seine Jacke vom Haken, sie ist dunkelgrau, fast schon schwarz. In dem Geschäft, wo er sie gekauft hat, sagte man ihm, die Farbe sei von einer zeitlosen Eleganz, sowohl klassisch als auch modern, dazu der Schnitt, von einer Schlichtheit, die stark im Trend liege und dabei gleichzeitig traditionell und – *im Grunde nichtssagend ist.* Den Gedanken hat er freilich für sich behalten, ebenso wie den, dass es wohl die letzte Jacke war, die er kaufte, das letzte Hemd, die letzten Schuhe. Diese Sachen, dachte er, genügen. Mehr braucht er nicht mehr. Und es hat ihn mit einer Zufriedenheit erfüllt, derart bescheiden zu sein in seinen Ansprüchen für sich selbst, zugleich mit einer Wehmut, an jenem Punkt angelangt zu sein, von dem er immer geglaubt hatte, er befinde sich in weiter Ferne, irgendwann würde er nichts mehr haben wollen. Nun war es so weit. Lächerlich. Jetzt sieht er es ein. Und dass er sich glücklich schätzen sollte, Hauptsache gesund, nicht auf die Uhr schauen, nicht seufzen, die Mundwinkel nach oben ziehen. Fast tut es weh, das Lächeln, mit dem er die Praxis verlässt. Ein leichtes Zucken im Gesicht, so in etwa stellt er sich einen Phantomschmerz vor.

Es war seine Frau, die ihn dazu gedrängt hat, sich einmal von Kopf bis Fuß untersuchen zu lassen. Sie meinte, Vorsicht sei besser als Nachsicht und das schon gar nicht mehr zu ihm hin, sondern an ihm vorbei ins Leere gemurmelt: »Immerhin wäre das eine Beschäftigung.« Das Kränkende daran hat er zuerst nicht hören wollen. Erst etwas später, schon halb im Schlaf, fand er sich ganz zu Unrecht in eine Reihe gestellt mit jenen anderen, die nichts Besseres zu tun hatten, als jeden Monat einmal zum Arzt zu gehen, um dort mit Gleichgesinnten über ihre Wehwehchen zu sprechen und auf diese Art, wenigstens zeitweilig, der den Wehwehchen zugrunde liegenden Einsamkeit zu entfliehen. Er sah sie vor sich. Fröhlich schwatzend über ihre Krankheiten, die, wenn man es genau nahm, gar keine waren, und sie wussten es und hielten dennoch daran fest, an ihrem Stechen und Brennen und Zwicken. »Erbärmlich!« Mit diesem Wort und indem er es gleichsam aus sich herausschleuderte, versuchte er sich von ihnen abzugrenzen, aber sooft er es auch wiederholte mit immer schwächer werdendem Nachdruck – »Erbärmlich! Erbärmlich! Erbärmlich!« –, am Ende schien es ihn miteinzuschließen, und was ihn kränkte, war nicht die Zugehörigkeit, sondern eben die Einsamkeit, die sie voraussetzte. Dass er in seinem Bett lag, daneben die Wand. Er nach einer Bewegung auf der anderen Seite lauschte, aufgrund eines Knarrens genau wusste, seine Frau war noch wach. Er nicht mehr über sie wusste als das. Und dass er sie nicht zu benennen vermochte. Bloß spürte. Die Fremdheit, die zwischen ihnen stand, sie das einzig Vertraute war, was sie miteinander verband.

Und jetzt? Er gibt sich den Anschein, ein Ziel zu haben. Mit großen Schritten geht er los, als ob dort, wohin er geht, jemand warten würde und es von höchster Dringlichkeit wäre, rechtzeitig hinzugelangen. Müßig spazieren zu gehen, einfach so, um des Gehens willen, hat er probiert – kann er nicht. Das Problem dabei sind seine Hände, er weiß nicht, was tun mit ihnen. Wenn er sie in die Jackentaschen steckt – so fühlt er sich wie ein Schüler, der die Schule schwänzt, und wenn er sie an sich herunterbaumeln lässt – so fühlt er sich wie ein davongelaufener Affe, der sich nach seinem Käfig sehnt. Und wozu auch? Spazieren gehen? Seine Frau meint: um die Knochen in Schwung zu halten. Sie schickt ihn jeden Tag vors Haus. Er solle doch eine Runde drehen. Ihr nicht im Weg sein, will sie damit sagen. So gut kennt er sie. Und daher hat er es sich angewöhnt, schließlich gar kein so schlechter Zeitvertreib, bloß dass er nicht spazieren geht, sondern läuft, dieser Unterschied ist ihm wichtig. Wenn er einen Hund hätte! Dann ja! Einen weißen Spitz, der ihn hinter sich herzöge, eine der Vorstellungen, die bewirken, dass er einen Moment lang das Atmen vergisst, so sehr beglückt sie ihn, die Vorstellung von einer straff gespannten Leine. Aber okay, er versteht es ja. Seine Frau hat es ihm begreiflich gemacht: Ein Hund kostet erstens Geld, zweitens hängt man sein Herz an ihn. Kindisch. Drittens: kein Urlaub mehr. Viertens: der Schmutz. Und fünftens: Irgendwann stirbt er, was dann? Worauf er entgegengehalten hat, weil es das Kleinste war, gemessen an Geld, Liebe und Tod, und weil er im Kleinsten, wenigstens da, recht haben wollte, dass sie ohnehin nie in den Urlaub führen, worauf sie gelacht hat, er auch, sie plötzlich stumm geworden ist, er auch, und sie beide für den Rest des Tages in ein ungemütliches Schweigen verfallen sind. Den weißen Spitz hat er danach nicht wieder erwähnt, und er bemüht sich, so selten wie möglich an ihn zu denken. Manchmal passiert es ihm aber, zum Beispiel beim Essen, und seine Frau scheint es zu merken an der Art, wie er nach ein bisschen mehr Salz verlangt. Eigentlich schön: Sie sind ein eingespieltes Team. Er denkt an etwas. Sie merkt es. Er merkt, dass sie es merkt. Und auch wenn keiner von ihnen ein Wort darüber verliert, ist es, als ob sie einander über den Tisch hinweg anschreien würden.

Aber es wartet niemand auf ihn, und es ist egal, ob er zu spät kommt oder nicht. Nach zwei, drei Häuserblöcken, zügig gelaufen, rinnt ihm der Schweiß von der Stirn, und es ist ihm peinlich, sich derart verausgabt zu haben, immerhin müsste er das nicht, er könnte sich irgendwohin setzen, sich zurücklehnen, die Wolken über sich vorbeiziehen lassen, aber auch das – er hat es probiert – kann er nicht. Sein Blick bleibt jedes Mal an den Stromleitungen hängen, wie sie den Himmel zerschneiden, und es ist ein Bild, das ihn traurig macht: die Vögel, die über den zerschnittenen Himmel fliegen. Dann lieber die Peinlichkeit aushalten, stehen zu bleiben und sich mit dem Taschentuch, das er für solche Fälle bereithält, den Schweiß abzuwischen. Er, der gar nicht mehr schwitzen müsste, schwitzt, wie er in all den Jahren, als er noch arbeiten ging, nicht geschwitzt hat, und er nimmt sich vor, diesbezüglich nachzuschlagen, sobald er zu Hause ist. Unter den Stichwörtern »schwitzen« und »Ruhestand« wird er bestimmt etwas finden. Eine hormonelle Störung, die anhand der Blutwerte, die er bei sich trägt, nicht leicht erkennbar ist, und er fragt sich, ob er vielleicht morgen in die Praxis? Das nochmals abklären lassen? Oder lieber gleich in ein größeres Krankenhaus? Einen Spezialisten aufsuchen? Nein, erst einmal forschen, auf eigene Faust, es gibt Dinge, die macht man mit sich selber aus, und solche, die erledigen sich von alleine. Der Sex, unter anderem, gehört dazu. Schwitzend denkt er daran zurück. Das letzte Mal – hat es überhaupt stattgefunden? – ist eine schwache Erinnerung an Haut oder, knapp darüber, an hauchdünnen Stoff. Er ist betrunken gewesen. Schade. Das Mädchen hat ihn gleich nachher rausgeschmissen. Und er erinnert sich, an einem grell beleuchteten Eck gestanden und sich gleichzeitig erbrochen und in die Hose gepinkelt zu haben. Das war kurz vor seiner Pensionierung gewesen. Ein paar Kollegen hatten ihn herausgefordert. Alles Leute, mit denen er nichts mehr zu schaffen hat, von heute auf morgen sind sie untergetaucht. Oder ist *er* der Untergetauchte, und *sie* schwimmen oben? Von exakt dem Tag an, als er das Büro verlassen hat, mit einem Rollkoffer voller Zeug, Fotos und

Andenken, mit denen er seinen Schreibtisch geschmückt hatte, darunter ein Specht, der, wenn man ihn aufzieht, gegen einen Baumstamm klopft, ist er kein einziges Mal auf die Idee gekommen, sich bei einem von ihnen zu melden. Die Gesichter sieht er klar vor sich, und auch die dazugehörigen Durchwahlnummern weiß er noch auswendig, aber den Hörer in die Hand nehmen, anrufen und »Hallo« sagen? Womöglich würde man ihn für ein Gespenst halten, und er hat Angst vor der Pause, nachdem er seinen Namen genannt hätte.

»Ähm, *wer* bitte?«

Das alte »Ich bin's«. Es würde ihm im Hals stecken bleiben.

Was wohl aus Itō geworden ist? Dem ehemaligen Mitarbeiter, der, schon in Rente, sie an jedem Ersten des Monats, und wenn der Erste ein Samstag oder ein Sonntag war, dann am Zweiten oder Dritten im Büro besucht hatte, um von seinem Motorrad zu erzählen? Wie er damit durchs Land brauste? In die untergehende Sonne hinein? Hinter sich die Stadt, in der sie sich alle zu Tode strampelten, und wofür eigentlich? Seine Hypothese: weil sie annahmen, es gehöre sich so, was natürlich nicht stimmte. In Wahrheit – und wie verführerisch das aus seinem Mund klang – waren sie »frei«. Am Anfang glaubten sie es ihm, und der eine oder andere war sogar ins Träumen gekommen: »Wenn ich in Rente gehe, mache ich es genauso wie Itō!« Nach und nach aber hatten sie zu zweifeln begonnen: warum er nie auf seinem Motorrad erschien? Es auch auf den Fotos, die er stolz herumreichte, nicht zu sehen war, sondern immer nur ein Berg oder ein Fluss, halb verdeckt von seinem Daumen? Hier und dort hätte er campiert. Kein Zelt, keine Feuerstelle. Hier und dort wäre er fast im Graben gelandet. Eine Straße ohne Kurven, schnurgerade. Itōs Schilderungen, mit jedem Mal abenteuerlicher, wurden zur Lachnummer. Sobald er gegangen war, ein wenig schief, wie er durch die Tür hinausschlurfte, prusteten sie los: »Der und Motorradfahren! Der fährt doch höchstens mit der Bahn und selbst das nur mit Bauchweh!« Und ob er das gespürt hat oder nicht, es war gleichgültig, denn sie vermissten ihn kaum, als er an einem Vierten noch nicht gekommen war. Die süßen Pfirsiche, die er ihnen von einem seiner »Trips«, wie er zu sagen pflegte, mitgebracht hatte, lagen verschrumpelt in einer Schale auf dem Tisch in der Gemeinschaftsküche. Einer scherzte: »Die hat er bestimmt im Laden ums Eck gekauft.« Und sie wurden kleiner von Tag zu Tag, braun und saftlos, bis die Putzfrau sie irgendwann in den Mülleimer warf, mit vor Ekel verzogenem Mund, wo sie zwischen den Resten des Mittagessens wie eingetretene Köpfe aussahen.

Er denkt jetzt öfters an Itō. Vor allem wenn er, wie gerade eben, um eine Ecke biegt und der Wind ganz plötzlich von vorne in sein Gesicht fährt und ihm die Haare zerzaust, er kurz keine Luft bekommt – japst, rudert, schnauft –, sich mit dem Oberkörper gegen den unsichtbaren Gegner stemmt. Und er fasst dann jedes Mal und von Neuem den Entschluss, bei ihm vorbeizuschauen, nicht heute, das nicht, für heute hat er genug geleistet, aber bald, sehr bald, vielleicht morgen oder übermorgen. Er hat es sich auf seiner Liste notiert. Ganz oben: *mit den Kindern telefonieren. Sie fragen, wie es ihnen geht.* Danach: *das Radio reparieren. Die Schallplatten ordnen*, wobei er noch unschlüssig ist, ob nach Alphabet oder musikalischem Genre. *Den Bonsai umtopfen.* Aber damit kennt er sich nicht aus. Also: *sich zuerst einlesen, wie man das macht.* Weiter unten: *ein Geschenk.* Er hat nicht dazugeschrieben: *für meine Frau*, stattdessen: *ohne Anlass*, weil er gehört hat, in der Fernsehsendung, die er eigentlich gar nicht schaut, dass das die beste Art des Schenkens ist, jemanden zu überraschen, einfach so, ohne sich selbst als den Schenkenden in den Vordergrund zu stellen, was bei den meisten, bei etwa fünfundneunzig Prozent, leider der Fall sei. Ferner: *den Rollkoffer auspacken* und, mit einem Smiley, *nicht mehr darüber stolpern* ☺. *Bei Itō vorbeischauen. Spontan!!!* Die drei Rufzeichen hat er nachträglich hinzugefügt, man merkt es an der andersfarbigen Tinte. *Die Stufen zum Haus entmoosen. Das Dach prüfen lassen.* ~~*Etwaige Neuerungen wie z.B. einen Zubau in Erwägung ziehen.*~~ Das hat er gleich wieder gestrichen. Ebenso wie den weißen Spitz. Dabei hat er den ja gar nicht erst aufgeschrieben, und was man nicht aufschreibt, kann man nicht streichen, was ihm ein Trost ist, dass er ihn nicht hat streichen müssen, und mehr noch als das, ein heimlicher Triumph: »Ha, du glaubst wohl, dass ich ihn aufgeben werde, aber da hast du dich geirrt, ha! Da hast du dich verdammt noch mal geirrt, meine Liebe!« Er ertappt sich dabei, solche Dinge zu sagen, aber immer bloß leise, in sich hinein, und es ist immer ein Moment des Schreckens, als ob ihm da erst bewusst werden würde, zu wem er spricht, und als ob nicht er es wäre, der spricht, sondern jemand anderer, den er nicht kennt, jemand, der Lust hat, das ganze Haus mitsamt der Stufen und des Daches, mitsamt des Zubaus, dem nicht gebauten, in Grund und Boden zu stampfen.

Schnell in die Seitengasse. Hier hat er Ruhe vor dem Wind. Und warum auch nicht? Einmal woanders laufen? Es sind die Umwege, die vielen, die den Weg, den einen, interessant machen. Auch das hat er aus der Fernsehsendung, einer Talkshow »über das Leben und wie es sich meistern lässt«. Dass man den Mut haben sollte, die ausgetretenen Pfade zu verlassen und sich auf neue zu begeben, mit dem Gefühl, ein Entdecker zu sein. In dem Vorort, in dem er schon seit mehr als vierzig Jahren wohnt, gibt es Ecken, die ihm noch nie zuvor aufgefallen sind, und ihm kommt vor, er sieht zum ersten Mal bewusst, wo er zu Hause ist, nachdem er jahrelang nur zum Bahnhof und wieder zurück, zum Bahnhof und wieder zurück, kaum jemals aufgeschaut, kaum jemals hingeschaut hat. Kein schlechter Ort. Nein, wirklich nicht. Ein Vorort eben. Ein bisschen langweilig, aber es gibt alles, was man braucht. Sogar ein Fitnessstudio hat vor Kurzem, sehr praktisch nahe des Tageszentrums für Senioren gelegen, Eröffnung gefeiert, und es gab Broschüren zum Mitnehmen und rosa Luftballons. Als er dort vorbeikam, hat man ihm einen in die Hand gedrückt, und er wollte nicht unhöflich sein und ist eine Weile damit herumgelaufen, verlegen grinsend, als wollte er sich bei allen, die ihm entgegenkamen, für seinen Anblick entschuldigen: älterer Mann mit rosa Luftballon. Wenn ihn einer gefragt hätte, und tatsächlich stellte er sich vor, wie man ihn anhalten und danach befragen würde, er hätte, ohne zu zögern, zur Antwort gegeben: »Was, der? Der ist für meine Enkelin!« Und man hätte ihn für einen etwas närrischen Großvater gehalten, denn er wäre ins Schwärmen geraten, wie klug die Kleine sei, noch nicht ganz drei und sie könne schon Hiragana* schreiben, nur dass ihn erstens niemand gefragt und er zweitens gar keine Enkelin hat. Die jungen Leute! Sie lassen sich Zeit mit Familie. Es scheint ihnen kein besonderes Anliegen zu sein, eine zu gründen, und wenn sie sich doch endlich dazu durchringen, dann sind entweder die Spermien zu träge oder die Eizellen zu – zu – er findet kein Wort dafür –, und die ganze Angelegenheit, im Grunde einfach, wird überaus kompliziert. Wenigstens hat ihm das seine Frau angedeutet, obwohl sie mit Sicherheit mehr weiß als das: dass die Kinder oder ihre Partner, wahrscheinlich die Partner, »Probleme im unteren Bereich« haben. Und daran dachte er, als er den Ballon in die Luft steigen ließ, ihm nachschaute, so lange, bis er ganz oben mit einem nicht hörbaren Knall zerplatzte. Dass Sohn und Tochter, wenn er mit ihnen telefonierte und sie fragte, wie es ihnen ging, stets nur ein einsilbiges »Gut« erwiderten und sich auch sonst kein Gespräch einstellte, das die Entfernung zwischen ihnen verringert hätte. Schon beim Auflegen weiß er nicht mehr, was sie miteinander geredet haben, und er verspürt kein Bedauern darüber, bloß die Erleichterung: Er hat etwas abgehakt.

An der Querstraße vorne ist ein Taxistand. Und ihm fällt der Taxifahrer ein. Der ihn in jener Nacht kurz vor seiner Pensionierung, nachdem er wieder halbwegs bei Sinnen gewesen war, für ein Vermögen, er schämt sich noch heute deswegen, nach Hause gebracht hat. An seinem Akzent erkannte er, dass er aus Kansai* kam, und natürlich griff er das gleich auf, in seinem noch nicht ganz nüchternen Zustand, fing an zu erzählen, dass er selbst von dort stammte, aber schon als Kind weggezogen sei, er noch einige Wendungen draufhabe, diese und jene, die ihn, so vertraut wie sie waren, an seine Mutter erinnerten. »Ach, wirklich? An Ihre Mutter?« Der Fahrer schien aufrichtig interessiert. Und er fühlte sich ermutigt, ihm weiter von ihr zu erzählen, wie er noch nie einem Menschen von ihr erzählt hatte, etwa, dass sie sehr böse werden konnte: »Unglaublich, wie die geschimpft hat!« Und dass sie dabei in den Dialekt zurückfiel, den sie sich über die Jahre hinweg abgewöhnt hatte, und dass ihr Schimpfen dadurch an Strenge verlor und es ihm im Gegenteil warm wurde davon und er sich noch lange, nachdem er erwachsen geworden war, danach gesehnt hatte, derart ausgeschimpft zu werden, so gut beherrschte sie die Kunst zu maßregeln, ohne wehzutun. Was zweifellos an ihrer Herkunft, zweifellos an ihrer Sprache lag und zweifellos an ihrem Wesen, welches durch beides geprägt worden war. An dieser Stelle hatte er zu weinen begonnen.

Zunächst verhalten, mehr wie ein Lachen, dann schluchzte er auf. Schließlich weinte er wie ein Kind, das sich verlaufen hat. Der Geschmack der Tränen. Leicht salzig. Plötzlich wusste er wieder, wie es schmeckt, wenn man weint. Und der Fahrer? Der fuhr einfach. Blinkte nach rechts, dann nach links. Reichte ihm wortlos ein Taschentuch nach hinten, wo er zusammengekauert auf der Rückbank saß, machte »Schsch«, dann wieder schwieg er. Bremste sachte, fuhr wieder los. Die Art und Weise, wie er das Lenkrad hielt, fast berührte er es nur mit den Fingerspitzen, dabei präzise in der Spur blieb, sich nichts zuschulden kommen ließ. Wenn man so durchs Leben käme! Er dachte, das wäre schön. Als er sich wieder gefasst hatte, sprachen sie über Belanglosigkeiten, das Wetter, die Wirtschaftslage, und er war so klar jetzt, so ohne Nebel im Kopf, dass er genau wusste, wie hoch welche Aktien standen. Der neue Premierminister. Was er von ihm hielt? Ganz ehrlich? Der lief doch nur hechelnd den Amerikanern nach. Solche Sachen, wie man sie sagt, wenn man eigentlich gar nichts weiß und froh ist, wenn der andere dazu nickt, froh um die Zustimmung, die er einem ohne viel Aufhebens gewährt, auch wenn man selbst genau weiß: Man verdient sie sich nicht. Und dann auf einmal – sie sind schon da – und am liebsten würde er ihn bitten, einfach weiterzufahren – sagt der Fahrer, er müsse ihm, bevor er aussteige, noch etwas zeigen. Zeigt ihm die Fotos von seinen Kindern, die er, ein Gesicht nach dem anderen, aus der Geldbörse zieht. Er bewundert ihre Züge. Der schaut gescheit aus, die hübsch, der ein bisschen bockig, aber das gibt sich schon. Und sie lachen. Lauthals in der Nacht. Seine Frau sagte später: »Die ganze Nachbarschaft ist davon aufgewacht!« Aber was zählt das? Wenn einer lacht? Wenn der aus tiefstem Herzen lacht? »Soll alle Welt bitte erwachen!« Was sie nicht lustig fand. Er schon. Und daran klammert er sich jetzt: dass es in dieser Stadt einen Taxifahrer gibt, wahrscheinlich steht er gerade im Morgenverkehr und summt ein Lied oder pfeift, kurz, dass es einen Menschen gibt, der etwas von ihm weiß und es, summend, pfeifend, für ihn bewahren wird.

In der Seitengasse. Nichts Überraschendes. Aber er hat es sich in den Kopf gesetzt: Er ist ein Entdecker. Wenn er ein Diktafon hätte, er würde hineinsprechen: »Eine Katze, die von der Mauer springt. Verdacht auf Fischreste irgendwo im Gebüsch. Eine Frau am Stock, ich überhole sie. Eine Kantine. Heute gibt es Curry mit Meeresfrüchten.« Sein Entdeckergeist hat sich damit bereits hinreichend erschöpft, und er beeilt sich, wieder zurück auf die Hauptstraße zu gelangen. Die Frau am Stock, nun sieht er sie von vorne, hat ein Gesicht, das nicht zu ihrem Körper passt, bunt geschminkt in den Farben eines Paradiesvogels, eine lila Strähne inmitten von strahlendem Weiß. Als sie ihm zulächelt, glaubt er, sie würde davonfliegen, eine solche Leichtigkeit geht von ihrem Lächeln aus, und er fragt sich, warum er selbst nicht dazu fähig ist, trotz der ihm attestierten Gesundheit unterm Arm, den schon etwas knittrig gewordenen Befunden, vollkommen unfähig zu lächeln? Oder gerade deshalb vielleicht? Weil er nichts vorzuweisen hat? Nichts, was er zu Hause auf den Esstisch legen könnte, mit gewichtiger Miene, was ihn dazu berechtigen würde, Frau und Kinder um sich zu versammeln und ihnen zu eröffnen, dass von jetzt an – *jetzt!* – alles anders werden müsse. Sonst. Wer weiß? Es wäre vielleicht zu spät. Sie müssten zusammenhalten, in dieser Stunde, davon hinge die Zukunft ab. Ob sie's nicht wüssten? Dass er sie brauchte? Nein? »Dann wisst ihr es *jetzt!*« Und noch einmal, mit einem Zittern in der Stimme, damit sie sich lange daran erinnern und darauf verweisen würden als auf einen Scheidepunkt, und ein wenig langsamer, sozusagen zum Mitschreiben, damit sie es spürten als eine Schrift auf der Haut: »Ich brauche euch!« Dann Stille. So eine tiefe und dunkle Stille, die er als Erster unterbräche. Wenn ihm einer zuvorkäme, er würde ihm notfalls das Wort verbieten: »*Jetzt* bin ich an der Reihe!« Und zwar unterbräche er sie, indem er die Befunde mit einer Bedachtsamkeit, ähnlich der eines Buchhalters, zunächst feinsäuberlich übereinanderlegen und sie mehrmals mit dem Finger, der Hand oder dem Unterarm, je nachdem, möglichst geräuschlos glattstreichen würde. Eine Geste, die seine Bewegtheit verriete, und er sieht sich selbst, wie er sie vollführt, sieht, wie seine Frau zu ihm, die Kinder hinter ihr drein zu ihm hinstürzen würden. Dann Schnitt! Er sieht nichts mehr. Seine Augen sind nass geworden. Ein klein wenig schämt er sich für so viel Gefühl.

Dort vorn bei der Kreuzung ist der Obdachlose. Der einzige, den sie hier haben, eine Art lebendiges Denkmal, nicht schön, aber man hat sich an ihn gewöhnt und duldet ihn, weil er der einzige ist und nicht, wie anfänglich befürchtet, das Ortsbild stört, sondern ihm auf gewisse Art etwas Romantisches verleiht, mit seinen strubbeligen Haaren, in denen ein Vogel nisten könnte, den schwarzen Falten am Hals. Im Laufe der Zeit hat er sich überdies als durchaus nützlich erwiesen. Man gibt ihm, was man nicht mehr braucht, und er nimmt es dankbar an, wodurch man sich selbst wiederum guten Gewissens sagen kann: Man hat etwas gegeben. Den alten Anzug zum Beispiel, mit der abgewetzten Stelle am Ärmel. Den hat er nun die letzten Monate hindurch getragen, und es ist seltsam, ihn darin zu sehen, gleichzeitig hat der Anzug dadurch ein würdiges Ende gefunden. Ihn wegzuwerfen, dafür wäre er noch zu gut gewesen, immerhin eine italienische Marke, Salvatore oder so ähnlich, und er hat lange überlegt, ob es sich nicht lohnen würde, ihn flicken zu lassen. Aber ihn herzuschenken, das war eine Tat, mit der die Welt ein bisschen besser wurde. Er grüßt ihn immer, auch das macht sie besser: »Hallo, wie geht's?« – »Gut. Und dir? Schon geschieden?« Der übliche Scherz. Und er nimmt ihn dem Obdachlosen nicht übel, sondern steigt darauf ein, mit einem Eifer, als ob er ihm das schuldig wäre. »Ts-ts-ts«, der Obdachlose schaut ihn mitleidvoll an: »Der Ruhestand steht dir schlecht. Deine Frau hat bestimmt bald die Schnauze voll von dir. Gib Bescheid, wenn es so weit ist. Ich werde dich dann vertreten!« – »Ja, mache ich.« – »Bitte gerne!« Es sind immer dieselben Sprüche, schnell hingeworfen im Vorübergehen, und er weiß, sie sind nicht ernst zu nehmen, trotzdem überkommt ihn an manchen Tagen der Aberglauben: dass der Obdachlose, der immerhin schon seinen Anzug trägt, womöglich wirklich sein Stellvertreter sein könnte und dass seine Frau womöglich glücklicher wäre, mit ihm, dem Stellvertreter, unten am Fluss zu hausen als in ihrem Haus, oben in der Siedlung. Der Obdachlose scheint einen Instinkt dafür zu haben. Manchmal ruft er ihm »Nichts für ungut!« nach. Manchmal nicht. An Tagen wie heute läuft er ihm sogar ein Stück weit hinterher, entschuldigt sich mehrfach, mit dienerischen Verbeugungen, und er kann ihn riechen, so nah ist er ihm, eine Mischung aus Flussgras, feuchter Erde und etwas anderem, was nicht zuzuordnen ist, das Instinkthafte vielleicht, und für den Bruchteil einer Sekunde, nicht länger, beneidet er ihn um die Freiheit seiner Existenz, um das Vorrecht, ein Narr zu sein, unter dem weiten Himmel, sich von dem zu ernähren, was ihm die Passanten zustecken, auf einem Pappkarton zu sitzen und niemandem im Weg zu sein. Der hat keinen, der ihn vors Haus schickt. Nicht mal ein Haus.

Wo ist das Taschentuch? Eben hat er es doch noch gehabt. Er stülpt die Jackentaschen nach außen. Da ist es nicht. Die Taschen der Hose sind – ja, gibt's denn das? – immer noch zugenäht. Wieder und wieder hat er seine Frau darum gebeten, die Nähte aufzutrennen, wieder und wieder hat sie es auf morgen verschoben. Dabei hätte sie gewiss genug Zeit! Oder was macht sie den ganzen Tag? Außer einkaufen nicht viel, aber was weiß er schon? Im Grunde nichts. »Doch damit ist jetzt Schluss!« Wenn er nach Hause kommt, wird er sie als Erstes zur Rede stellen. Sich aufbauen vor ihr – so – die Schultern ein wenig nach vorne gedrückt, die Arme seitwärts leicht angehoben, sie fragen, was das soll, ob er für immer und ewig mit zugenähten Taschen herumlaufen, besser, für immer und ewig damit *leben* soll. Und er will nicht noch einmal danach fragen müssen. Dass er überhaupt danach fragen muss. Ärgerlich. Ihm rinnt der Schweiß über den Hals und in den Nacken hinein, selbst die Befunde sind nass von seinen schwitzenden Achseln. Sich irgendwohin setzen. Nun doch. Durchschnaufen. Plötzlich ist er sehr müde. Aber weit und breit gibt es keine Bank, »typisch Vorort«, denkt er. Da ist man draußen im Grünen und darf weder sitzen noch schauen noch sonst irgendwas. Nicht einmal vor dem Bahnhof hat man eine Sitzgelegenheit aufgestellt, wahrscheinlich damit niemand auf die Idee kommt, länger als notwendig dort zu verweilen. Früher gab es eine Bank aus Plastik, an der Lehne das verblasste Logo einer in Konkurs gegangenen Getränkefirma, und er erinnert sich an die Gruppe von Jugendlichen, für die das keine Bank, sondern eine Couch gewesen ist. Wenn er von der Arbeit kam, hat er sich gefreut, sie dort rumhängen zu sehen, wie sie sich langweilten miteinander, ihm kaum einen Blick schenkten, er hätte schließlich ihr Vater sein können. Trotzdem schien ihm ihre Gleichgültigkeit durchaus freundlich, weshalb sie ihm fehlten, als sie eines Abends samt der Bank verschwunden waren, und er sich selbst heute manchmal fragt, wo sie wohl sind, ob zusammen oder in alle Winde verstreut, er wider sein besseres Wissen daran glauben mag, dass sie zusammengeblieben sind. An die Gemeinde hat er damals einen Brief geschrieben. Man solle die Bank doch bitte ersetzen. Die Jugendlichen bräuchten einen Platz, an dem sie in die Luft schauen könnten. Der Brief wurde nicht beantwortet, aber er besitzt den Durchschlag. Wenn er ihn beim Aufräumen zufällig wiederentdeckt, ist es jedes Mal eine Überraschung. Dass er so etwas einmal geschrieben hat.

Also nach Hause, ohne Taschentuch, die Sache mit der Hose klären. Aber er nimmt einen anderen Weg, als er gekommen ist, denn er möchte dem Obdachlosen nicht noch einmal begegnen, wenigstens nicht so verschwitzt, wie er jetzt ist. Er möchte auch nicht mehr an jener Seitengasse vorbeikommen, wo ihm die Frau am Stock zugelächelt hat, und auch nicht mehr an jenem Eck, wo er an Itō denken musste. Stattdessen läuft er am Friedhof entlang, der sich direkt neben den Gleisen befindet, und weil es bis zum Mittagessen noch eine gute Stunde hin ist, beschließt er, es wieder einmal mit Spazierengehen zu probieren. Übung macht schließlich den Meister. Also dann. Er biegt durch das Friedhofstor, drosselt das Tempo. Immerhin sind hier Tote, dieser Gedanke hilft ihm dabei, sich aufs Atmen zu konzentrieren. Bis zu dem Grab dort. Ein Vorsatz. Bis dorthin will er langsam – ganz langsam – gehen. Den Kiefer entspannen. Gut so. Den Kopf drehen, bis es knackst. Die Hände? Egal, wohin! Hier ist niemand, vor dem er sich genieren muss. Sollen sie ruhig an ihm herunterbaumeln. Die Toten haben ihren Spaß daran. »Ja, genau! Ihr habt es erraten! Ich bin ein Affe!« Und er stellt sich vor, wie sie sich gegenseitig in die Seiten stupsen, ihr klappriges Lachen spornt ihn an. »Ihr wollt noch mehr? Nun, wie wär's damit?« Er trommelt sich mit den Fäusten auf die Brust, zunächst versuchsweise, dann im Ernst, macht »U-oh!« und

»U-ooh!« und »U-oooh!«, wobei die Befunde zu Boden gleiten und er, auf einmal wild geworden, auf ihnen herumtrampelt, bis sie ganz von Staub bedeckt sind. Ein Zug rattert vorbei. Kurz denkt er, jemand könnte ihn erkennen, aber da hat er bereits den Mund aufgerissen: »Ihr Zugfahrer!« Er schreit es. »Irgendwann kommt ihr alle hier an!« Und er trampelt – nein, jetzt tanzt er, er ist unversehens in einen Tanzschritt verfallen. Trippelt leichtfüßig in immer enger werdenden Kreisen, kein Affe mehr – nein, sondern ein sterbender Schwan. Wie in dem Ballett, in das ihn seine Frau vor der Ehe gezwungen hat, damit er wüsste, sie sagte es so, »*wer ich bin*«. Und er hatte im Dunkeln gesessen, in jenem hüstelnden Saal, und nicht verstanden, was sie meinte. Ganz nett fand er es. Die Ballerina hätte ein wenig hübscher sein können. Der große Leberfleck an ihrem Bein, er musste immerzu hinschauen, ob man den nicht entfernen könnte? Wenigstens kaschieren? Aber seiner Frau zuliebe, ihrem Profil, das er nicht vergessen hat, und der einen Träne auf ihrer Wange, als der Vorhang fiel, hat er nachher sein Bestes gegeben, ebenfalls Rührung zu zeigen. Die erste Lüge. Die allererste. Und sie glaubte sie ihm. War ihrerseits gerührt über seine Rührung und erlaubte ihm beim Nachhausebringen einen etwas leidenschaftlicheren Kuss und eine etwas leidenschaftlichere Umarmung, weshalb ihm die Aufführung ja überhaupt nur in Erinnerung geblieben ist, weil er an diesem Abend zum ersten Mal unter ihre Bluse gegriffen, sie ihn zum ersten Mal hat gewähren lassen. »Nicht wahr? Du meinst es ernst mit mir?« Er sagte: »Ja doch!« und drückte sie gegen die Tür. Von da an war alles entschieden. Wenig später haben sie geheiratet. Auf die Frage, was sie aneinander mochten, eine Frage, die man jungen Paaren gerne stellt, gab er zur Antwort: »Ihre Nachdenklichkeit.« Sie: »Dass er mich beim Nachdenken stört.« Und sie genossen die Verblüfftheit, die darauf folgte, und fühlten sich besonders, bis man aufhörte, sie zu fragen, sehr bald schon damit aufhörte, und ihre Antworten genauso bald, wenn nicht eher, an Frische verloren hatten.

Ein letztes Trippeln. Gleich stirbt er. Er wirft die Arme in die Höhe. Mit den Fingerspitzen berührt er die Wolken, die sich einen Moment lang vor die Sonne geschoben haben, und als sie hervorbricht, flammt es wie Feuer durch sie hindurch in seine Brust. Brennend sinkt er mit einem Knie zu Boden, das andere Bein hat er ausgestreckt, lässt langsam die Arme vor sich nieder, ein letzter Flügelschlag, dann ist er verbrannt. Jetzt bloß nicht umfallen, denkt er und gerät leicht ins Wanken. Die Spannung halten. Nicht nachlassen. Sie so lange halten, wie es geht. Ihm fällt auf: Es ist viel Platz zwischen den Gräbern. Genug Platz, um sich nicht in die Quere zu kommen. Wieder wankt er. Jemand klatscht. Er fährt hoch, blind von der Sonne, klopft sich den Staub von den Knien. Wer mag das sein? Er blinzelt. Eine Frau. Doch nicht seine? In seiner Verwirrung hält er es für möglich. Aus der Entfernung meint er eine Ähnlichkeit zu erkennen, die Art, wie sie aus dem Schatten eines Baumes tritt, sich gleichsam aus ihm herauslöst, ins pralle Licht hinein, als wolle sie damit sagen: »Ich habe dich ertappt!« – »Es tut mir leid«, möchte er rufen, aber er bringt nur ein Räuspern zustande. Die junge Frau – sie klatscht noch immer – hat sich lachend, auch das noch, vor ihm aufgebaut. »Sie machen das gut«, lacht sie. »Noch ein bisschen mehr Schwung! Aber sonst? Sie könnten im Zirkus auftreten.« – »Vielen Dank!« Tatsächlich bedankt er sich. Es gilt sie loszuwerden, so elegant wie möglich, die Situation zu seinen Gunsten zu einem raschen Ende zu bringen. Er verbeugt sich: »Der Tanz ist vorbei.« – »Nein, wie schade!« Sie hätte gern mehr gesehen. – »Das nächste Mal.« – »Was, Sie machen das öfters?« In ihrem Tonfall, plötzlich ernst, und wie sie ihn von oben bis unten mustert, die Zunge dabei zwischen den Lippen, als ob ihr das helfe, ihn zu deuten, fühlt er sich seltsam aufgehoben. Ihr Blick drückt Spott aus, das ja, aber auch ein kleines bisschen Anerkennung, und er versucht ihm standzuhalten mit einem ebenso geraden wie offenen Blick, ihr fest in die Augen zu schauen, was aber schwierig ist, weil sie ihn in ihren Pumps überragt, außerdem ein enges Top trägt mit der Aufschrift »*I'm up here!*«, dazu ein Pfeil, der nach oben zeigt. »Sind Sie noch da? Hallo?« Sie winkt ihm mit beiden Händen, als ob sie nicht direkt vor ihm, sondern weit weg, am anderen Ende des Friedhofs stünde, und er beeilt sich wieder Haltung anzunehmen, irgendetwas zu murmeln, was sie von ihm ablenken, sie dazu bewegen könnte, von ihm abzulassen. Ob er das öfter mache? Sie wiederholt die Frage. Er antwortet mit einem trockenen »Nein«, und weil er sieht, dass sie enttäuscht ist, gibt er die Frage zurück: »Und Sie? Machen Sie das öfter? Sich hinter einem Baum verstecken und fremde Leute beobachten?« – »Nun ja, das gehört, könnte man sagen, zu meinem Beruf.« – »A-ha.« Er ahnt es. Aus dieser Falle gibt es kein leichtes Entrinnen. Jetzt bloß nicht nachfragen, denkt er. Es einfach so stehen lassen. Kein Interesse zeigen. Ich kaufe nichts. Aber die junge Frau – sie mag Mitte zwanzig sein, nach ihrem Selbstbewusstsein zu urteilen vielleicht ein wenig älter – scheint Spaß daran zu haben, ihn vor sich her in die Enge zu treiben. »Keine Angst«, sagt sie und zwinkert ihm zu, eine Geste, die er zuletzt in einem Hollywood-Film aus den Sechzigern gesehen hat: »Es ist nichts Unanständiges. Ich bin sozusagen Schauspielerin, und das Beobachten von Leuten ist sozusagen das Hobby, das ich zum Beruf gemacht habe.« Man lerne vieles dabei. Auch über sich selbst. Sogar hauptsächlich über sich selbst. »Als ich Sie tanzen sah, zum Beispiel, habe ich gelernt, dass ich viel zu wenig in meinem Körper bin. Verstehen Sie, was ich meine?« Er neigt den Kopf zur Seite. »Genau das! Dass Sie jetzt so tun, als ob Sie es zu verstehen versuchten, indem Sie den Kopf zur Seite neigen, dabei aber gar nicht in Ihrem Kopf sind, sondern bereits ein Nein denken, Ihre Bewegung also nichts als eine leere Phrase ist. Können Sie mir folgen?« – »Ja«, er nickt, um nicht noch einmal denselben Fehler zu begehen. – »Nur wer hier drinnen ist, schauen Sie, hier«, sie tippt sich mit dem Finger auf die Nasenspitze, »ist wirklich gut, und damit meine ich echt. In meinem Beruf ist das wichtig. Sonst fliegt man auf.« Worauf sie nach einer Pause hinzufügt: »Das gilt im Übrigen auch fürs Leben.« Nicht wahr? Ob er das auch so sehe? – »Bitte verzeihen Sie.« Er bemüht sich darum, in seinem Körper zu sein. Stellt sich aufrecht hin, damit er sich nicht so klein vor ihr fühlt. »Was Sie sagen, ist interessant, aber …« – »… ich weiß schon, Sie müssen jetzt los. Nur noch eines«, und während sie spricht, kommt sie einen Schritt auf ihn zu, dann noch einen und noch einen, beginnt, näherkommend, zu flüstern: »Die Wahrheit ist doch, dass Sie jetzt *nicht* losmüssen. Und dass Sie im Grunde Ihres Herzens, hier«, sie hat ihm blitzschnell an die Brust gefasst, »wissen wollen, was ich tue, sich nur nicht trauen, es wissen zu wollen. Dabei«, sie streicht mit dem Handrücken über seinen linken Arm, »das wäre auch was für Sie! Ja, ich glaube sogar, Sie würden sich p-r-i-m-a dafür eignen.« Und damit zieht sie die Hand wieder weg, tritt lachend drei Schritte zurück, fragt ihn, der dumm dasteht: »Na, wie war das? Gar nicht so übel, oder? Meine Lieblingsrolle. Die Verrückte. Leider wird nicht oft nach ihr gefragt.« Ihr Blick, vorsichtig prüfend, erinnert ihn an den seiner Frau, wenn sie ihm etwas klarmachen will, was er partout nicht zu verstehen vorgibt, obwohl er es in Wirklichkeit die ganze Zeit über versteht. Das Geduldige darin: wann er ihn aufgibt. Seinen Trotz. Das lange Warten auf jemanden, von dem man weiß, er wird irgendwann um die Ecke gelaufen kommen.

»Also gut! Ich will es wissen. Bitte: Was genau machen Sie?« Die junge Frau scheint überrascht. Sie beißt sich auf die Unterlippe. Dann, plötzlich ganz unverstellt und sichtlich erleichtert, holt sie tief Luft und sagt: »Ich spiele Familie.« Ein Satz, er weiß es, der ihm im Gedächtnis bleiben wird, er weiß es in dem Augenblick, als sie ihn ausspricht, dass das einer jener Sätze ist, die ihn nachts wach halten, wenn er sich hin und her wälzt, endlos, und seiner Frau durch die Wand hindurch sagen will: »Komm doch herüber. Lass es gut sein. Genug der Nichtigkeiten, die uns nicht weiterbringen.« Ein Satz, so schlicht wie die Feststellung: Er hat sich nie daran gewöhnt, in getrennten Zimmern zu schlafen. Immer sehnt er sich danach, dass sie ihm wie früher seine Decke klaut, und heute wundert er sich darüber, dass sie deswegen gestritten haben, schließlich gibt es Wichtigeres, zum Beispiel – ihm fallen die Hosentaschen ein. »Familie?«, hört er sich sagen: »Aber das kann man doch nicht spielen.« – »Oh doch. Wenn Sie wüssten. Ich bekomme laufend neue Anfragen. Gestern Abend etwa: so ein Typ. Man weiß schon am Telefon, dass er Krawatten mit lustigen Motiven trägt. Jedenfalls heiratet er und braucht eine Schwester, die bei der Hochzeit aus seiner Kindheit erzählt. Was für ein toller großer Bruder er war, stets bereit, mir aus der Patsche zu helfen. Einmal, stellen Sie sich das vor, hat er mich davor bewahrt, mich mit einer Tube Superkleber zu schminken. Ich war damals fünf und dachte, es sei Lippenstift. Und wäre er damals nicht gewesen, ich könnte heute keine Rede auf ihn halten. Sehen Sie? Schon bin ich seine kleine Schwester. Ein bisschen dämlich, aber süß, auch weil ich, wenn ich nervös bin, zu lispeln beginne. Eine Eigenart, die er sich gewünscht hat.

Die Gäste sollen sich amüsieren.« – »Und seine Eltern? Ich meine, die werden da doch nicht mitmachen.« – »Beide tot. Irgendein Unfall.« Sie zuckt mit den Schultern. Die zweite Filmgeste, denkt er. – »Und seine Frau?« – »Die weiß Bescheid und findet es nett. Eine Schwägerin zum Herumzeigen, natürlich darf sie nicht besser aussehen als sie selbst. Aber sowieso, um möglichen Verwicklungen vorzubeugen, lebe ich im Ausland, irgendwo auf Hawaii, ich glaube, es war Kalahi oder Kaluhu oder so was Ähnliches, das muss ich mir vorher noch merken für den Fall, dass einer fragt. Morgen treffen wir uns, mein Bruder und ich, dann besprechen wir die letzten Details. Dinge wie Namen, Orte, Verwandtschaftsverhältnisse. Ich, also die Schwester heißt übrigens Mie.« – »Ein schöner Name.« – »Ja, finden Sie? Ich persönlich hätte mir etwas Blumigeres gewünscht, aber tja, so ist es, der Kunde bezahlt, der Kunde bekommt. Insofern bin ich Mie – freut mich, Sie kennenzulernen.« Sie macht einen Knicks. »Davor bin ich aber noch vier andere. Und danach, ach, die Liste ist lang! Ich bin Nichte, Cousine und Tante und das manchmal an drei aufeinanderfolgenden Tagen. Sehr selten Ehefrau. Gelegentlich die Neue. Am häufigsten eine Freundin. Erst heute war ich Enkelin. Ja, ganz recht: Bevor ich hierherkam, war ich bei einer Frau, die mich als ihre Enkelin gebucht hat. Sie sagte, sie wollte einfach mal wieder die glatte Haut eines jungen Menschen betrachten, und so saßen wir einander gegenüber und tranken Tee, ohne viel zu sprechen. Eigentlich angenehm, aber danach, ich weiß nicht warum, war mir nach Friedhof zumute.« Sie lachen. Er lauter als sie: »Ihr Outfit ist nicht gerade omatauglich.« – »Na ja, wenn sie schon jung will, dann aber richtig jung, und ihr hat's gefallen, vor allem die Pumps! Ja, Sie machen sich darüber lustig, aber sie hat sie sogar anprobiert, und es war rührend, wie sie sich dabei an ihrem Stock festhielt.« – »An ihrem Stock, sagen Sie?« Er denkt an den Paradiesvogel von vorhin. – »Ja«, sie blinzelt und wischt sich rasch über das Gesicht. »Sie konnte kaum noch die Füße anheben. Trotzdem wollte sie unbedingt, wenigstens einmal in ihrem Leben, in hohen Schuhen stehen. Sie sagte: um der Aussicht willen. Von da oben, ihre Worte, könne sie den Fuji* sehen.«

»Und? Werden Sie sie wiedersehen?« Es kommt ihm schrecklich vor, dass die alte Frau nun allein in ihrer Wohnung sitzt, vor sich zwei Tassen, halb leer und halb voll, in ihrem Gesicht ein übriggebliebenes Lächeln, welches langsam, ganz langsam zerfällt, ohne dass sie es bemerkt. Ob sie dann nicht einsamer ist als vorher? Ein bisschen älter? »Nein«, Mies Stimme klingt jetzt so, wie sie wohl klingt, wenn sie einem Kunden ihre Arbeitsweise erklärt, welche Pakete sie anbietet und was das eine vom anderen unterscheidet: »Die Vorschrift lautet: Keine Bindungen. Und das bedeutet: Ich spiele eine Person aus dem engsten Umkreis, sagen wir, in ein paar Jahren, zur Zeit würde es mir noch keiner abnehmen, die Mutter eines Mädchens, das ihrem Freund ein bisschen Feuer unter dem Hintern machen möchte, indem ich, also die Mutter, ihnen zufällig auf der Straße begegne – und ich verkörpere für die Dauer dieser Begegnung eine bestimmte Emotion, in diesem Fall die der Besorgtheit, ob er auch wirklich der Richtige für meine Tochter ist, woher er kommt, aus welchem Elternhaus, was er gelernt hat, wie er angezogen ist, ob er sie auch so behandelt, wie ich es mir für meine liebe Tochter wünsche – die Bindung selbst aber besteht lediglich zwischen den beiden. Wenn Sie so wollen: ein Hochseilakt. Ich involviere mich und bleibe gleichzeitig draußen. Alle denkbaren Konsequenzen, etwa ob er nachher in die Gänge kommt oder nicht oder ob er sich später einmal, wenn er die wahre Mutter kennenlernt, fragt, warum sie so tut, als ob sie ihn noch nie zuvor gesehen hätte, trägt das Mädchen, muss es mit sich selbst ausmachen. Ich fülle lediglich eine Lücke, nichts weiter. Ich tauche rechtzeitig auf. Und das, so die Vorschrift, nur ein einziges Mal. Alles andere wäre fahrlässig, denn es würde das Gleichgewicht der Beziehungen stören. Oder ist Ihnen das noch nicht aufgefallen? Dass man, wenn man jemanden zum zweiten Mal trifft, schon glaubt, ihn zu kennen? Und gerade das ist das Gefährliche: dass man beginnt, eine natürliche Vertrautheit zu empfinden.« Sie klingt noch immer geschäftsmäßig. – »Ziemlich abgebrüht«, findet er und wünscht sich, sie würde wieder in einem weicheren Tonfall sprechen, einem, der ihr besser steht als das Aufzählen angeblicher Fakten. – »Abgebrüht? Nun ja. Ich weiß nicht. Immerhin muss ich mich schützen und nicht nur mich, sondern auch mein Team. Wir sind vertraulich, aber nicht vertraut. Wir reichen die Hand, aber wir tun es mit Handschuhen. Mein Team? Sie wollen es wirklich wissen? Mittlerweile sind es acht Frauen, mich eingeschlossen, und drei Männer, wobei einer von ihnen, ein Filmstudent, bald ins richtige Fach wechselt. Wir sind noch klein, aber im Wachsen, und in ein paar Jahren, das ist mein Traum, werden wir die Besten sein. Interessiert? Hier unsere Karte«, sie öffnet eine mit glitzerndem Strass bestickte Handtasche, die ihm davor nicht aufgefallen ist, komisch, dabei hat sie sie die ganze Zeit über in ihrer Armbeuge getragen, vielleicht weil sie selber glitzert, denkt er und nimmt die Karte fast widerwillig entgegen wie etwa eine Kröte, die zwar nicht giftig ist, aber zum Grausen mit ihren Warzen, dem dicken Hals und ihren Saugnäpfen. Ein roter Schriftzug in Form eines Fadens, der sich über die Kante der Karte bis auf die Rückseite zieht, wo er mittig als Masche endet: »Happy Family«, liest er, ein Prägedruck, er streicht mit dem Finger darüber. An jedem der Buchstaben meint er kleben zu bleiben. »Unser Motto«, erklärt sie eifrig und wirkt dabei so, als ob sie ihm ins Wort fallen würde, obwohl er noch gar nicht dazu angesetzt hat, etwas zu sagen: »Wir helfen den Menschen dabei, sich zugehörig zu fühlen. Die Grundlage von Glück!« Kein Name, keine Adresse, nur eine Telefonnummer. Was er jetzt damit machen solle? – »Anrufen und einen Termin vereinbaren«, scherzt sie. »Vielleicht brauchen Sie ja einmal eine Tochter, die Ihnen zum Vatertag gratuliert? Oder einen Kollegen, mit dem Sie sich bei einem Bier oder mehreren über Ihren Chef auslassen können?« Was, er arbeite nicht mehr? »Umso besser! Dann bewerben Sie sich bei uns. Ich meine das ernst. Ein kleiner Nebenverdienst hier und da, etwas, was Sie zur Seite legen können, für eine Reise zum Beispiel. Man weiß doch, dass die Pensionen heutzutage nicht allzu üppig sind. Oder sei es auch nur für das Gefühl, gebraucht zu werden«, hier zögert sie kurz, fährt dann leiser fort: »Sie sehen mir aus wie einer, der viel zu selten und viel zu wenig gebraucht wird.« – »Peng!« Er greift sich ans Herz und imitiert das Taumeln eines Cowboys, der von einem tödlichen Schuss getroffen wurde. »Das hat jetzt wehgetan«, lacht er und ist selbst von sich überrascht, sein Schauspiel ist ihm zuvorgekommen: »Aber keine Sorge! Ich verkrafte es.« Er will die Karte in seine Hosentasche stecken, aber verflixt, die ist ja zugenäht! Macht einen auf Cowboy und hat zugenähte Hosentaschen, prompt fühlt er sich wieder klein und immer kleiner werdend, unter den Füßen die staubigen Befunde, die er hier liegen lassen wird, zwischen den Gräbern, wo wilde Blumen wachsen, während die, die man in die dafür vorgesehenen Vasen gesteckt hat, vor sich hinwelken in fauligem Wasser. Er verspricht, darüber nachzudenken. Das mit dem Zirkus solle sie aber zurücknehmen. »Nein, wieso?«, Mie besteht darauf: »Das war ein Kompliment.«

Als sie sich verabschieden, ist es schon nach Mittag. Höchste Zeit, nach Hause zu gehen. Und im Gehen schüttelt er sich: Was es alles gibt auf der Welt! Wie viel Verkehrtes! Eine junge Frau, die sich einbildet, die Grundlage von Glück zu verkaufen, und dabei so glitzert, so hell, dass er es ihr beinahe wirklich abgekauft hätte. Wenn er das seiner Frau erzählt! Aber die wird es ihm nicht glauben wollen, und die Karte wäre kein Beweis oder höchstens dafür, dass er an einem Montagvormittag auf dem Friedhof Ballett getanzt hat, was er ihr auf gar keinen Fall erzählen kann, sie würde ihn nächstens zum Psychiater schicken. Also lieber schweigen darüber. Essen und schweigen. Er erinnert sich an das Paar, neben dem er einmal in einem Restaurant gesessen hat, ein Mann mit Glatze und eine Frau, die ständig an ihren Haaren herumfummelte. Und weil ihm langweilig war, alleine, hat er mitgezählt, wie viele Wörter sie miteinander wechselten. Es waren zwei gewesen. Ein »Schmeckt« und ein »U-hum«, wobei er das zweite nur als ein halbes gelten ließ. Eine Szene, die von großer, wenn auch unfreiwilliger Komik war, da einen Tisch weiter eine Gruppe von Taubstummen saß, die sich mit Wörtern förmlich zu bewerfen schienen. Trotz der Stille, die sie umgab, war deutlich zu vernehmen: Man führte eine hitzige Debatte. Die Münder aufgerissen, ohne dass ihnen ein Laut entwich, die Hände schnitten durch die Luft, berührten flüchtig Stirn, Wange oder Hals, vom bloßen Zuschauen war ihm schwindlig geworden. Hätte er sich aussuchen müssen, zu welchem Tisch er sich gesellen wollte, in seiner Langeweile stellte er sich vor die Wahl, er wäre sitzen geblieben, allein, genau dort, wo er saß. Keine Entscheidung. Er weiß noch, wie er bei sich dachte: Das wäre das Sicherste. Die Kellnerin brachte ein Tablett mit heißen Udon* und Tempura*. Als sie die Schale Nudeln vor ihn hinstellte, bemerkte er, dass sie es ohne jeden Liebreiz tat, rein mechanisch wie ein Roboter, der die Bewegung eines Menschen nachahmt. Und dabei schwappte etwas von der Suppe über, nicht viel, aber genug, dass er sie anherrschte: »So passen Sie doch auf!« Sie warf ihm einen Blick zu, unendlich traurig, ein Roboter, der versteht, dass er niemals zu einem Menschen werden wird. Und letztlich entschuldigte er sich bei ihr, statt umgekehrt, und verteidigte sie vor dem Geschäftsführer, der schnell dazugesprungen war. Ihr Blick aber veränderte sich dadurch nicht. Er blieb traurig und dabei kalt, als ob die Traurigkeit jedes andere Gefühl in ihr mit einer dicken Schicht Eis überzogen hätte. Das Paar am Nebentisch aß schweigend weiter. Die Taubstummen gestikulierten wie wild. Er war drauf und dran, ihnen zuzurufen: »Nicht so laut, bitte!« Der Geschäftsführer servierte ihm eine Extraportion Reis, die Kellnerin hatte er schimpfend hinter die Theke gescheucht, wo sie mit dem Rücken zu ihm mit Tellern und Gläsern hantierte. Das leise Klirren erfüllte ihn mit etwas, was er schon sehr lange nicht mehr empfunden hatte. Was war es doch gleich? Dieses Ziehen und Zerren? Erst später fand er einen Namen dafür. *Heimweh.*

Nur eine Steigung noch! Aber die hat es in sich. Er muss den Oberkörper nach vorne beugen und die Füße fest gegen den Boden drücken, sich gleichsam hinaufstemmen mit jedem Schritt, den Atem stoßweise aus sich herauslassen. Über die Jahre hat er eine Technik entwickelt, und es gibt Tage, an denen läuft er in Nullkommanichts nach oben und gerät kein einziges Mal ins Keuchen. Heute nicht. Schon bei der Brache bleibt er stehen, geht in die Hocke und atmet aus. Und dabei fällt ihm ins Auge, was ihm immer, auch im Vorbeilaufen, ins Auge fällt, das rostige Fahrrad ohne Sattel und Reifen, sozusagen das Gerippe eines Fahrrads, das da mitten auf der Brache im wuchernden Gras steht, ja – steht! Es steht noch, denkt er jedes Mal, wenn er es sieht, und wundert sich, dass kein Wind es bislang umgeworfen hat, kein Sturm und keine Bö, es allen Lüften zu trotzen scheint. Und warum es niemand holen kommt? Selbst die Müllabfuhr nicht, die einmal im Monat den Sperrmüll entsorgt? Vielleicht weil es nicht an dem dafür vorgesehenen Müllplatz steht? Als ob die Brache nicht Teil der Siedlung wäre, ein schmales Rechteck, welches – ein Schandfleck, heißt es bei jeder Anrainerversammlung – nicht den Menschen, sondern den Mäusen gehört. Und immer grüßt er sie, die Mäuse, ob er vorbeiläuft oder hier kurz rastet wie jetzt, eine Angewohnheit, die ihm im Laufe der Zeit zu einem regelrechten Zwang geworden ist. Er muss sie grüßen, sonst geschieht etwas. Muss mit einer Bewegung, wie wenn er seinen Hut lüpfen würde, obwohl er keinen trägt, ein kleines »Hallo« entrichten. Muss es tun, weil es sonst keiner tut und es aber wichtig ist, den Mäusen auf diese Art Respekt zu zollen. Sonst. Er weiß nicht, was sonst passiert. Vielleicht würde das Fahrrad bei der geringsten Brise zur Seite kippen. So jedoch steht es, und es hat eine Wirkung auf ihn und, wie er meint, auf alle, die hier wohnen. Bei den Versammlungen freilich hält er sich diesbezüglich zurück, hat nur einmal schwach eingeworfen, dass es doch gut sei, wenn es einen Schandfleck gebe, man erspare sich dadurch die Mühe, ihn irgendwo anders zu orten, im Garten des Nachbarn zum Beispiel, woraufhin man ihn verständnislos angestarrt hatte wie einen, der nicht ganz richtig ist im Kopf. Seither lässt man ihn spüren, dass man ihn für einen Spinner hält, mit einem duldsamen Lächeln etwa, wenn er abends vor seine Haustür tritt und die plaudernden Frauen, die ebenfalls mit ihren Kindern vor die Tür getreten sind, plötzlich verstummen, dann das Gespräch wieder aufnehmen, aber an einer anderen Stelle, mit jenem Lächeln, das ihn duldet und zugleich milde ignoriert. Alles Frauen, denkt er, die, wenn er sie anstupste, laut aufkreischen würden.

Früher gefiel es ihnen, ganz oben über dem Ort zu wohnen. Sie, die sich so besonders fühlten in ihrer Verliebtheit, waren unter den Ersten gewesen, die sich für das Projekt »Wohnen am Himmel« eingeschrieben hatten, und selbst die offensichtlichen Nachteile, der weite Weg bis zum Bahnhof, zur Schule und zum nächsten Lebensmittelgeschäft, münzten sie in entsprechende Vorteile um: Das Erklimmen der Steigung würde sie bis ins hohe Alter rüstig halten, und wer sagte überhaupt, dass sie ewig hier leben würden? Wenn sie es satt hätten, nun, dann zögen sie halt nach Paris! Solche Sprüche kamen ihnen leicht über die Lippen, und sie weideten sich an den großen Augen derer, die ihnen dabei zuhörten, wie sie allerlei Pläne schmiedeten. Aus der Dachkammer am Montmartre wurde nach und nach eine Wohnung in Karuizawa*, das wäre mindestens genauso schick, aus Karuizawa wurde dann ein unbestimmter Ort im Süden und schließlich gar kein Ort mehr, weil sie blieben, wo sie waren, und auch gar keine Fantasie mehr dafür aufbrachten, irgendwo anders zu sein. Wenigstens gilt das für ihn. Er hängt an dem Haus, das er zwar nicht selbst gebaut, an dem er in Gedanken aber immer wieder herumgebastelt hat, und wenn seine Frau dann und wann von einem Umzug spricht, dass es vielleicht an der Zeit wäre, hinunter ins Zentrum zu ziehen, sie ihm sogar schon einmal eine Liste von möglichen Immobilien vorlegte, die ihr ein Makler – sie ist also, ohne ihn vorher zu fragen, bei einem Makler gewesen – zusammengestellt hat, dann fühlt er sich angegriffen wie einer, dem man damit droht, die Haut vom lebendigen Leib abzuziehen. Wenn sie ihm ihre Gründe unterbreitet, die schweren Einkaufstüten, ständig sei etwas kaputt, oder die Tatsache, dass die anderen in ihrem Alter fast alle bereits den Jüngeren Platz gemacht hätten, um sich, wie sie es nennt, zu »verkleinern«, dann sagt er: »Nicht mit mir!«, und es ist das einzige »Nein«, das von ihm kommt, gegen das sie nichts auszurichten vermag, wobei er Angst hat, insgeheim, dass sie eines Tages sagen könnte: »Dann eben ohne dich!« Was ihn umso verbissener daran festhalten lässt. Er ist sich sicher: In einer Wohnung, egal ob hier oder in Paris, würde er zu sterben beginnen. Sie wäre der Anfang eines langsamen Dahinsiechens. Die Vorstufe zur Urne. Ob sie das mit »Verkleinern« meint? Ihm ist im Gegenteil nach »Vergrößern« zumute. Das Stückchen Rasen. Sie könnten daraus einen großzügigen Steingarten machen, oder gut: Rasen ist einfacher. Dafür eine Hundehütte? Das wäre doch was! Er wüsste genau, welche Materialien er dazu beschaffen müsste, er spürt das Holz in seinen Händen und wie es nachgibt, wenn er es auseinandersägt. Er riecht den Lack. Die blaue Farbe. Sieht das Namensschild vor sich und wie er es ausrichtet, mit einer Wasserwaage, millimetergenau. Der weiße Spitz springt währenddessen an ihm hoch, und er gibt acht, dass er auf keinen der herumliegenden Nägel tritt. Shiro, so heißt er, gehorcht ihm aufs Wort. Wenn er ihn schilt: »Nicht so wild, Shiro!«, stellt er die Ohren auf und legt den Kopf ein wenig zur Seite, ein Anblick, der ihn jedes Mal zum Schmelzen bringt. Er ist ein kluger Hund. Er weiß, welche Pose er einzunehmen hat, damit sein Herrchen ihm den Nacken krault. Und auch wenn er es nicht ausspricht, das ist sein letztes Wort: Wenn *er* keinen Spitz bekommt, dann soll *sie* keine Wohnung haben. Dass das eine das andere ausschließt, erklärt er zur Nebensache. Hauptsache: Sie bleiben.

Das Haus. Er nähert sich ihm wie einem Menschen, der schläft. Vorsichtig. Um es/ihn nicht zu wecken. Ihm dabei zuzuschauen, wie es/er träumt. Es ist das oberste Haus in der Siedlung, sein Giebel überragt die der anderen Häuser, und es hat sich gelohnt, dafür ein bisschen mehr Geld hinzulegen, eine Untertreibung, die seiner Frau klarmachen soll, dass er die jahrzehntelangen Rückzahlungen an die Bank sehr gerne in Kauf genommen hat und sich im Gegenzug dafür ein klein wenig Dankbarkeit erhofft. Sein ganzes Leben lang, nun übertreibt er, hat er für dieses Haus gearbeitet und jetzt, wo er im Ruhestand ist, es endlich genießen kann, zu Hause zu sein, soll er es mir nichts, dir nichts zu einem Spottpreis verhökern? So eine Sinnlosigkeit! Sie muss doch begreifen, dass dann alles umsonst gewesen wäre: jeden Tag aufstehen, sich waschen, in einen Zug voller Pendler steigen. Hin und her geworfen werden. Sich nirgends festhalten können. Müde sein, noch bevor man überhaupt angekommen ist. Sich todmüde durch irgendwelche Akten quälen, die ihm der Chef, der er niemals sein wird, vor die Nase knallt. Abends heimfahren, mit dem Gefühl, es halbwegs überstanden zu haben. Essen, sich wieder waschen und auf Zehenspitzen ins Zimmer der Kinder schleichen, um ihre Gesichter zu sehen. Wie die gewachsen sind. Ein jedes sein Ebenbild. Vor allem das Mädchen, der Junge sieht der Mutter ähnlicher als ihm, was er ihm zwar nicht übel, aber doch zur Kenntnis nimmt, dass es umgekehrt besser gewesen wäre. Was aus ihnen mal werden wird? Mehr als aus ihm? Aber das wäre vielleicht gar nicht wünschenswert. Stattdessen wünscht er ihnen ein möglichst normales, das heißt zufriedenes Leben, ohne viel Aufregung, so eines, wie er es hat, in einem Haus wie diesem, mit Kindern, wie sie es sind. Ein wenig leichter könnten sie es haben. Das schon. Aber im Grunde schadet es nicht, sich durchkämpfen zu müssen. Man wird stark dadurch. Weiß, was man hat, erst nachdem man es sich erarbeitet hat. Die Wochenenden zum Beispiel. Man wüsste nicht um ihren Wert, wenn man unter der Woche nicht darauf hinschuften würde, darauf, dass man dann zwei Tage lang in einem komatösen Schlaf verbringt und die lärmenden Kinderstimmen aus dem Haus hinausträumt, wohin sie dann auch verschwinden, das Geräusch der Tür, die hinter ihnen zufällt, die anschließende Stille, in der er bewegungslos treibt, vollkommen zufrieden mit sich und den Dingen, die ihn umgeben, all den Möbeln, mit denen sie sich ausgestattet haben und an deren Oberflächen er sich erfreut, dem glatten Sofabezug, der glatten Tischplatte, dem glatten Nippes in den glatten Bücherregalen. Diese Glattheit! Sie muss doch begreifen, dass das etwas ist, was stimmt. Eine Rechnung, die aufgegangen ist ohne Rest. Er geht die Stufen hoch, das Moos kann man eigentlich so lassen, es verleiht ihnen eine gewisse Patina, auf der Fußmatte steht »*Welcome Happiness!*«, er tritt sich die Schuhe ab. Feiner Kies. Den hat er vom Friedhof mit nach Hause gebracht.

Seine Frau ist nicht da. Er merkt es gleich. Ihre Tasche steht nicht auf der Kommode, übrigens ärgerlich, dass sie sie immer dorthin stellt, als ob es ihr zu viel Mühe wäre, sie an den Haken gleich daneben zu hängen. Stattdessen ein Zettel. *Kurz weg,* liest er. *Essen im Kühlschrank. Bitte aufwärmen.* Einen Moment lang versteht er den Sinn dieser einfachen Worte nicht, und er liest sie mehrmals, sogar laut, um dahinterzukommen. *Kurz weg* – aber wohin? *Essen im Kühlschrank* – doch nicht was Fertiges? *Bitte aufwärmen* – wie jetzt? Im Topf? Und er beginnt erst gar nicht wütend zu werden, denn es bringt nichts, auf wen soll er wütend werden? Ist ja keiner da. Der glatte Spiegel wirft ihm sein vom Laufen erhitztes Gesicht zurück. Die Falte ist neu, denkt er, und bringt seine Stirn ganz nah ans Glas, sodass er es fast berührt. Die grauen Schläfen, die hat er hingegen schon lang, ungefähr seit er vierzig ist, und er hat oft überlegt, ob er sie sich färben lassen sollte, bis es irgendwann komisch gewesen wäre, wenn er es getan hätte, er hätte es gleich tun müssen. Nicht wie dieser Kahlköpfige, mit dem er allmorgendlich im selben Zug stand und den er eines Tages kaum wiedererkannte, weil er ein glänzend schwarzes

Toupet trug, und der ihm seither fremd geblieben ist, so fremd, dass er ihm nicht wie zuvor über die Zeitung hinweg zunickte, er es einfach nicht mehr schaffte, ihm, dem ehemals Bekannten, freundlich zuzunicken. Dann lieber so. Der Natur ihren Lauf lassen. Das Älterwerden akzeptieren, weil man ihm sowieso nicht entkommt. Und außerdem, bei der Erinnerung muss er grinsen, hat man ihm gesagt, kichernde Frauenstimmen, dass ihm das Grau etwas Verwegenes gebe: »Ihr Männer! Ihr habt es gut. Seht im Alter immer besser aus. Wir Frauen dagegen! Ach, es ist unfair.« Worauf er einer von ihnen in die Wange gezwickt hatte, bis sie lustig losquietschte, als ob er ihr wehgetan hätte. Er spürte ihre Haut zwischen den Fingern wie etwas, was schon im nächsten Augenblick zu Staub werden würde, und drückte kräftiger, tat ihr wirklich weh damit. Die Ohrfeige, die er dafür kassierte, tja, die hat er sich wohl verdient, und später hat er alles in eine Geschichte gepackt, die er sehr oft und sehr laut bei allen möglichen Anlässen zum Besten gab, wobei er nachträglich einige Details austauschte, etwa die Wange gegen einen Po, die Ohrfeige gegen einen Faustschlag, unerwartet, auf die Brust, was bei den Zuhörern für helles Gelächter sorgte: die Hostess, die sich als Boxerin entpuppte. Man hätte es ihr nicht zugetraut. Selbst die, die mit dabei gewesen waren, feilten mit ihm an seiner Geschichte, fügten hinzu, ließen aus, wollten anderes gesehen haben. Und am Ende wurde eine Legende daraus, in der sie alle eine Rolle spielten, und auch die Hostess selbst ergänzte sie um den einen oder anderen dramatischen Effekt, etwa, dass sie das Gefühl gehabt hätte, beim Zuschlagen, als ob sie durch seine Brust hindurch ins Leere schlüge, und sie sei erschrocken gewesen, weil da nichts war, keine Muskeln, kein Fleisch, nur ein Loch, wo sein Herz sein sollte. Aber das fand niemand lustig, also strichen sie es wieder. Ersetzten die Brust durch seine Weichteile. Lachten eine ganze Saison lang darüber. Ein *Running Gag*, der sich irgendwann zu Tode lief. Zuletzt löste er nur noch ein Gähnen aus.

Seine Pantoffeln. Sobald er in sie hineinschlüpft, ist er zu Hause. Die Innensohlen haben die Form seiner Füße angenommen, und obwohl die Vorderkappe aus braunem Leder bereits reichlich zerschlissen ist und das Braun nur noch rückblickend braun, sind es die Innensohlen, um derentwillen er sich nicht von den Pantoffeln trennen mag. Er hat sie von seinem Vater geerbt, und wenn es nach seiner Frau gegangen wäre, hätte er sie auf den Müll zu den anderen Sachen werfen sollen, den Zeitungen und den Töpfen und den Heizstrahlern, aber er hat sie behalten, weil sie das Erste waren, was ihm beim Betreten des Elternhauses ins Auge gefallen war, wie sie da im Flur standen, einsam, beinahe das einzig Persönliche, was ihm sein Vater hinterlassen hatte, außer den billigen Armbanduhren und einem Heftchen, in das er genauestens notiert hatte, wann er Stuhlgang und welche Konsistenz der gehabt hatte, ob Blut dabei gewesen war oder nicht. Und am Anfang war es ihm schwergefallen, in den Pantoffeln zu gehen, denn die Zehen seines Vaters hatten sich, jede einzeln, tief ins Fußbett gegraben, so tief, dass er, wenn er sie trug, in dessen schlurfenden Gang zu verfallen schien und seine Frau sich beklagte, er sehe wie ein alter Mann darin aus. Nach einer Weile aber begann sein Abdruck den seines Vaters zu überlagern, und er konnte spüren, wie die Pantoffeln ab einem gewissen unumkehrbaren Punkt tatsächlich ihren Besitzer wechselten, und danach gehörten sie ihm, dem Sohn. Er *liebt* sie. Ihm ist bewusst, dass das albern ist. Aber er liebt sie aufgrund ihrer Geschmeidigkeit und weil sie ihm erlauben, in Momenten wie diesem – er ist nach Hause gekommen, hat Hunger und schwitzt – kurz an seinen Vater zu denken und dass es schön wäre, ihm heute wiederzubegegnen. Es geschähe ohne den Hass von damals, als er herausbekam, zufällig und viel zu spät, dass seine Mutter am Leben war. Ein Onkel hatte sich verplaudert. Eine kleine Unachtsamkeit, die all die Jahre des Lügens zwar nicht auslöschte, aber ihm im Nachhinein doch das Gefühl gab, dass seine Mutter die ganze Zeit über in der Nähe gewesen war. Sie, die in Wirklichkeit niemals mit ihm geschimpft hatte, weil ihr zum Schimpfen die dafür nötige Zuneigung gefehlt hatte. Bloß dass er dem Taxifahrer gegenüber lieber bei der Version geblieben war, die er sich als Junge gewünscht hatte, einer aus Liebe strengen Mutter, die ihm, wenn's sein musste, sogar einen zärtlichen Klaps auf den Hintern gegeben hatte. Die Wahrheit war vergleichsweise schäbig. Statt ihn zu schimpfen oder zu klapsen, war sie mit einem Mann nach dem anderen ins Bett gegangen, schließlich mit einem von ihnen durchgebrannt, und sein Vater, der das wohl für besser hielt, hatte sie nach ihrem Verschwinden schlichtweg für tot erklärt. Eine Tatsache, Punkt, gegen die er nicht ankommen konnte. Und es ist viel, dann keinen Hass auf den Lügner zu empfinden. Für all die Jahre, in denen er geglaubt hatte, sie sei tot, wo er doch stattdessen hätte hoffen können, sie würde zurückkommen, eines Tages, er schlüge die Augen auf und sie säße in ihrer üblichen Gleichgültigkeit – wie er die vermisste! – am Küchentisch und blickte kaum auf, um ihm ein Guten Morgen hinzuwerfen. Um wie vieles leichter es ihm gefallen wäre, die dunklen Nächte zu überstehen. Bis heute würgt es ihn, wenn er daran denkt, dann aber schlüpft er in die Pantoffeln und schafft es, einigermaßen gelassen über diese Erinnerung hinwegzugehen, weshalb er die, die ihm seine Frau alljährlich zum Geburtstag schenkt, nicht anziehen mag, und sie sich wiederum beklagt, er sei ein sturer alter Mann. *Schenk mir was anderes*, hat er ihr dieses Jahr, auf dünnem Washi*, durch den Türspalt ins Zimmer geschoben, und es sollte ein Scherz sein, den sie miteinander teilten und der sie dazu bewegte, mit einem wenn auch vorwurfsvollen Lachen herauszutreten, aber zurück kamen lauter Schnipsel, schade ums Papier, dachte er und presste das Ohr an die Tür. Konnte es sein, dass sie weinte? Er war sich nicht sicher, ob das Schnauben, das er hörte, ein Weinen oder ein Ausdruck von Ärger war. In seinem Pyjama, plötzlich kam er sich fremd vor im eigenen Haus, horchte er nach einem weiteren Geräusch, das es ihm erlaubt hätte zu klopfen, dann, weil nichts mehr zu hören war, verzog er sich langsam – ob sie nicht doch noch heraustrāte? – nach nebenan. »Aber es war doch ein Scherz!«, murmelte er mehrmals, während er die Pantoffeln vor seinem Bett aufstellte. Seine Stimme klang ernst. Keine Spur von Lachen darin.

Er macht den Kühlschrank auf. Alles da. Sogar beschriftet. Damit er, der Idiot, nicht verhungern muss. Er liest: »Mikrowelle, zwei Minuten!« Und an der Mikrowelle: »Auf mittlere Stufe drehen!« Stäbchen und Salz, wohl für den Fall, dass er nach ein bisschen mehr Salz verlangt, liegen auf dem Esstisch bereit. Daneben die Zeitung für danach, schon aufgeschlagen an der richtigen Stelle, den Wetternachrichten, die er immer als Erstes studiert, nicht nach dem Frühstück, sondern nach dem Mittagessen, weil er, falls es vormittags regnen sollte, davon überrascht werden will. Ein Überbleibsel aus alten Tagen, als sie es waghalsig fanden, einfach draufloszugehen, ohne Schirm, selbst wenn die Wolken schwer am Himmel hingen, sie, wenn es zu schütten begann, sich nirgendwo unterstellten, sondern es geradezu anlegten darauf, klatschnass zu werden – wenigstens das eine Mal, bei dem er mitmachte: Sie waren an einer Kreuzung gestanden, um sie herum fliehende Menschen, und hatten, die Hände ineinander, sie gleichzeitig nach oben geworfen, wie in dem Film, in dem ein Mann und eine Frau – irgendwelche Franzosen, die viel rauchten und sich von nichts als den Zigaretten und ihrer Liebe ernährten – wenige Augenblicke später tödlich verunglückten. Eine Abschlussszene, er erinnert sich noch genau an die Musik, mit der sie unterlegt war, einen traurigen Walzer, und die Kamera fing ihre Körper ein, wie sie im Regen vor Glück ins Taumeln kamen, sie selig dahintaumelten, scheinbar endlos, bis es schwarz wurde auf der Leinwand und man das dumpfe Geräusch eines Aufpralls vernahm. »So ein Mist«, er war außer sich gewesen: »Was sind die so dumm und taumeln in ein Auto hinein! Und das nach drei Stunden, in denen nichts, aber auch gar nichts geschehen ist!« Aber das sei so im Leben. Seine Frau erklärte es ihm: Es geschehe nichts, lange Zeit nichts, und dann, auf einmal, gehe alles zu Ende. Damals erwartete sie ihr erstes Kind. Noch einmal verrückt sein! Bevor es zu spät ist! Es war ihre Idee gewesen, die Szene nachzuspielen. Mit ihrem schon kugelrunden Bauch war sie mit ihm den Hang hinunter bis zum Bahnhof gelaufen, der einzigen Kreuzung, die sich in dem Vorort als Kulisse eignete, und hatte, ihn hinter sich herziehend, darauf bestanden, dass sie sich nah – »ganz nah«, rief sie – an den Bordstein stellten. Und er war besorgt gewesen, nicht wegen der zwei, drei Autos, die mit Tempo 20 an ihnen vorübertuckerten, sondern wegen ihres Eifers, der etwas von Wahnsinn hatte, als sie sich mit tropfenden Haaren nach ihm umwandte und ihn über die Schulter hin fragte, was er denn habe, ob er das bisschen Regen nicht für sie aushalten könne, was überhaupt los sei, ob er sie etwa für verrückt halte, ehe er sie sachte zu sich zurückzog und sie noch sachter in seine Arme schloss, während sie weinte und weinte und weinte, scheinbar endlos, und das Wasser an ihnen beiden herunterfloss.

»Schmeckt gut«, murmelt er. Aber frisch gekocht würde es besser schmecken. Vor allem die Auberginen, die vom Aufwärmen ein wenig zu weich geraten sind. Er mag nicht, wenn etwas zerfällt, noch bevor er es in den Mund geschoben hat, am wenigsten Gemüse, welches ohnehin dazu neigt zu zerfallen. Wenn sie sie auf einem Extrateller angerichtet hätte! Dann hätte er sie nicht mit dem Rest in die Mikrowelle stellen müssen. Aber daran hat sie wohl - kurz weg! - nicht gedacht, weshalb auch die Sache mit der Hose noch zusätzlich an Gewicht gewinnt. Offensichtlich fehlt es ihr neuerdings, das ist ihm aufgefallen, an einer gewissen Umsicht, sie lässt manches schleifen, was, wenn man es schleifen lässt, über einen längeren Zeitraum, nicht wieder in Ordnung zu bringen ist. Eine Schlampigkeit, die sie sich von irgendwem abgeguckt haben muss, so jemanden hat er jedenfalls nicht geheiratet, ganz egal, wie sich die Zeiten verändert haben mögen, manche Dinge dürfen einfach nicht passieren. Dass sie zum Beispiel die Zeitung zwar an der richtigen Stelle aufgeschlagen, dafür aber vergessen hat, seine Lesebrille dazuzulegen, er sie mühsam suchen muss, bis er sie findet, auf einem Haufen Wäsche, die sie immer noch nicht gefaltet, geschweige denn gebügelt hat, obwohl er die Unterhemden - sie weiß doch, dass er leicht friert, gerade, wenn er so viel schwitzt - dringend braucht. Oder dass er entdeckt: Sie hat das Radio weggeräumt, das er reparieren will, und er sucht erst gar nicht danach, denn ihm ist klar, unter all den Dingen, die sie ständig umräumt, einmal hierhin, dann dorthin, wird er es schwerlich finden können. Dabei wäre heute der Tag gewesen. Er hat es gefühlt. Nachdem er sie wegen der Hose zur Rede gestellt hätte, wäre er in aller Ruhe daran gegangen, das Radio auseinanderzubauen, und er hätte den ganzen Nachmittag damit zugebracht, mit dem Schraubenzieher darin herumzustochern und dabei endlich wütend zu werden: warum er nach Hause kommt und einen Zettel vorfindet, noch dazu einen abgerissenen, wie man ihn höchstens in der Eile einem mitgibt, der schon im Zug sitzt. Eine schnell dahingekritzelte Nachricht. *Komm gut an.* Oder *Bleib gesund.* Und man schafft es gerade noch, sie durchs fahrende Fenster zu reichen, wobei die Hände einander nicht mehr berühren, nur durch den Zettel, *Lebewohl*, miteinander verbunden sind. Bei dieser Vorstellung bekommt er es mit der Angst zu tun: Er könnte nach Hause kommen, und sie wäre nicht da, aber diesmal für immer. Ob er das gleich merken würde, dass es für immer wäre? Vielleicht an der Art, wie sie vorher saubergemacht hätte, so wie es einem Kollegen ergangen war: Eines Tages kam er heim, und alles war aufgeräumt bis in den letzten Winkel, so hell und freundlich wie schon lange nicht mehr. Kein Staub. Kein Krümel. Kein Haar. Und er saß da, in dieser Sauberkeit, und wusste, ohne es vorher geahnt zu haben: Die kommt nicht mehr wieder. Selbst die Betten hatte sie frisch bezogen. Die Teppiche ausgeklopft. Bloß dort, wo vorher die Fotos gehangen hatten, waren gelblich umrandete Rechtecke an der Wand zurückgeblieben, und als er sich halbwegs erholt hatte, tapezierte er sie neu, mit einer Landschaftstapete, die, wie er, wenn er zu viel getrunken hatte, zu sagen pflegte, die scheußlichste war, die er hatte auftreiben können: ein lila Einhorn vor einem Wasserfall. *Und wie der* – schon lallend – *herunterdonnert! Mit einem Tosen, das alle Geräusche verschlingt.* Man musste ihm nachschenken, wieder und wieder, so lange, bis er den Mut hatte, ins Taxi zu steigen und in sein stilles Zuhause zu fahren. Sehr oft aber blieb er einfach in der Stadt, übernachtete bei Schönwetter auf einer Bank im Park oder nahm sich bei Regen ein billiges Hotelzimmer. Wenn er dann am nächsten Morgen im Büro erschien, ging er als Erstes in den Waschraum, um sich zu rasieren. Sein Gesicht, wenn er herauskam – man hätte nicht gedacht, dass er sich schon ein halbes Jahr später umbringen würde – so glatt war es, das Gesicht eines Babys –, nicht dass er sich vor dem Wasserfall kniend ein Kabel um den Hals wickeln würde, wie er es in dem Brief angekündigt hatte, den man später in seinem Spind fand, zwischen Zahnbürste, Handtuch und Rasierapparat, und in dem er im Voraus darum bat, man möge ihm die Geschmacklosigkeit seiner Tat verzeihen, sich im PS dafür bedankte, dass man ihm zugehört hatte, für all die schönen und heiteren Momente zusammen. Nicht wahr, sie würden ihn nicht vergessen?

Aber gut, die hatten keine Kinder gehabt. Und das macht einen Unterschied, ob man welche hat oder nicht. »Nicht wahr?«, er fragt es laut in die Stille hinein: »Das lässt sich nicht miteinander vergleichen?« Keine Antwort. Er schaltet den Fernseher ein. Lässt ihn laufen, während er nun doch nach dem Radio sucht, irgendwo wird er es schon finden, das Haus verliert nichts. »Nicht wahr? Es spuckt alles wieder aus?« Der Nachrichtensprecher berichtet von einem Erdbeben der Stärke 4,2, welches zwar deutlich zu spüren gewesen sei, aber keine nennenswerten Schäden verursacht habe. Darauf folgt eine Auflistung von noch leichteren Beben, nicht spür-, aber messbar, er hört kaum noch hin. Als er den Schrank unter der Treppe öffnet, fällt ihm ein Besenstiel entgegen, und er schafft es gerade noch, ihm auszuweichen, warum hat ihn seine Frau nicht in die dafür vorgesehene Halterung gehängt? Eine Nachlässigkeit mehr. Er notiert sie innerlich. Dazu das Putzzeug. Doppelt und dreifach. Er zählt ganze vier Glasreiniger, und kein einziger ist bisher in Gebrauch gewesen, die Sicherheitsverschlüsse sind alle noch ungeöffnet, dabei könnten die Fenster wieder einmal einen Lappen vertragen, man sieht ja schon nicht mehr nach draußen, denkt er, aber »nicht wahr? Geld genug haben wir, um es hinauszuwerfen für *Glasreiniger!* Und wo hinaus? Zu den *Fenstern!*«. Ein grimmiger Spaß, und er bereitet ihm ein ebenso grimmiges Vergnügen, ja, er lächelt fast, als er noch im selben Moment seine Frau hinter sich spürt, sie muss durch den Hintereingang ins Haus geschlichen sein, und wer weiß, wie lange sie darauf gelauert hat, ihn fast – fast! – lächeln zu sehen. »Die waren im Angebot«, sagt sie, »vier zu einem Preis.« Und er versteht nicht gleich, schluckt, ob nicht der Boden ein wenig wankt? Aus dem Fernseher kommt die Stimme eines Kochs: Auberginen seien reich an Kalium, Phosphor und B-Vitaminen, ideal, um den Blutdruck zu senken. Der aber steigt. Er muss sich festhalten, am besten am Besenstiel, so. Jetzt bloß nicht die Nerven verlieren. Er denkt an die Hosentaschen. Der Kampf ist noch nicht zu Ende gefochten. Aber das hat Zeit. Jetzt erst einmal die Kontrolle bewahren. »Du bist zurück?« fragen, auch wenn es offensichtlich ist. Ihr »Ja, das siehst du doch« abpassen. Und dann. Aber da hat sie sich bereits von ihm weggedreht, und er sieht sie von hinten, den Rücken gebeugt, in jeder Hand eine Einkaufstüte, in die Küche verschwinden. Tatsächlich verschwindet sie, einfach so, ohne ein weiteres Wort, und ihm ist, während er ihr nachschaut, als ob sie vor seinen Augen zerfließen würde. Eine Geistererscheinung. Oder ist es das Licht, hier im Flur, das ihrer Gestalt etwas Flüssiges verleiht? Selbst die Tüten scheinen zu zerfließen, der daraus emporragende Lauch. Er blinzelt. »Nicht wahr? Es ist eine Täuschung?« Aber das flüstert er nur. Der Koch hat zu kochen begonnen. Abwechselnd zischt und brutzelt es. Aus dem Publikum kommen »Aah«- und »Ooh«-Laute. Alles Hausfrauen, die sich herausgeputzt haben, er weiß es, ohne hinzuschauen, und er fragt sich, was er da tut, vor dem Schrank unter der Treppe, er hat doch irgendwas suchen, irgendwas finden wollen. Etwas, was ihm verloren gegangen war. Was war es doch gleich? Richtig! Das Radio! Er ist froh, als es ihm wieder einfällt, so froh wie über die Kühlschranktür, die hörbar auf- und wieder zugeht. Im Grunde ist gar nichts passiert.

Schon als er die Küche betritt, durch den teilbaren Vorhang, in dem er jedes Mal fürchtet sich zu verfangen, obwohl er darauf achtet, ihn mit beiden Händen, keinesfalls nur mit einer, das wäre zu leichtsinnig, auseinanderzuschieben, schon da weiß er aufgrund der Art, wie seine Frau den Lauch kleinhackt und sich dabei unentwegt eine Strähne aus dem Gesicht pustet, dass es falsch gewesen ist, hier hereinzukommen. Er hätte ins Wohnzimmer gehen, sich auf den Boden legen, ein kurzes Nickerchen machen sollen oder zumindest so tun. Still daliegen, mit zuckenden Lidern, als ob dahinter ein Traum den anderen jagte. Er ist gut darin. Oft genug hat er sich darin geübt. Und immer wieder ist man darauf hereingefallen: »Pst, nicht so laut! Papa schläft!« Hat ihn zugedeckt. Ist auf Zehenspitzen um ihn herumgegangen. Hat ihn so liegen lassen für den Rest des Tages, ohne Forderungen an ihn zu stellen oder etwas von ihm zu erwarten außer eben, dass er schlief und dafür das Wohnzimmer in Anspruch nahm. Wenn jemand den Fernsehkanal wechselte, gab er ein Grunzen von sich, und es wurde schnell wieder zurückgewechselt: »Mensch, du weißt doch, das weckt ihn auf!« Und er genoss diese Art der Fürsorglichkeit, wie sie ihm, dem Schlafenden, zuteilwurde, das Huschen von Schatten und dass er sie zuordnen konnte, selbst mit geschlossenen Augen genau wusste: Das ist seine Frau, die ihm ein Kissen in den Nacken schiebt, das sind die Kinder, die sich ihm zuliebe ein Lachen verkneifen. Es war ein Zauber, der aufhörte, sobald er sich zu regen begann, ein magischer Kreis, der sie alle gleichermaßen umschloss, und kein Wort kam diesem Zauber so nah wie »Familie«, wenn er es wachend-schlafend aus einem seiner ungeträumten Träume heraus raunte, als ob es tief aus seinen Lungen, noch tiefer aus seinem Bauch gestiegen wäre. Ein weiches Gefühl im Mund. Und er konnte es schmecken. Mit der Zunge fuhr er die Zähne entlang.

»Du warst einkaufen?«

»Was sonst?«

Seine Frau hat den Lauch in einen Gefrierbeutel gepackt. Als Nächstes, aha, nimmt sie sich den Ingwer vor.

»Und dann?«

»Wie? Dann?«

»Na ja«, er schaut auf die Uhr über der Vitrine, »du warst ziemlich lange fort.«

Einen Moment lang hört sie mit Hacken auf, wie um ihn besser verstehen zu können. Ihre Hände, er sieht es, zittern leicht. Und auf ihrem Hals, oder bildet er sich das nur ein?, zeigt sich ein Hauch von Rot.

»Also wenn du es wissen möchtest«, jetzt hackt sie wieder, »ich war im Fitnessstudio. Die bieten auch Tanzkurse an. Ballett für Ältere und so was. Ich - habe - mich - angemeldet«, lauter kleingehackte Wörter und die Strähne, die muss sie wegpusten, sie fällt ihr immer wieder ins Gesicht. Er möchte sie festpinnen, mit einer Nadel, ihr helfen, aber er weiß nicht wie. Stattdessen starrt er auf den Ingwer, der wie der Fuß eines Krüppels aussieht, fünf Zehen, alles da, aber so verbogen, dass sie zu nichts nutze sind. Ein Fuß, denkt er, der nicht gehen kann, nicht einmal hinken, nur im Weg sein, was macht man mit einem solchen Fuß, der einen am Fortkommen hindert? Die erste Stunde sei gratis, sagt sie: »Eine Schnupperstunde.« Und der Lehrer, den Blick auf der Arbeitsplatte, »ja, ein Mann«, habe bei dem und bei dem gelernt. So viele Namen, er fragt sich, wohin das führen soll. Ein ganzer Stammbaum von Ballettlehrern, in engen Hosen und kleinen Schuhen, aber gut, wenn ihr das gefällt? Soll sie es haben, bitte. Ein Hobby, etwas zum

Fitbleiben, sie legt ihm eine Liste von Argumenten vor, gegen die sich nichts einwenden lässt, und noch während sie ihm alle aufzählt, scheint sie davonzutanzen in staubigem Scheinwerferlicht, über die Bretter einer Bühne, die so groß ist, dass er sich auf ihr verirrt, und er will ihr nach, sie erhaschen, aber da ist der Vorhang, so schwer, dahinter Menschen, die hüsteln, und eine dicke Dunkelheit. Ob sie nicht zu alt sei dafür? Das ist seine Art, sie zu sich zurückzuholen. Aber darauf geht sie nicht ein, hackt weiter, als Nächstes, aha, die Frühlingszwiebeln. Also noch einmal, sie hat es wohl überhört: »Bist du nicht zu alt dafür?«

»Ja, mag sein.« Ein kurzes Innehalten. Dann lächelt sie.

Und er sieht sie vor sich, gegen die Tür gedrückt, merkwürdig groß, obwohl er sie um mindestens einen Kopf überragt, und wie sie ihn bittet, sehr höflich, ein Mädchen aus gutem Hause, keinen Lärm zu machen, die Eltern schliefen bereits, worauf er schon damals riesige Lust bekam, Krawall zu schlagen, und es nur deshalb nicht tat, weil ihm der Griff unter die Bluse nicht genug war, er noch mehr haben wollte, während sie ihn anlächelte wie jetzt, sodass er sich dumm vorkam, er immer derjenige ist, der stolpert, während sie - tanzt.

Ach ja, er hätte es beinahe wieder vergessen. Das Radio. Wo sie es versteckt habe? Er brauche es. Sofort. Und er ist gerade dabei, sich aufzubauen, die Schultern nach vorne gedrückt, die Arme leicht angehoben, eine Pose, die er sich für die Hose hat aufsparen wollen, nun vorschnell verpulvert, als es ihm ins Auge fällt, dort oben, zwischen kaputtem Reiskocher und Partypfanne, er gleich losschießt, was es da verloren habe, sein Radio, jetzt ist es plötzlich *seins*, es sei doch kein Küchengerät, sagt er und versucht es so freundlich wie möglich zu sagen, seine Stimme aber hat sich verselbständigt, und er erschrickt, wie grob sie ist. »Was?« Sie habe es zwischengelagert, weil es ihr im Weg gestanden sei? Und wenn er wolle, könne er es herunterholen und in sein Zimmer stellen? Ja und ob er das will! Er klettert auf einen Stuhl, stellt fest, wie schmierig es hier oben ist, der Staub von Jahren hat sich gemeinsam mit dem Fett von Jahren auf dem Schrank niedergelassen, und er findet es fein, wirklich fein, dass sie sein Radio gerade hierhin verstaut hat, wo der allermeiste Schmutz – was sie sich dabei gedacht habe? Wohl nichts! Zum Denken brauche es immerhin einen Kopf! Und er drückt es an sich, das arme Ding, drückt es zärtlich an seine Brust, ehe, so schnell geht alles, der Stuhl ein wenig ins Wackeln gerät, er sich schon fallen wähnt, hinab ins Bodenlose, ihm in der Panik, gleich bricht er sich das Genick, das Radio entgleitet, es mit einem Krach auf den Dielen landet und auf einmal zu rauschen beginnt. »Es lebt!« Ein Aufschrei. Er, wieder unten, beugt sich über das beschädigte Gehäuse und dreht an den Knöpfen, so lange, bis aus dem Rauschen ein Quäken geworden ist, die verzerrte Stimme eines Franzosen, oder ist es Musik? Er hat sich hingekniet, um sein Ohr an den Lautsprecher zu legen. »Ein Walzer«, flüstert er. »Der aus dem Film!« Seine Frau, die sich dazugehockt hat, nickt ein wortloses »Ja«. Und sie lauschen, alle beide, lauschen gemeinsam dem Dreivierteltakt, der sich mit den Geräuschen vermischt, die ihn gleichsam überlagern: der Kochsendung (die Hausfrauen dürfen nun kosten), dem tropfenden Wasserhahn, den Stimmen der Nachbarn (einer gurgelt gerade), der fernen Sirene eines Rettungsautos. Wie alles zusammen eine Melodie ergibt und zueinander gehört, sein Räuspern, als er schließlich aufsteht, ihr Schniefen, das sie auf die Zwiebeln schiebt. Und wie alles auseinanderfällt, schon im nächsten Augenblick, als sie ihn fragt, wie es übrigens beim Arzt gewesen sei, und er gerade jetzt nicht darüber sprechen mag, nicht darüber, dass ihm nichts fehlt, sie aber nachbohrt, und er kurzerhand etwas am Herzen erfindet, nichts Schlimmes, aber man müsse es beobachten. Und er bittet sie inständig, sich keine Sorgen um ihn zu machen, es sei bestimmt bloß eine Kleinigkeit, worauf sie ihm direkt in die Augen schaut – wann hat sie das zuletzt getan? –, und er es noch einmal sagt, um in ihrem Blick zu bleiben: »Bloß eine Kleinigkeit.«

Der restliche Tag verläuft ereignislos. Er hat das Radio zurück auf den Schrank gestellt, kein schlechter Platz eigentlich, er muss es nicht andauernd sehen und sich daran erinnern, dass er im Elektroladen, wohin er es vor gut fünf Monaten gebracht hat, beinahe in die Luft gegangen wäre, als man ihm erklärte, es lohne sich nicht, es wieder herzurichten, es sei günstiger, wenn er sich ein neues kaufe, zwar hätten sie nur noch wenige im Angebot, denn, ein bisschen mitleidig: »Die sind aus der Mode gekommen«, aber wenn es ihm ein Anliegen sei, sie könnten nachschauen, ob noch eins im Lager sei. Ja, er bitte darum. Natürlich hatten sie keins. Ob sie eine Bestellung aufgeben sollten? Die Lieferzeit betrüge ein bis zwei Wochen? Und er ist, ohne eine Antwort zu geben, mit einem Blick, der sie strafen sollte, nach draußen gestapft, wild entschlossen, es selbst zu reparieren, und das innerhalb der ein bis zwei Wochen, die ihm wie eine Ewigkeit erschienen, sieben bis vierzehn lange Tage, dazu die Nächte, noch länger, wär doch gelacht, wenn er das nicht schaffen würde. In seiner Entschlossenheit hat er die örtliche Bücherei aufgesucht, um dort, in der Physikabteilung, nach passender Lektüre zu stöbern, leider ohne Ergebnis, woraufhin er in die Buchhandlung, wo man ratlos gewesen ist, ihm aber – »wie hilfreich, haben Sie Dank!« – den Tipp gegeben hat, das Internet zu befragen, ob er sich auskenne damit? Ja, so alt sei er nun auch wieder nicht. Der erste Tag war damit verstrichen. Und schon am zweiten hatte er zu schlecht geschlafen, als dass er sich dazu hätte aufraffen können, weitere Schritte zu unternehmen. Er tröstet sich mit dem Wort »Langzeitprojekt«. Es klingt vielversprechend. Und wirklich ist seither kein Tag vergangen, an dem er sich nicht mindestens einmal vorgestellt hat, wie er das Radio zu sich heranziehen, es vorsichtig auseinanderbauen würde, bei solchen Sachen konnte man nicht vorsichtig genug vorgehen, und wie er dann dasitzen würde, im Schein der Lampe, die er ganz nah bei sich aufgestellt hätte, staunend dasitzen vor dem Wunder des Innenlebens, das sich ihm offenbarte, den Kabeln und Spulen, erst einmal staunend dasitzen und durchatmen. Und dann? An diesem Punkt kommt er tagtäglich an. Und auch heute ist es nicht anders. Er überlegt, ob er stattdessen die Schallplatten ordnen sollte, aber er ist nach wie vor unschlüssig, nach welchem Prinzip. Vielleicht nach Epochen, fragt er sich träge. Der Bonsai ist in der Zwischenzeit eingegangen, und er sollte ihn mitsamt der Erde auf den Kompost werfen. Den Topf gleich dazu, denn ohne Pflanze hat er keinen Sinn. Abends tritt er vor die Tür. Die Frauen verstummen, dann plaudern sie weiter, und ihre Kinder sausen auf Tretrollern an ihm vorbei und blinzeln gegen die Abendsonne. Am Himmel zeigt sich der Mond. Noch liegt er tief, er wird höher wandern. Und sein Haus ist das oberste, so viel steht fest. Als er wieder hineingeht, denkt er kurz an den Obdachlosen. Ob der jetzt auch in sein Lager am Fluss heimkehrt? Und ob der so müde ist wie er? Er versucht seinen Gang nachzuahmen. Klein und gebückt. Es gelingt ihm besser, als er es sich eingestehen mag.

Erst beim Abendessen zeigt sich die Wirkung seiner erfundenen Herzschwäche. Seine Frau hat sich ins Zeug gelegt. Er merkt es an den besonders hübsch angerichteten Speisen, zum Beispiel das frittierte Huhn, das sie nicht wie üblich auf Küchenpapier, sondern auf Salatblättern serviert, die in Blumenform geschnittenen Cherrytomaten, und als er nach dem Salz greift, dorthin, wo es normalerweise steht, greift er ins Leere, und sie scheint darauf gewartet zu haben, dass er sich aufregt, denn sie sagt in einem Tonfall, der sowohl streng ist als auch sanft, so wie sie mit einem kranken Kind sprechen würde: »Zu viel Salz ist nicht gut für dich.« Woraufhin er sich zwar noch ein Weilchen länger darüber aufregt, aber mit dem angenehmen Gefühl, dass ihm eine Grenze gesetzt worden ist, und er empfindet die Enge als etwas, was sich um ihn herum dicht an die Haut legt, ihn umfängt und umschmeichelt wie ein warmes Tuch, nachdem ihm sehr kalt gewesen ist. Ob sie ihm nachschenken könne? Ein bisschen Tee? Er hält ihr die Tasse hin. Aufsteigender Dampf. Wenn er jetzt auf den weißen Spitz zu sprechen käme. Er ahnt es. Sie wäre weniger abgeneigt. Ein Hund würde ihn in Bewegung halten, und das wiederum würde seinen Kreislauf stärken und ja, warum nicht? Wenn es ihm denn wirklich so viel bedeutete? Aber dann malt er sich aus: dass Shiro womöglich gar nicht so klug wäre wie erhofft, sich ständig einen Nagel eintreten würde, dumm und ein Kläffer obendrein, und die Enttäuschung, wenn er nach dreimal spazieren gehen schon gar keine Lust mehr dazu hätte, weil Shiro alle paar Ecken stehen bliebe und er sich bücken müsste, um seine Häufchen aufzuklauben. Und das Futter! Wer würde das den Berg heraufschleppen? Ganz zu schweigen von den Tierarztrechnungen, von denen er gehört hat, sie seien mitunter horrende. An die dreihunderttausend Yen* kostete die Operation des grauen Star, wenn er nicht wollte, dass Shiro erblindete, und irgendwann würde er dann doch erblinden, und es wäre zu traurig, ihn vor der Hütte liegen zu sehen, apathisch mit eingezogenem Schwanz, das glanzlose Fell überall auf dem Rasen verstreut. Nein. Kein Hund. Auch wenn seine Frau darauf bestehen würde. Zumindest vorerst nicht. Es verhält sich damit wie mit dem dritten Kind. Lange Zeit hatte sie sich eins gewünscht, und er weiß noch genau, wie sie ihn bedrängte, in ihren seidenen Nachthemden, die plötzlich aufgetaucht waren aus irgendeiner Schublade und nach Naphtalin rochen, und wie sie es schließlich aufgab, »zumindest vorerst«, und die Nachthemden wieder verschwanden. Erst vor Kurzem hatte er sie in einer Schachtel entdeckt, vollkommen von Motten zerfressen, und es tat ihm leid, beim Anblick der Löcher, sich derart gesträubt zu haben. Ein Kind mehr hätten sie verkraftet. Und der fehlende Platz, damals war das sein Hauptargument dagegen gewesen, für einen Zubau fehlte schlichtweg das Geld, erschien im Nachhinein null und nichtig. Wären sie eben enger zusammengerückt.

Er brauche nichts. Danke. Oder Moment! Wenn sie so lieb wäre? Die Hosentaschen! »Ach herrje«, seine Frau schlägt sich mit der Hand gegen die Brust, »die habe ich doch glatt vergessen.« Und sie holt den Nähkorb. »Ich mache das gleich!« Er solle sich derweil die Hose ausziehen. »Was, jetzt sofort?« – »Ja, wann denn sonst?« Er hört sie im Schrank unter der Treppe kramen. Ob das nicht Zeit habe? Nein, lieber gleich. Sie ist zurückgekommen. Er würde es bevorzugen. Aber er bringt den Satz nicht heraus. »So eilig ist es nicht«, sagt er stattdessen. Sie: Er solle nicht komisch sein. Die Lampe. Es ist so hell hier. Er schaut auf die übrig gebliebenen Cherrytomaten. Die so hinzukriegen, erfordert sicher viel Fingerspitzengefühl. »Also gut.« Er steht auf. »Wenn es sein muss.« Er persönlich sei jedoch der Meinung, dass sie die Nähte auch später auftrennen könne, all die Wochen habe sie es verabsäumt, und nun mache sie eine Veranstaltung daraus. Manchmal müsse er sich wundern. »Ich meine: hier! Mitten im Wohnzimmer!« Ob sie nicht wenigstens die Vorhänge? Er windet sich. Außerdem habe er sich in der Zwischenzeit daran gewöhnt, nichts einzustecken, und es sei sogar besser so, die Taschen würden sich, wenn er zu viel einsteckte, ausbeulen. Und das alles, während er den Gürtel öffnet, dann den Knopf, dann den Reißverschluss, während er die Hose herunterlässt und sich fragt, ob er nicht auch die Socken ausziehen sollte, denn in Socken, so sein Gedankengang, wäre die Nacktheit seiner Beine noch augenfälliger, er sich also ächzend bückt, um auch die Socken abzustreifen, was er aber gleich wieder bereut, weil sich zwischen den Zehen schwarze Fussel gesammelt haben. »Da, bitte schön! Bist du jetzt zufrieden?« Und damit wirft er ihr die Hose vor die Füße, eigentlich hat er sie ihr unwirsch zwar, aber immerhin mit einer Hand, nicht mit beiden, das wäre zu viel gewesen, überreichen wollen. Seine Frau jedoch ist merkwürdig still geworden, merkwürdig bewegungslos, und eine Weile stehen sie einander so gegenüber, er mit nackten, sehr nackten Beinen, sie an ihm vorbei ins Leere starrend, als ob da jemand wäre, hinter ihm, vielleicht der Mann, der er einmal gewesen ist, und sie bemüht sich, ihn so zu sehen, wie sie ihn in Erinnerung hat: vor der Haustür, als er von ihr abließ, ihr einen letzten braven Kuss auf die Wange gab, dann unterm Fenster, die halbe Nacht hindurch, als er ihr ein Leben versprach, das wie Tanzen wäre. »Es tut mir leid«, sagt sie endlich und hebt die Hose auf. Ein elektrisches Knistern, sie streicht sie glatt. Ob er sich nicht hinsetzen wolle? Es würde nicht lange dauern. Und mit der Schere trennt sie die Nähte auf, wieder sieht er, sie zittert. Rote Flecken auf ihrem gebogenen Hals. Ein kleiner Schnitt, dann löst sich der Faden. Sie zieht ihn heraus und zwirbelt ihn zwischen den Fingern zu einem winzig kleinen Knäuel.

Als er das Licht abdreht, ist es zunächst stockfinster. Doch dann, langsam, schälen sich die Umrisse der Möbel heraus. Dort der Schreibtisch mit dem Computer, er hat vergessen, wegen des Schwitzens nachzuschlagen. Aber jetzt schwitzt er ja nicht, und es ist ihm immer nur dann ein Bedürfnis nachzuschlagen, wenn er gerade schwitzt, also meistens dann, wenn er unterwegs ist, was wahrscheinlich der einzige Grund dafür ist: dass er völlig sinnlos unterwegs ist. Ohne Richtung, ohne Ziel. Eine dieser Ideenketten vor dem Einschlafen, während er dabei zusieht, wie die Finsternis, wie durch ein Sieb gezogen, dünner und dünner wird und sie die Dinge nicht länger verschleiert, sondern geradezu offenlegt. Den Rollkoffer zum Beispiel. Heute ist er wieder einmal darübergestolpert. Ein Abschiedsgeschenk, dazu ein Kärtchen, »Bon Voyage!«, mit den Unterschriften sämtlicher Kollegen, denen er erzählt hat, er würde, sobald er im Ruhestand sei, mit seiner Frau nach Paris fliegen, was er im Übrigen immer noch vorhat. Auf dem Nachttisch liegt ein Reiseführer, bereits reichlich zerlesen. Und er weiß, wo man was essen kann, er kennt die Namen der Hotels auswendig. Den Métro-Plan hat er einstudiert, die Gepflogenheiten, wem man wie viel Trinkgeld gibt und so weiter, sind ihm vertraut. Die wichtigsten Phrasen wird er im Flugzeug lernen, er hat sich dazu eine CD mit Hörbeispielen besorgt, aber er wird sich ihr erst dann widmen, nachdem sie ungefähr die Hälfte der Strecke zurückgelegt haben, vorher wird er aus dem Fenster schauen, die Aussicht genießen. Die Pantoffeln. Die wird er vermissen. Das Medizinkästchen, in dem er heimlich ein paar Gedichte von früher aufbewahrt. Solche, für die man sich schämt und die man trotzdem nicht wegwerfen mag, wegen der einen Zeile, für die man geblutet hat. Eins kann er aufsagen: *Die Himmelsbetrachtungen.* Und es geht so ---

--- aber er schläft schon, und seine Gedanken sind nur noch Bilder, die in die wieder dicker und dicker werdende Finsternis gleiten: Wie der Himmel zersplittert, seine Frau hat ihn kleingehackt. Wie er auf den Befunden herumtrampelt, auf lauter Zahlen und Zeichen, sie in die Erde hineintritt. Wie er mit einem Paradiesvogel in Pumps durch einen duftenden Dschungel flattert und dabei Angst hat, sich in den Lianen zu verfangen, die er mit seinen Flügeln streift, während ihn seine Frau mit gezwirbelten Fäden bewirft und er sie plötzlich umarmt, splitternackt, und sie gar nicht seine Frau, sondern eine Verrückte ist, die ihn in den Rollkoffer packt. »Familie spielt man nicht«, ruft er heraus. Aber niemand scheint ihn zu hören: Seine Frau, kurz erwacht er, um nach ihr zu lauschen, schläft.

2

»Hallo, wer spricht?«

»Hier ist der Cowboy vom Friedhof.«

»Verzeihung?«

»Der, der den Schwan gemacht hat.«

»Den Schwan?«

»Sie haben mir Ihre Karte gegeben.« Er überlegt, ob er auflegen soll. Peinlich genug, dass er sich erklären muss, und jetzt lassen ihn die Sprüche im Stich, die er vorbereitet hat, auf einem Blatt Papier hat er sie notiert. Den mit dem Cowboy, den mit dem Schwan. Er hat gehofft, die zwei würden reichen.

»Sie sind doch Mie?«, fragt er.

»Welche Mie?«

Und noch während er schluckend um Fassung ringt, das Handy ans heiße Ohr gepresst, bricht sie in ein Gelächter aus, das ihn nun vollends aus der Ruhe bringt: »Jetzt sind Sie ins Schwitzen gekommen, nicht wahr? Haben wohl gedacht, ich meinte es ernst? Aber es ist, wie ich Ihnen gesagt habe: Beim zweiten Mal kennt man einander.« Sie habe gewusst, dass es ihm nicht leichtfallen würde, sich bei ihr zu melden, und sie finde es süß, sie sagt tatsächlich: »süß«, ein Wort, das ihm auf sich angewandt ziemlich unpassend vorkommt, dass er es trotzdem getan habe. Ein bisschen Spaß aber müsse sein. Und außerdem: »Regel Nummer eins: Wir erinnern uns nicht an die Menschen, die uns gestern nahe gewesen sind. Wenn wir ihnen heute zufällig wiederbegegnen, was sehr unwahrscheinlich ist, haben wir sie vergessen wie das Staubkorn, das uns im Schlaf auf die Stirn gerieselt ist. Wir haben nichts mit ihnen zu tun.« Er solle sich das aufschreiben. Vor ihm liege doch bestimmt ein Blatt Papier. »Morgen reden wir weiter.« Sie nennt ihm Ort und Zeit. »Sie werden da sein.« Keine Frage. Ein Aussagesatz. Sein »Aber« fällt mit dem Freizeichen zusammen, es kommt zu spät.

Also los. Er ist schon lange nicht mehr mit dem Zug gefahren und schon gar nicht an einem frühen Nachmittag. So viele Sitzplätze! Er hat die Wahl. Und dennoch zieht es ihn neben eine junge Mutter, deren Baby gerade lauthals zu schreien begonnen hat. Die wiederum rückt ein Stück weit von ihm ab, legt eine riesige Tasche dazwischen, lauter Windeln und Fläschchen. Der Geruch von Milch. Er zieht eine Grimasse Richtung Baby, es hört auf zu schreien. Ein zahnloses Lächeln. Beinahe greisenhaft. Er winkt ihm zu. Die Mutter aber tut so, als ob sie das nichts anginge, macht weiterhin »Pst!« und »Pst!« und klopft dem Kind auf die Brust. Als es vor Vergnügen quietscht, weil er sich jetzt hinter seinen Händen versteckt und dabei die Finger spreizt, um durch sie hindurch zu grimassieren, dreht sich die Mutter mit ihm zur Seite, worauf es wieder lauthals zu schreien beginnt. Er lässt die Hände sinken. Rückt seinerseits ab. Vielleicht ist er ihr zu nahe gekommen und sie möchte jetzt, nachdem sie den ganzen Vormittag bereits mit Brustklopfen beschäftigt war, keinen neben sich haben, der meint, es besser zu können als sie. Schade. Das Baby streckt schreiend die Fäuste in die Höhe. Der Rücken der Mutter verdeckt sein Gesicht. Er könnte ihr auf die Schulter tippen: »Keine Angst! Ich tue Ihnen nichts.« Aber das würde sie erst recht als einen Angriff verstehen. Wirklich schade. Er betrachtet seine Hände. Dabei könnten die noch so einiges leisten. Schräg gegenüber sitzt ein Schüler mit Kopfhörern. Er hat die Augen geschlossen und schaukelt sachte hin und her. Wenn er sie aufmachte, er fragt sich, was würde er dann sehen? Eine Mutter mit Kind und einen Mann, der nicht dazugehört? Das Rattern der Schienen stimmt ihn wehmütig. Auf dieser Linie ist er, tagein, tagaus, zur Arbeit gefahren, und er hat oft genug gescherzt, dass sie sein zweites Zuhause sei, so vertraut waren ihm die Türen und das Signal, wenn sie auf- und zugingen, die baumelnden Halteschlaufen und der Geruch von Büchern, über denen er eingenickt war. Selbst die Menschen waren ihm mit der Zeit vertraut geworden, er wusste, wo sie zu- und wieder ausstiegen. Außer dem Kahlköpfigen war da noch das Mädchen mit Down-Syndrom gewesen, das die Durchsagen laut mitzusprechen pflegte, wobei es immer dann, wenn jemand Neues dazukam, was praktisch an jedem Bahnhof der Fall war, einen zusätzlichen Gruß einflocht: »Guten Morgen! Wie geht es Ihnen? Es freut mich, Sie kennenzulernen.« Ein Gruß, den man ihm wohl in der Schule beigebracht hatte, und es schien eine besondere Freude daran zu knüpfen, vollkommen gleichgültig, ob ihn jemand erwiderte oder nicht, was praktisch bei keinem der Zugestiegenen der Fall war. Nur einmal, es war an seinem letzten Arbeitstag gewesen, hatte er den Mut zusammengenommen – ja, für so etwas musste er seinen Mut zusammennehmen – und zurückgegrüßt, aber das Mädchen war dadurch völlig aus dem Konzept geraten: Entgeistert starrte es ihn an und blieb den Rest der Fahrt über stumm. Seither hat er es nicht wiedergesehen. Ob es noch immer die rosa Jacke mit den Rüschen trägt? Erst jetzt bemerkt er: Wie hübsch es darin war.

Der vereinbarte Treffpunkt ist nicht weit von seinem ehemaligen Büro entfernt, und es fühlt sich seltsam an, als er sich dem Gebäude nähert. Also nimmt er einen Umweg, nicht unbedingt entdeckungsfreudig, eher aus dem Gefühl heraus, einem sogenannten Bauchgefühl, kein Recht mehr auf die Straße zu haben, die zum Büro hochführt, und laut Fernsehsendung ist es wichtig, seinem Bauchgefühl zu folgen. Es sendet Botschaften aus dem tiefsten Inneren und transportiert es damit gewissermaßen authentisch an die Oberfläche, wer es unterdrückt, leidet häufig an Magengeschwüren. Diese Straße, fühlt er, gehört jetzt den anderen, und er muss hinten, nicht vorne, möglichst ungesehen um das Bürogebäude herumkommen. Wie das so schnell gekommen ist, dass die ganze Gegend, ihm zwar vertraut, jetzt plötzlich wie fremdes Terrain erscheint, er sich selbst als Eindringling empfindet, dem man es ansieht, an seinem Gang, seinem Blick, dass er hier nichts zu suchen hat. Er duckt sich ein wenig. Der dort vorne kommt ihm bekannt vor. Schnell hinüber! Die Seite gewechselt! Aufs Handy schauen, dessen Vertrag er nächstens kündigen möchte, weil ihn sowieso niemand anruft und weil er selbst es höchstens zum Golfspielen verwendet, und das er trotzdem mit sich herumträgt, weil es ihm ein Gefühl der Sicherheit gibt, es jederzeit griffbereit zu haben. Wer auf sein Handy schaut, wirkt beschäftigt, und wer beschäftigt ist, fällt nicht auf. Sein Outfit allerdings! Er hätte sich doch für ein Hemd entscheiden sollen – jedenfalls nicht für das neue, das nur so tut, als ob es eins wäre. In dem Geschäft, wo er es zusammen mit der Jacke gekauft hat, hieß es, dass es das ideale Übergangshemd sei, angesiedelt zwischen dem klassischen Büro- und dem etwas pfiffigeren Freizeithemd, wobei es, mit einem Seitenblick auf seine grauen Schläfen, doch eindeutig mehr von dem klassischen hätte. Eine Krawatte passe nicht dazu. Nein. Aber auch keine Jeanshose. Die Verkäuferin fand, es unterstreiche die Erfahrenheit, die er ausstrahle, sie komme dadurch positiv zur Geltung. Als ob etwas abhängen würde von ihrer Meinung. Eine Mittvierzigerin, der man ansah, dass sie nichts zu lachen hatte – kein Mann, zwei, drei

Kinder, fünf Jobs. In ihrer Stimme meinte er eine Müdigkeit zu hören, wie die, die ihn überfiel, wenn er an *morgen* dachte, und trotz ihrer Wachheit – sie bot ihm an, eine passende Weste herauszusuchen, denn Westen seien jetzt stark im Kommen, man trüge sie mit oder ohne Hemd – kam sie ihm fehl am Platz vor, sie hätte nach Hause gehen sollen, ein heißes Bad nehmen, sich die Nägel lackieren. Er kaufte alles, was sie ihm unterjubelte, sogar die Weste, von deren Muster ihm übel wurde, kleine Karos in Gelb und Aprikose, vielleicht, was wusste er schon?, bekam sie Punkte dafür und am Ende des Jahres eine Verdienstschleife? Im Grunde aber wollte er nur weg. Raus aus dem Geschäft, raus an die frische Frühlingsluft. Das war an seinem ersten Tag im Ruhestand gewesen, einen Tag nachdem er das Mädchen im Zug gegrüßt hatte. Beides Vorfälle, die miteinander zusammenhängen. Ein Bauchgefühl. Das Büro liegt längst hinter ihm. *Café Français* liest er auf dem Zettel, den er aus der Hosentasche gezogen hat. Seine Frau hat sie ihm aufgetrennt. Und obschon das vor gerade zwei Tagen war, scheint es ihm weit zurückzuliegen, viel weiter als alles, was davor geschehen ist.

Sie ist schon da. Er sieht sie an einem Tisch in der Mitte des Raumes sitzen. Eine hochgeschlossene Bluse, flache Schuhe, die Haare streng nach hinten gekämmt. Nicht die Mie, die aus dem Schatten des Baumes getreten ist, um ihm zu applaudieren, sondern sie stellt sich vor: »Heute bin ich Satoko.« Eine Tante, die gleich losmuss. Aber in einer Viertelstunde lasse sich vieles besprechen, wenn er bitte einfach nur zuhören wolle. Den Rest, also das Sprechen, übernehme sie. Eine Art Probe. Satoko sei eine geschwätzige Tante. »Sie redet immerzu von sich selbst, und das in langen, sehr umständlichen Sätzen, die keine Punkte haben, sodass sich derjenige, auf den sie einredet, nirgendwo einhaken kann, eine Angewohnheit, die sie aus Kriegszeiten hat, als man für jedes Reiskorn, das man aß, einige Redekunst brauchte, wer sie nicht besaß, ging unter - ein Witz! Natürlich gehe ich nicht für neunzig durch! -, aber sie hat das von ihrer Mutter und die wiederum von ihrer, will heißen: Indirekt hat sie es von damals, als man. Aber das sagte ich schon. Regel Nummer zwei: Wir versetzen uns ins Beziehungsgeflecht und, wenn es sein muss, in die Mutter der Mutter der Mutter. Wir finden die Schwachstelle darin und machen sie uns zu eigen, denn es ist unsere Überzeugung, dass jede Familie mindestens eine Schwachstelle hat und dass sie, die Schwachstelle, in allen Familienmitgliedern ist. Ohne sie«, und dabei schaut sie auf die Uhr, »wären wir keine Menschen, nur Schauspieler.« Der Kellner bringt einen Tee. »Nicht wahr, Sie trinken Tee? Ich habe mir die Freiheit genommen, für Sie zu bestellen, und *schwarz mit Zitrone* erschien mir richtig, keine Ahnung warum, aber es musste etwas Saures und von der Farbe her dunkel sein. Ich habe ein geradezu tierisches Gespür für solche Sachen. Das Hemd, das Sie da tragen, zum Beispiel. Lassen Sie mich raten. Das hat Ihre Frau für Sie ausgesucht? Nein? Aber es steht Ihnen! Ja, sehr sogar! Das helle Rosa schmeichelt Ihrem Teint. Ich hätte nicht gedacht, dass Sie es selbst. Aber verheiratet sind Sie? Das schon? Egal. Worauf ich zurückkommen möchte: Wir sind nichts ohne unsere Familie, und wir sind vor allem nichts ohne ihre Schwachstelle, die uns über Generationen hinweg prägt. Bitte schreiben Sie sich das auf. Hier, auf die Serviette. Sie brauchen das, wenn ich Sie demnächst losschicke. Ja, jetzt schauen Sie mal, es kam gerade eine Anfrage herein, etwas Leichtes, wirklich. Ich verspreche es. Etwas für Einsteiger. Ein Junge, sechs Jahre alt - nein, nicht Sie, sondern Ihr Enkel -, seine Mutter, das heißt: Ihre Tochter hat Sie als Großvater gebucht. Die Details habe ich Ihnen auf Band gesprochen, ein bisschen unzeitgemäß, aber nicht wahr, das macht Ihnen nichts aus? Es spart uns beiden sehr viel Zeit«, und damit reicht sie ihm ein Diktafon, dazu ein dickes Kuvert, schaut auf die Uhr, nimmt einen Schluck Wasser, ist halb aufgestanden, setzt sich wieder: »Zu schnell?« Sie lacht. »Aber so ist das. Sie werden sich daran gewöhnen müssen.« Und mit einem Ausdruck von Triumph, den er schon einmal gesehen hat, irgendwo, auf einem anderen Gesicht, einem Triumph, der sich an seiner Verblüfftheit weidet: »Sie sind eingestellt! Ich gratuliere Ihnen. Die Aufnahmeprüfung haben Sie mit Bravour bestanden. Ich meine, Ihr Tanz letztens am Friedhof. Mehr brauche ich über Sie nicht zu erfahren. Wie Sie sich verwandelt haben von einem Affen in einen Schwan, von einem Schwan in einen Menschen! Das macht Ihnen so bald keiner nach, Herr Katō!« – »Herr Katō?« – »Na, Ihr Name! So heißen Sie! Gott, Sie sind aber auch langsam. Den Tee habe ich übrigens bereits bezahlt, der geht auf die Agentur. Nur noch eines: Sie müssen an Ihrem Lächeln arbeiten. So wie Sie lächeln, nimmt es Ihnen niemand ab. Das Problem, erinnern Sie sich?, ist Ihr Körper. Der lächelt nicht mit. Bitte schreiben Sie sich auch das auf. Regel Nummer drei: Wenn wir morgens aufstehen, gleichgültig, wie schlecht wir uns fühlen, stellen wir uns als Erstes vor den Spiegel, strecken die Arme in die Höhe – so – und versuchen mit unserem ganzen Körper zu lächeln. Es nützt nichts, wenn es nur der Mund tut. Selbst Ihr kleiner Zeh sollte lächeln. Jetzt schmunzeln Sie! Aber das ist ein feiner, wenn auch sehr feiner Unterschied: Schmunzeln kann jeder. Lächeln nicht. Und mit dieser Weisheit lasse ich Sie nun alleine. Viel Glück!« Wo denn ihre Tasche sei, die mit dem Strass? Eine letzte Frage, um sie aufzuhalten, denn er spürt es im kleinen Zeh, dass er sie nicht gehen lassen mag. »Satoko glitzert nicht«, gibt sie zurück und ist, noch ehe er die allerletzte Frage stellen kann: wie sie eigentlich wirklich heißt?, verschwunden. Durch die Glastür sieht er sie Richtung U-Bahn eilen, er versucht ihr, so lange es geht, mit den Augen zu folgen, ihrem kleinen Kopf mit dem Dutt, der ihm von vorne nicht aufgefallen ist, und erst als sie untergetaucht ist, inmitten größerer Köpfe, murmelt er, für niemanden hörbar als ihn selbst: »Ein Kaffee wäre mir lieber gewesen.« Schwarz, ohne Milch, ohne Zucker.

»Du? Hier? Aber das gibt es doch nicht!« Jemand hat ihm im Gehen an die Schulter gefasst, und er schreckt zusammen, die Hand ist leicht, kaum spürbar, aber sie riecht – er überlegt, wonach? –, und als er sich umdreht, fällt es ihm ein: eine Mischung aus Kampfer und Menthol. »Nein so was!« Er freut sich. »Fujimoto! Alter Knabe!« Und es überrascht ihn, dass er sich freut, mehr noch, dass die Freude, die er empfindet, echt ist, was er daran merkt, dass sie da ist, ohne dass er sich erst dazu zwingen muss, sie zu empfinden. Dabei hat er beim Zurückgehen einen noch weiteren Bogen um das Büro gemacht, sich dicht an den Wänden entlanggedrückt, in der Hoffnung, niemandem zu begegnen. Mit ihm hatte er am wenigsten gerechnet: *Mister Medicineman.* Ein Spitzname, der an ihm klebte wie die Salben, die er herstellte, ein Hobby, das in erster Linie dazu gedacht war, ihm seine Manneskraft zu erhalten, was er jedermann wissen ließ: dass die ätherischen Öle, die er dafür aus China bezog, also gut, nicht direkt, sondern aus Chinatown, dass sie quasi über die Haut ins Organische eingingen und er da drinnen, besonders da unten dank ihrer Wirkkraft gerade mal zwanzig sei. Wer wolle, könne seine Frau befragen, die würde es bestätigen. Den Buckel aber. Tja, dagegen sei nun mal kein Kraut gewachsen. Den habe er vom vielen Sitzen bekommen, »das Kreuz«, wie er sich ausdrückte, »des modernen Menschen«. Und tatsächlich hatte er etwas von einem Gekreuzigten an sich: die Art, wie er ständig litt, mal an dieser, dann wieder an jener Stelle, sich ständig einrieb mit seinen Salben, sodass man ihn schon von Weitem riechen konnte. Alles Geheimrezepte, an denen er zu Hause im eigens dafür eingerichteten Labor tüftelte und die, wenn er sie schon nach drei Runden Bier dann doch preisgab, nichts sonderlich Geheimnisvolles an sich hatten, eher dazu anregten, gähnend das Thema zu wechseln, worauf er empfindlich reagierte. Denn genau das sei eben das Leid der Welt. Dass niemand mehr bei einem Thema bleibe. Man springe von einem zum nächsten und versäume dabei den Moment. Eins seiner Lieblingswörter, nur wer im Moment sei, könne genesen, was er zweifellos aus jener Lebenshilfe-Talkshow hatte, es waren dieselben Phrasen, doch auch er wollte sie nicht gesehen haben, nichts als Augenwischereien, sagte er, was einem im Fernsehen als Wahrheit verkauft werde. Kurzum: Mister Medicineman war anstrengend. Aber wie er da vor ihm steht, schmal und krumm, empfindet er eine ehrliche Freude darüber: »Lang ist es her! Was macht die Arbeit?« Und er erkundigt sich nach den Kollegen. Es interessiert ihn, ob die Sitzordnung dieselbe geblieben ist, ein jeder an seinem Platz, wer seinen Tisch übernommen hat, ach so, der Kurze, und wer nachgerückt ist, ach so, der Dicke, und je länger sie darüber sprechen, desto wichtiger erscheint es ihm, wer wo sitzt und an welchem Tisch, als ob es etwas aussagte über den Stand der Dinge und er diesbezüglich noch ein Wörtchen mitzureden hätte. Ob der Kaffeeautomat noch immer der alte sei? Man musste dagegenschlagen, sonst bekam man kein Wechselgeld heraus. Ob sich die Putzfrau, die ohne Nase, ihre Zähne hat richten lassen? Es war gruselig, ihr abends, wenn man Überstunden machte, im Flur zu begegnen. Was, die gibt es nicht mehr? Ist gekündigt worden? Und dergleichen mehr, bis plötzlich der andere fragt: ob er ihn genieße? Den Ruhestand? Und wie es in Paris gewesen sei? »Schön«, sagt er, und es ist zu spät, um es zurückzunehmen: »Am schönsten fanden wir den Louvre.« – »So, den Louvre?« – »Ja, den Louvre.« Dreimal ausgesprochen, hat sich das Wort bereits klanglich verformt, grotesk, wie es ihm über die Lippen kommt. Und das vierte Mal macht es nicht besser: Im »Louvre« hätten sie die Mona Lisa gesehen. Unglaublich, wie klein das Bild ist. Man stellt es sich größer vor. Aber ihr Lächeln! Wie beschreibt es der Reiseführer? Sanft und anmutig scheint es sich aus dem Holz herauszuheben. Ein wahres Meisterwerk. Er steckt die Hände in die Hosentaschen. Ein Gefühl der Scham, gleichzeitig des Übermuts: Er kann das. Lügen erfinden. Sein Herz gerät dabei nicht im Mindesten aus dem Takt. Jedenfalls nicht so, dass es ihn daran hindern würde, sich als Nächstes über das gute Essen zu ergehen: Im *Restaurant Le Printemps*, nicht weit vom *Gare de Lyon* entfernt, bekomme man vorzügliches Rind serviert, dazu vorzüglichen Wein, gar nicht teuer, das ganze Menü, samt Nachspeise, hätte sie nicht mehr als soundsoviel gekostet, an den genauen Preis könne er sich leider nicht erinnern, aber jeder Bissen sei es wert gewesen. – »Klingt gut«, sagt Fujimoto und schaut ihm dabei scharf ins Gesicht. Er wiederholt es: »Klingt gut.« – Ob er was von Itō wisse? Er beeilt sich, das Thema zu wechseln. – Nein, und er solle doch nicht ausweichen, »wen interessiert schon Itō? Im Gegensatz zu Paris!« Sie sollten bald wieder einmal zusammenkommen. Er würde gern mehr darüber hören, »aus deinem Mund«. Und er zaubert ein Döschen aus seinem Ärmel, ein Trick, den er ihnen oft vorgeführt hat: »Voilà! Die ist für dich!« Eine Salbe. »Wirkt Wunder bei allen möglichen Beschwerden: Schnupfen. Schlaflosigkeit. Schwindel.« Die ganze Zeit habe er sie mit sich herumgetragen. »Und jetzt weiß ich, wofür: für diesen Moment! Ich meine, kein Zufall. Eben komme ich aus dem Büro, vom Chef zur Sau gemacht, und du erzählst mir vom Louvre. Verstehst du? Vom

Louvre! Und ich frage mich, was ich hier eigentlich tue. Das ist Schicksal! Ein Moment, in dem ich etwas begreifen darf. Dass es irgendwo auf der Welt eine Mona Lisa gibt, gutes Essen, guten Wein und dass ich es aushalten kann, noch zweihundertachtundfünfzig Tage, und dann: weg! Weit weg! Ich werde dir eine Postkarte schicken!« Er bedankt sich für die Heilung, die ihm durch ihm widerfahren sei, er habe jetzt wieder eine Perspektive gewonnen, eine, die ihm dabei helfen würde, mit Selbstachtung an seinen Schreibtisch zurückzukehren. Beim Verabschieden legt er ihm noch einmal die Hand auf die Schulter: »Ich meine es so: Lass uns bald wieder zusammenkommen!« Kaum spürbar, der leichte Druck, mit dem er hinzufügt: »Du hast es richtig gemacht!«

Eine Postkarte. Natürlich! Die hätte er ihnen geschickt, wenn er wirklich in Paris gewesen wäre. Und Mitbringsel. Die auch. Nachdem ihn die Kollegen mit dem Rollkoffer geradezu auf Reisen geschickt haben. Ein Anfängerfehler. Was würde Mie dazu sagen? Wahrscheinlich, er hört sie lachen, dass »wir nicht lügen, um die Wahrheit zu verfälschen, sondern um sie zu berichtigen«. Er glaubt zu wissen, was sie sagen würde. Auf seinem Hemd hat sich der Geruch von Kampfer festgesogen, er versucht ihn fortzuwischen, aber er bleibt. Ein Hauch von Schuldgefühl. Aber Fujimoto wollte es nicht anders haben. Und außerdem: Was ist schon wahr, fragt er sich, und was nicht? Kein Zaun trennt das eine vom anderen. Und wenn doch, dann gibt es Schlupflöcher, so groß, dass man problemlos durch sie hindurchsteigt, sich nicht verfängt an einem abstehenden Draht. Kaum auf der anderen Seite, ist es derselbe Boden, ein wenig feucht, aber nicht zu sehr: Man sinkt nicht ein. Hinterlässt keinen Abdruck. Erst weiter hinten wird es glitschig. Aber solange er sich nah am Zaun aufhält, wird er nicht ausrutschen.

Jederzeit kann er zurück. Auf gewisse Weise ist er in Paris gewesen. Auf gewisse Weise hat sein Herz einen Sprung. Beides stimmt auf gewisse Weise, ist eine Berichtigung. Und er steigt in den Zug nach Hause und lässt den Kopf, sobald er sitzt, wie von selbst nach vorne und unten sinken. Eine Bewegung, die ihn beruhigt, er muss nichts denken dabei. Ab und an, wenn der Zug ins Schaukeln gerät, denkt er aber doch: ob die Putzfrau, vor der es ihn in Wahrheit nie gegruselt hat, er sagte es bloß, weil es Teil des Jargons war, den er, also immer noch, denkt er matt, mit Fujimotos gemeinsam hat – ob sie, wenn sie morgens in den Spiegel blickt, womöglich gar nicht auf ihre fehlende Nase schaut, immerhin ist es für sie normal, dass sie keine hat, stattdessen etwa auf ihre Haare, heute fallen sie schön, sich zur Seite dreht, kokett, und ihre Lippen über den schiefen Zähnen zu einem selbstzufriedenen Lächeln formt? Noch als er eingedöst ist, taucht sie vor ihm auf: die Hände herausfordernd in die Hüften gestemmt. Was will sie wohl, fragt er sich, während sein Kopf hin und her baumelt. Um ihn herum sitzen alle in der gleichen Haltung da.

»Ich bin in der Stadt gewesen.«

»Ach, wirklich?«

Seine Frau ist dabei, die Stufen zum Haus mit einer Bürste zu bearbeiten. Das Moos sei hartnäckig, schnauft sie. Viel hartnäckiger noch als letztes Jahr. »Oder bin ich es, die nachlässt?« Das in sich hineingesprochen. Und zu ihm: »Achtung! Rutschig!« – »Ja, ja. Ich passe schon auf.« Sie hätte damit auf ihn warten sollen. Immerhin ist es seine Liste, nicht ihre. »Lass mich mal ran«, aber sie besteht darauf: »Das kriege ich hin.« Er sei doch müde, sie sehe es ihm an. »Nein, gar nicht!« Er reißt die Augen auf. Und ob sie damit aufhören könne, ihm zu sagen, wie er sich fühlt? Den Satz hat er irgendwo aufgeschnappt, dazu die Geste, ebenfalls geborgt: ein Sichwegdrehen, aber nur halb, um gegebenenfalls zurückgehalten zu werden, und wenn sie ihn zurückhielte, erst dann, würde er sich ganz wegdrehen. Aber sie schrubbt weiter, nimmt schon gar keine Notiz mehr von ihm. Und er betrachtet ihre Arme, an denen die Muskeln mit jeder Schrubbbewegung heraustreten. »Dann eben nicht«, denkt er, und er ruft sich ins Gedächtnis, dass das die Wirklichkeit ist, die einzige. Und dass es kein Drehbuch dafür gibt. Keine Anweisungen: *Jetzt ins Haus gehen. Schnell. Die Tür hinter sich zuschlagen.* Er tut es trotzdem. Kein Kameraschwenk. Die Linse bleibt in einer Totalen auf ihn gerichtet. Er streift die Schuhe ab. Überlegt kurz, ob er sie ins Eck schleudern soll. Dann aber stellt er sie hin, die Fersen ordentlich nebeneinander. Er läuft die Treppe hoch und in sein Zimmer. Durch das Fenster dringen leise Schrubbgeräusche. Er bemüht sich wegzuhören, es kostet einiges an Mühe. Dann zieht er das Diktafon aus der Hosentasche. Wie ausgebeult die schon ist. Hält es auf Abstand, damit er die Tasten sieht. Alles so klein wie für Kinderhände. Er flucht: »Verdammt!« Drückt mehrmals auf Pause. Warum funktioniert das nicht? Dann endlich auf Play.

»So! Wo waren wir stehen geblieben? Ach ja, dabei, dass Sie an Ihrem Lächeln arbeiten sollten. Wirklich: Sie dürfen es nicht länger aufschieben. Es wäre zu traurig, wenn Sie damit stürben, stellen Sie sich das einmal in aller Ruhe vor. An Ihrem Totenbett würde es heißen, Sie wären ein guter Mensch gewesen, nur leider, dass man das nicht früher, zu Ihren Lebzeiten, erkannt hätte. Sie sehen. Ich bin geschickt darin vorauszuplanen. Nichts sollte dem Zufall überlassen bleiben, er ist der denkbar schlechteste Partner für uns *Stand-Ins*, so nennen wir uns. Wir springen ein, wo man uns braucht, und ersetzen den eigentlichen Darsteller, denn auch der, den wir spielen, stellt sich die meiste Zeit dar und ist somit ein Schauspieler. Ja, es gibt Leute, die sind noch im Schlaf nicht sie selbst. Beklemmend, oder? So viel aber nur als Einleitung, nun (*Mie räuspert sich*) zum Hauptteil: Der Junge heißt Jordan. Sie haben richtig gehört. Sein Vater ist Amerikaner, genauer: Afroamerikaner, was aber nur insofern eine Rolle spielt, als es der Grund ist, warum ihn sein Großvater, der echte, nicht anschauen mag. Ein halber Ami, noch dazu braun mit krausem Haar. Seine Geburt hat er ihm nie verziehen. Und das ist fast schon das Ende der Geschichte. Bitte drücken Sie jetzt auf die Stopptaste und werfen Sie einen Blick auf die Fotos. Sie sind in dem Kuvert, das ich Ihnen mitgegeben habe. Die Stopptaste befindet sich rechts neben der Playtaste, sie ist mit einem schwarzen Viereck gekennzeichnet (*eine Pause, lange genug, dass er sie finden kann*).« Stopp. Zehn Fotos. Darauf ein Junge, wie sie ihn beschrieben hat: Ein wenig zu zart für seinen Geschmack, er mag lieber die Kräftigen, aber gut, er ist sein Enkel und vielleicht wächst er sich ja noch aus, zu hoffen wäre es. Ein Foto zeigt ihn mit seiner Mutter, sie sitzen aneinandergeschmiegt in einem Zelt am Meer, und man sieht, dass sie erschöpft sind von der vielen Sonne, die Füße haben sie in den Sand gesteckt. Er streicht mit dem Finger darüber. Eine Geste, die er sich von niemandem ausgeliehen hat, und er weiß selbst nicht warum, aber er muss sie berühren, wie sie dasitzen, schutzlos trotz der Plane über sich. Sie ähneln einander, sogar in der Art, wie sie Wassermelonen essen. Er kann die übriggebliebenen Schalen erkennen, alle sauber abgenagt. Im Hintergrund ein gelbes Schlauchboot. Damit es nicht davonfliegt, haben sie es mit Steinen beschwert. – Play: »Reizend! Finden Sie nicht auch? Die Mutter heißt Rumi. Sie ist fünfunddreißig, alleinerziehend, ihr Freund, pardon, Ex-Freund ist, noch während sie schwanger war, zurück in die Staaten gezogen. Von Beruf ist sie Krankenschwester. Bitte schauen Sie sie sich noch einmal an.« – Stopp. Ein Porträtfoto. Rumi lächelt nicht. Trotzdem strahlt sie eine Wärme aus. Und die kommt – woher bloß? – nicht unbedingt aus ihren Augen, sondern – kann es sein? – aus jeder Pore ihrer Haut. Er betrachtet ihr Gesicht. Hier und da ein früher Altersfleck. Lachfalten, Sorgenfalten. Ein Muttermal am Kinn, beinahe herzförmig. Keine Schönheit, dazu fehlt ihr eine gewisse Regelmäßigkeit in den Zügen, aber gerade das Schiefe, leicht Schräge, ein Nasenloch scheint größer als das andere, verleiht ihr einen Charme, der sie auf Anhieb sympathisch macht. Ein Kumpel. Mit ihr würde man gern ein Glas trinken gehen. – Play: »Zurück zu Ihnen! Also Rumis Vater. Einem Herrn Katō Ryūsuke, fünfundsechzig, verwitwet, ehemals Bürgermeister des Städtchens N., falls Sie es kennen, eines unbedeutenden Provinznests, in dem er selber aber wohl bis heute eine bedeutende Figur geblieben ist. Sehr sauber, wie Sie sich denken können, sehr anständig. Einziger Makel: der Junge. Der soll ihm nicht unter die Augen treten. Laut Rumi macht er ihn für den Tod seiner Frau verantwortlich, sie ist kurz nach der Geburt des Enkels an einem Hirnschlag verstorben. Dabei hatte sie Rumi einen Brief geschrieben, wie sehr sie sich darauf freue, Jordan – was für ein hübscher Name das sei – im Arm zu halten, hatte Strampler und Spielzeug geschickt, mit dem Nachsatz: ›Kein Wort zu Vater. Du weißt ja, wie er ist.‹ Wenn sich die Wogen geglättet hätten, würde sie sie besuchen kommen, sie hoffe, sehr bald. Ob sie Geld brauche?« – Stopp. Er holt tief Luft. Ihm sind unversehens die Tränen gekommen. Warum er jetzt weint, fragt er sich, er würde gerne das Fenster aufreißen und hinunterrufen: dass sie es lassen solle, das Schrubben. Nächstes Jahr sei es ja doch wieder da, das Moos. So einsam. So sinnlos. Er schaut auf die Pantoffeln, deren Sohlen an manchen Stellen bereits durchgewetzt sind. Selbst der Obdachlose würde sie nicht mehr tragen wollen. Aber deswegen weint man doch nicht. Noch einmal tief Luft holen. Er reibt sich übers Gesicht. Nicht fließen lassen. Blinzeln. Und – Play: »Zu Ihrer Aufgabe, Herr Katō. Wie gesagt, handelt es sich um nichts Schwieriges. Sie sollen für drei, vier Stunden, je nachdem wie sich Jordan zu Ihnen stellt, zum Tee vorbeikommen, sich ein bisschen mit ihm unterhalten, fragen, wie es ihm geht, ob er gut in der Schule ist, kurz: ihm das Gefühl geben, dass er außer seiner Mutter noch jemanden hat, dem er am Herzen liegt. Ein bisschen Ball spielen. Das können Sie doch? Sein neues Fahrrad bewundern. Ihm dabei zusehen, wie er einen Kopfstand macht, und ›Wow, das machst du toll!‹ zu ihm sagen. Solche Sachen, nichts Aufregendes. Auf keinen Fall sollen Sie den Eindruck erwecken, etwas wiedergutmachen zu wollen. Rumi wünscht sich (*wieder räuspert sie sich*), dass Sie sich menschlich zeigen. Darauf legt sie großen Wert. Und *menschlich*, ich zitiere, bedeutet für sie, *so normal wie möglich* zu sein. Dass Sie auftreten wie einer, der die ganze Zeit da gewesen ist, wobei ich versucht habe, ihr klarzumachen, dass das so nicht spielbar sein wird, immerhin ist Jordan in einem Alter, in dem er schon so manches durchschaut. Aber was soll man machen? Sie hat es sich in den Kopf gesetzt: dass Sie in Wirklichkeit niemals fort gewesen sind. Dem Jungen hat sie erzählt, dass Sie, und das stimmt ja auch, ein vielbeschäftigter Mann hoch im Norden sind, und wenn Sie mich fragen, klingt das nach dem Weihnachtsmann, aber er scheint es ihr zu glauben, und darum geht es! Dass er an Sie glaubt wie an jemanden, den es nicht gibt! An seinen Geburtstagen hat er stets ein Päckchen von Ihnen erhalten. Sie hat es ausgesucht, in einem Kaufhaus, per Post nach Hause schicken lassen. Das letzte Geschenk war ein Globus. Wenn Sie sich bitte daran erinnern wollen? Sie haben ihn ihm geschenkt, damit er weiß: Die Welt ist groß.«

Seit fünf Tagen steht er morgens auf und stellt sich, gleichgültig wie schlecht er sich fühlt, vor den Spiegel, streckt die Arme in die Höhe und versucht, mit dem ganzen Körper zu lächeln. Aber es gelingt ihm nicht, nicht einmal ansatzweise. Nach wie vor ist es bloß sein Mund, der mitmacht, nicht die Augen, nicht das Herz, geschweige denn die kleinen Zehen. Und er will es schon hinschmeißen, alles, weil er damit bloß seine Zeit vertut. Er könnte stattdessen das Radio reparieren. Doch dann fragt ihn seine Frau, abends beim Essen, was mit ihm los sei, er sehe so anders aus, und er fragt zurück: »Wie? Anders?«, worauf sie ratlos im Teller herumstochert. »Ich weiß nicht. Irgendwie anders eben. Als ob du auf Urlaub wärst, auf einem Schiff, und du gehst das Deck entlang, unter einem Sonnenschirm, und betrachtest den Wellengang. So in etwa. Wie ein Passagier erster Klasse.« Ein besserer Vergleich falle ihr nicht ein. Und er bemerkt, wie sie ihn anschaut, verstohlen, und wie sie nach einem Wort sucht, es liegt ihr auf der Zunge, um zu beschreiben, wie »anders« er aussehe. Und auch er sucht nach einem Wort, ebenso erfolglos, für den »Frieden«, der sich zwischen ihnen eingestellt hat. Seitdem er an seinem Lächeln arbeitet, gibt es kaum Anlass, sich in die Haare zu geraten. Das Dach, ja! Er ist nach wie vor der Meinung, es prüfen lassen zu müssen. Sie hingegen findet, es sei schade ums Geld, habe Zeit, bis es ihnen auf den Kopf regnen würde. Aber davon abgesehen, sind sie gut miteinander. Er isst, was sie ihm auftischt, greift nur noch spaßeshalber nach dem Salz, worauf sie ein wenig lacht, da er so tut, als ob es dastünde, sich mit dem Streuer, der nicht da ist, das Essen versalzt, und auch er lacht ein wenig, danach essen sie weiter, kommentieren nebenbei, was im Fernsehen läuft. Während sie das Geschirr spült, denkt er an Rumi und dass sie sich für ihren Sohn genau solch eine Szene wünscht: nichts Aufregendes. Das Klappern von Tellern. Er lehnt sich zurück. In den Abendnachrichten wird von einem fernen Krieg berichtet. Irgendwelche Truppen, die irgendwo gelandet seien, und es ist schrecklich, zugleich tröstlich: In seinem Haus hat er eine Ruhe davor. Wenn die Teller bloß nicht so klapperten. Aber er war es, der dort keine Tür, nur einen Vorhang haben wollte. Er fand das gemütlich: dass Küche und Wohnzimmer nicht voneinander getrennt, sondern wie *ein* Raum zueinander stünden. Weil beides zusammen das Herz des Hauses sei. Und noch heute findet er es gemütlich: wie er die Füße hochlegt zum Geräusch des fließenden Wassers und darauf wartet, dass sie es endlich abdreht. Sie ihm als Nächstes ein Bier hereinbringt, er nicht »Danke« sagen muss, weil es sich von selbst versteht, er genau weiß, wie es schmeckt, noch bevor er es zum Mund geführt hat, leicht bitter, leicht süß, ein bisschen kühler könnte es sein. »Schau mal, der Mond!«, sagt seine Frau und deutet zum Fenster hinaus. Und einen Moment lang schauen sie gemeinsam auf die bleiche Sichel, die ihnen, sooft sie sie schon gesehen haben, ein Staunen abringt. »Wie schön!«, sagen sie beinahe gleichzeitig.

Er erkennt sie sofort inmitten der Menschen, die sich am Bahnsteig drängen. Rumi trägt eine Kappe, darauf die US-Flagge. Ihr Vater hätte sie als Provokation empfunden, oder sie hätte sie erst gar nicht aufgesetzt, wäre brav vor ihm gestanden, mit gesenktem Kopf, hätte es nicht fertiggebracht, ihm direkt in die Augen zu schauen. So aber. Was spricht dagegen, wird sie sich gedacht haben, und er gönnt ihr die Freiheit, die sie damit zum Ausdruck bringt: Heute bin ich so, wie ich bin. Er, der Vater, hat keine Macht über mich. In einigem Abstand von ihr hat sich der Junge hinter einer Säule versteckt. Schüchtern lugt er hervor und ist einerseits neugierig, andererseits scheint er nicht zugeben zu wollen, dass er es ist. Als er gerufen wird: »Jordan! Komm! Grüßen!«, läuft er in Richtung Ausgang davon. Bleibt kurz bei der Treppe stehen, um sich nach ihnen umzudrehen. Dann stürmt er sie hinauf. »Bitte entschuldige«, Rumi nimmt ihn in Schutz. »Er macht zur Zeit eine dieser Phasen durch. Man kennt das ja, eine Art Vorpubertät. Aber er freut sich. Ja, sehr sogar! Den ganzen Morgen hat er davon gesprochen, was er alles mit dir unternehmen will.« – »Kein Problem«, sagt er. Und dass er es verstehe. »In seinem Alter war ich genauso.« Das gehe vorbei. »Hier, aus der Heimat!« Er überreicht eine Schachtel Milchkekse, die zu finden recht mühsam gewesen ist. Fünf Tage lang lächeln und recherchieren, wo es diese, genau diese Milchkekse gibt, und obwohl sie nicht Teil der Anweisungen waren, die Mie ihm mit auf den Weg gegeben hat, ist es ihm ein Bedürfnis gewesen, etwas Süßes, es musste etwas Süßes sein, mitzubringen. *Unsere Kühe produzieren die beste Milch des Landes*, hat er beim Überreichen noch hinzufügen wollen, immerhin ist er ehemaliger Bürgermeister des Städtchens N., aber dann kommt es ihm einfältig vor, da sie die Schachtel mit einer Zärtlichkeit entgegennimmt, als ob sie weiß Gott was für Kostbarkeiten enthalte, sie sie gegen ihre Wange drückt und dabei kurz, nur ganz kurz, in einen kindlichen Dialekt zurückfällt: »Vielen Dank«, sagt sie, »wie ich die vermisst habe!« Und mit Blick auf die Treppe: »Lass uns nach Hause gehen.« Eine Wortwahl, die ihn an sie bindet. *Nach Hause.* Jordan hat sich auf die oberste Stufe der Treppe gesetzt, und als er sie erspäht, springt er auf, stürmt wieder davon. Den ganzen Heimweg lang versteckt er sich, mal hinter einem Strommasten, mal hinter einem blühenden Azaleenbusch, und sobald sie ihm näherkommen, ist er auf und davon. Ein Spiel, das sich bald verselbständigt, und er spielt mit, indem er sich mit lauter Stimme wundert, wo er wohl geblieben sei, der Bengel, dann voller Überraschung ausruft: »Ach, da ist er ja!« Worauf sie alle drei lachen müssen, froh, zusammen zu sein, nach all den Jahren, in denen sie es nicht gewesen sind, aber daran verschwenden sie keinen Gedanken, nicht an diesem strahlend blauen Tag, der etwas von Urlaub hat. Irgendwann ist Jordan stehen geblieben. Er wartet, bis sie ihn eingeholt haben, und sie gehen zu dritt nebeneinander her. »Du musst mir unbedingt dein neues Fahrrad zeigen. Ich habe gehört, du hast es extra geputzt? Was? Und die Kette hast du geölt? Ganz alleine?« Der Junge nickt, er ist stolz. Es habe ihm niemand gezeigt, wie man das macht, aber es sei gar nicht so schwierig gewesen. »Gut so! Aus dir wird ein Mann!« Er hat ihm sachte die Hand auf den Kopf gelegt. Das krause Haar fühlt sich an wie gezwirbelte Fäden. Wenn er wolle, könne er ihm beibringen, wie man einen Reifen flickt, für den Fall, dass er einmal eine Panne hat. Oder wie wär's? Sie könnten mit dem Finger um die Welt reisen? Er habe ihm doch zu seinem Geburtstag einen Globus geschenkt. Ob er sich darüber gefreut habe? Jordan blickt zu ihm hoch. Und kurz glaubt er, in seinen Augen ein vages Misstrauen lesen zu können, wie es aufflackert, ein Strohfeuer, das dann, so rasch wie es entstanden ist, erlischt. Oder bildet er es sich nur ein? Sie laufen weiter. Manchmal streifen sie sich. Und er fühlt die Zartheit des kleinen Körpers, fühlt sich selbst grob und groß daneben. Die warme Hand, die sich in seine schiebt, als sie schon fast vor der Haustür stehen – er wünscht sich, sie wären noch nicht angelangt, würden immer so weiterlaufen. Ein Kitzeln in seinen Zehen. Er lächelt.

Ihr Zuhause ist eine Einzimmerwohnung. Schlicht in der Ausstattung, aber nicht ärmlich. An der Wand hängen Aquarelle. In ihrer Freizeit, wenn sie welche habe, Rumi sagt es ohne Bitterkeit, habe sie zu malen begonnen. Er: »Du hattest schon immer ein Talent dafür.« Sie: »Das habe ich wohl von Mutter geerbt.« Und während sie Tee trinken und dazu von den Milchkeksen naschen, erinnern sie sich an »Mutter«, was ihm nicht schwerfällt, da sie ihm Krümel streut und er nichts anderes tun muss, als ihnen zu folgen, durch eine Finsternis, die ihm vertraut ist, und ihm fallen Dinge ein, längst vergessene, zum Beispiel mit welcher Hingabe sie den Garten pflegte, ihre Lieblingsblumen seien Hortensien gewesen, und wie das duftete, im Sommer, wenn man sich morgens aus dem Fenster lehnte, sie bereits aufgestanden war und einem mit der Gießkanne in der einen Hand und der Schere in der anderen fröhlich zuwinkte, ein Anblick, der ihm immer einen Stich versetzt hätte, so zerbrechlich nahm sie sich neben den opulenten Blumen aus. Oder wie gut sie kochen konnte. »Mhmm«, er schmatzt: »Die beste Eierspeise der Welt!« Man würde meinen, das sei keine Kunst, aber zu Jordan, der aufmerksam zuhört: »Es gehört einiges Geschick dazu, sie so zuzubereiten, dass einem der Geschmack über die Zunge direkt ins Herz läuft, und man ist verwöhnt für immer, kann nie wieder die eines anderen essen.« Die wichtigste Zutat, ob er wisse, was die sei? »Nein, nicht die Eier, sondern«, er bekommt eine Gänsehaut, als er es flüstert, und geniert sich ein wenig, aber gerade das Peinliche bereitet ihm einen wohligen Schauer: »die Liebe.« Ein Wort, das man besser leise ausspreche, es verliere sonst – wieder stellen sich ihm die Haare auf – seinen Zauber. »Die Liebe«, flüstert Jordan zurück. Und sie scheint sich vor ihnen in etwas Fassbares zu verwandeln: der gedeckte Tisch mit den schon aufgenaschten Milchkeksen, einer ist übriggeblieben. Die Teekanne, aus der es nicht mehr dampft. Die gelben Rosen in der Vase. »Wenn Mutter jetzt bei uns wäre«, er schaut sinnend auf das eine Blütenblatt, das bald herabfallen wird, »sie hätte ihre Freude daran, wie wir hier alle beisammen sind. Aber wer weiß? Vielleicht ist sie ja gar nicht so weit weg, wie wir glauben.« Wobei ihn eine Rührung erfasst, die er nicht mehr spielt, und er entschuldigt sich, neuerdings sei er nah am Wasser gebaut. Aber das habe wohl mit dem Älterwerden zu tun. Es reiche eine Kleinigkeit, dass er sentimental würde. »Aber Papa«, Rumi streckt ihm ein Taschentuch entgegen, »dafür musst du dich doch nicht entschuldigen. Es ist nur natürlich, dass sie dir fehlt, selbst nach sechs Jahren, so etwas hört ja nicht auf, nicht von heute auf morgen.« Und gerade weil sie so plötzlich gegangen sei, habe ihr Tod etwas Fortdauerndes. »Manchmal denke ich, sie stirbt immer wieder.« – »Nein, nicht doch.« Nun ist er es, der sie tröstet: »Sie lebt weiter. So musst du's denken. Dass sie weiterlebt in dir und in Jordan.« Der hat sich zusammengerollt und ahmt das Miauen einer Katze nach. »Na so was, ein Kätzchen«, und er kitzelt ihm den Bauch, so lange, bis er lachend die Krallen ausstreckt: »Nicht kitzeln! Bitte nicht!« Und als er aufhört damit: »Noch mehr!« Und: »Noch einmal!« – »Nicht so wild«, mahnt Rumi. – »Ach, lass ihn doch! Ein Junge muss sich austoben dürfen.« – »Dann bitte draußen!« Sie scheucht sie vor die Tür und bleibt erleichtert, zugleich besorgt, er merkt es an der Art, wie sie ihnen nachschaut, zurück. »Viel Spaß«, ruft sie. Den würden sie bestimmt haben.

»Und? Haben Sie ihn gehabt?« Als sie sich anderntags im *Café Français* gegenübersitzen, hat Mie keine Eile, irgendwohin zu müssen, und er fragt sich, ob sie nun sie selbst ist, die Haare offen über den Schultern, kein Make-up oder nur so, dass man es nicht sieht, wie die Frauen das fertigbringen, in einem fließenden Überwurf, der ihre Figur umso mehr zur Geltung bringt, als er sie verbirgt, auch wenn ihm das hautenge Top eigentlich besser gefallen hat.

»Ja, und wie! Dieser Jordan«, er lehnt sich zurück, »ist ein Prachtjunge!« So einen Sohn hätte er gern gehabt. Und er denkt an den eigenen, schon erwachsen gewordenen, und an die Enttäuschung, als er sich einmal extra einen ganzen Sonntagnachmittag freigenommen hatte, um mit ihm Ball zu spielen, sein Sohn aber lieber mit einem Buch vor der Nase auf dem Sofa sitzen blieb, neben sich eine Tüte Chips, die jedes Mal knisterte, wenn er hineinlangte, wovon er eine rasende Wut bekam, nicht auf ihn, sondern auf seine Frau, was für ein Weichei sie ihm herangezogen hatte, und dann doch auch auf den Sohn, wie er dasaß mit fettigen Fingern, wo er einmal - war das zu viel verlangt? –, nur einmal Ball spielen wollte mit ihm.

»So? Ein Prachtjunge, sagen Sie?«

»Auf jeden Fall ein guter Fänger, wir haben Baseball gespielt im Park, und als nach und nach seine Freunde dazukamen, waren wir eine richtige Mannschaft. Die Zeit ist vergangen wie im Flug, sodass wir uns beeilen mussten, rechtzeitig nach Hause zu kommen. Er hat mir dann noch sein Fahrrad gezeigt, und ich habe es bewundert. Glänzend rot war es, mit einer Klingel, aber«, hier stockt er.

»Nicht so spannend, Herr Katō!« Und weil sie glaubt, er habe den Faden verloren: »Also der Reihe nach: Er hat Ihnen sein Fahrrad gezeigt. Sie haben es bewundert. Und dann?«

»Hat er zu weinen begonnen.« Es sei ihm zunächst nicht aufgefallen, aber während er das Lenkrad ein wenig fester geschraubt, den Sattel ein wenig höher gestellt habe, sei es nach und nach still hinter ihm geworden. »Und das, obwohl er doch eben noch am Schwatzen gewesen war, und da habe ich mich nach ihm umgedreht und gesehen, dass ihm der Rotz aus der Nase lief, er, wie Sie es ausdrücken würden, mit seinem ganzen Körper schluchzte, ohne auch nur einen einzigen Laut von sich zu geben. Und es dauerte eine Weile, aber dann.«

»Dann?«

»Hat er Dinge gesagt, von denen ich denke, dass seine

Mutter sie wissen sollte. Dinge, die darauf hinweisen, nein, nicht bloß hinweisen, dass er seinen Großvater …«

»Wenn Sie nun bitte«, sie unterstreicht es, indem sie mit dem Zeigefinger auf die Tischplatte klopft, »auf den Punkt kommen würden! Ewig will ich hier nicht herumsitzen. In knapp zwei Stunden bin ich Saya, ein Hippiemädchen«, die Details erspare sie ihm. Also ist sie doch nicht sie selbst, denkt er und ist irgendwie froh darüber. »Dass er seinen Großvater …?« Sie stupst ihn an.

»… schon einmal getroffen hat. Ein älterer Herr, er hat ihn mir beschrieben. Klein und dick sei er gewesen. Und er habe ihn abgepasst, nach der Schule, und sei ein Stück des Weges mit ihm gegangen. Ob er keine Angst gehabt habe? Nein, nur ein bisschen, aber er sei sehr freundlich gewesen, habe ihn gefragt, wie es der Mutter gehe, ob sie viel arbeiten müsse. Das habe er bestätigt und erzählt, die meiste Zeit sei er alleine zu Hause, worauf der Mann ihm einen Schlüsselanhänger geschenkt habe. Ein Geheimnis, er solle es für sich behalten, aber er hatte ihn bei sich und zeigte ihn mir, ein Anhänger mit dem Wappen des Städtchens N., darunter sein Name, er war eingraviert: *Katō Ryūsuke, der Bürgermeister*, was er, der Sechsjährige, freilich nicht lesen kann, außer den Nachnamen vielleicht. So oder so, er habe gespürt, dass dieser alte Herr etwas mit ihm zu tun habe, weswegen es ihm leid tat um mich, er sagte, ›weil ich dich gerne mag‹, vor allem aber für seine Mutter, die selten so gut gelaunt gewesen sei wie heute. Ob er den Globus denn trotzdem behalten dürfe? Und das alles zwischen Schluchzern, während ich den Druck der Reifen …«

»… Sie haben *was?*«

»Den Druck der Reifen überprüft. Das hat ihn beruhigt. Ich: Da gehört noch ein wenig mehr Luft rein. Ob er wisse, wie man das macht? Natürlich wusste er es. Er also auf die Knie, um die Ventile zu öffnen. Ich daneben. Mit der

Pumpe. Und am Ende – keine fünf Minuten – hat er wieder gelacht.«

»Sehr einfühlsam.« Mie schüttelt den Kopf.

»Ja, schon«, findet er.

»Aber verzeihen Sie, eine Anfängerfrage. Ob wir der Mutter nicht?«

»Nein, auf gar keinen Fall! Das sind Dinge, die müssen sich von alleine bereinigen. Sie haben Ihren Teil getan, und bis auf die Milchkekse – in Zukunft keine solchen Geschenke, es sei denn, ich ordne sie an – und bis auf die Stunde, die Sie überzogen haben – wir überziehen nicht, außer bei Hochzeiten und Beerdigungen –, haben Sie ganze Arbeit geleistet. Bravo!« Sie applaudiert ihm. Am Nebentisch tauscht man fragende Blicke aus. Aber Mie bekümmert das nicht. Sie spricht nun absichtlich laut: »Als Nächstes sind Sie ein Ehemann. Und zwar einer, der bitte nichts sagt. Hier, das Band«, das andere solle er vernichten. »Einmal draufgehämmert, schon ist es kaputt! Ein Vorteil des Unzeitgemäßen.«

»Keine Regel heute?«

»Heute nicht. Saya, das Hippiemädchen, so viel verrate ich Ihnen, kann Regeln nicht ausstehen.«

Und sie sprechen noch über dieses und jenes, dass man als Stand-In möglichst dehnbare Muskeln haben sollte, zum Beispiel, kommen aber immer wieder zurück auf den Großvater: warum der dem Enkel einen Schlüsselanhänger mit seinem Namen darauf schenkt, es aber gleichzeitig nicht wagt, der Tochter gegenüberzutreten? Vielleicht, so seine Theorie, weil er hofft, dass sie ihn zufällig beim Wäschewaschen in seiner Hosentasche findet? Oder vielleicht, Mies Theorie, hat er es gar nicht vorgehabt, wollte einfach nur ein Stück weit neben dem Jungen hergehen und ist erst dann, ohne es wirklich zu wollen, auf die Idee gekommen, ihm etwas von sich mitzugeben, was er jetzt bitter bereut, weil es ihn entblößt in seiner Unzulänglichkeit? »Ich meine, wer weiß? Wie oft er da schon gestanden hat? Vor der Schule, vor ihrer Wohnung? Und wie oft er sich zurückgehalten hat? Das alles sind Fragen, die wir nicht klären werden, oder solche, auf die es nur kitschige Antworten gibt.«

»Also kein Happy End?«

»Möglich wär's. Aber«, sie schaut auf die Straße hinaus, »das wäre zu einfach, oder? Wenn ein Schlüsselanhänger genügen würde?« Ob dann nicht all diese Menschen, sie eingeschlossen, glücklich wären, »was sie definitiv nicht sind?«

»Was? Sie auch nicht?«

»Nun, sagen wir, Saya schon! Aber selbst sie hat ihre Geschichte, und die holt sie ein, wenn sie barfuß über eine Wiese läuft, vollkommen bekifft, mit den Steinen und Vögeln redet, die hat sie eingeholt, noch ehe sie nüchtern ist. Die Grundlage von Glück, so wie ich sie Ihnen auseinandergesetzt habe, ist in Wahrheit ein schwankender Boden, und es mag uns gelingen die Balance zu halten, dem einen mehr, dem anderen weniger, aber das ändert nichts an der Tatsache, dass er jederzeit unter uns einbrechen kann, und das zu wissen, ist schon das Meiste, was wir überhaupt leisten können, zu wissen, wir stehen mit beiden Beinen über einem Abgrund.«

»Dann besser fest anhalten«, möchte er sagen und ihr zuzwinkern dabei, aber Mies Gesicht ist zu einer Maske erstarrt, und er hat Angst, es würde einen Sprung bekommen, wenn er auch nur kurz den Blick davon abwendet.

»Müde?«, fragt er stattdessen.

»Ja, und wie!«

Und er nimmt ihre Hand, die wie etwas Lebloses auf der Tischplatte liegt, und drückt sie leicht, bevor sie sie wegzieht. Er spürt die Kälte in ihren Fingern und wie sie zurückbleibt auf seiner Haut, spürt sie noch lange, nachdem sie ihn scherzhaft zurechtgewiesen hat: Was seine Frau, er sei doch verheiratet, dazu sagen würde? Er erinnert sich an sie wie an einen Menschen, den er vor Ewigkeiten einmal aus den Augen verloren und seither nicht wiedergesehen hat. Stimmt, es gibt sie. Aber was sie sagen würde? Wahrscheinlich, dass er. Ja, was nur? Er weiß es nicht.

Das Tanzen tue ihr gut, sagt seine Frau. Sie habe bereits eine Menge gelernt, das heißt: »Wieder gelernt.« Und es sei interessant, wie ihr Körper all diese Bewegungen – sie führt sie ihm vor – gespeichert habe. »Und das nach fast vierzig Jahren! Interessant, nicht wahr? Wie er sich das gemerkt hat, als ob es die ganze Zeit über in ihm geschlummert hätte, es nun endlich wieder wach werden würde.« – »Was?« – »Das Tanzen!« Und sie müsse sich ihm lediglich überlassen, ihrem Körper, und wie er sich anfühle, damit das Tanzen zurück an die Oberfläche finde, was doch sehr interessant sei. Drei Mal »tanzen«, drei Mal »interessant«. Er hat mitgezählt. Und als Nächstes? Klar, der Lehrer! Wobei ihm auffällt, dass sie immer nur von dem Lehrer spricht, ohne jemals einen Namen zu nennen, und dass sie ihn auf diese Weise hervorhebt als jemanden, der beinahe übermenschliche Züge trägt. Er sei fantastisch, sagt sie. Er hole alles aus ihr heraus, was in ihr sei. »Und wie er das macht! Einfühlsam und dabei so präzise in seinen Anweisungen. Ein wahrer Künstler«, sagt sie und nach einer Pause: »Es ist schade um ihn. Ich meine, schade, dass er hier gelandet ist. Er sollte eigentlich ganz woanders sein.« – »Woanders?« – »Ja, wo er sich entfalten könnte!« Es sei eine Vergeudung von Talent, in einem Vorort wie diesem eine Gruppe von Frauen über fünfzig zu unterrichten. Lauter Frauen, die zwar früher einmal getanzt hätten, denen Ehe und Kinder aber – sie unterbricht sich – was sie sagen wollte: die aus der Übung gekommen seien. Ob er das nicht auch so sehe? Seit einigen Tagen scheint sie es wichtig zu finden, ihn nach seiner Meinung zu fragen. Und was soll er erwidern? Dass er die Tanzerei, er spricht im Gegensatz zu ihr nicht vom »Tanzen«, sondern von der »Tanzerei«, in ihrem Fall für verspätet hält, wobei ihm gleichzeitig, und das nimmt ihn noch mehr dagegen ein, bewusst ist, dass sie sie damals aufgegeben hat. Allerdings aus freien Stücken, darauf legt er Wert, dass es ihre Entscheidung war, gleich nach der Heirat, er sie nicht dazu gedrängt hat, es einfach die Umstände waren, denen sie zum Opfer gefallen ist: der weite Weg in die Stadt, dann die Schwangerschaft, das Haus, das sich nicht von alleine putzte. Ein Spruch, der von ihr kam, nicht von ihm, und den sie in abgewandelter Form auf alles Mögliche anwandte: das Essen, das sich nicht von alleine kochte. Die Kinder, die sich nicht von alleine großzogen. Und jetzt will sie herumhopsen? Oder wie sie es nennt: tanzen? Jetzt, wo ihr Körper sich vielleicht erinnert, er um die Hüften herum aber ziemlich angesetzt hat, so sehr, dass er sich bemüht, wenn sie ihm etwas vorführt, nicht dorthin, sondern auf ihre schlank gebliebenen Fesseln zu schauen? Ob sie wirklich wissen will, wie er das sieht? Dass er den Lehrer für eine Null hält? Einen, der es zu nicht viel mehr gebracht hat als Durchschnitt und Mittelmaß? Und dann wieder: dass er sich doch glücklich schätzen sollte, hier, in ihrem schönen Vorort, gelandet zu sein und er sich woanders, wieso überhaupt woanders?, wahrscheinlich genauso wenig entfalten würde wie hier im Fitnessstudio? Aber ja, er sagt »Ja«: »Es ist schade um ihn. Aber wenn er so gut ist, wie du meinst?« – Gut sei untertrieben. – »Also wenn er so fantastisch ist, wie du meinst, dann ist es doch ein Gewinn für euch!« Von dieser Seite habe sie es noch nicht betrachtet. Aber ja, sie sagt »Ja«: »Du hast recht!« Das bisschen Frieden. Wenn es bloß nicht so anstrengend wäre. Manchmal denkt er: Er hat wirklich etwas am Herzen. Irgendeine Klappe, die zugeht, wenn sie aufgehen sollte, und ohne es zu wissen, schwebt er in Lebensgefahr. Eine Vorstellung, bei der es heftig zu klopfen beginnt. Immerhin schwitzt er nicht mehr. Obwohl er viel unterwegs ist. Komisch. Beim Ballspielen mit Jordan ist er kein einziges Mal ins Schwitzen geraten. Was der wohl macht? Gerade jetzt? Vielleicht malt er ein Bild von ihm und schenkt es seiner Mutter: *Ein Tag mit Opa*, hat er daruntergekritzelt, damit sie sich freut. Und sie hängt es auf, an einer Stelle, an der sie es, wenn sie von der Arbeit kommt, gleich sehen kann, weil es ihr hilft, sich besser zu fühlen. Das eine Blütenblatt, ob es herabgefallen ist? Er glaubt hören zu können, wie es fällt, während seine Frau die Bewegungen übt, die sie wieder lernt. Die Kante des Esstischs dient ihr dabei als Stange. »Ein wenig zu niedrig«, aber sie brauche etwas zum Festhalten. Und mit beiden Beinen tanzt sie über einem Abgrund, lässt plötzlich los – ihn schwindelt.

»Hier, schnell. Ein Schluck Wasser!« Ob er geradeaus sehen könne? Er nickt. Sie hält ihm das Glas an die Lippen, viel zu schräg, das Wasser läuft ihm aus den Mundwinkeln heraus über das Kinn, und er stößt es fort, mit solcher Wucht, dass der Rest auf den Boden schwappt. Eine Lache, das Licht der Lampe darin, ein paar Tropfen, die davongestoben sind. Aus dem Fernseher ertönt ein Signal: Zeit für das Abendprogramm? Oder was bedeutet es? Das helle Klingeln? Ach so, das Telefon. Es läutet dreimal. »War bestimmt nur ein Werbeanruf«, sagt seine Frau. »Die rufen meistens am Abend an.« Sie steht wie eingepflanzt vor der Lache, das leere Glas in der Hand. Er sei ohnmächtig geworden, kurz nachdem sie die Pirouette, und sie hätte gerade noch das eine Bein, sie zeigt es ihm, angewinkelt, als er auf einmal ganz grau und wie in Zeitlupe nach hinten gekippt sei. »Ein kleiner Schwindel«, sagt er, und seine Stimme klingt fremd, er hört sie aus großer Entfernung, als ob er nicht hier, sondern dort säße, nicht im Haus, sondern vor der Tür, auf den entmoosten Stufen, und er schüttelt den Kopf, wie um die Ohren zu befreien, als ob sie voll Wasser wären, nach einem Tauchgang in der Lache, die nun zerrinnt, weil seine Frau sie mit einem Lappen aufwischt und der nicht gut saugt. »Ein Werbegeschenk«, erklärt sie. »Die haben wohl angerufen, um zu fragen, ob wir mehr davon haben wollen.« Und er kennt sich nicht aus. Wovon redet sie? Und wo um Himmels willen ist Jordan? Er sollte doch, so war es abgemacht, bei Einbruch der Dunkelheit zu Hause sein. »Welcher Jordan?« – »Na, unser Enkelsohn.« Ob sie sich denn gar keine Sorgen um ihn mache? »Er ist doch noch so klein«, sagt er, und erst als seine Frau ihn verständnislos anstarrt, wird ihm bewusst, dass er ein Spiel spielt, dessen Regeln sie nicht kennt. »Ein kleiner Schwindel«, wiederholt er, und seine Stimme klingt näher jetzt, als ob er neben sich säße. Nach und nach verliert sich die Benommenheit, in die er gefallen ist, und er schafft es sogar, sich darüber aufzuregen, dass der Mann im Fernseher – der Moderator, so nennt man ihn doch – offenbar einen Sprachfehler hat. Jedes Wort scheint er in die Länge zu ziehen oder liegt auch das an seinen Ohren? Er fühlt sich hineingezogen in den Bildschirm. Sieht sich mit anderen in einer Runde sitzen. »Herr Katō«, fragt ihn einer, »was bedeutet für Sie die Farbe *Weiß?*« Und er starrt in die Kamera. Stammelt: »Ich – *weiß* – es nicht.« Man lacht. Seine Frau massiert ihm jetzt den Nacken. »Lauter Knoten«, sagt sie. Von seinen Schultern breitet sich der Geruch von Kampfer aus. »Wie gut, dass du erst kürzlich diese Salbe gekauft hast.« Dass er sie nicht gekauft habe, sondern geschenkt bekommen. Von Mister Medicineman. Aber er ist zu schwach, um die ganze Geschichte zu erzählen. Um sie ihr begreiflich zu machen, müsste er bis zum Friedhof zurückgehen. Und noch weiter zurück bis zu den Jugendlichen auf der Plastikbank, dem Curry mit Meeresfrüchten, den Gedichten, die er einmal geschrieben hat, und es würde Nacht werden darüber, eine lange, sehr lange Nacht, und noch am nächsten Morgen hätte er sie nicht fertigerzählt. »Nicht so fest«, bellt er sie an. »Das tut weh!« Worauf sie sanft über seine Wirbel streichelt. Ihn fragt, ob er ihm noch ein Anliegen sei? Der weiße Spitz? Sie habe nachgedacht darüber. Mit letzter Kraft bringt er heraus: »Wo denkst du hin? Kommt nicht infrage! Man hängt doch nur kindisch sein Herz an ihn.«

Ein Ehemann, der nichts sagt. Und keine Geschenke diesmal. Die Frau – auf dem Band beschreibt Mie sie als eine Hausfrau Mitte sechzig, mit Namen Chieko – habe nämlich einen Mann, der sie regelrecht zutexten würde, weshalb sie selbst kaum zu Wort komme und schon allerlei offensichtlich psychosomatische Beschwerden entwickelt habe: einen Kloß im Hals, den sie nicht mehr losbekommt, dazu einen Ausschlag rund um den Mund, der juckt, ein leichtes Stottern, in das sie immer dann verfällt, wenn sie jemand bei ihrem Familiennamen ruft, nicht aber bei ihrem Vornamen. Schon seit Ewigkeiten sei sie nicht mehr als »Chieko« angesprochen worden und schon gar nicht von ihrem Mann, der das unsinnig findet, sie wisse doch, wie sie heiße. Ein Foto von sich habe sie nicht schicken wollen. Der Grund: Es gebe keins, auf dem sie sich gefallen würde. Und es sei ihr unangenehm, eins herzugeben, auf dem sie sich selbst nicht mehr wiedererkennen würde, was nur bei denen der Fall sei, auf denen sie jung gewesen ist. Doch es bringe nichts, die zu schicken. Sie habe sich zu sehr verändert seit damals. »Puuh! Ziemlich viel Text, nicht wahr? Ihr Redebedürfnis ist enorm. Aber umso einfacher für Sie: Sie müssen lediglich den Mund halten. Das ist alles. Sie ab und an, wenn es gerade passt, mit ihrem Vornamen ansprechen, das wird ihr Freude machen.« Und sonst: »Einfach den Tag verbummeln! Sie treffen sie beim Eingang zum Aquarium, das ist das Setting, das sie sich ausgesucht hat. Ihre Lieblingstiere sind Tiefseefische. Und, ach ja, daran erkennen Sie sie: Sie trägt ein dotterfarbenes Kleid, das sie für diesen Anlass wird umarbeiten lassen, ob enger oder weiter, hat sie nicht dazugesagt, aber ich tippe mal auf weiter. Sie hat es zuletzt als Zwanzigjährige getragen. Falls sich am Treffpunkt noch eine andere Frau in einem dotterfarbenen Kleid aufhalten sollte, was, wie ich versucht habe, ihr zu erklären, zwar prinzipiell möglich, aber nicht sehr wahrscheinlich ist, erkennen Sie sie daran, dass sie zusätzlich einen roten Schirm bei sich haben wird. Im Fall von Regen, schon etwas wahrscheinlicher, hätte sie ihn aufgespannt. Diese Details schienen ihr wichtig zu sein: dotterfarben und rot. Zusammengeklappt und aufgespannt. Aber ich kann Sie beruhigen: Mal abgesehen von diesem Spleen ist sie eine durchaus bodenständige Frau, und sie hat am Telefon nicht den Eindruck gemacht, als ob sie mit Ihnen etwas anderes vorhätte, als eben einfach nur Fische anzuschauen und sich dabei so manches von der Seele zu reden. Wie Sie heißen sollen?«, ein wenig schadenfroh, »sie meint, das sei ohne Belang.«

Er erwartet eine Qualle und ist überrascht, als er sie von Weitem, tatsächlich regnet es, unter dem aufgespannten Schirm stehen sieht: einen Strich von einer Frau, dünner als dünn, als ob sie jemand mit einem Bleistift auf ein Blatt Papier gezeichnet und danach mehrmals mit einem Radiergummi über sie hinweggefahren wäre. Beinahe ausgelöscht. Und wären da nicht das dotterfarbene Kleid und der rote Schirm, man würde sie glatt übersehen oder erst beim zweiten Blick feststellen: keine Luftspiegelung. Dort wartet ein Mensch. Er nähert sich ihr im Zickzackkurs, es gilt den

Pfützen auszuweichen. Und als er endlich vor ihr angelangt ist, scheint ihm, er habe eine beträchtliche Wegstrecke zurückgelegt. »Da bist du ja«, sie lächelt ihn an. Ihre Haut ist gespannt, er kann den Schädel erahnen, Ober- und Unterkiefer, Nasen- und Wangenbein. Einzig der Ausschlag – rote Pusteln, die zum Teil ausgetrocknet sind, zum Teil aber frisch wie gerade erst entstanden – verleiht dem Skeletthaften eine gewisse Lebendigkeit, und ihn durchfährt der Gedanke, dass sie ihn braucht, den Ausschlag, um sich und ihn an das Fleisch zu erinnern, das sie immer noch umhüllt. Er bringt kein »Hallo« heraus, das eine Wort, das er trotz Anweisung hat sagen wollen, stattdessen nickt er, stumm wie der Fisch, der den Besuchern mit einer Flosse den Weg zum Eingang winkt, und während er den Kopf vor- und zurückbewegt, meint er seine Halswirbel zu spüren, jeden einzelnen, wie sie aufeinanderliegen, dazwischen die Bandscheiben. »Lass uns losschwimmen«, lächelt sie, und dieses Mal öffnet sie die Lippen dabei. Weiße Zähne. Glatt und makellos. Ein Gebiss, denkt er. Wenn es ihr herausfällt. Ihm graut. Aber sie hat sich bei ihm untergehakt, und wieder meint er seine Knochen zu spüren unter dem kaum spürbaren Gewicht ihres Armes, und obwohl er der Stärkere ist, gemessen an seiner Kraft, ist es sie, die ihn hinter sich herzieht, ihn mitreißt und fortführt. »Hier«, sagt sie, »fühle ich mich wohl«, und deutet auf die Decke aus Glas, über die ein Rochen dahingleitet. Die Kasse ist in der Form eines Delphins gebaut, aus dessen Mund die Kassiererin Geld gegen Eintrittskarten tauscht. Ihm ist zumute wie einem, der, ohne es zu wollen, auf eine Fahrt in der Achterbahn eingeladen wird, bloß dass er da seinen Mann stehen könnte, nicht jedoch hier, in den Tiefen des Ozeans. Zum Glück muss er nichts sagen. Ein leises Knirschen. Er beißt die Zähne zusammen.

»Hübsch, nicht?« Zuerst die Süßwasserfische. Sie spazieren von einem Raum zum anderen und bleiben lange bei den Flusskrebsen stehen. »Wenn man genau hinsieht, erkennt man die Marmorierung am Panzer. Was? Du siehst sie nicht? Schau doch, da! Du musst näher ans Glas herantreten!« Sie spricht, als ob er ebenfalls sprechen würde, stellt Fragen, erklärt sich, geht auf Gegenfragen ein. »Weißt du noch? Wir waren oft hier, früher. Na ja, mit früher meine ich: als wir zusammengekommen sind. Also gut: damals. Nicht oft, sagst du? Nun, an die dutzend Male vielleicht, das nenne ich oft. Du nicht? So, du bist anderer Meinung. Dann eben: einige Male. Aber es war schön, nicht wahr? Dem stimmst du doch zu? Dass es schön gewesen ist?« Und obwohl er nichts sagt, es seine Rolle ihm vorschreibt, ihr schweigend zuzuhören, fühlt er sich zunehmend in die Rolle desjenigen gedrängt, der ihr jedes Wort wegnimmt und es verdreht, so lange, bis ihr keines mehr bleibt außer dem höchst unbestimmten »schön«. Er würde es ihr gerne lassen, dieses »schön«, aber da ist ihm der andere bereits zuvorgekommen und hat es in ein noch unbestimmteres »nett« umgewandelt. »Schön« sei vielleicht ein Naturereignis: das Polarlicht etwa oder ein Sternschnuppenschwarm. Nicht jedoch ein Besuch im Aquarium, wo einem Natur bloß vorgegaukelt werde. Sie solle sich, bevor sie den Mund aufmache, überlegen, was genau sie sagen wolle, es kämen sonst lauter Ungereimtheiten heraus. »Aber« – sie sucht vergeblich nach einem Einwand. Am Ende bleibt es bei »nett«. Und sie löst ihren Arm aus seinem und greift sich an den Hals mit ihrer ausradierten Hand, doch sie bekommt ihn nicht weg, den Kloß, der sich darin gebildet hat, selbst jetzt nicht, wo ihr Widerpart gar nicht da, nur ein Hirngespinst ist.

Bei den Meerestieren wird sie ein wenig mutiger. Und vielleicht, weil er sie einmal »Chieko« ruft, worauf sie errötet wie ein Schulmädchen, der Ausschlag am Mund ein wenig verblasst, beginnt sie, freier und freier atmend, mit jedem Becken, an dem sie vorüberkommen, den Seesternen, Seepferdchen und Seeigeln von sich und ihrem Leiden zu erzählen, das er nicht wahrhaben wolle, und sie entschuldigt sich für seinen Namen, er sei hässlich und ein Angriff auf ihn, sie würde verstehen, wenn er ihn nicht hören wolle. »RHS*«, sagt sie knapp und an ihm vorbei ins Leere starrend, sodass er an seine wirkliche Frau denkt, mit einer Sehnsucht, wie er sie schon lange nicht mehr nach ihr empfunden hat. Ob sie nicht auch mal hierherkommen sollten, einen Tag verbummeln. Als er heute Morgen aus dem Haus gegangen ist, hat sie gefragt, was er denn vorhabe, aber noch bevor er ihr etwas Belangloses zur Antwort hat geben können, ist sie, ohne abzuwarten, in den Garten gegangen, die Pinie, murmelte sie im Weggehen, müsste zurechtgestutzt werden. *Ich könnte auf den Mond fahren*, dachte er, *und es würde keinen Unterschied machen*, was er ihr sogleich scherzhaft nachgerufen hat: »Also dann, ich fahr mal auf den Mond!« Aber das hörte sie wohl nicht. Und wenn doch, was hätte sie darauf sagen sollen? Eine schöne Reise? Mach's gut? Komm bald wieder zurück? Doch ja. Das wäre immerhin etwas, denkt er jetzt und noch sehnsüchtiger als zuvor: dass sie einmal einen Ausflug machen sollten, nicht unbedingt hierher, aber vielleicht, warum auch nicht, ans Meer? Auf einer Strohmatte sitzen und Reisbällchen und hartgekochte Eier essen. Darauf achthaben, dass ihnen kein Sand zwischen die Zähne gerät. Ein unangenehmes Gefühl. Die Vorstellung holt ihn zurück zu Chieko. »RHS«, wiederholt die und schaut ihn plötzlich direkt an.

»Ich weiß, was du von Krankheiten hältst. Deiner Ansicht nach betreffen sie nur Menschen, die kein Rückgrat haben. Und womöglich hast du ja recht«, sie zieht die Schultern hoch, »aber es ist eben nicht jeder ein Hai wie du, es gibt solche und solche Arten. Wobei ich wohl eher zu denen gehöre, die gefressen werden, während du einer bist, der frisst, weshalb ich mich in Acht nehmen muss vor dir, es ist sozusagen ein Naturgesetz. Dabei. Du tust mir ja nichts. Du bist einfach nur da. Und wie du da bist! So sehr da! Von früh bis spät bist du da! Und ich weiß nicht, wie ich es dir begreiflich machen soll, aber dein Dasein bedingt schlichtweg mein Nichtsein. Eine Tatsache. Gestern Abend zum Beispiel, als du mir erklärt hast, wie ich die Stäbchen halten solle, ich hielte sie wie ein Kind, das gerade erst essen lernt, und ich versuchte, sie richtig zu halten, genau so, wie du es mir vorgezeigt hast, aber da war dieses Zittern, zunächst unmerklich, nicht wahr? Es ist dir nicht aufgefallen. Und plötzlich, ein Schock, wusste ich überhaupt nicht mehr, wie das ging: Stäbchen halten. Es war, als ob ich noch nie welche in der Hand gehabt hätte. Du hast es mir dann noch einmal erklärt, du warst sehr geduldig mit mir. Aber der Schock. Der ist geblieben, wird lange bleiben in mir. Das wolltest du nicht. Ich weiß. Du machst dir Sorgen um mich? Möchtest da sein, je mehr ich dir zu entgleiten drohe? Und es ist ja ein Ding der Unmöglichkeit: weniger da zu sein. Du bist da! da! da! An manchen Tagen genügt es, wenn du schluckst, das Geräusch deiner Zunge, dass ich ins Zittern gerate vor dir, und auch wenn du nichts sagst, kein Wort, ist es, als ob du mir erklären wolltest, wie ich zu atmen hätte, worauf ich erst recht keine Luft mehr bekomme. Es tut mir leid. Ich weiß, du meinst es gut mit mir.« Und mit einem Blick auf die Muräne, die zwischen den Felsen lauert: »Schrecklich gut.«

»Sie haben die Bezüge ausgewechselt. Damals waren sie beige.« Als sie in der Kantine Platz nehmen – sie ist gestaltet wie der Bauchraum eines Buckelwals, aus den Lautsprechern kommt sein ab- und anschwellender Gesang, ein Paarungsruf –, bestellt sie fünf Schokoladentörtchen. Die Kellnerin fragt schüchtern nach, ob sie welche einpacken solle, sie hätten Schachteln zum Mitnehmen, zu hundert Prozent recyclebar. Nein, Chieko lacht: Die seien zum Hieressen. »Und einen Kaffee für meinen Mann. Er trinkt ihn mit ein wenig Milch. Nicht zu viel. Ein Schuss ist ausreichend, ungefähr so.« Sie deutet die Menge mit ihren Fingern an. Und zu ihm, während die Kellnerin noch die Bestellung eintippt: »Von zu viel Milch bekommst du Verstopfung.« In seinem Mund ist es trocken. Er schluckt. Wie das passiert ist, wundert er sich, zwischen einem hohen und tiefen Ton des Wals, dass sie, die Frau, auf einmal zum Mann, er, der Mann, auf einmal zur Frau geworden ist. Die Rollen haben sich umgekehrt. Und dass so etwas passiert, denkt er. Sich einschleicht, zur Gewohnheit wird und bleibt. Ein jeder gefangen und auf eine Erlösung hoffend, die niemals eintreffen wird. »Die Ehe«, sagt Chieko, »gleicht dem Bauch eines Wals. Man sitzt im Dunkeln und weiß, der andere sitzt nur wenige Meter weit von einem entfernt. Man ruft, er ruft zurück. Aber egal, wie man es auch anstellen mag, ob man einfach nur dasitzt und lauscht oder sich auf den Weg macht, sich an den Gedärmen entlangtastet, man findet einander nicht, und was man teilt, ist alleine die Dunkelheit. Aber damit«, sie wartet, bis die Kellnerin das Tablett abgestellt hat, »ist jetzt Schluss. Ich lasse mich von dir scheiden.« Ein Überraschungsmoment. Die Kellnerin blickt zuerst auf sie, dann auf ihn und sagt schließlich das, was sie auf Anordnung der Direktion zu sagen hat: »Es ehrt uns sehr, Sie bedienen zu dürfen. Bitte lassen Sie es sich schmecken.« – »Vielen Dank«, Chieko wendet sich ihrem Teller zu und entfernt die Plastikstreifen von den Törtchen. Die Schokolade, die dabei an ihren Fingern kleben bleibt, schleckt sie genüsslich ab: »Mhmm, das schmeckt! Eigentlich besser als früher!

Verzeih: damals!« Aber auf die Wortwahl komme es nun nicht mehr an. Sie hat ein Foto aus ihrer Handtasche gezogen. »Erinnerst du dich? Ich in demselben dotterfarbenen Kleid, kurz bevor wir geheiratet haben. Du nanntest mich dein Pummelchen.« Eine Frau, dicker als dick, als ob sie jemand mit einem Kübel Farbe auf die Wand geworfen und danach mehrmals nachgelegt hätte. »Zugegeben, an den Armen war ein bisschen zu viel dran, aber schau, wie glücklich ich aussehe. Was? Du siehst es nicht? Du musst näher ans Bild«, wobei sie es dicht vor seine Nase hält, er es einatmet, ihr vergangenes Glück. »Du warst der Dünnere von uns beiden. Jetzt ist es umgekehrt. Und vielleicht, wenn wir dabei geblieben wären, aber wir sind es nicht. Und es gibt Dinge, du stimmst mir doch zu, die lassen sich nicht rückgängig machen, weshalb ich hier, das Formular«, sie legt ihm ein Blatt Papier vor die Hände, dazu einen Filzstift – warum keinen Kugelschreiber, denkt er hilflos – sogar seinen Stempel hat sie mitgebracht: »Ich bitte dich um die Erlaubnis, es gut sein zu lassen. Siehst du? Ich bin dir nicht böse. Darum geht es nicht. Wenn du einfach, da unten, wo das Kästchen ist. Und nein, du musst jetzt nichts sagen, nicht einreden auf mich. Nur unterschreiben«, sie hält sich die Ohren zu, »unterschreiben sollst du! Das ist schnell gemacht. Oder weißt du nicht, wie man ihn hält? Den Stift? Du musst ihn schräg halten – so – ein bisschen schräger noch! Den Rest können wir nachher klären. Ich will nichts von dir. Weder das Haus noch dein Geld. Und keine Sorge, bitte. Ich habe einiges beiseite gelegt. Das reicht, um fürs Erste über die Runden zu kommen.« – »Aber Chieko!«, flüstert er. Doch die hat zu essen begonnen, verschlingt ein Törtchen nach dem anderen. Als sie fertig ist, bestellt sie fünf Erdbeerbomben. »Was, die führen Sie nicht mehr? Dann die Montblancs! Ja, fünf!« Nicht zum Mitnehmen, sondern zum Hieressen. Er unterschreibt.

»Regel Nummer vier: Wir nehmen es nicht persönlich. Egal, was es ist, eine Liebes- oder eine Scheidungserklärung, wir behalten im Auge, dass wir ein Werkzeug sind, keine Person, die etwas will, weil aus unserem Wollen – es ist doch so? – nur noch mehr Wollen und Wollen entsteht. In Ihrem Leben, von mir aus, seien Sie persönlich! Nicht aber, wenn Sie als Stand-In agieren!« In diesem Punkt müsse man streng sein: »Sorry.«

»Aber«, er schüttelt sich, »ich musste es persönlich nehmen. Ich meine, es war schlimm genug, nichts sagen zu dürfen, vor allem in puncto Verstopfung, aber der Jubelschrei, mit dem sie, noch bevor der Stempel getrocknet war, aufgesprungen ist und das Blatt Papier durch die Luft gewedelt hat, war schlimmer als alles Vorangegangene. Und wie sie gejubelt hat! Schamlos! Ich habe mich für sie in Grund und Boden geschämt, einer musste es tun. Dazu der Walgesang, grässlich. Als ob jemand sterben würde. Und das soll nicht persönlich sein? Dass jemand stirbt?«

»Sie steigern sich aber auch rein!« Mie lacht. Endlich lacht sie wieder. »Immer langsam mit den jungen Pferden!« Heute ist sie Sayuri, eine Tochter, die seit fünfzehn Jahren tot ist, und ihre Eltern, die immer noch in Trauer sind, wollen noch einmal mit ihr beisammensitzen. Sehen, wie groß sie in der Zwischenzeit geworden ist. Hören, wie ihre Stimme klingt. Fühlen, wie ihre Hand, einst die eines Mädchens, zu der einer Frau geworden ist. Ein Auftrag, den sie normalerweise nicht annehmen würde. »Man spielt keine Toten.« Aber die Eltern hätten so geweint. Der Vater sogar mehr als die Mutter, obwohl der keine einzige Träne vergossen, sie aber eine ganze Schachtel Taschentücher verbraucht habe. »Auch hier eine Ungleichverteilung, aber das scheint in Ehen so üblich zu sein.«

»Nein, gar nicht! Ich und meine Frau, zum Beispiel«, und er möchte von den Stufen erzählen und dass es eigentlich seine Aufgabe sei, sie zu entmoosen, seine Frau aber so freundlich gewesen sei, ihm aufgrund seiner Herzschwäche die schwere Arbeit abzunehmen, aber, er hält inne, das stimmt ja nicht. Wie man es dreht und wendet: Nichts daran stimmt. »Wir ergänzen einander«, sagt er. »Aber es kann sein, dass wir die Ausnahme sind. Egal! Zurück zu Chieko. Was mich beschämte, mehr als ihr Jubeln, ist Folgendes: dass ihr Ausschlag, sobald wir den Bauch des Wals verlassen hatten, wie durch Zauberhand verschwunden war. Keine Spur mehr davon. Und sie strahlte! Dabei war es doch nicht einmal eine echte Scheidung, nur eine gespielte, und das Blatt Papier, das ich unterschrieben habe, war ein leerer Zettel, auf dem sie ein Kästchen eingezeichnet hatte. Nichts, womit sie aufs Amt laufen kann. Eine Farce. Und trotzdem strahlte sie wie tausend Sonnen, war quietschvergnügt, als wir auseinandergingen.«

»Typisch für RHS«, Mie habe schon einige Fälle miterlebt. »Eine Art Un-Krankheit, falls es so etwas gibt. Oder anders formuliert: eine gesunde Art, sich zur Wehr zu setzen.« Was man genau darunter verstehe, könne er zu Hause nachschlagen. »Sie sind doch der Typ Mann, der gern etwas nachschlägt, oder?«

»Wer? Ich?«

»Ja, Sie. Oder ist da jemand anderes, mit dem ich spreche?« Sie lugt hinter seine Schulter. »Tatsächlich! Da ist jemand. Nicht schlecht«, ein leiser Pfiff, »in Ihrer Jugend haben Sie Gitarre gespielt, stimmt's? Oder nein, Moment, Sie haben Gedichte geschrieben! Das passt besser zu Ihnen. Sind nächtelang wach geblieben, mit zerzausten Haaren, haben Seite um Seite gefüllt, was Ihre Frau sehr anziehend fand und bis heute noch anziehend findet. Ein Mann mit Gefühl, sozusagen ein Ausnahme-Mann!«

»Ach, lassen Sie das! Was wissen Sie schon?«

»Eine ganze Menge«, sagt sie. »Aber darüber ein andermal, ich muss auch heute gleich wieder los. Es ziemt sich nicht für eine Tote, zu spät zu kommen. Regel Nummer fünf: Wir achten auf Pünktlichkeit und lassen die, die uns lieb sind, nicht länger als eine Minute auf uns warten. Eine Minute ist schnell vergangen. Zwei Minuten dagegen sind fast schon das halbe Leben. Womit wir bei Ihrer nächsten Aufgabe wären: Ein Herr Terazawa Hiroshi hat Sie als Festredner zu seiner Hochzeit bestellt. Sie sind sein Chef. Aber keine Angst: Sie müssen da nicht alleine durch. Ich bin wieder einmal die Schwester, diesmal die ältere, und werde Sie aus der Entfernung im Auge behalten.«

»Und die Kollegen? Ich meine …«

»… alles Stand-Ins«, fällt sie ihm ins Wort. »Es handelt sich um ein Großprojekt, und wir haben uns zu diesem Anlass mit einer Partneragentur zusammengetan. Die einzig Echten sind Braut und Bräutigam. Und Sie hätten sie sehen sollen, als sie gestern in mein Büro kamen. So jung und verliebt ist man wohl nur einmal im Leben. Hier, die Rede. Ich habe sie für Sie vorbereitet, anbei die Fotos und eine Liste der Anwesenden. Dazu das Band, wie gehabt, Sie kennen sich ja jetzt aus. An Ihrem Lächeln sollten Sie übrigens noch arbeiten. Nicht nachlassen, bitte! Sie haben Fortschritte gemacht, aber darauf sollten Sie sich nicht ausruhen. Wie wär's, wenn Sie rote Punkte auf Ihre kleinen Zehen malen würden? Solche Kleinigkeiten bewirken oft Wunder.« Und damit ist sie bereits aufgestanden. Sie trägt einen Hosenanzug, dazu eine Aktentasche. Sayuri hat offenbar Karriere gemacht.

Er hat vergessen, die Mäuse zu grüßen. Es fällt ihm erst ein, als er schon fast bei der Haustür ist. Ob er noch einmal zurückgehen soll? Aber da winkt seine Frau aus dem Fenster. Ein Loch in der Zeit. Das hat sie zuletzt gemacht, als die Kinder noch klein waren. Wenn er von der Arbeit kam, wusste er: noch eine Wegbiegung! Dann würde er sie winken sehen. Und er beeilte sich die letzte Kurve hochzulaufen, wobei er den Oberkörper noch ein wenig tiefer nach vorne beugte, die Füße noch ein wenig fester gegen den Boden drückte, sie endlich sah, so *petite*, in ihrer weißen Schürze, ihm schließlich fast die Luft wegblieb: Was für ein Glück er doch hatte! Eine solche Frau in solch einem Haus mit solchen Kindern, wenn die bloß nicht so schnell wachsen würden! Irgendwann aber hatte er begonnen, bis spätabends noch in der Stadt zu bleiben, man hatte ihm eine Beförderung in Aussicht gestellt, und es galt sich teamfähig zu zeigen. Der Kredit bezahlte sich zudem nicht von alleine ab. Ein Spruch, der von ihm kam, nicht von ihr, und er wandte ihn auf alles Mögliche an: die Gas- und Stromkosten. Die Telefonrechnungen. Das Haushaltsgeld. Am Anfang war seine Frau noch aufgeblieben, um ihm das Essen anzurichten, aber als es immer später und später wurde, fand er das Haus meist dunkel vor und nur im Eingang brannte einsam das Licht. Das Essen stand kalt geworden auf dem Tisch bereit, aber er war zu müde, um noch einen Bissen zu sich zu nehmen. Und irgendwann, immerzu irgendwann, stellte sie keines mehr hin. Ohnehin aß er auswärts. Da könne sie es sich sparen. Ein Wort, das ihn mit Genugtuung erfüllte: sparen. Offensichtlich hatte sie dazugelernt. Im Kühlschrank, das blieb bestehen, war stets eine Dose Bier eingekühlt, und das Zischen, wenn er sie öffnete, störte die Stille nicht, die ihn umgab, ganz im Gegenteil schien es die Stille noch ein kleines bisschen stiller zu machen. »Sie schlafen«, dachte er dann und fühlte sich wie ein heimgekehrter Krieger, der seinen Liebsten den Schlaf gönnt, während er selbst, noch wach, in der Küche stöberte. Er wusste, wo seine Frau die Zigaretten versteckte. Im Schrank hinter den Einmachgläsern. Sie hatte es sich angewöhnt, eine zu rauchen, sobald die Kinder im Bett waren, und als er sie einmal dabei erwischt hatte, an einem kalten Winterabend, draußen auf der Veranda, drückte sie sie nicht gleich aus, sondern trat paffend aus dem Schatten der Pinie. »Was? Du bist schon da?«, fragte sie. Und es berührte ihn schmerzhaft, wie wenig sie der Frau glich, die ihm einst zugewinkt hatte, und dass er sie erst suchen musste, die Ähnlichkeit, sie schließlich fand in der Art, wie sie schalkhaft hinzufügte: »Schön, dich wiederzusehen!« Ob er auch eine? Sie streckte ihm das Päckchen entgegen. Und sie rauchten wie Teenager, eine letzte und noch eine letzte, standen bibbernd nebeneinander und bliesen den Rauch in die Luft. »Es riecht nach Schnee«, sagte er. Und wirklich, als ob er es herbeibeschworen hätte, fing es noch im selben Augenblick an zu schneien. Weiße Flöckchen, die auf ihren Köpfen landeten, während sie sich ein wenig näher aneinanderdrängten, so nah, dass ihnen warm wurde und sie trotz der Kälte lieber draußen blieben, nicht hineingehen mochten.

»Denk dir! Wir werden Großeltern!« Seine Frau empfängt ihn mit einem breiten Lächeln. Seit wann trägt sie Lippenstift? Und was um alles in der Welt ist mit ihren Haaren geschehen? Eine Dauerwelle. Die habe sie sich machen lassen, weil. Eigentlich gebe es keinen Grund. Sie habe einfach mal Lust auf etwas Neues gehabt. Und sie erzählt ihm von der Tochter, dass sie vorhin angerufen habe und dass die Befruchtung, mittlerweile die vierte, endlich erfolgreich gewesen sei. – »Wie? Die Befruchtung?« Er hört zum ersten Mal davon. Oder hat sie es nicht letztens erst beim Essen erwähnt, und er hat sie gebeten, von etwas Appetitlicherem zu sprechen? – »Ach, du weißt doch, sie hat einiges durchgemacht. Aber jetzt«, mit einem erleichterten Seufzen, »ist alles gut!« Die zwölfte Schwangerschaftswoche habe sie überstanden. »Und wie es aussieht, heute war sie beim Ultraschall, wird es zu neunzig Prozent ein Junge!« – »Bloß zu neunzig?« Er versucht sich einen neunzigprozentigen Jungen vorzustellen. – »So genau war es nicht zu erkennen.« Das Baby habe sich zur Seite gedreht und man sei untenrum nicht nah genug rangekommen. Aber Hauptsache: Hände und Füße! Alles da! Er solle sich um die restlichen zehn Prozent keine Sorgen machen, worauf er vor sich hin grummelt, die seien aber nun mal das Entscheidende am Mann, und sie ihn kneift, wie um ihn zu wecken, ihn leise lachend einen »Opa« nennt, ihm dann die Pantoffeln vor die Füße stellt, damit er es leicht hat, in sie hineinzuschlüpfen. Eine Geste, denkt er, die einer Umarmung gleicht, und er fühlt sich umarmt von ihr. Jetzt wäre der Moment, ihr etwas zu sagen. Aber was? Etwas dem Anlass Entsprechendes. Dass er sich freue, es sei ja schon höchste Zeit gewesen, warum die überhaupt so lange damit gewartet hätten. Oder dass sie die Tochter nächstens besuchen fahren sollten, wenn sie nur nicht so weit weg, am anderen Ende des Landes, nicht in so beengten Verhältnissen wohnen würde. In der gesamten Ortschaft gebe es kein einziges anständiges Hotel. Vielleicht wäre es doch ratsamer, die Tochter käme zu ihnen, sie sei ja schon ewig nicht mehr nach Hause gekommen. Er erinnert sich ungern an das eine Mal, als sie bei ihr zu Gast gewesen waren. Die Tochter hatte sie auf der Couch in ihrem Wohnzimmer untergebracht, und eine Nacht lang hatte er neben seiner Frau gelegen und nicht schlafen können, weil er nicht mehr wusste, wie das ging: neben ihr. Offenbar hatte er sich also doch daran gewöhnt, ein Bett für sich alleine zu haben. Erst im Nachhinein begreift er den Verlust. Und diese Rückenschmerzen! Er wäre lieber auf dem Boden gelegen, wo er dann in der zweiten Nacht auch wirklich gelegen ist, mit nichts als einem dünnen Leintuch bedeckt, und sich einen ordentlichen Schnupfen geholt hat. Der Schwiegersohn scherzte: Sein Vater sei genauso. »Wie *so?*«, wollte er wissen. – »Na, ein bisschen altmodisch eben.« Er verstehe einfach nicht, dass man es auf einer Couch gemütlicher als auf dem Boden habe, was wahrscheinlich eine Frage der Generation sei, der man angehörte, worauf sie, anders als ursprünglich geplant, schon am frühen Vormittag abreisten und nicht erst am späten Nachmittag. Die ganze Zugfahrt über hat er geschmollt. Er sei nicht altmodisch, sondern – ihm fiel das Wort nicht ein – »schwierig«, sagte seine Frau. Und sie sagte es wie zu sich selbst, gleichzeitig laut genug, dass er es hören konnte, aber er war zu müde, um darauf einzugehen, immerhin hatte er zwei Nächte lang kein Auge zugetan, und er bekam keine Luft durch die Nase. Stattdessen zwang er sich, so interessiert wie möglich aus dem Fenster und auf die vorübergleitende Landschaft zu schauen, wobei er nichts sah. Blätterte geräuschvoll in einem Buch, ohne zu lesen. Stellte sich schlafend und wünschte sich: Sie möge ihn aufrütteln. Dieses eine Mal. Ihn nicht davonkommen lassen.

»RHS«, liest er auf dem Monitor. Die Buchstaben flimmern, er kneift die Augen zusammen. Eine Abkürzung, liest er weiter, die für das sogenannte *Retired-Husband-Syndrome* stehe, eine psychosomatische Erkrankung, deren Ursache in der zunehmenden Entfremdung zwischen Mann und Frau zu suchen sei, die sich in einer traditionellen Ehe spätestens ab dem Renteneintritt des Mannes in vielen Fällen als unüberbrückbar erweise und Symptome wie Stress, Schlaflosigkeit, unter anderem aber auch Sprachstörungen und Hautirritationen auslöse, da die klassische Hausfrau sich nicht an die permanente Anwesenheit ihres Mannes gewöhnen könne, sie als eine nervliche Belastung empfinde. Wie feuchtes Laub klebe er an ihren Sohlen, daher der Ausdruck. »Feuchtes Laub«, welcher sinnbildlich – er klickt die Seite weg. »So ein Unsinn«, schnaubt er. »Die sollen sich zusammennehmen.« Und ihm ist selbst nicht ganz klar, wen er damit meint. Die Männer oder die Frauen. »Produzieren Probleme, wo gar keine sind! Und die Ärzte verdienen sich eine goldene Nase damit. Dabei ist es doch Privatsache, wie zwei sich vertragen miteinander, aber heutzutage muss man alles ans Tageslicht zerren und mit einem möglichst aufrührerischen Namen versehen. Es verkauft sich dann besser, ein Trick der Pharmaindustrie, und wir fallen darauf herein und schlucken Tabletten, statt uns – eine riesige Blase ist das!« Und er klickt wieder zurück, um sich noch mehr darüber auslassen zu können. Der pensionierte Ernährer sei sprichwörtlich betrachtet eine Ladung Sperrmüll, die im Haus herumstehe, zu nichts nutze und im Weg, weshalb es umso wichtiger sei, dass er sich bereits im Vorfeld darüber Gedanken mache, wie genau er seinen Ruhestand zubringen wolle. Allzu oft verhalte es sich leider so, dass er sich weder einen Freundeskreis noch sinnvolle Aktivitäten außerhalb des Beruflichen angeeignet habe, ein Versäumnis, das sich später bitter rächen würde. Dazu ein Link, der auf professionelle Hilfe verweist. Da und dort gebe es eine psychotherapeutische Beratungsstelle, an die man sich als Betroffener wenden könne. Eine davon, wieder schnaubt er, sogar ganz in der Nähe, nicht weit vom Arzt entfernt. Erfahrungsberichte und Ratgeberforen, eine ganze Flut an Postings von namenlosen Leidtragenden. Und er fragt sich, wozu Menschen das brauchen: sich ausziehen unter dem Mantel der Anonymität. Um sich zu zeigen? Oder sich nur besser zu verstecken? Vielleicht beides, denkt er und scrollt nach oben. Liest noch einmal das Wort »Entfremdung« und dass sie sich in vielen Fällen als »unüberbrückbar« erweise. »So ein Unsinn«, sagt er noch einmal, aber dieses Mal leise und ohne Aufregung. Danach tippt er den Namen des Fitnessstudios ein, *Fit for Life*, und sucht unter »Tanzkursen« nach dem für »Fünfzig plus«. Das Foto des Lehrers hat er sich schon des Öfteren angesehen, und sobald es sich vor ihm aufbaut, ist er überrascht, wie wenig er dabei empfindet, beim Anblick der Beule in den engen Hosen, wie viel jedoch, wenn er seine Biografie liest, die er fast schon auswendig kennt: Studium in Moskau und Paris. Langjähriges Tanzen auf den Bühnen der Welt. Dann eine Verletzung. Reha. Schließlich die Rückkehr in die Heimat, wo er sich neu erfunden habe. Ein Märchen, denkt er, aber auch das nicht mit der üblichen Grimmigkeit, sondern er muss sich dazu zwingen, es überhaupt zu denken. Dann fährt er den Computer herunter und sitzt eine Weile regungslos vor dem schwarzen Monitor. Er könnte den Rollkoffer auspacken. Den Specht aufziehen. Dabei zusehen für den Rest des Tages, wie er gegen den Baumstamm klopft. Aber nein. Das wäre zu traurig. Dann besser die Schallplatten ordnen. Nicht alphabetisch, so weit ist er in seinem Denkprozess bereits gekommen, vielleicht, ein frischer Impuls, nach der jeweiligen Lebensphase, in der er sie gehört hat? Und er zieht versuchsweise eine Platte aus dem Regal und schiebt sie gleich wieder zurück, zu weit entfernt erscheint ihm die Zeit, als seine Frau auf der Suche danach durch die halbe Stadt gepilgert war, nur weil er – sie waren noch nicht verheiratet gewesen – in einem beiläufigen Nebensatz erwähnt hatte, dass sie eine seiner Lieblingsplatten sei. Es stimmt ihn nachdenklich, dass die einzige Phase, in der er Musik gehört hat, *früher* gewesen ist. Niemals hat er es in den letzten Jahren mit der gleichen Hingabe getan oder mit dem Gefühl, er würde mit seinen Händen und Füßen lauschen, weshalb das alles, er fährt mit den Fingern darüber, so bleiben kann, wie es ist, in genau der Unordnung, in der es zusammensteht. Hier eine Ordnung zu schaffen, gliche dem Versuch, rückwärts nach vorne zu laufen. Er würde sich mit jedem Schritt, den er darauf zuliefe, vom Ziel entfernen. Also lieber stehen bleiben. Er pustet den Staub von seinen Fingern. Auch das wäre also abgehakt.

Als er seine Frau darum bittet, ihm das weiße Hemd zu bügeln, das er zuletzt vor acht Jahren, bei der Hochzeit der Tochter, getragen hat, stellt sie keine Fragen, und er ist einerseits froh darüber, es erspart ihm das Erfinden einer weiteren Lüge, andererseits ist er enttäuscht, wie wenig Misstrauen sie ihm entgegenbringt. Sie hätte wenigstens fragen können, ob ihm das Hemd überhaupt noch passe, immerhin hat er etwas zugenommen, und es wäre durchaus angebracht gewesen, ihn darauf hinzuweisen, dann hätte er erwidern können, dass das von dem guten Essen komme, das sie neuerdings zubereitete, und dass es ihm aufgefallen sei, wie viel Mühe sie darauf verwende. So aber verpasst sie die Chance auf seine Dankbarkeit, und wohlgemerkt ist sie es, die etwas verpasst, nicht er. Es ist bloß schade, dass sie das nicht weiß. Die Gleichgültigkeit, mit der sie vor dem Bügelbrett sitzt, eine Melodie auf den Lippen, die zu summen sie ganz in Anspruch zu nehmen scheint, ist schlimmer als die Lüge, die er erfinden müsste, und er ist seinerseits misstrauisch, schleicht zuerst in weiten, dann in immer enger werdenden Kreisen um sie herum. Die eine Falte da, an der linken Schulter, ob sie die nicht übersehen habe? Nein, die Schultern kämen erst nach der Knopfleiste dran. Wenn er noch ein bisschen Geduld! Aus dem Bügeleisen steigt Dampf auf und sie summt weiter, »eine hübsche Melodie«, sagt er. – »Ja?« – »Sehr hübsch.« Woher sie die habe? – Aus dem Tanzunterricht. Natürlich. Der Lehrer habe sie wieder und wieder abgespielt, um mit ihnen die Arabesque einzuüben, übrigens ein Begriff, der aus dem Ornamentalen komme, ob er wisse, was das sei?, und nun kriege sie sie nicht mehr aus dem Kopf, so oft hätten sie das Bein dazu nach hinten gestreckt. Eine Folter sei das gewesen, »aber«, sie strafft den Stoff, »es ist gut, jemanden zu haben, der einen an seine Grenzen bringt, man weiß dann wieder, wozu man fähig ist und wozu nicht.« An ihrer unteren Rückenpartie müsse sie jedenfalls tüchtig arbeiten, die sei über die Jahre geradezu verkümmert, und sie habe gar nicht mehr gewusst, wie viele Muskeln sich da befänden. Jetzt wisse sie es wieder. »Wegen der Schmerzen! Eigentlich schlimm, nicht? Dass einem was wehtun muss, damit man weiß, dass man es hat?« Der Lehrer habe es so formuliert: »Ohne Schmerz gibt es keine Erinnerung und ohne Erinnerung keinen Körper, der tanzt.« Und mit welcher Eindringlichkeit er das gesagt habe, es sei ihnen allen ganz bang geworden. »Mit dem Tanzen hat er freilich das Leben gemeint. Ein kluger Vergleich, findest du nicht?« Er findet ihn platt und wenig originell, sagt aber nichts. Ein Schaumschläger! Und er setzt sich hin, weil ihm wieder schwindlig ist. Nicht jetzt, bitte! Nicht jetzt! Er versucht sich auf einen Punkt zu konzentrieren, aber auf welchen Punkt, fragt er sich, hier sind so viele Punkte. Der Nacken seiner Frau, während sie weiterbügelt, der aufsteigende Dampf, der sich sogleich wieder auflöst, der eine Hemdsärmel, der auf ihren Knien liegt, ihr unterer Rücken, voll vergessener Muskeln. Alles Punkte, die sich miteinander verbinden ließen, und sie ergäben eine perfekte geometrische Figur. Er schließt die Augen, aber nur ganz kurz, dann schlägt er sie auf. Der Schwindel hat nachgelassen. Ob er beim Arzt gewesen sei? Das mit dem Herzen klären? »Ja«, sagt er: »Wie gehabt. Nichts Besorgniserregendes. Eine kleine Unregelmäßigkeit, wahrscheinlich stressbedingt«, er beißt sich auf die Zunge. Wenn sie jetzt nachfragen würde, er würde ihr erklären, dass man auch im Ruhestand nicht vor Stress geschützt sei, in der heutigen Zeit sei man ihm sogar im hohen Alter noch ausgesetzt. Es gebe Studien, die das belegten, von namhaften

Forschern, die sich nur damit befassten und deren Namen ihm jedoch entfallen seien. Aber sie fragt nicht nach, macht bloß: »U-hum.« Hat das Hemd auf einen Bügel an die Tür gehängt. Noch einmal den Kragen geprüft. »Zufrieden?« Er nickt. Sie atmet auf.

»Sie waren erstaunt, ich habe es Ihnen angesehen. Dass jemand Hochzeit feiern will ohne seine Angehörigen, sich dann aber doch nicht dazu entschließen kann, zu zweit in Las Vegas zu heiraten, und stattdessen eine ganze Gesellschaft mietet. Aber es gibt Gründe, und die sind in jedem Fall unterschiedlich. Bei Terazawas geht es um Perfektion. Die eigentliche Feier haben sie schon hinter sich gebracht und sie muss nach allem, was sie mir berichtet haben, ein ziemliches Desaster gewesen sein. Die Väter betrunken, die Mütter hysterisch, Onkel und Tanten haben ihr Übriges dazu beigetragen, wobei es am Ende sogar zu einem Handgemenge kam, in dem sowohl Sie, der Chef, als auch eine Handvoll Freunde involviert waren und, fragen Sie mich nicht, wie und woher, ein Zirkusaffe, der es nicht lassen konnte, den Gästen auf die Köpfe zu sch… – ich verkneife mir das Wort – also eine höchst unerfreuliche Angelegenheit, die niemandem unerfreulicher in Erinnerung geblieben ist als Braut und Bräutigam, die seither, aber was rede ich da? Bitte verzeihen Sie mir! Da will ich uns beiden Zeit sparen und erzähle lauter Unwahrheiten. Und wozu? Um mich erst einmal warmzureden. Denn die Wahrheit, die ist so wie immer eine andere und um ein Vielfaches trauriger, und ich bringe es kaum übers Herz, sie Ihnen so, wie sie ist, zu schildern. Deshalb der Affe. Nicht wahr? Ein kleiner Scherz zwischen uns? Und Sie verstehen, dass es mir lieber wäre, wenn er den Gästen auf den Kopf gesch… hätte? Hat er aber nicht. Es gab gar keine Feier. Und wenn es nach den Angehörigen geht, wird es auch nie eine geben, denn die Braut, eine Frau Furui Sakura, hat nicht mehr lange zu leben, mit viel Glück vielleicht noch ein halbes Jahr. Ein Umstand, der, nun, sagen wir es mal so, nicht gerade zukunftsversprechend ist, und beide sind sich im Klaren darüber, dass ihre Hochzeit eine Art vorgezogenes Begräbnis ist, mit dem Vorteil, dass die Braut noch am Leben ist und das Ganze keine Trauerveranstaltung wird, sondern ein Fest. Bitte lächeln Sie jetzt! Oder wenn Sie es nicht können, dann schmunzeln Sie! Das ist das mindeste. Ich gebe mein Bestes, um der Sache einen heiteren Anstrich zu geben. Denn das ist Sakuras Wunsch: für ein paar Stunden, man erlaubt ihr nicht mehr als einen Nachmittag, aus dem Pyjama und in ein Brautkleid zu schlüpfen, für das Ja-Wort die Atemmaske abzunehmen und dem Bräutigam einen Kuss auf den Mund zu geben. Und wenn niemand es gutheißt, dann wenigstens wir, die Falschen. Übrigens stimmt es nicht, dass sie in mein Büro gekommen sind. Eine Verlegenheitslüge. Ich wollte Sie nicht gleich mit dem Tod konfrontieren, immerhin ist es erst Ihr dritter Auftrag. Ich habe sie im Krankenhaus besucht. Aber alles andere ist wahr: dass sie jung und verliebt sind! Und (*Mie lächelt, er kann sie lächeln hören*) unglaublich schön! Eine Schönheit, die sie zu umklammern scheint, allen Hässlichkeiten zum Trotz, dem schmalen Krankenbett und dem Spucknapf, der Infusion und den Schläuchen, eine Schönheit, von der man sich wünscht, sie würde andauern, aber gerade dadurch, dass ihr eine Frist gesetzt ist. Aber das stimmt ja so wieder nicht, ist schlichtweg gemein. Eine Wahrheit, die man sich zurechtzimmert und dann so stehen lässt, als ob sie ein Möbelstück wäre. Wenn Sakura sich nicht mehrmals erbrochen hätte, ich hätte angenommen, sie sei gesund. Ein bisschen angeschlagen nach einer langen Nacht, aber nichts, was sich mit einem Aspirin nicht wieder richten ließe. Würde jederzeit aufstehen, sich anziehen, nach draußen spazieren. Unglaublich! Wie wenig man ihr den Tod ansieht. Da ist Leben! Und Leben! Und Leben! Sie führt ein Buch über die Dinge, die ihr Freude bereiten, sie hat es mir gezeigt. Auf jeder Seite hat sie eine Kleinigkeit notiert. Das Geräusch des Regens, wenn er gegen das Fenster prasselt. Zum Mittagessen gab es pürierte Pfannkuchen. Hiroshi hat ihr das Pfeifen beigebracht. Das Licht, wie es in Streifen auf ihre Füße fällt. Ein ehrliches Wort. Der Arzt, der mit dem Ziegenbart, den sie gerne einmal anfassen würde. Eine ganze Liste von Kleinigkeiten, die ihr Leben sind, und ich war überrascht, wie wenig sie sich an ihnen festhielt. Alles Dinge, sagte sie, die nicht ihr gehören, aber es sei genug, sie nur kurz in der Hand halten zu dürfen. Auch ihre Hochzeit solle nichts Bindendes haben. Kein Eheversprechen im eigentlichen Sinne, bloß eine Party, um noch einmal Champagner zu trinken, sie hätte zu selten die Gelegenheit dazu gehabt. Ihre Eltern, fügte Hiroshi hinzu, fänden das unanständig, man tränke angesichts des Todes keinen Champagner, aber dieses eine letzte Mal wollten sie sich widersetzen, die Regeln der Eltern seien für Leute, die viel Zeit hätten. Die beiden haben das alles genau durchdacht, bis ins letzte Detail geplant! Wir, die Profis, müssen kaum noch etwas dazu tun. Ja, ich scherzte sogar, sie sollten Hochzeitsplaner werden, mir bei zukünftigen Projekten unter die Arme greifen, worauf sie beide sehr warm und herzlich gelacht haben. Eine Kleinigkeit, die sich vielleicht in Sakuras Buch wiederfinden wird: ein Scherz, der nicht lustig ist und über den sie trotzdem gelacht haben. Bitte entschuldigen Sie mich. (*Ein Rascheln, dann Stille – er glaubt, das Band ist kaputt – nach einer Weile aber kehrt Mies Stimme zurück, sie klingt belegt*) Die Fotos, haben Sie sie vor sich liegen? Das eine, auf dem sie im Riesenrad sitzen. Wie blau der Himmel ist, sehen Sie es?, nur durchkreuzt von einer Flugspur, und es sieht so aus, als ob sie in der Luft schwebten, während die Häuser und Autos, das ganze

Menschengewimmel am Boden klebt? Dieses Foto trifft sie am meisten. Sie oben, der Rest unten, so unendlich klein. Wenn Sie die Rede halten, denken Sie daran. Dass nach oben hin sehr viel Raum ist. Und wir sind es den beiden schuldig, uns dort hinaufzuschwingen. Ich befürchte, sonst erreichen wir sie nicht.« *(Keine Abschiedsfloskel. Kein Stopp. Das Band läuft weiter, ohne dass Mie noch etwas sagt.)*

Als sie sich vor der *Wedding Chapel** treffen, fühlt er sich wie an einem Filmset, alles schwirrt aufgeregt durcheinander und ist sich gleichzeitig seiner Rolle bewusst. Letzte Anweisungen werden durchgegeben, Geschenke und Geldkuverts verteilt, dann kommt der Bräutigam, seine Mutter zupft ihm das Stecktuch zurecht. Und dabei schnieft sie, man möchte ihr an die Schulter greifen, sie tätscheln und sagen: »Ist gut!« Sein Vater begrüßt die Verwandten, einige sind von weither gereist, fordert sie auf, sich etwas zu trinken zu nehmen. Aus seinem Mund klingt es wie ein Befehl. Offenbar ein Anfänger. Oder spricht er absichtlich so? Weil Väter oft ruppig sind? Es werden Getränke und Snacks herumgereicht. Er, der Chef, langt kräftig zu und unterhält sich dabei mit den Kollegen, die nicht vergessen, dass er der Chef ist und sich gegenseitig in Höflichkeiten ihm gegenüber überbieten wollen. Und er genießt ihre zur Schau gestellte Unterwürfigkeit, nimmt automatisch die Pose des Höhergestellten ein, spricht laut, während sie leise sprechen, geht vor ihnen die Stufen zur Kapelle hinauf, ist der Erste, der Platz nimmt, während sie noch stehen. Alles Verhaltensweisen, die ihm geläufig sind. Als er noch zur Arbeit ging, hat er sich oft vor dem Spiegel darin geübt, seinem Gegenüber einen ganz bestimmten Blick zuzuwerfen, voll selbstverständlicher Autorität, aber am Ende ist es immer eine Ernüchterung gewesen: dass es ja er selbst war, den er auf diese Art anblickte, und dass er so, wie er vor sich stand, mit plötzlich eingesunkenen Augen, wohl kaum jemals weiter käme als bis dorthin, wo er eben stand. Das aber hilft ihm jetzt. Er weiß, wie sich die neben ihm fühlen. Sie sitzen aufrecht, während er sich zurücklehnt, und er weiß: Ihnen ist heiß, ihm nicht. Die ältere Schwester, Mie, verteilt Säckchen mit Blütenblättern, die seien für nachher, wenn das Brautpaar ins Freie träte. Er nickt ihr zu, sie nickt zurück. Die Brautjungfern huschen kichernd vorbei. »Gleich geht es los«, ruft jemand. Und: »Sie ist da!« Das Geräusch einer Autotür, die auf- und wieder zugeht. Alle Köpfe sind Richtung Eingang gewandt. »Die Braut!« Und sie tritt herein, mit ihr das Licht, das von draußen über den Boden flutet, und alles reckt sich und streckt sich, um einen Blick auf sie zu erhaschen, wie sie am Arm des Vaters den Gang entlangschreitet, umhüllt von Spitzen und Rüschen, einer Fülle von Stoff, viel zu viel, als dass man sie darunter erkennen könnte. Aber dann hebt sie den Schleier, und es geht ein Raunen durch die Menge, die Orgel spielt einen letzten Takt. Der Kollege, der links von ihm sitzt, fällt kurz aus seiner Rolle: »Die ist ja noch viel schöner«, ihm in die Seite boxend, »als auf den Fotos«, flüstert er. Und selbst der Pfarrer, ein ausländischer Student, sucht zunächst nach Worten, mehrmals räuspert er sich, scheinbar erfolglos, ehe er endlich seine Stimme erhebt, doch auch dann ist es nur ein Stammeln. Und er fragt sich, ob er das spielt: Ob die Bewegtheit, mit der er von der Ehe predigt und dass sie ein Versprechen von Dauer sei, ein fortwährendes Geben und Nehmen, welches die, die sich ihm verschrieben, der Ewigkeit anvertrauen würde, ob diese Bewegtheit eine zur Schau gestellte oder tatsächlich empfundene ist, der Schweiß auf seiner Stirn ein echter oder ein falscher, der Blick ins Buch, wie wenn er den Faden verloren hätte, ein vorgetäuschter oder ein verzweifelter ist, weil ihm der Text angesichts der Schönheit einer Sterbenden vollkommen ungenügend erscheint. Und ob sie nicht alle im gleichen Sinne Sterbende sind, ohne dass sie es verstehen, es außer in Augenblicken wie diesem nicht verstehen wollen, dass sie die ganze Zeit über am Sterben sind? Der blinde Großvater, laut Mie tatsächlich blind, obwohl – sie war sich nicht sicher – er scheint doch etwas zu sehen, so gebannt starrt er auf die Braut, seine Enkelin, deren Gesicht er noch als das eines Mädchens in Erinnerung hat, wie sich ihre Wangen anfühlten, wenn er sie betastete, weich und warm waren sie gewesen. Er betrachtet das Paar direkt vor ihm, der junge Mann hat bis gerade eben noch auf seinem Smartphone herumgewischt, wofür ihm seine Freundin auf den Fuß gestiegen ist, jetzt hat er es eingesteckt, und sie ist so nahe an ihn herangerückt, dass ihre Körper wie einer sind, kein Raum zwischen ihnen. Die dicke Tante, sie sei im Flugzeug fast umgekommen, so eng sei es darin gewesen, aber die Reise, sie hat es jedem erzählt, habe um ein Drittel weniger gekostet, da ihr Neffe, der Bräutigam, sie rechtzeitig, noch vor Saisonbeginn, für sie gebucht habe, so einer sei das nämlich. Alles Menschen, ob sie es spielen oder nicht, die in diesem Augenblick verstehen, dass sie im gleichen Sinne schön sind wie das, worauf sie schauen, auch wenn sie es schon im nächsten nicht mehr verstehen wollen, und sie werden auseinanderströmen, zu sich nach Hause, vielleicht ein Blütenblatt finden, das sich im Kragen verfangen hat. Sich kurz erinnern. Dann schlafen gehen.

Seine Ansprache. Nichts Besonderes. Eine Lobrede auf einen seiner fähigsten Angestellten, den er nun in guten Händen wisse, was seiner Leistungsbereitschaft hoffentlich nicht im Weg stehen, sie im Gegenteil noch steigern werde. Und doch. Während er Satz um Satz vorträgt, im Blick das Brautpaar, das sich an den Händen hält, schon etwas müde, vor allem sie, die auf dem Weg in den Festsaal kaum noch gehen konnte, die letzten Meter von ihm getragen wurde, da sie sich, wie es flüsternd die Runde machte, wenigstens heute in keinen Rollstuhl setzen mochte, beginnt er etwas zu empfinden, worauf er selbst bei der Hochzeit der eigenen Tochter vergeblich gewartet und was sich selbst damals trotz einiger Mühen, es aus sich herauszulocken, nicht eingestellt hat: was es bedeutet, das eigene Kind abzugeben, es einem anderen zu überlassen, ohne auch nur ein Zipfelchen von ihm zurückbehalten zu wollen. Und er spürt das Hemd, wie es sich um seinen Brustkorb spannt, spürt den Kragen, wie er seinen Hals umschließt, die Knöpfe und die Manschetten, wie sie ihn beschweren mit einem Gewicht, das sich in seiner Mitte sammelt, von dort aufsteigt, langsam, als eine lächelnde Träne aus seinem Auge kommt. »Liebe Sakura«, sagt er, »es heißt: Ein Mann wird gemacht. Und dafür danke ich Ihnen im Namen der Firma, die Sie fortan als Ihre Familie betrachten dürfen.« Keine Phrase. Er meint es ernst. Und auch der Applaus, als er vom Podium herunter auf seinen Platz zurücksteuert, ist kein leeres Händeklatschen. Man applaudiert noch lange, nachdem er sich hingesetzt hat. Es folgt eine Showeinlage, der Hochzeitstanz entfällt, danach werden Fotos aus einer gar nicht so fernen Kindheit projiziert. Hiroshi im Planschbecken. Sakura mit einer Spritzpistole. Die Fotos gleichen einander, sind nahezu austauschbar, er glaubt seinen eigenen Sohn, seine Tochter auf ihnen zu sehen, wie groß sie geworden sind, im Licht des Mondes, und er nimmt sich vor, sehr bald einmal etwas mit ihnen zu unternehmen, einen Spaziergang im Wald, und er würde ihnen zeigen, wo Norden ist und wo Süden, am Moos könne man es ablesen, aber wie ist das passiert? Sie sind kaum dazu gekommen, im Haus Verstecken zu spielen, und wenn sie dann doch einmal etwas unternahmen, standen sie stundenlang Schlange, vor dem Vergnügungspark zum Beispiel, wo sie sich von zu viel Eiscreme und Karussellfahren am Schluss übergeben mussten. Er erinnert sich an ihre regelmäßigen Atemzüge und an ihre zu Fäusten geballten Babyhände, die sich reflexartig öffneten, sobald er sie berührte, an ihre Haare, an ihre Haut. Und er meint, ihn riechen zu können. Den Geruch, den sie verströmten, wie von warmer Milch. Allein der hatte ihn getröstet: Es ginge ihnen gut. Mehr als das brauchte er über sie nicht zu wissen.

Das Programm ist zu Ende. Der blinde Großvater ist eingenickt. Und gerade wollen sie sich erheben, einen letzten Toast aussprechen, als Sakura – nun doch im Rollstuhl, da sie sonst nicht von Tisch zu Tisch gekommen wäre, um sich nach dem Wohl der Gäste zu erkundigen, ob sie genug zu essen, genug zu trinken hätten – plötzlich aufsteht, nicht Teil des Protokolls, und ohne Einleitung, ohne Übergang aus ihrem Buch zu lesen beginnt. »Was mir Freude bereitet«, liest sie. »Wenn Vater mir keine Fragen stellt, nicht nach den Werten des letzten Tests, mich nur fragt, ob ich Lust auf Erdbeeren habe. Mutters Stricknadeln, wenn sie sie zur Seite legt. Sie sehen aus wie ein X. Eine Schale Reis mit einer Pflaume in der Mitte. Zu wissen, noch bevor ich sie in den Mund genommen habe: Die schmeckt sauer. Die Stimmen der Krankenschwestern, wenn sie durch den Flur laufen. Sie sagen Sachen wie ›Gestern bin ich im Kino gewesen‹. Der Baum, den ich von meinem Fenster aus sehe. Wie grün er geworden ist. Mein privates Baum-Kino. Hiroshis Klopfen, die Art, wie er die Tür öffnet, so leise wie die Katze, die er letztens hereingeschmuggelt hat. Meine Zehennägel. Sie sind eigentlich gar nicht so übel. Frische Bettwäsche. Ein Vogel im Baum, er ruft ›Frühling‹, ich rufe ›Sommer‹ zurück. Das Beatmungsgerät. Weiße Nelken. Wenn Tante Atsuko auf ein Pläuschchen vorbeikommt und nicht aufhört, über ihren Rücken zu reden. Es geht mir besser danach«, und so abrupt, wie sie damit angefangen hat, hört sie auf zu lesen, hustet, verbeugt sich, sagt hustend: »Danke!« Und wieder: »Danke! Sie haben uns beiden ein Fest bereitet, wie wir es ohne Sie nicht hätten feiern können, und jede Einzelheit werde ich aufschreiben, nicht hier«, sie deutet auf das Buch, »sondern hier«, auf ihr Herz, »der beste Ort, finden Sie nicht auch, um etwas aufzubewahren? Als ich ins Krankenhaus kam, das vierte Mal innerhalb von vier Jahren, dachte ich zuerst: Das war's. Und einerseits stimmt das. Dieses Mal gibt es keine Hoffnung auf Besserung, und es geht schnell, unglaublich schnell, dass man sich daran gewöhnt, keine Hoffnung zu haben. Man hört auf, Teil der Welt zu sein, noch ehe man sie verlassen hat, liegt drinnen, während draußen die Menschen gehen. Und wie eilig sie es haben! Man fragt sich: Wohin? Aber andererseits, und ich weiß nicht, ob das bloß eine andere Art der Hoffnungslosigkeit ist, habe ich das Gefühl, dass ich jetzt erst, seit ein paar Monaten, zu leben begonnen habe und dass der Tod nicht mein Gegner ist, sondern ein Freund, der mich abholen wird, mir aber die Zeit lässt, die ich brauche, um Abschied zu nehmen, geduldig wartet, bis ich damit fertig bin, es mir sogar erlaubt zu trödeln. Denn es ist doch so. Ich würde gerne noch ein bisschen länger bleiben, hier mit Ihnen etwa, und ich habe lange überlegt, ob es nicht besser wäre, uns und Ihnen zuliebe, die Täuschung aufrechtzuerhalten, besser, es bis zum Schluss, wenn ich wieder ins Auto steigen und Ihnen zuwinken würde, dabei zu belassen. Aber nicht wahr? Dadurch, dass ich ihr ein Ende bereitet habe, verliert sie nichts von ihrer Schönheit? Bleibt das, was wir heute an Schönem miteinander erlebt haben, bestehen? Auf gewisse Art ist es wie mit der Perücke, die ich trage. Sobald ich sie abnehme, erschrecke ich. Wie kalt selbst der kleinste Luftzug ist. Und wie wenig vertraut sich mein Kopf anfühlt. Dann aber ist es doch ein

Wiedererkennen. Ein warmes Prickeln auf der Haut«, sie hat sie abgenommen: »Sehen Sie? Dieselbe Sakura! Ob mit oder ohne, das Spiel geht weiter! Noch ein paarmal würfeln. Dann bin ich am Ziel.« Einen Moment lang herrscht Stille. Niemand rührt sich, und der Applaus setzt erst ein, als man ihn mithilfe von Tafeln dirigiert. Zunächst verhalten, dann immer lauter, bis alle Hände nur noch Klatschen sind. Allein der Großvater bleibt davon ungestört. Sein Kopf hängt schwer über der mit Soße vollgekleckerten Brust.

»Wahnsinn!« Mie lässt sich in einen der Sessel sinken. »Also ich weiß ja nicht, wie es Ihnen geht, aber ich hätte jetzt Lust auf etwas Härteres als Champagner. Einen Whiskey, bitte!« Sie sind in einer Bar, nicht weit von der Kapelle, vor der sie dem Brautpaar noch einmal nachgejubelt haben, nicht länger an ihre Rollen gebunden, aber deswegen nicht weniger teilnahmsvoll, bloß müder, als sie es vielleicht sonst gewesen wären. Und ein bisschen tut es ihm leid um seine Rolle als Chef, er hätte den Kollegen sehr gerne noch einmal mit breiter Hand auf die Schulter geklopft, ihnen gesagt, er rechne mit ihnen, Montag früh um halb neun, das anstehende Projekt erfordere ihren ganzen Einsatz. Ja, er ist nahe daran gewesen, es trotzdem zu sagen, aber sie wären wohl in ein verlegenes Schweigen verfallen, zu erschöpft, um über ihn zu lachen. »Diese Müdigkeit! Woher sie kommt, wollen Sie wissen? Keine Ahnung«, Mie verdreht die Augen, »ist doch egal. Wir sind müde. Punktum. Zu viele Fragen bringen keine Antwort hervor. Und ich sage es ungern, aber Sie fragen zu viel. Es wäre nett, jetzt einfach nur dazusitzen und, wenn Sie erlauben, keine langwierigen Diskussionen zu führen.« Und so sitzen sie in ihren Sesseln, starren gedankenverloren auf die Eiswürfel, die in den Gläsern schmelzen. Sein linker Fuß streift ihren rechten. Zwei Schuhspitzen, einander zugewandt. Wer sie sieht, denkt er träge, würde sie für seine Geliebte halten. Eine, die erkannt hat, dass er sich niemals würde scheiden lassen, und darüber traurig ist, obwohl sie es immer schon gewusst hat. Ein Zustand, der noch zwei, drei Monate andauern wird, maximal vier, dann wird sie sich endgültig von ihm trennen, ohne dass etwas von dem, was sie sagten oder taten, irgendeine Folge haben wird. Er gähnt. Denkt kurz an morgen. Ob er vielleicht endlich mal bei Itō vorbei? Immerhin wohnt der nur eine Bahnstation Richtung Stadt von ihm entfernt, und es wäre nicht komisch, wenn er zufällig dort ---

»Ich steige aus«, sagt Mie.

»Aber wir sind doch noch gar nicht da.« Er ist verwirrt, da er in Gedanken noch im Zug gesessen ist, auf dem Weg zu Itō, sich gefragt hat, ob er aussteigen oder besser weiterfahren sollte.

»Ich weiß. Für Sie kommt es plötzlich. Und es tut mir leid, Sie sind ja eben erst eingestiegen, und nun? Nach gerade mal drei Aufträgen? Aber wenn Ihnen daran liegt, hier ist die Karte der Agentur, die heute den Großteil der Leute gestellt hat. Die suchen immer wieder mal nach jemandem, und ich bin mir sicher, in Ihrem Alterssegment. Sie hätten …«

»… aber was reden Sie da?« Einmal ist es ihm passiert, dass er sich in den falschen Zug gesetzt hat, und als er nach einer Weile von seiner Zeitung aufblickte, hat er es nicht gleich begriffen. Als ob er in einem Paralleluniversum gelandet wäre, und er war erschüttert über die Reisfelder, die sich anstelle der Hochhäuser aneinanderreihten, erschüttert darüber, wie sie im Licht der Sonne glänzten. »Ihr Traum! Sie haben es selbst gesagt!« Er schreit es fast. »Es ist doch Ihr Traum, unter die Besten zu kommen! Und dass Sie Aufträge hätten, viele!«

»Die habe ich abgegeben.«

»Aber warum?« Er ist plötzlich hellwach. Keine Spur mehr von Müdigkeit. Seinen Fuß hat er auf den Boden gestellt. Sie auch. Zwei Schuhspitzen, voneinander abgewandt.

»Eine Entscheidung. Sie hat mit Sayuri zu tun. Erinnern Sie sich? Das verstorbene Mädchen? Ich hätte sie nicht spielen dürfen. Regel Nummer sechs: Wir machen keine Ausnahmen.« Ein schwaches Lächeln. Die Regeln habe sie sich alle nur für ihn ausgedacht. In Wahrheit gebe es keine. »Aber egal …«

»… nicht egal! Sie verwenden dieses Wort viel zu oft heute Abend.«

»Zweimal?«

»Das ist oft.«

»Egal. Als ich dort aufkreuzte, in meinem Hosenanzug, habe ich gewusst, dass es falsch war, überhaupt gekommen zu sein, aber ich konnte nicht mehr zurück. Die Eltern hatten mich bereits hereingebeten und waren überglücklich, mich wiederzusehen. Sie hatten, ich sah es ihnen an, die ganze Nacht davor wach gelegen und an nichts anderes als an den bevorstehenden Besuch ihrer Tochter denken können, die, wie sie sich erfolgreich eingeredet hatten, nur vorübergehend weg gewesen war. Eine kleine Runde um den Häuserblock, schon war ich zurück. Und das, obwohl wir es anders vereinbart hatten. Miteinander reden und sich dabei an den Händen halten – gut! Aber eben aus Trauer, nicht aus Wiedersehensfreude. Doch ich war machtlos, verstehen Sie? Ich wurde hineingezogen. Und da waren meine Pantoffeln aus Plüsch, mit Hasenohren, die wackelten. Gleich als Erstes führten sie mich ins Kinderzimmer. Alles rosa, mit Popstars, die schon längst keiner mehr kennt, und ich weiß nicht, warum ich mitgemacht habe, wahrscheinlich aus Mitleid. Dumm. Oder aus dem Gefühl einer Verpflichtung heraus? Jedenfalls baten sie mich, mich ins Bett zu legen, sodass sie mir eine Weile beim Schlafen zusehen könnten. Und es war ein Kinderbett, zu kurz, lauter Stofftiere darin, aber egal, oder nein, Sie haben recht, nicht egal: Sobald ich das Kopfkissen berührte, fühlte ich mich sehr müde, es war so kühl und weich, und sie machten »Sch-sch!« und deckten mich zu, dann wieder »Sch-sch!«, wobei sie mir die Wangen streichelten, so lange, bis ich tatsächlich eingeschlafen war. Und das Komische daran: Ich schlief wunderbar! Wachte auf, vollkommen erfrischt, hatte Durst auf Saft! Hunger nach Süßigkeiten! Kein Zauber, nichts Übersinnliches, aber für ein paar Augenblicke hatte ich mich in Sayuri verwandelt, eine etwas pummelige Vierzehnjährige, die, man hatte es ihr nicht austreiben können, von früh bis spät mit Kopfhörern herumgelaufen war. Der Grund, warum sie von ihrer Runde um den Häuserblock nicht wiedergekehrt ist. Sie hat ihn nicht kommen hören. Den Zug. Und ich war glücklich, eine Familie zu haben, glücklich, zu Hause zu sein. Wäre am liebsten, obwohl es mir dann doch bald zu eng geworden ist, im Bett liegen geblieben oder rüber ins Wohnzimmer gegangen. Hätte ferngesehen, während Mutter kochte. Ihr und Vater beim Abendessen gegenübergesessen. Von meinem Tag erzählt. Dann Gute Nacht gesagt. Noch eine Zeitlang für die Schule gelernt. Tagebuch geschrieben. Die Poster geküsst. Solche Sachen, wie man sie eben tut, wenn man sonst nichts vermisst und man weiß, es gibt jemanden, der sich um einen kümmert und der das Licht ausmacht, wenn man eingeschlafen ist.«

»Und? Sind Sie liegen geblieben?«

»Nein, natürlich nicht. Aber vielleicht war es der Schlaf? Zu lange? Zu tief? Seither quälen mich die Erinnerungen, und nein, da liegen Sie falsch, ich bin nicht zu jung, um welche zu haben. Ich bin dreißig Jahre alt.«

Er hätte sie jünger geschätzt.

»Vielen Dank. Noch einen Whiskey, bitte!« Sie schnippt mit den Fingern.

»Aber das macht man doch nur im Film«, sagt er.

»Ja«, sie lacht. »Ich wollte es nur einmal ausprobieren.«

Es sei das »Sch-sch!« gewesen, das den Ausschlag für ihre Entscheidung gegeben habe, und die Erkenntnis, wie sehr sie es eigentlich brauche. Ob er es nicht auch manchmal brauche? Er denkt an den Taxifahrer, schüttelt den Kopf, sagt: »Nein.«

»Nicht? Ehrlich nicht? Sie sind mir unheimlich!«

Er hätte »Ja« sagen sollen. Aber das »Sch-sch!«, er kommt aufs Sachliche zurück, sei doch nicht alleine der Grund für ihren Ausstieg, bohrt er nach. Dafür setze man doch nicht seine Karriere aufs Spiel. Immerhin: zwölf Mitarbeiter! Er zählt sich selbst mit dazu. Sie trage da, er wolle nicht altmodisch klingen, eine gewisse Verantwortung, wobei er Verantwortung, das möchte er klargestellt wissen, durchaus nicht als altmodisch betrachte, sondern, ihm fällt das Wort endlich ein, als »anständig«.

»Anständig? Ja also, was das betrifft, ist unser Gewerbe nicht gerade bekannt dafür. Alles Freigeister. Sie doch auch. Na ja, Sie vielleicht weniger. Aber die anderen, die werden ihr Auskommen finden, sowieso war das nur ein Job von vielen für sie, kein festes Standbein, und was meine Karriere anlangt«, sie nimmt einen großzügigen Schluck und wischt sich mit dem Handrücken über den Mund, »die tausche ich gegen die Erinnerungen ein. Ich muss zurück, erst mal zurück, und vielleicht, wer weiß?, geht es dann wieder vorwärts, und ich beginne wieder von Neuem, und Sie hören dann von mir? Ein Anruf, wenn Sie schon gar nicht mehr damit rechnen? Und Sie sitzen mit Ihrer Frau beim Abendessen und – nicht witzig, sagen Sie? Also: ein Anruf spätnachts, wenn sie schon schläft, und ich sage Ihnen, ob es sich gelohnt hat zurückzugehen?«

»Aber wohin? Zurück?« Er verstehe kein Wort von dem, was sie da von sich gebe. Wenn sie sich bitte deutlicher ausdrücken würde? Das wenigstens dürfe er doch von ihr erwarten? »Sie treten ein in mein Leben, aus dem Schatten eines Baumes heraus, und jetzt wollen Sie mittendrin umkehren, wo ich Ihnen gefolgt bin, und lassen mich mit nichts als Rätseln zurück? Ich meine, wer sind Sie?« Er hat sich nach vorne gebeugt, wirft ihr die Frage zu wie einen Ball, den sie nicht fängt, und er fällt zu Boden, rollt weiter, bleibt irgendwo liegen. »Verdammt – so antworten Sie doch! Wer sind Sie?«

Jemand hustet. An der Bar wird geraucht. Dicke Schwaden ziehen herüber. Der Pianospieler, er hat Pause gemacht, fängt wieder an zu spielen. Wohl ein Freeter*, der sich damit seine Drinks verdient, er klimpert eine belanglose Melodie, die so flach ist, dass er ihm am liebsten den Klavierdeckel auf die Finger knallen würde, so flach, denkt er, wie das Gefühl, das sich in ihm ausbreiten wird, sobald Mie zurückgegangen wäre, an einen Ort, den er sich nicht vorstellen kann, ob es überhaupt ein Ort ist, den sie meint, oder nur der Schatten, aus dem sie herausgetreten ist, und nun tritt sie wieder in ihn hinein?

»Also gut! Ich sage es Ihnen. Mein Name«, und sie krümmt sich dabei, »aber der ist unwichtig. Für Sie bleibe ich Mie. Und die ist …«

»… ich höre …«

»… eine stinknormale Ehefrau. Schade, oder? Ich hätte Ihnen gerne etwas anderes angeboten, irgendeinen Schicksalsschlag, ein nicht wiedergutzumachendes Ereignis, eine Abtreibung etwa oder ein Tattoo an einer Stelle, die zu intim ist, als dass ich sie Ihnen verraten könnte. Aber da ist nichts! Verstehen Sie? Kein Geheimnis, das sich aufdecken lässt. Ich bin so gewöhnlich wie – sagen wir mal – die dort drüben.« Und er folgt ihrem Kopfnicken, sieht eine Frau, die soeben ihr Make-up erneuert und dabei gleichzeitig mit einer Freundin plaudert, deutlich hörbar die Wörter: »An deiner Stelle würde ich es mal mit Aquabics* probieren.«

Wörter, die sie ohne Überzeugung ausspricht und die so, wie sie sie sagt, dem Parfüm gleichen, mit dem sie sich großzügig den Hals vollsprüht. Ein nasser Nebel, der sich legt und nur einen Hauch von Fadesse zurücklässt.

»Enttäuscht?«

»Nein, nicht wirklich.« Denn er glaubt es ihr nicht. Bestimmt ein Bluff, denkt er, gleich wird sie mit der Wahrheit herausrücken.

Aber Mie hat sich zurückgelehnt. Sagt tonlos: »Ich schon.« Und es dauert ein Weilchen, bis er sie wiedererkennt. So zerdrückt sieht sie aus, als ob sie gerade erst aufgewacht, noch nicht ganz fertig mit Träumen wäre. »Wenn ich zu Hause bin, trage ich eine Jogginghose. Und mein Lieblingsessen ist, kein Scherz, Mayonnaise. Manchmal nuckle ich an einer Tube. Das bringt mich runter nach einem Tag, an dem ich mich ins Drama der anderen begeben habe. Mein Mann findet es eklig. Aber er schläft trotzdem mit mir. Und zwar an jedem Freitag und Samstag und, wenn ich keine Kopfschmerzen habe, dann auch noch am Sonntag. Unter der Woche ist es uns beiden zu anstrengend. Wir machen das Licht aus dabei. Er ist der Arzt. Ich die Patientin. Selten umgekehrt. Und wir sagen Sachen wie »Bitte machen Sie sich frei«. Und: »Aber Herr Doktor, was fehlt mir denn?« Worauf er sein Instrument herausholt, na, Sie wissen schon, um mich zu untersuchen. Ich liege still da, in Erwartung einer Hiobsbotschaft, dann aber habe ich doch einfach nur »viel zu große Brüste«, die er mir wegmassiert. Zu intim. Ja, ich weiß, aber es soll das Tattoo ersetzen, das ich nicht habe. Wenn wir fertig sind, machen wir das Licht wieder an, und ich reiche ihm die Klopapierrolle, die unterm Bett steht, er reicht sie mir zurück. Dann lesen wir, er Krimis, ich Liebesromane, essen Nüsse dazu, er die salzigen, ich die karamellisierten, und es knackt, während wir umblättern. Ein schönes Gefühl. Ich gebe es zu. Und doch: schade. Finden Sie nicht?

Wir hätten vielleicht ein wenig mehr davon, wenn wir, bloß eine Vorstellung, zwei unglücklich Liebende wären, die sich auf diese Art nur einmal jährlich in einem Love Hotel* träfen, immer am selben Tag, weil es der Tag ist, an dem sie einander zufällig an der Kreuzung in Shibuya* über die Füße gestolpert sind. Er verheiratet, sie auch. Drei, vier Kinder, die mit dranhingen. Und sie sprächen vom Wegfahren, vom Drauflosfahren, wie sie in ein Auto steigen und dem allen entfliehen würden. Sie sähen die Koffer vor sich. Das kalte Scheinwerferlicht. Die Ohrfeigen. Die Küsse. Die rote Ampel, bei der sie aufs Gas steigen, die Straßen, die sich vor ihnen verzweigen würden. Und irgendwo hielten sie an, zögen einen Kaffee aus dem Getränkeautomaten, tränken abwechselnd einen Schluck, nur um sich stark zu machen für die Dunkelheit, die vor ihnen läge. Eine Irrfahrt. Das ist meine Lieblingsvorstellung. Aber wie gesagt, da ist nichts. Zu viel nichts, meinen Sie? Und ja, das stimmt ja auch: Ich würde es nicht anders haben wollen als eben so, wie ich es habe. Mein Mann ist wunderbar, ein bisschen zu wunderbar vielleicht. Er sieht gut aus und macht obendrein meine Buchhaltung. Und wie er sich aufregt über die Rechnungen, die ich ihm, unsortiert natürlich, in einem Schuhkarton übergebe, warum ich sie nicht wie jeder andere vernünftige Mensch, und an diesem Punkt beginnt er schon zu lachen. Was er da redet? Von Vernunft? Wo es doch um mich, seine ›Dschungelbraut‹, geht. Ein Spitzname, ich mag ihn, er ist mir lieber als das übliche ›Du‹. Und ich weiß nicht, ob es daran liegt oder an dem Geruch, den er verströmt, wenn er freitagabends frisch gewaschen ins Schlafzimmer kommt – ich warte schon – ein wenig kränkelnd – die Decke bis übers Kinn gezogen – ich würde sterben, wenn ihm etwas zustieße. Eine kleine Schramme und ich würde, schlimm, nicht wahr?, nicht direkt sterben, das wohl nicht, aber den gleichen Schmerz empfinden wie er, wenigstens annähernd den gleichen, und ich würde schreien, so weh täte es, würde für ihn und an seiner statt schreien, lauter als er.«

»Noch einen Whiskey, bitte!« Dieses Mal ist er es, der mit den Fingern schnippt. – »Aber das macht man doch nur im Film«, sagt Mie und zieht ihre Schuhe aus. Durchsichtige Strümpfe. Die Bar hat sich mittlerweile gefüllt. Immer mehr Menschen drängen sich an ihnen vorbei, und man hat ein paar Sessel zur Seite geschoben, im hinteren Teil des Raumes, hat Platz gemacht für eine Tanzfläche. Der Pianospieler greift etwas beherzter in die Tasten, aber niemand tanzt, noch ist es zu früh dafür, und er fällt zurück in sein Salongeklimper, scheint zufrieden damit.

»Drittklassig, wenn Sie mich fragen.«

»Ja, nicht wahr?« Mie bezieht es auf sich: »Drittklassig. Eine Ehe wie aus dem Bilderbuch, und man deutet mit dem Finger auf die einzelnen Bildchen und denkt, wie langweilig das ist! Und dass man sich etwas mehr Aufregung wünscht! Ein Whirlpool neben dem Bett, die Love-Hotel-Szene geht weiter, und wohin die zwei Unglücklichen überall aufgebrochen sind, mit anderen Namen, anderen Vergangenheiten, in der Hoffnung, irgendwo anzukommen. Immerzu fahrend, von einem Ort zum nächsten, und am Ende sind sie wieder dort, wo sie gestartet sind. Rufen an, um die Stimmen der Kinder zu hören, die sie verlassen haben. Legen auf, sobald sie ›Hallo?‹ sagen. Bloß eine Vorstellung, ich wiederhole mich, freitagnachts, wenn ich wach liege. Mein Mann schläft bereits. Die Klopapierrolle steht ordentlich an ihrem Platz unter dem Bett. Und ist es nicht seltsam? Dass ich sie brauche? Diese Vorstellung vom Unglücklichsein? Im Grunde, es tut mir leid, bin ich ständig dabei, an ihr fortzuspinnen. Überlege Anfänge und Enden und vielerlei Zwischenstationen. Könnte – ja, ich habe wenigstens eine Version bereits fertig im Kopf – ein ganzes Dorama* damit füllen. Zwölf Episoden am Stück, eine tränenreicher als die andere! Und das alles, während ich neben meinem Mann liege, dessen Rücken mich an eine Bergkette erinnert, still und friedlich, wie sie sich ausbreitet unter dem schwarzen Nachthimmel. Auf gewisse Weise bin ich süchtig danach. Was wahrscheinlich der Grund ist, warum ich gern Tante und Schwester spiele. Mein Mann findet das übrigens nicht so eklig wie Mayonnaisenuckeln. Er sagt, er fände es abartig, aber irgendwie - ach, ich liebe ihn! - moralisch vertretbar.«

Und noch immer glaubt er, es ist ein Bluff. Bestimmt, denkt er. Das kann nicht alles sein. Er schaut auf die Frau, die mit ihrer Freundin plaudert. Sie blickt unentwegt auf ihre Fingernägel. Dann wieder aufs Handy. Es trällert. Ob sie sie kurz, nur ganz kurz, entschuldigen wolle? Es sei dieser Typ, der mit dem Öl in den Haaren, den sie vom Bowlen kenne. »Wahrscheinlich«, und dabei blickt sie noch einmal auf ihre Fingernägel, »ist es wegen letztens. Du weißt schon!« Worauf die Freundin verschwörerisch nickt.

»Aber«, er zwingt sich, zurück ins Gespräch zu finden, »was bitte ist so schlimm, ist so seltsam daran? Sie lieben ihn. Er Sie auch. Ist doch genau so, wie es sein soll, oder?«

Mie winselt: »Ja schon, aber. Und das ist ja das Verkehrte: dass, wenn ich als Stand-In arbeite, zumindest ein Teil von mir eine tiefe Befriedigung empfindet, eine, die ich im normalen Leben so nicht empfinden kann, wohl weil ich immer mit einem Fuß in der Tür stehe, immer denke: Es wird etwas passieren. Und dann passiert aber nichts. Schon wieder nichts. Ganz am Anfang zum Beispiel«, sie versucht zu lachen, »habe ich mit dem Gedanken gespielt, wie es wäre, meinem Mann nichts von der Agentur zu erzählen, und zwar nicht, weil er sie nicht gutheißen würde - so einer ist er nicht, zum Glück, sonst wären wir nicht zusammengekommen -, sondern weil ich den Kitzel spüren wollte: Er könnte eines Tages anrufen und mich als seine Frau engagieren. Und da haben Sie es: das Verkehrte! Ich muss rechtzeitig den Fuß herausnehmen. Denn es stimmt, was Sie sagen: Es ist alles in Ordnung mit uns. Manchmal streiten wir, aber nie so, dass etwas zu Bruch geht dabei. Ich hab's probiert. Hoffnungslos. Einmal hatte ich sogar einen Teller in der Hand und wollte ihn mit voller Wucht gegen die Wand werfen, doch dann, Dorama hin oder her, kam mir das billig vor, und ich weiß noch, wie ich dachte: Es wäre peinlich, wenn ich danebenträfe. Und die Scherben! Was, wenn ich eine davon nicht wegkehren würde, weil sie so winzig sind, kaum sichtbar, aber doch schmerzhaft, wenn einer drauftritt? Obendrein ein Erbstück. Sehr fein gearbeitet. Und ich bin froh, dass ich dann doch noch die Kurve gekriegt habe. Den Teller habe ich abgestellt. Stattdessen, nicht gerade schlau, mit einer Tomate geworfen. Und diese Sauerei! Von bloß einer Tomate! Man glaubt nicht, wie viel Saft da drinsteckt. Jedenfalls ist mir das eine Lehre gewesen. So viel Saft in etwas so Kleinem. Man darf«, sie holt tief Luft, »man darf es nicht verpatzen!«

Die Frau am Nebentisch telefoniert immer noch. Mit ihren Fingernägeln trommelt sie auf den Tisch. Ihre Freundin zischelt dazwischen: Sie solle nichts geben auf seine Märchen, die würde er jedem erzählen. Aber der Frau scheinen sie zu gefallen. Mehrmals lacht sie, wobei ihr Lachen einem Gurren gleicht, mehrmals hört sie mit Trommeln auf, um sich mit der Hand durchs Haar zu fahren. »Aber der lügt doch«, zischelt die Freundin, sie dringt nicht durch.

»Sie sagten, Sie wollten zurückgehen?«

»H-mm, sagte ich das?« Mie spitzt ihre Lippen. Schaut verlegen nach oben.

»Und dass sie Sie quälen würden, die Erinnerungen, Sie um ihretwillen an den Anfang zurückwollten?«

»Ach so, ja das. Da habe ich wohl ein wenig zu dick aufgetragen. Sehen Sie? Das Schauspielern lässt sich nicht so leicht ablegen. Zurück im Sinne von – naja, was soll's? Hier noch eine kleine, sehr kleine Geschichte. Sozusagen ein Dramolett, das einzige in meinem Leben, für das ich, ich verspreche es Ihnen, von heute an dankbar sein werde. Und zwar hat es mit meiner Mutter zu tun, mit der ich mich, eigentlich auch wieder stinknormal, vor ein paar Jahren verkracht habe, und ob Sie es glauben oder nicht, ich weiß einfach nicht mehr, warum. Ich habe es vergessen. Vielleicht wegen des Tattoos, das ich mir damals stechen lassen wollte? Das könnte der Grund gewesen sein. Etwas anderes fällt mir nicht ein. Ziemlich blöd, oder? Vor allem, wenn man bedenkt, dass ich es dann doch nicht getan habe, weil ich vor Schmerzen jeder Art, auch wenn's nur ein Pieksen ist, eine Heidenangst habe? Aber egal wofür. Mutter hat eine Entschuldigung von mir verdient, und ich möchte wetten, sie wird sich freuen, wenn ich plötzlich im Eingang stehe und keine blondierten Haare mehr habe, was vielleicht auch mit ein Grund für unseren Krach gewesen ist. Ich weiß schon jetzt, was sie sagen wird, nämlich dass es keinen Regen gibt, der nicht irgendwann einmal aufhört, und keine Sonne, die nicht irgendwann einmal wieder scheint. Und sie wird ›Sch-sch‹ machen, weil ich spätestens da zu weinen anfangen werde, wird mir die dicksten und fluffigsten Okonomiyaki* braten, mit viel Mayonnaise darauf. Tja, so ist das. Und damit wäre auch das aus der Welt geschafft. Eine Banalität mehr, über die ich hinwegkommen werde. Nicht schlimm. Nicht seltsam. Nur ein bisschen schade, wie vorhersehbar es ist. Keine Wegbiegungen, alles gerade, bloß der Abgrund, wissen Sie noch? Der bleibt derselbe.«

Er denkt an seine eigene Mutter, die totgeglaubte, die er, nachdem er erfahren hatte, dass sie noch lebte, im Altenheim besuchte, wo sie vorgab, sich an nichts mehr erinnern zu können, obwohl sie laut Pflegepersonal, das er später befragte, keineswegs dement war und sie die Belegschaft im Gegenteil mit Erinnerungen an ihre verflossenen Liebschaften zu unterhalten pflegte. Und man war überrascht gewesen, dass sie einen Sohn hatte. Von ihm sei nie die Rede gewesen. Sehr viel aber von den Katzen, die sie nicht mit ins Heim hatte nehmen können. Nach denen fragte sie Tag für Tag. Aber so sei das mit den Alten. Die einen würden vergesslich, die anderen nicht, jeder bastelte auf seine Art an seiner Vergangenheit, löschte dieses, erfand jenes, übermalte es frei nach Gutdünken, worauf er noch einmal zurück in ihr Zimmer gegangen war, um sich ihr Gesicht zu merken, weil er wusste, er würde sie nicht wiedersehen. Und jetzt, da es ihm wieder einfällt, ist er erstaunt, dass das Einzige, was er sich gemerkt hat, der rote Lippenstift auf ihren gelben Zähnen ist, als sie ihm lächelnd bedeutete, sie wolle ein Mittagsschläfchen halten, wenn er so lieb wäre, zu gehen und die Tür möglichst leise hinter sich zuzumachen? Der Rest ist verschwommen. Er könnte es nicht beschreiben. Das Phantombild, das dabei entstünde, wäre eine höchst unzureichende Rekonstruktion, ohne Wert für die Ermittlung ihrer Beziehung zueinander.

Der große Bluff ist ausgeblieben, und ihn beschleicht das Gefühl, dass ihm etwas vorenthalten wurde. Mie, so proper, wie sie jetzt vor ihm sitzt, hat ihn womöglich nur verschonen wollen. Er traut es ihr zu. Und fast wünscht er sich das. Dass sie ihn angelogen hat. Ihre Geschichte will nicht so recht zu ihr passen. Ein Paradiesvogel am Stock. Aber dann – er denkt an das Knacken der Nüsse, während sie lesend im Bett liegt, neben sich ihr Mann, der nach Wasser und Seife riecht – wünscht er sich doch, dass sie die Wahrheit sagt und dass es bloß der Whiskey ist, der ihm zu

Kopf gestiegen ist. Alles dreht sich. Ein Wirbel. Vor seinem inneren Auge ist er es, der neben ihr liegt, und er greift hinüber, um sich zu vergewissern, dass sie aus Fleisch und Blut ist, wobei die Decke sich leicht wellt, das Leintuch verrutscht, er sie umschlingt wie ein Ertrinkender, der noch an Rettung glaubt, noch einmal strampelt, ehe er hinabtaucht, sehr langsam, sie mit ihm nach unten gleitet. Und einen Moment lang hält er es nicht für ausgeschlossen, und er öffnet den Mund, um es vorzuschlagen: Ob sie nicht in ein Hotel? Oder besser gleich? Einfach wegfahren? Drauflosfahren? Dem allen davonfahren sollten? Es wäre kein Skript. Sondern einfach das Leben. Seines. Ihres. Aber sobald er den Gedanken auch nur halbwegs zu Ende gedacht hat, ist sie wieder in ihre Schuhe geschlüpft, und er sieht, dass sie wie angegossen sitzen. Ein jeder Mensch, denkt er flüchtig, hat seine Pantoffeln. Und wie geschmeidig die werden im Laufe der Zeit! Er schließt den Mund. Vollkommen unmöglich. Wohin fahren? Er lacht müde in sich hinein. Ohne Führerschein?

»Was denken Sie?« Mie ist aufgestanden, sie schwankt ein wenig: »Tanzen wir?« Und als er sich sträubt: »Nun kommen Sie schon!« Sie hat ihn bei der Hand genommen, zieht ihn hoch, mit einem Ruck, stolpert mit ihm durch die rauchende, schwitzende Menge bis zur Tanzfläche, wo sie zunächst dastehen, ohne sich zu bewegen, dann etwas unbeholfen die Arme umeinander legen. Jemand ruft, oder flüstert er selbst es: »Ein bisschen schwungvoller!« Und der Pianospieler gibt sich Mühe, dem Wunsch, so gut er es kann, gerecht zu werden, indem er das Lied, das er gerade spielt, unterbricht und ein neues beginnt. *As Time goes by.* Er erkennt es sofort, schon beim ersten Anschlag. Hat es – wann war das doch gleich? – gestern? vor einer Woche? – aus dem Regal gezogen – und warum eigentlich? – gleich wieder zurückgeschoben. Und er will ihr davon erzählen, während sie nach und nach in Bewegung kommen, aber sie hat den Kopf auf seine Schulter gelegt, und es ist schwierig, etwas zu erzählen, wovon er selbst nicht genau weiß, was es bedeutet.

»Sie sind ein Dummkopf«, sagt er stattdessen.

Sie hebt den Kopf und sagt: »Sie auch.«

Dann tanzen sie weiter. Sie sind allein auf der Tanzfläche, und die Leute, die anfangs noch zugeschaut haben, wenden sich sehr bald wieder ab, was ihn beruhigt. Niemand achtet auf sie, die schwerfällig auf immer derselben Stelle herumtreten, und am Ende stehen sie wieder da und warten auf das nächste Lied. Schieben sich vorwärts und rückwärts. Nach rechts und nach links. Einmal drehen sie sich. Aber dann bleiben sie dabei: bei den kleinen Bewegungen, die sie nicht aus der Bahn werfen.

Ob er nicht nach Hause müsse? Seine Frau?

Er sagt: »Egal, egal, egal.«

»Aber Herr Katō!«

Kurz glaubt er, sie meint einen anderen.

3

Das Fahrrad ist umgestürzt. Als die Tochter hochschwanger in der Tür steht, nass vom Regen und ihm sehr ähnlich, ihre etwas zu tief liegenden Augen auf die Fußmatte gerichtet, ist das sein erster Gedanke, und dass er es hätte verhindern können, wenn er nur damals zu den Mäusen zurückgegangen wäre, aber seine Frau hatte gewunken und nun, das ist absehbar gewesen. »Was ist passiert?«, stellt er mehr fest, als dass er es fragt, und als sie nicht antwortet: »Du hättest einen Schirm mitnehmen sollen. Aber ist ja schon gut. Komm herein.« Sie trägt eine Sporttasche über der Schulter, der Gurt schneidet ihr ins Fleisch, und nach dem Gewicht zu schließen, als er sie ihr abnimmt, hat sie in aller Eile die unnötigsten Dinge hineingeworfen, ein Glätteisen, er rät, drei Paar Schuhe und Nagellack. Wenn seine Frau hier wäre! Aber die ist im Fitnessstudio, und er überlegt, was sie an seiner Stelle tun würde. Sie in den Arm nehmen? Vielleicht. Einen Tee aufsetzen? Ratlos stapft er vor ihr her in die Küche, sie hat noch kein Wort gesagt, und er sucht nach dem Teekessel, da steht er, und nach den Teebeuteln, »wo sind die bloß?«. Die Tochter deutet schweigend auf den Schrank hinter ihm. »Ach ja, richtig. Und jetzt?« Sie zeigt auf den Wasserhahn. »Wie viel Wasser? So viel?« Sie nickt. Das Geräusch des Gasherds, als er ihn anmacht, kurz züngeln die Flammen empor, dann aber hat er zu schnell den Schalter losgelassen, und das Feuer erlischt. »Ob der kaputt ist?« Er versucht es noch einmal. Drückt, hält, lässt wieder los. »Der ist kaputt!« Und sie unterdrückt ein Lachen. Er hört es. Sie gluckst. »Du bist zu komisch«, platzt sie endlich heraus, »schau, das geht so«, sie führt es ihm vor. »Arme Mama! Sie kann dich ja kaum alleine lassen.« – »Na ja, so arg ist es auch wieder nicht. Wie du siehst: Ich lebe!« – »Ein Wunder!« Sie hat zwei Tassen ausgespült. »Wie man leben kann, ohne jemals selbst Tee für sich gekocht zu haben. Aber trotzdem danke«, sie lächelt, »du hast dein Bestes gegeben.« – »Alles nur Show«, er lächelt zurück, »um dich ein wenig aufzuheitern.« Aber sie nimmt es ihm nicht ab. Der Teekessel pfeift. Sie gießt das Wasser in die Tassen. »Fünf Minuten«, er schaut auf die Uhr. Seine Frau, denkt er, hätte schon längst alle Einzelheiten in Erfahrung gebracht, warum die Tochter so kurz vor der Geburt quer durchs Land gefahren ist, ohne vorher Bescheid zu geben, wohl kaum aus plötzlichem Heimweh heraus, oder doch? Es wäre möglich. Er betrachtet ihren Bauch, »steht dir gut«, sagt er. – »Ja, findest du? Wirklich?« Sie streckt ihn nach vorne. »Der kleine Mann ist zuletzt ziemlich gewachsen. Ein Schwergewicht, meint die Hebamme, und dass es nicht leicht werden wird, ihn in die Welt zu pressen. Und wie der strampeln kann. Da, fühl doch mal!« Sie legt seine Hand an ihre Seite. »Spürst du es? Nein?« – »Doch, jetzt spüre ich es.« Und als er zu ihr hochblickt, in ihr weiches Gesicht, sieht er, wie ihr die Tränen über die Wangen kullern, und er greift nach dem Geschirrtuch, das voller Flecken ist, und hält es ihr hin. »Erst einmal Tee trinken. Dann schauen wir weiter. Nichts ist so furchtbar«, sagt er, »wie es aussehen mag.« Seine Frau, er ist sich sicher, hätte etwas Vergleichbares gesagt, und er wünscht sich sehnlichst, sie würde zurückkommen, noch ehe sie fertiggetrunken haben. Ob ihr Mann denn wisse, dass sie hier sei? »Nein«, sie tropft die Teebeutel ab und wirft sie ein wenig zu energisch in den Mülleimer, klappt ihn geräuschvoll zu, indem sie dem Deckel, nachdem er schon zugefallen ist, noch einen Hieb mit der flachen Hand versetzt. Aber er könne es sich wohl denken. Falls er überhaupt jemals etwas denken würde. »Erst einmal Tee trinken«, wiederholt er. Ihm fällt sonst nichts ein.

Andere Szene. Derselbe Ort. Als seine Frau mit reichlicher Verspätung, wie er sich notiert, das Haus betritt – der Regen habe sie aufgehalten, ruft sie noch vom Eingang her, sie sei eine halbe Stunde lang unter dem Vordach des Gemüsehändlers gestanden –, ist die Tochter behände aufgesprungen und hat sich ihr, noch ehe sie einen Laut der Überraschung über die Lippen gebracht hat, wild schluchzend in die Arme geworfen. Was denn passiert sei? Die gleiche Frage hat er doch auch gestellt, denkt er. Und er hört sie im Flur miteinander reden, lauter Wörter und Sätze, die genauso gut aus dem Fernseher kommen könnten: ein Streit. *Aber warum?* Die Schwiegermutter. *So, die.* Und er habe nicht einsehen wollen. *Typisch.* Worauf sie ihn einen Feigling geschimpft, er die ganze Nacht lang mit seinen Kumpels, sturzbetrunken, sie die Nerven verloren habe. *Verständlich.* Keine Geduld mehr. Dazu das Landleben. Und mit dem Kind, wie sie das schaffen sollten? *Sch-sch!, das klinge schlimm. Sie sei ja ganz kalt an den Händen. Ob sie einen Tee? Vielleicht ein Bad? Danach würde sie klarer sehen.* Im Grunde dasselbe, was er gesagt hat, bloß, warum nur?, um so vieles tröstlicher. Und er fühlt sich ins Eck gestellt, dabei hat er sich das gewünscht, ist immer wieder zum Fenster gelaufen, um Ausschau zu halten, wann sie endlich auftauchte, hinter der Wegbiegung. Wollte schon anrufen, »aber wozu hat sie ein Handy, wenn sie es nie einschaltet?«, er war sich sicher, dass er sie wie so oft nicht erreichen würde. Hat die Tanzerei verflucht, innerlich, den Lehrer dafür verantwortlich gemacht, und am Ende ist es die Tochter gewesen, die ihn beruhigen musste, weil er gar nicht mehr stillsitzen, sich gar nicht mehr kontrollieren konnte, es sogar aussprach, dass er es gewusst habe, vom Rumhopsen würde nichts Gutes kommen: »Aber, Papa, ich bitte dich: Wer hopst hier rum? Ich sehe nur einen, der rumhopst, und zwar dich! Bestimmt kommt sie gleich. Bei dem Wetter! Der Weg ist aber auch schrecklich steil.« Dass sie sich das antun würden. In ihrem Alter. Sie selbst wäre an ihrer Stelle schon vor Jahren nach unten gezogen. Aber das sei ihre Meinung und nein, Mama habe sich nicht dazu geäußert, so viel Vorstellungsvermögen jedoch besitze sie, dass es nicht gerade lustig sei, die Einkäufe hier heraufzuschleppen, wenn sie wenigstens ein Auto hätten! »Aber ihr habt ja nie eines haben wollen. Das heißt, Mama schon. Und wie sie gebüffelt hat für die Fahrprüfung, dann so knapp durchgefallen ist, es trotzdem nicht noch einmal versuchen wollte, sondern einfach aufgegeben hat. Irgendwie tragisch, findest du nicht?« Und er hat den Mund aufgemacht, um etwas zu entgegnen, aber es stimmte, was sie ihm vorhielt, und auch, was sie nicht wissen konnte, dass er sich damals insgeheim gefreut hatte, wie rasch das Thema »Auto« vom Tisch gewesen war, weshalb er sich beeilte, ihr stattdessen die Vorteile des Hauses zu erläutern, unter anderem die Aussicht, wie weit sie nach allen Seiten hin sehen könnten, zum Beispiel das Feuerwerk, was schließlich unbezahlbar sei. »Aber das findet doch nur einmal im Jahr statt«, hat sie zu bedenken gegeben. Und in diesem Augenblick ist die Tür aufgegangen. »Höchste Zeit«, hat er gegrummelt. Mutter und Tochter sind jetzt im Badezimmer. Er hört sie lachen. Wie der strampeln kann! Ob sie schon einen Namen hätten? Ja, und zwar. Das Wasser läuft. Die erste Silbe hat er rechtzeitig aufgefangen. Ein helles »A«.

»Ach, das wird schon wieder!« Seine Frau hat sich eine Schürze umgebunden. »Ein paar Tage und du wirst sehen.

Immerhin ist es ihr erstes Kind.« Da sei man besonders empfindlich. Er denkt an die Kreuzung. Und wie er sie festgehalten hatte, anfangs sachte, dann, weil sie nicht aufgehört hatte zu weinen, mit zunehmender Grobheit und einer Lust, ihr wehzutun, für die er sich nachher schämte, und sie sich weinend aus seinen Armen befreit hatte und ihm davongelaufen war. Er rannte ihr nach, durch den strömenden Regen, mehr und mehr war das Ganze zu einer Jagd geworden, bei der es nicht mehr nur darum ging, sie einzufangen, sondern sie – und er erschrak über sich selbst. Fiel absichtlich zurück. Ließ ihr einen Vorsprung von gut zehn Metern. Fiel noch weiter zurück. Ließ sie laufen. Erst beim Spielplatz holte er sie ein, einem traurigen Rechteck mit nichts als einer quietschenden Schaukel und einer rostigen Rutsche darauf, aber da hatte sie sich schon wieder beruhigt, hockte im Kies, die Hände schützend um den runden Bauch, wartete offenbar darauf, dass er sie anschrie, aber er tat es nicht. Warum er sie habe laufen lassen? Aber es sei doch ein Spiel gewesen, flüsterte er. Für sie etwa nicht? Doch, doch. Der Regen ließ langsam nach. Und sie saßen noch eine Weile zwischen Schaukel und Rutsche, waren zu erschöpft und zu erschrocken, um gleich nach Hause zu gehen. »So viel Platz«, sagte seine Frau, als sie schließlich aufstanden: »Hier sollte man tanzen.« Darauf er: »Du und deine Ideen! Du würdest sogar noch auf dem Friedhof tanzen wollen.«

»Und der Schwiegersohn? Jemand muss ihm Bescheid geben!«

»Ja, wenn du so nett wärst?« Sie schlägt drei Eier auf.

»Was? Ich? Warum ich?«

»Sag ihm, sie meint es nicht so. Eine kleine Meinungsverschiedenheit. Gut, dass sie sich streiten, bevor das Baby kommt. Das klärt die Luft. Und bitte sei freundlich. Du musst keine Predigt halten. Die Situation ist heikel genug.«

Als ob er jemals! Aber sie hat den bereits kleingehackten Ingwer aus dem Gefrierfach genommen, und ihm bleibt nichts anderes übrig, als zum Telefon zu gehen, ein Gerät, das ihn nervös macht, es erinnert ihn an seinen Tisch im Büro, wie selbstverständlich er dort gesessen hat, während er hier, mit lauter Unwägbarkeiten konfrontiert, weder nach rechts noch nach links sehen kann, nur geradeaus, wo nichts ist. Und er wählt die Nummer, seine Frau hat sie mit Klebeband unterhalb der Tasten befestigt, und sagt: »Hallo? Hier spricht. Alles okay, keine Sorge. Gerade nimmt sie ein Bad. Nein, kein bisschen, man kennt das ja. Es sind die Hormone, die verrückt spielen. Ach, das wird schon wieder«, und dergleichen mehr, wobei es ihm vorkommt, als ob an seiner statt jemand anderer spräche, er im Grunde seines Herzens sagt: »Das wird nicht mehr.«

»Es ist wie früher.« Aus der Küche kommt der Geruch von frisch gedämpften Teigtaschen. »Manche Dinge ändern sich nicht. Dieser Geruch etwa«, die Tochter hält schnuppernd die Nase in die Höhe, »er erinnert mich an zuhause, ganz egal, wo ich gerade bin, und manchmal träume ich davon. Es ist ein schöner Traum. Wir sitzen alle auf unseren Plätzen. Mama hier, ich da und«, ob er wisse, wie es dem Bruder gehe? Nein, er wisse es nicht. Er nehme an: gut? Seine Frau ruft: »Schlecht!« Doch er sei auf dem Weg der Besserung. »Eine Grippe. Sie hat ihn ziemlich mitgenommen, fünf Kilo weniger, und das bei seinem ohnehin nicht sehr kräftigen Körperbau.« Aber gerade die Zarten seien von Natur aus zäh. Die Schwiegertochter habe alle Hände voll damit zu tun, ihn wieder aufzupäppeln. »Dabei. Du weißt doch«, sie bringt ein Tablett mit verschiedenen Soßen herein, »ist sie selbst nicht ganz auf der Höhe, die Arme. Es will und will einfach nicht klappen.« In ihrem Alter – wie alt sei sie doch gleich? achtunddreißig? neununddreißig? – habe das Biologische noch einmal einen anderen Stellenwert. – »Wem erzählst du das?« Die Tochter hilft ihr beim Auftischen. »Ich bin mittlerweile eine regelrechte Expertin auf diesem Gebiet.« Und sie erklärt, während sie zu essen beginnen, welche Prozeduren sie über sich hat ergehen lassen müssen, sie spricht von Eierstöcken, Fruchthöhlen und Schleimhäuten, woraufhin er den Fernseher ein wenig lauter stellt, eine Werbung für ein Shampoo gegen Haarausfall, und der Mann, der es benutzt, will schon in der zweiten Woche, davor wäre wohl übertrieben, eine deutliche Verbesserung bemerkt haben, was sich ablesen lässt anhand einer Kurve, die zeigt, wie stetig die Wirkung ist. »Unglaublich, aber wahr!« Es folgt eine Werbung für Zahnpasta. Nicht unbedingt appetitlicher. Und wieder hört er die Tochter, sie ist in Fahrt gekommen. Am schlimmsten seien die Schuldgefühle gewesen. Mit der Zeit habe sie sich wie eine Versagerin gefühlt. Und warum? Wegen ein paar Zysten, die man zwar nicht sehen konnte, aber. Er hört halb hin, dann wieder wendet er sich dem Fernseher zu. Das Deodorant der Marke MAXX verspricht ultimative Geruchsfreiheit. Und nicht nur das, rund 63 % der Anwender bestätigen es: Man schwitzt um ein Drittel weniger. Seine Frau sagt mehrmals: »Aber nicht doch!« Und dass sie froh sei. Ein Happy End. Wenn nun auch noch der Bruder. Wie schön das wäre! Sie an Neujahr zusammen, beide mit einem Baby auf dem Arm. Und sie schweifen vom Thema ab, plaudern über die Nachbarn, die diesen Sommer für fünf Tage nach Australien geflogen sind, die ganze Familie. Ob sie das nicht auch einmal? Gerne. Aber nicht nach Australien. Ihr Mann habe Flugangst. *Was, noch immer?* Ja, es gebe kein Mittel dagegen, »weil es doch letztlich etwas Irrationales ist. Ich meine, er weiß, dass es eins der sichersten Transportmittel ist, die es gibt. Er hat die Statistiken studiert. Und dennoch. Was will man machen? Die Angst lässt sich nicht wegrationalisieren.« Gut möglich, dass sie eines Tages von selbst verschwinde, bis dahin aber müsse sie sich wohl noch ein wenig gedulden. »Und du, Papa?« Er fährt zusammen. »Wolltest du Mama nicht nach Frankreich entführen? Das war doch dein Plan. Erinnerst du dich? Wir haben alle hier, an diesem Tisch, gesessen. Du dort. Und es war ein Spiel, irgendein Würfelspiel«, bei dem er die Karte vom »Lebenstraum« gezogen habe. Und er sei aufgestanden und habe ihnen von Paris erzählt: »So lebendig, dass ich noch heute ein Bild davon habe. Wie du mit Mama durch die Stadt spazierst. Du sagtest, *ein Eis in der Hand*, was wahrscheinlich der Grund ist, warum ich es mir gemerkt habe. Weil du dabei auf und ab gegangen bist, einen Arm in der Luft, als ob du ihn um Mama gelegt hättest, und wir haben so gelacht, weißt du noch? Weil dir das Eis auf den Boden gefallen ist? Du versucht hast es aufzuklauben? Es dir aber immer wieder entglitten ist? Bis es ganz geschmolzen war?« Nein, komisch. Er könne sich nicht mehr daran erinnern. Seine Frau sagt: »Ich mich schon. Das Spiel hieß *Erzähl mir was*, und du warst richtig gut darin. Nicht wahr?«, zur Tochter gewandt: »Was das Schauspielern betrifft, ist Papa unschlagbar?« Vielleicht würde sie es wiederfinden, das blaue Spielbrett mit den Wolken darauf, irgendwo müsse es noch sein, sie sehe es deutlich vor sich. Und dass es doch interessant wäre zu überprüfen, sagt sie, interessant im Sinne von aufschlussreich, wie unterschiedlich ihre Antworten ausfielen auf genau dieselben Fragen, wenn sie es nach all den Jahren wieder einmal spielen würden. »*Sehr* interessant«, fügt sie hinzu. Er wechselt den Fernsehkanal. Wieder Werbungen.

Er ist etwas früher zu Bett gegangen als üblich. Das viele Reden, dabei hat er die meiste Zeit nur schweigend danebengesessen, hat ihn ermüdet, und außerdem schien seine

Anwesenheit nicht unbedingt notwendig zu sein, um nicht zu sagen – er sagt es trotzdem halblaut in die Dunkelheit hinein – »sie störte«. Er hat es gemerkt an der Art, wie sie sich entspannten, als er den Raum verließ. Seine Frau lehnte sich zurück. Die Tochter streckte die Beine aus. Und das »Gute Nacht«, das sie ihm nachriefen, klang wie die Verabschiedung eines Gastes, nach dessen Weggang man endlich man selbst sein darf. Seit wann sie in getrennten Zimmern schliefen? Und wieso? Nun, das habe sich im Laufe der Zeit so ergeben, weil sie, eine glatte Lüge, so laut schnarche, dass er kein Auge zubekomme, und außerdem, die Tochter würde das auch noch erfahren, gehe es in der Ehe nicht um das Teilen eines Bettes, sondern darum, was man außerhalb davon miteinander anzufangen wisse. »Papa und ich zum Beispiel. Wir haben viele Gemeinsamkeiten.« – »Ach so? Welche denn?« Aber da hatte er seine Tür bereits hinter sich zugezogen und die Flüsterstimmen, die auf der obersten Treppenstufe noch deutlich zu hören gewesen waren, sind draußen geblieben. Ab und an dringt ein Lachen nach oben wie aus weiter Ferne, ab und an schleicht sich ein Wort zu ihm herauf ans Ohr, aber es ist so leise, es könnte ebenso gut sein Atem sein, den er anhält, dann stoßweise aus sich herauslässt, wie um etwas zu sagen damit. Dass er erst gestern im Reisebüro war, etwa, um, wie er sich vorsichtig ausdrückte, »erste Informationen« einzuholen. Ihm die Angestellte eine Liste mit Flügen ausgedruckt, davon die günstigsten mit einem Leuchtmarker angestrichen, er sie gefragt hat, ob die Preise auch eine Stornoversicherung enthielten, man wüsste ja nie. Dann bedankte er sich für ihre Zeit und Mühe. Er würde wiederkommen, sobald sie sich hinsichtlich eines Datums geeinigt hätten. »Kein Problem«, sagte sie. Und so viel sei sicher: »Paris wartet auf Sie.« Übrigens: eine großartige Stadt! Sie sei zwar selbst noch nie da gewesen, aber die Freundin einer Freundin habe erst vor

Kurzem dort Urlaub gemacht und sei hin und weg gewesen, insbesondere vom Louvre, der müsse gigantisch sein. Ja, das sei er. Was? Er kenne ihn? Und sie verwickelten sich gegenseitig in ein Gespräch, in dem das, was die Freundin der Freundin gesagt hatte, und das, was er selber zum Besten gab, ineinanderfiel, sich auf wohltuende Art und Weise miteinander vermischte. Die Angestellte schien erfreut darüber, etwas gefunden zu haben, was ihr die Zeit bis zur Mittagspause verkürzte, denn wie er sehe, sie seufzte, sei ein Reisebüro nicht mehr das, was es früher einmal war. Die meisten Leute buchten im Internet. Und manchmal fühlte sie sich nutzlos, »als ob ich genauso gut eine Pappfigur sein könnte. Durchs Schaufenster betrachtet, würde das keinen allzu großen Unterschied machen.«

Die Liste mit den Flügen hat er zwischen die Seiten des Reiseführers gesteckt. Er wird sie sich vornehmen, sobald die Sache mit der Tochter ein gutes Ende gefunden hat, also in zwei, drei Tagen, so lange wird sie bestimmt noch bleiben, obwohl jetzt, wo sie hier ist, findet er, sollte sie sich mindestens eine Woche Zeit lassen. Alte Freunde treffen, shoppen gehen, ins Spa, sich bekochen lassen. Ein Facial*! Wozu es eilig haben? Und ja, auch das wäre überlegenswert: die Geburt des Kindes hierher, nach Hause, zu verlegen, er möchte wetten, dass die ärztliche Versorgung hier in der Vorstadt um Welten besser ist als bei ihr auf dem Land, und immerhin geht es um die Sicherheit sowohl der Tochter als auch des zukünftigen Enkelsohns. Eine Überlegung, die er morgen beim Frühstück so feinfühlig wie möglich in die Unterhaltung flechten wird. Und er liegt im Dunkeln und wartet auf ein Geräusch. Da! Ein Quietschen! Der alte Lattenrost. Und er weiß sofort, es ist die Tochter, die sich nebenan hingelegt hat, nicht seine Frau. Das hört sich anders an. Ja, definitiv. Seine Frau schläft wohl heute im Gästezimmer, denn dort zieht es und ist kalt, kein guter Ort für eine Schwangere, und er fährt mit der Hand ein paarmal über die Wand und fragt sich, ob er für Paris lieber ein Doppel- oder ein Zweibettzimmer reservieren soll. Zwei Einzelzimmer sind im Vergleich dazu wahrscheinlich wesentlich teurer. Er wird die Wand vermissen. Die raue Tapete. Und – ein letzter Gedanke, bevor der Schlaf ihn überrollt: »Aber es bin doch ich, der schnarcht, und nicht sie.« Zumindest war das der Grund gewesen, den ihm seine Frau genannt hatte, als sie vor gut fünf Jahren ins Zimmer der Tochter umgezogen ist. Und ob das stimmt? Ein allerletzter Gedanke. Er hat sich selbst noch nie schnarchen gehört.

»Was? Heute schon? Aber du bist doch gestern erst …«

»… ich weiß. Und es tut mir leid. So ein Aufruhr. Aber mir ist einiges klar geworden, letzte Nacht, wofür es sich gelohnt hat, nach Hause zu kommen, und ob ich schon heute oder erst morgen, es bleibt sich doch gleich. Sowieso sehen wir uns bald wieder. Ihr kommt doch, sobald er da ist, der Kleine? Mama sagt, sie würde gern für länger kommen.« Ob er sie entbehren könne? Er wisse ja nun, wie man den Gasherd bedient. »Und wie wär's?«, sie flüstert es ihm ins Ohr, »wenn du ihr zur Abwechslung mal einen Tee kochen, oder besser, wenn du ihr einen Blumenstrauß schenken würdest? Etwas Nettes? Tu's für mich! Und keine Angst: Du bleibst dadurch immer noch der Mann im Haus, daran wird sich wohl«, sie sagt es mit betonter Lustigkeit, »nichts ändern. Nebenbei bemerkt: Ich habe Dinge über dich erfahren, die mir neu gewesen sind, zum Beispiel dass du Gedichte geschrieben hast?« Die würde sie gerne irgendwann einmal lesen. Und sie hat sich die Sporttasche umgehängt. Nein, sie müssten sie nicht bis zum Bahnhof begleiten. Sie komme alleine zurecht. Seine Frau, die dazugetreten ist, hat ihr noch schnell eine Lunchbox in die

Tasche gestopft. »Alles Sachen, die du magst. Bloß das Eingelegte ist mir ein wenig zu sauer geraten, vor allem die Gurken.« Die Tochter schaut auf das Haus. Ob sie sie nicht doch? Wenigstens ein Stück weit? Sie bis zur Brache begleiten? Nein, bitte, sie sei ja kein Kind mehr. Ihr Kinn zittert leicht. »Es war schön bei euch.« Und zu ihm: »Du hast recht. Warum nach unten ziehen, solange ihr es nach oben schafft? Und die Aussicht ist wirklich unbezahlbar«, sagt sie. Bei der Wegbiegung dreht sie sich noch einmal um und winkt. Dann ist sie die Steigung hinunter. Er seufzt: »So ein Aufruhr, in der Tat!« Sein Seufzen setzt sich fort in dem seiner Frau. Sie hat sich gebückt, um ein Büschel Gras auszureißen, das zwischen den Bodenplatten beim Eingang gewachsen ist, man müsse die Fugen einmal gründlich reinigen. Vielleicht würde es helfen, sie mit Sand aufzufüllen. Was sie schon alles probiert habe. Sie schüttelt die Erde von den Wurzeln: »Schau, wie dick die sind!« Und wieder seufzen sie, diesmal gemeinsam, während sie abwechselnd auf die Wurzeln und auf die Wegbiegung schauen. Ihm scheint, die Luft schmecke heute besonders gut. »Das kommt vom Regen«, sagt sie und ist ins Haus hineinverschwunden. Ein langer Tag liegt vor ihm. Er könnte Itō besuchen.

Als er den Blumenladen betritt, schlägt ihm der Geruch von feuchter Erde entgegen, und er fühlt sich verloren wie in einem Dschungel, von allen Seiten greift üppiges Grün nach ihm. »Sumpf- und Schlingpflanzen« steht auf einem Schild, auf einem anderen: »Achtung! Fleischfresser!« Er schaut ängstlich um sich. Ob hier auch Tiere sind? Das Geräusch von Schritten. Jemand nähert sich. Sein erster Impuls: fliehen. Aber er ist wie eingefroren. Aus dem Dickicht tritt eine Gestalt. Und kurz glaubt er, sie kommt auf ihn zugekrochen, doch dann sieht er den Schlauch, nichts weiter als ein gelber Gummischlauch, den der Verkäufer hinter sich herzieht. Sie hätten sich auf exotische Pflanzen spezialisiert, erklärt er, und seine Augen leuchten dabei, vor allem die Orchideen seien derzeit stark nachgefragt. Ob er etwas Bestimmtes suche? – »Ja, Rosen.« – Aber die seien doch, wenn er ihn fragte, vollkommen überbewertet. Ob er stattdessen nicht – nein? er bestehe darauf? »Schade«, der Verkäufer blickt traurig Richtung Dickicht zurück: »Dabei haben wir gerade eine Lieferung der Gattung *Laelia* hereinbekommen. Eine prachtvoller als die andere. Wenn Sie sie sehen wollen? Wollen Sie nicht. Also gut, dann wie Sie meinen«, er drängelt sich an ihm vorbei zu einem der beschlagenen Glaskästen, »mit Rosen kann man schließlich nichts falsch machen. Damit sind Sie auf jeden Fall auf der sicheren Seite. Für Ihre Frau, nehme ich an?« – »Ja«, ihm ist heiß geworden. »Es soll eine Überraschung sein.« Ob es möglich sei, die Blumen zu liefern? Einfach so? Ohne Nachricht? Er spricht schnell, um die Sache hinter sich zu bringen, mit seiner Hand hat er etwas Klebriges gestreift, ein behaartes Blatt, das sich um eine hautfarbene Blüte schließt. Der Verkäufer grinst: »Das haben Sie aus der Fernsehsendung, stimmt's? Die schaue ich auch immer. Und Sie glauben ja nicht, wie viele Kunden seither Blumensträuße verschicken, und immer Rosen, natürlich!, weil es in der Sendung Rosen gewesen sind, und ohne Nachricht, weil es hieß, das würde einen tieferen Eindruck hinterlassen. Wobei, finden Sie nicht? Dass ein Geschenk etwas Persönliches ist und es daher mehr Sinn hat, es direkt zu überreichen?«, und da er nicht antwortet, fest entschlossen, sich auf kein Gespräch einzulassen: »Rot, nicht wahr? Das Übliche!« In der Sendung sei Rot als die Farbe der Liebe beschrieben worden, aber es gebe da, wenn er noch ein wenig Zeit habe, eine eigene Farbensprache mit zahlreichen Abstufungen. Gelb etwa stehe für die Treue, Weiß für. »Aber Sie haben keine Zeit, sagen Sie? Ich verstehe.« Er notiert die Adresse.

»Wird erledigt. Heute Nachmittag zwischen zwei und halb drei.« Und er entschuldigt sich, ohne zu sagen wofür: »Bitte verzeihen Sie«, sagt er, nicht wie ein Verkäufer, sondern wie jemand, der ihn im Vorbeilaufen absichtslos angerempelt hat, in einem Tonfall, der zwar Bedauern äußert, zugleich aber beiläufig ist, und er beeilt sich, nicht wie er selbst, sondern wie jemand, der angerempelt worden ist, von ihm fortzukommen, hier drinnen ist es ihm zu stickig, dem Duft der Pflanzen scheint etwas Fauliges anzuhaften. Erst als er den Asphalt unter seinen Füßen spürt, kommt er wieder zu sich. Das wäre geschafft. In ihm stellt sich eine dumpfe Zufriedenheit ein, und gerade geht er los, ist mit der Ferse schon am Abrollen, dem Fußballen schon fast am Boden, da reißt der Verkäufer, was will der noch?, die Tür hinter ihm auf: »Ihre Quittung. Die haben Sie vergessen.« – »Ach, wie dumm von mir!« Er steckt sie ein.

Auf dem Weg zum Bahnhof kommen ihm Zweifel. Wenn er vielleicht doch Orchideen? Und lieber weiße statt rote? Er würde dann sagen können, dass sie etwas Besonderes verdient hätte, aber er will ja gar nichts sagen, wenigstens nichts, womit er sich erklären müsste. Jedes Wort wäre zu viel in dem Moment, wo seine Frau überwältigt von Freude auf ihn zutanzen würde, und er nimmt vorweg: seine Bescheidenheit. Warum sie wegen ein paar Blumen derart aus dem Häuschen gerate? Der ganze Garten sei voll davon. Und wie sie ihn gleichfalls überwältigen würde: die stille Freude an der seiner Frau. Aber da ist der Obdachlose. Er grüßt ihn. »Hallo, wie geht's?« Und er ist enttäuscht, als der Alte auf seiner Pappe nichts erwidert, stattdessen durch ihn hindurchstarrt. »Schlecht geschlafen?« Er probiert es auf andere Art. Vergeblich. Der Obdachlose gibt nicht mehr als ein Grunzen zurück. Er ist plötzlich alt geworden. Zum ersten Mal fallen ihm die grauen Bartstoppel auf. Ob die vorher schon da gewesen sind? Die Äderchen? Und die Tränensäcke? Er bemerkt auch, dass der Karton, auf dem er sitzt, völlig aufgeweicht ist vom Regen des Vortags. Ob er ihm einen neuen besorgen solle? Die im Supermarkt hätten bestimmt welche? »Nein«, der Obdachlose hebt langsam den Kopf, »das bringt nichts«, sagt er. Er habe sich angepinkelt. Und dass ihm das jetzt öfters passiere, ohne dass er es zurückhalten könne, es aus ihm herausregnete, nicht vom Himmel herunter, er sozusagen – ihm gefällt das – eine Wolke sei. »Sobald ich aufstehe, ist es schon zu spät, also bleibe ich sitzen. Es ist bequemer so. Aber nicht wahr?«, er wirkt müde, »das behältst du für dich?« Er verspricht es ihm. »Gut, sehr gut! Kein Wort zu deiner Frau. Sie soll nicht denken. Aber das weiß sie ja: Besser als du bin ich allemal!« – »Ja, das bist du.« Seine Stimme ist ernst, viel zu ernst für das bisschen Spaß, das sie miteinander haben, und er fügt hinzu: »Herr Wolke!«, worauf der andere lacht. Im Nachhinein tut es ihm leid, ihn gestört zu haben, er hätte ihn in Ruhe pinkeln lassen sollen. Regel Nummer sieben, denkt er: Wir respektieren das Schweigen derer, die nicht reden wollen. Sie haben ihre Gründe dafür. Was Mie wohl dazu sagen würde? Ein Ziehen in seiner Brust. Sie ist aus seinem Leben verschwunden, so plötzlich, wie sie aufgetaucht ist. Hat sich nicht wieder gemeldet. Nicht, nachdem sie ihn von der Tanzfläche weg ins Taxi gesetzt, ihm einen Geldschein in die Hand gedrückt und die Tür hinter ihm zugeschlagen hatte. Er solle nach Hause fahren. Dort gehöre er hin. In seiner Vorstellung ist Mie bei ihrer Mutter und sie entschuldigt sich, indem sie nichts sagt, ihr stattdessen ein wenig im Haushalt hilft. Ihr Blickt streift die Dinge, die herumliegen, ein Massagegerät in der Form einer Katzentatze, eine Lupe, ein Päckchen Magentabletten, und daran erkennt sie, wie viel Zeit seit ihrem letzten Besuch vergangen ist. Eine Erkenntnis, die sie beide stillschweigend teilen, während sie die alte Ordnung wiederherstellen. Und es gelingt ihnen, wenngleich nicht ganz, aber doch so, dass der Abgrund, über den sie leichtfüßig hin und her gehen, weniger tief erscheint. Das Geräusch ihrer Schritte auf dem Tatamiboden*. Es fällt zusammen mit ihrem Atem, dem fernen Ticken einer Uhr. Er würde jetzt gerne einen Schwarztee mit Zitrone mit ihr trinken. Sie fragen, ob es ihr nicht fehlte? Familie spielen? Bitte lächeln! Er zwingt sich dazu. Auf seine Zehen hat er tatsächlich rote Punkte gemalt.

Itōs Haus. Es müsste dort hinten sein. Aber statt eines Hauses findet er eine planierte Fläche vor, an den Ecken des Grundstücks hat man Holzpflöcke eingeschlagen. »Abgerissen?« Er läutet bei einer Nachbarin. »Ja, erst vor Kurzem. Ein Brand. Es ist nicht mehr zu retten gewesen.« – »Und Itōs?« – »Sind bei Verwandten untergekommen. Soweit ich weiß, geht es ihnen gut. Freilich, der Schock. Die haben alles verloren. Sämtliche Erinnerungen, ausgelöscht. Am meisten tat es ihnen um die Alben leid, keine Fotos mehr von den Kindern zu haben. Der Rest, sagten sie, sei zu verkraften. Schrecklich, oder? So liebe Leute und dann!«, aber es gebe nun mal keine Garantie fürs Glück, es komme und gehe, so sei das im Leben, wobei sie nickt, wie um sich selbst die Richtigkeit ihrer Worte zu bestätigen. »Einmal waren sie da. Spätnachts. Ich habe sie durchs Fenster beobachtet. Standen da, wo Sie vorhin gestanden haben, genau an der Stelle, schauten aufs Haus, das nicht mehr da war, schienen es trotzdem zu sehen«, ein Anblick, den sie nicht vergessen könne. – »Und dann?« – »Sind sie wieder gegangen. Der Mann auf die Frau gestützt. Wenn Sie sich erinnern? Er war ja schon sehr auf sie angewiesen. Irgendeine Krankheit. Was mit den Muskeln«, oder seien es die Nerven gewesen? Er als Freund wisse mit Sicherheit mehr darüber. Sie selbst habe es bloß aus der Ferne miterlebt. Dass er nach und nach schwächer geworden sei. »Ein Motorrad? Nein, das ist mir neu!«, aber Moment – ja, vor Jahren, »und er hat ständig daran herumgebastelt. Jedes Wochenende und wenn er von der Arbeit kam. Und jetzt, wo Sie mich darauf bringen, ich erinnere mich, dass er sagte: *Ich liebe es, mir die Hände schmutzig zu machen*, und dass er, wenn er erst einmal fertig mit Herrichten sei, vieles vorhabe. Aber dann kam die Krankheit dazwischen. Kaum erkennbar zunächst. Ein Schlurfen. Ein Hinken. Und irgendwann haben sie es verkauft. Ich weiß noch, er weinte, als er davon erzählte«, wenigstens habe das die Nachbarin von gegenüber berichtet. Auch dass er trotzdem recht viel herumgekommen sei, der örtliche Pensionistenklub veranstaltete regelmäßig Busfahrten, und von jeder Reise hätten sie etwas mitgebracht, »geizig waren die nie! Solche Pfirsiche!«, sie deutet die Größe mit ihren Händen an, »und so saftig«, sie schmatzt, ob er auch welche bekommen habe? – »Ja«, er denkt an die schrumpelige Haut. Und daran, wie sie gelacht hatten im Büro, die sähe aus wie auf einem gut gereiften Frauenhintern. – »Aber was haben Sie denn?« Er sei plötzlich sehr blass geworden. – »Nichts, nichts. Eine kleine Übelkeit.« Er habe wohl etwas Falsches gegessen. – »Ein Schluck Wasser vielleicht? Wenn Sie kurz warten wollen?« – Nein, er winkt ab. Aber er sehe wirklich nicht gut aus. Ob sie nicht doch? Ein Glas? Es dauere nicht lang. – »Nein!« Er schreit es. Die Nachbarin ist zurückgewichen. »Vielen Dank«, sagt er leiser. »Sie haben mir sehr geholfen.« Worauf sie ihm nachschaut, er spürt ihren Blick im Nacken, ihm so lange nachschaut, bis er um die Ecke gebogen und ins nächste Gebüsch gestolpert, sich zwischen den Ästen, die ihm ins Gesicht schlagen, übergeben hat. »Alles Lüge«, spuckt er aus und hält daran fest: Itō auf seinem Motorrad und wie der Fahrtwind ihm den Atem nimmt, er in die untergehende Sonne hineinbraust, dann fast ins Schlittern gerät, irgendwo anhält, sich ein Lager bereitet, unter funkelnden Sternen liegt. Und diese Szene erscheint ihm wahrer als das, was er soeben erfahren hat, weitaus wahrer, dass er gerade den Trip seines Lebens macht. Wenn er jetzt einem Kollegen begegnen würde, und sie kämen auf Itō zu sprechen. Er würde sagen: »Was, du weißt es nicht? Der ist da und dort. Unglaublich, nicht? Der hat uns allen den Finger gezeigt!« Und er würde nicht zulassen, dass man ein Wort des Spotts gegen ihn richtete, würde dem, der auch nur das geringste Lachen von sich gäbe, mit der Faust in die Magengrube schlagen, solange auf ihn einschlagen, bis er es glaubte. Dass Itō ihnen allen davongefahren war.

Er schleppt sich den Berg hoch. Zu vieles hat ihm heute die Kraft geraubt. Der Abschied von der Tochter, hier ist sie hinuntergelaufen auf ihren kurzen Beinchen, aber das ist ja schon lange her! Die Blumen, die er ihr zuliebe für seine Frau gekauft hat, weil es ihm nahe gegangen war, wie wenig sie von ihm erwartete. Itōs Haus und dass er nur einmal dort gewesen ist mit seiner Frau, vor Jahren, sie zu viert im Wohnzimmer gesessen und Kaffee getrunken, sich über die Kinder unterhalten haben, welche Sorgen sie ihnen bereiteten, vor allem die Söhne, die wären schwieriger als die Töchter, auch wenn es auf den ersten Blick nicht so aussehen mochte. Dann über die Vorzüge des Vorstadtlebens. Wie glücklich sie sich schätzen könnten, in einem Haus mit Garten zu wohnen, es sei zwar viel Arbeit, aber eine, bei der man nachher, anhand des frisch gemähten Rasens etwa, wüsste, was man geleistet hätte. Das Motorrad war damals noch eine Fantasie gewesen. Und als Itō – sie waren gerade dabei, die leckeren Törtchen zu loben, ob da ein Schuss Rum drin sei? – mittendrin davon zu sprechen begann, ist die Frau mit einem »Nicht schon wieder!« in der Küche verschwunden, um das Rezept für die Törtchen zu holen, worauf er erst so richtig loslegte, eine ganze Stunde lang über nichts anderes als die *Royal Enfield* sprach, weshalb sie den Besuch nicht wiederholten, die Gegeneinladung nur halbherzig aussprachen, es bei dem einen Mal beließen, welches sie zu Tode gelangweilt hatte. Wenn er ihm danach im Büro begegnete, musste er an das Wohnzimmer denken und an das faustgroße Loch in der Wand, auf das er gestarrt hatte, während Itō von der Schönheit »seiner« *Enfield* sprach, wie es wohl dort hingekommen war, vielleicht im Streit, ob sie es nicht mit einem Bild hätten verdecken können, und er ging ihm aus dem Weg, ohne recht zu wissen warum, war ein wenig traurig darüber, aber nicht allzu sehr. Der freundschaftliche Ton, den sie bis dahin miteinander gepflegt hatten, wurde zunehmend höflicher, und er machte den Altersunterschied dafür verantwortlich, im Nachhinein lachhaft: Itō war zehn Jahre älter als er. Damals erschien ihm das wie ein halbes Jahrhundert, heute, während er eine Pause einlegt, wie ein kurzer Moment, den es braucht, um von jemandem wegzuschauen. Er schnappt nach Luft. Was ist bloß los mit ihm? Er hat noch nicht einmal die Brache erreicht. Keine Bank. Er lässt sich auf dem Randstein nieder. Eine Gruppe Schulkinder kommt heraufgestapft, ihre Rücken gebeugt unter den Ranzen, ein altes Kinderlied singend, das von der roten Libelle, er selbst schon hat es in der Schule gelernt. Das also lernen sie noch. Ob Opa Hilfe brauche? Der Größte und Kräftigste unter ihnen hat sich vor ihn hingestellt. Die anderen bleiben im Hintergrund, sie stupsen einander. – »Nein, wisst ihr, ich raste nur. Ziemlich steil der Weg. Wenn ihr mal alt seid. Aber bis dahin habt ihr ja noch jede Menge Zeit. Hier«, er kramt ein paar Münzen aus der Hosentasche, »kauft euch was Süßes damit!« – »Vielen Dank!« Und sie stapfen weiter, die Köpfe zusammengesteckt, er hört sie tuscheln, wie sie das Geld am besten aufteilen und was sie damit anfangen, ob sie es beiseitelegen sollten, auf etwas hinsparen oder lieber ausgeben für Sahnebonbons. Dann singen sie wieder, ihre Stimmen steigen höher und höher. Und irgendwann haben sie sich verloren, und er meint sie trotzdem noch singen zu hören, vom Dämmerlicht und wie sie ihnen fehlte, die Amme, die von ihnen gegangen sei. Mit einem Ruck hievt er sich hoch. Bis zur Brache, denkt er, das schaffe ich. »Was mir Freude bereitet«, er ist überrascht, als ihm die Worte über die Lippen kommen und er mit jedem Meter, den er zurücklegt, ein weiteres aus sich herausstößt, es ihn gleichsam nach oben zieht: »Nach Hause kommen. Der Geruch von Essen. In die Pantoffeln schlüpfen, mich an Vater erinnern. Die eine Diele im Flur, die knarrt, und dass wir sie nicht richten lassen. Meine Frau, wenn ich ihr erkläre, das Knarren komme von dem Holz, das sich bewegt. Und wie sie jedes Mal staunt oder so tut, als ob sie darüber staunen würde, dass es lebendig ist.« Und schon hat er den Hut gelüpft, den er nicht trägt, hat die Mäuse besänftigt. Aus dem Gras ragt wie ein Arm die Lenkstange des Fahrrads. »Und jetzt noch mal von vorn«, keucht er und schleppt sich daran vorbei: »Was mir Freude bereitet.«

Als er das Wohnzimmer betritt, sucht sein Blick als Erstes nach den Rosen, aber sie stehen nicht, wie er es sich vorgestellt hat, an prominenter Stelle, in der Mitte des Esstischs etwa, sondern weit abseits davon auf dem Klavier, auf dem keiner mehr spielt, seit die Tochter ausgezogen ist. Mitnehmen wollte sie es nicht, weil sie es, wie sie freimütig zugab, in Wahrheit hasste, Klavier zu spielen, die ganze Kindheit über gehasst hatte. Seine Frau ist in der Küche. Und er wundert sich, dass sie keine Anstalten macht, sich bei ihm zu bedanken: Die seien doch viel zu teuer gewesen, was er sich gedacht habe dabei! Aber nichts davon! Nichts! Wo bleibt ihr Freudentanz?, denkt er. Seine Bescheidenheit? Wo der Taumel, in den sie verfallen würden? Stattdessen rührt sie in einem Topf. »Es gibt Nudelsuppe.« Ob er etwas dagegen habe? Sie sei heute nicht ganz sie selbst, deshalb was Einfaches, das gehe schneller. Er hat den Kopf durch den Vorhang gesteckt: Alles ist so, wie es immer ist. Auf der Anrichte sieht er das in Scheiben geschnittene Fleisch, vier Eierhälften, eine Handvoll Bambussprossen. Und er wartet. Er wartet. Gleich wird sie sich umdrehen zu ihm. Ihm ins Gesicht lachen. »Ach ja, die Blumen« sagen. Aber sie hat den Holzlöffel an ihren Mund geführt und schmeckt die Brühe ab. »Ein bisschen zu salzig«, murmelt sie. – »Ein langer Tag, was?« – »U-hum.« Sie scheucht eine Fliege fort. Ob es Neuigkeiten gebe? Etwas außerhalb der Norm?, möchte er hinzufügen, aber damit würde er es ihr zu leicht machen. Immerhin soll sie von sich aus auf die Blumen kommen. – »Neuigkeiten?« Sie denkt kurz nach. »Ach ja!« Die Tochter habe vorhin angerufen. Sie sei gut angekommen. Eine kleine Verzögerung, einer der Züge, ein Expresszug, habe ein technisches Problem gehabt, aber das sei sehr rasch wieder behoben worden. Zum Glück. Sie hätte sonst den Anschluss versäumt. »Sie lässt dich grüßen!« – »So?« Er tritt einen Schritt zurück. Nimmt den Kopf aus dem Vorhang. Etwas stimmt nicht, fühlt er nun mehr, als er es denkt. Alles ist so, wie es immer ist, und zugleich völlig verkehrt. Vielleicht, weil der Fernseher nicht läuft? Er schaltet ihn ein. Die Zusammenfassung eines Fußballmatchs, ein Spieler hat sich mit schmerzverzerrtem Gesicht auf den Rasen geworfen, wo er zusammengekauert liegen bleibt. Die Szene wird wiederholt. Der Hergang kommentiert. Ein roter Kreis markiert das Foulspiel des Gegners, das, »wie man hier deutlich sehen kann«, gar nicht stattgefunden hat. Eine Schwalbe. Der Schiedsrichter zieht Gelb. Er zappt weiter. Ein Historiendrama. Aus einer Wunde fließt reichlich Blut. Fiebrige Augen, die noch einmal in den Himmel schauen, dann – die Spiegelung eines Vogels darin – sind sie nach hinten gerollt. »Der ist tot«, sagt eine Stimme. Eine zweite schluchzt auf. Die Kamera bleibt auf den Toten gerichtet, dann folgt sie dem Vogel, der weiterfliegt. Schwenkt zurück auf den Toten, der in der letzten Sekunde, als der Vogel schon fast aus seinem Blickfeld geglitten ist, noch ein Lächeln zustande gebracht hat. Die Nahaufnahme zeigt seine nach oben geschwungenen Mundwinkel. »So jung!« Und er zappt weiter. Und weiter. Und weiter. Lauter Bilder, die sich vor ihm zusammensetzen, mit einem Knopfdruck, wie das geht?, wieder auseinanderfallen. Die Fernbedienung hat er umklammert, sie liegt feucht in seiner Hand.

»Schmeckt gut.« – »Nicht zu salzig?« – »Gerade richtig, meine ich.« Und er erzählt von Itō und dass er ihn verpasst habe, erst heute Morgen sei er für zwei Wochen oder länger, je nachdem, wie es ihm gefallen würde, gegen Süden aufgebrochen, und es könne gut sein, dass er von dort eine Fähre nehmen, einfach weiterfahren würde. »Ein wahrer Abenteurer«, sagt er. – »Und seine Frau? Was sagt die dazu?« – »Die ist einverstanden, das heißt, ein wenig besorgt ist sie schon, aber sie kann und will ihn nicht aufhalten. Wozu auch, sagte sie.« – »Na, dann. Schön für ihn.« Sie schaut knapp an ihm vorbei. Blinzelt. Schaut in die Suppenschüssel. – »Schön?« Und er unterlässt es, sie zu fragen, ob das alles sei, was ihr dazu einfalle. – »Ja, schön«, sagt sie. Aber sie denkt an etwas anderes. Scheint gar nicht hier, am Tisch, nicht mal im Zimmer, scheint irgendwo anders zu sein. – »Ist was passiert?« – »Nein, wieso?« Und endlich reißt ihm der Faden. Woher sie die Blumen habe, will er wissen, und es gelingt ihm, trotz der Gekränktheit, die er empfindet, die Ruhe zu bewahren. – »Ah, die«, sie macht eine wegwerfende Handbewegung. Die habe ihr eine Freundin vorbeigebracht, und plötzlich redet sie, als ob sie die längste Zeit darauf gewartet hätte, ihm davon zu berichten, redet in einem fort, wie jemand, der sich das, was er sagt, bereits viele Male vorgesagt hat: »Die aus dem Tanzkurs. Weißt du noch? Hiroko? Mit der ich davor schon einmal bei der Gymnastik war? Deren Mann, du weißt es doch noch? Wegen häuslicher Gewalt? Nein?« Rote Wangen, sie zittert: »Na, jedenfalls ist sie zum Tee da gewesen. Spontan. Ich war gerade beim Wäschewaschen, und auf einmal klingelt es, wer kann das sein?, denke ich. Ist sie den Berg hoch, stell dir vor, um mir zum Geburtstag zu gratulieren. Ja, heute. Der achtundfünfzigste. Aber das macht doch nichts, dass du's vergessen hast. Nicht so wichtig. Wir können es nachholen.« Selbst die Tochter habe in all dem Durcheinander nicht daran gedacht. Nur zu verständlich in ihrem Zustand. Und was ihn betreffe, er solle sich nicht schuldig fühlen, er wisse doch, dass sie nicht viel darauf geben würde: »Es ist ein Tag wie jeder andere, nur dass ich wieder um ein Jahr älter geworden bin. Kein Grund zum Feiern.« Ihm schwirrt der Kopf. Aber die sind doch von mir, will er sagen und zeigt mit den Stäbchen auf die Rosen, die im Laden viel prachtvoller gewirkt haben, als sie sich hier auf dem mit Büchern vollgestellten Klavier, ein wenig kümmerlich, ausnehmen. Sagt: »Das ist nett von deiner Freundin, dass sie extra hier hochgekommen ist.« Sagt es mit dem Gefühl einer kompletten Niederlage. Denn er hält es für möglich, dass seine Frau die Wahrheit sagt, und warum auch nicht? Sie könnte sie ebenso gut von ihm wie von Hiroko bekommen haben, einer Frau, der er einmal begegnet ist, an die er aber keine besondere Erinnerung knüpft. Und vielleicht ist es gar nicht sie, an die er sich jetzt zu erinnern versucht, und das Gesicht, das vor ihm auftaucht, gehört jemand anderem? Ein blaues Auge sagt schließlich nichts aus. Und er greift, während sie weiteressen, in die aufgetrennte Hosentasche, spürt die Quittung zwischen den Fingern, spürt, wie glatt sie ist. Später, wenn er alleine ist, wird er sie herausholen und noch einmal gründlich nachdenken darüber. Jetzt aber. Ein scharfer Schmerz. Er strahlt vom Herzen in seinen Rücken, strahlt von dort gegen die Wand. Das ganze Haus scheint sich zu krümmen. Oder ist er es, der sich krümmt? Seine Frau ist aufgestanden, sie hat den Mund aufgerissen. Aber was redet sie da? Er versteht kein Wort. Er sieht sie zum Telefon stürzen. Dann kommt sie zurück. *So bleib doch, bleib*, denkt er. Sie macht: »Sch-sch!«

NACHHER

Die Tochter hat einen gesunden Jungen zur Welt gebracht. Sie schickt Fotos, beinahe täglich, die ihn beim Größerwerden zeigen, und wenn sie anruft, hört er ihn schreien. Sie sagt, das komme vom Zahnen, was sie daran erkennen könne, dass er seit Tagen Durchfall habe. Ansonsten jedoch sei er sehr pflegeleicht. Ein wenig müde klingt sie. Ein wenig angestrengt. Aber auf die Frage, wie es ihr gehe, sagt sie: »Gut.« Und dass sie nichts zu beklagen habe, ganz im Gegenteil. Es gebe Babys, die weitaus weniger schlafen würden, und die Nächte seien im Vergleich zu noch vor einem halben Monat bereits ruhiger geworden, wobei er aber nach dem Trinken nicht sofort wieder in den Schlaf finde, sie ihn herumtragen müsse, bis ihm die Augen zufielen, sie vom Herumtragen schon ziemliche Rückenschmerzen habe. Denn die Hebamme hat recht behalten: Er ist ein Schwergewicht. »Der wird ein Sumo-Ringer«, lacht sie. »Du müsstest seine Beinchen sehen!« Nein, auf den Fotos schauten sie nicht annähernd so aus, wie sie in Wirklichkeit seien, und sie sollten doch bald einmal zu Besuch kommen. Das heißt, sobald es ihm besser gehe. Ob er sich auch schone? Ja? Den Umzugsstress hätten sie ja nun hinter sich gebracht. Vom Bruder habe sie gehört, dass die neue Wohnung sehr hell und freundlich sei.

Manchmal ertappt er sich dabei, sehr traurige Gedanken zu denken. Zum Beispiel dass das Leben, sein Leben, immer weniger würde. Aber dann versucht er an etwas anderes zu denken. Zieht den Specht auf. Schaut ihm beim Klopfen zu. Das ist weniger traurig, als er gedacht hat.

Den Rollkoffer auspacken. Er hat ein Häkchen danebengesetzt. Der Inhalt liegt nun verstreut auf seinem Schreibtisch, und er wird ihn bei Gelegenheit wegräumen. Der Koffer selbst steht neben seinem Bett. Er hat sich so sehr an ihn gewöhnt, dass es schlimm wäre, ihn nicht im Zimmer zu haben. *Nicht mehr darüber stolpern* ☺. Den Smiley hat er durchgestrichen.

In der neuen Wohnung, direkt gegenüber einem Kindergarten gelegen, weswegen er jetzt doch froh ist, rückblickend, kein drittes Kind gezeugt zu haben, sind keine Haustiere erlaubt, und damit hat sich das Thema »Hund« von ganz alleine erledigt. Manchmal, recht selten eigentlich, trauert er ihm nach, dem weißen Spitz, den er sich gekauft hätte, wenn sie oben im Haus geblieben wären, aber im Grunde ist er erleichtert, dass er keinen hat, er würde sich in seiner Rolle als Hundebesitzer nicht damit anfreunden können, sich mit anderen Herrchen über die Ausscheidungen ihrer Vierbeiner auszutauschen. Shiro, er gesteht es sich ein, ist in Wahrheit ein Überbleibsel aus seiner Kindheit: das Versprechen der Mutter, ihm zur Einschulung einen Welpen zu schenken, das sie dann doch niemals eingelöst hat, es ist ein leeres Versprechen geblieben. Die Ohrfeige des Vaters, als er ihm vorwarf, die Mutter hätte ihm, wenn sie nicht gestorben wäre, bestimmt einen Hund geschenkt, warum der Vater ihm keinen schenken wollte? Sie, die Mutter sei viel netter gewesen. Seine Tränen. Die Tränen des Vaters. Und wie er da endgültig verstanden hatte, dass sie nicht wiederkommen würde, er nur deshalb weinte, weil er es verstanden hat, nicht wegen des Hundes und weil der Vater immerzu »Nicht weinen« sagte, obwohl er selber nicht aufhörte damit.

Der Sohn hat sich ein Wochenende Zeit genommen, um ihnen beim Umzug zu helfen, und als sie am Abend noch eine Weile beisammensaßen, hat er schließlich zugegeben, dass er kurz vor dem finanziellen Aus stehe. Die Fruchtbarkeitsbehandlungen hätten ihn ein Vermögen gekostet, dazu die Schulden aufs Haus, das sie sich gekauft hatten, viel zu groß für zwei Leute, jetzt sah er es ein. Ob sie noch ein wenig Geld auf der Seite hätten? Sie wollten noch einen letzten Versuch unternehmen. Er würde es zurückbezahlen, sobald er wieder etwas Oberwasser hätte, und bitte, der Schwiegertochter gegenüber kein Wort, sie wüsste nichts davon. Worauf er ihm auf die Schulter geklopft hat, eine Geste, die ihm passend erschien, weil er das so lange schon einmal machen wollte, dem Sohn auf die Schulter klopfen, und er trotz der ärztlichen Ermahnungen ein Bier mit ihm trank, das so schmeckte, wie er es in Erinnerung hatte, leicht bitter, leicht süß, ein wenig zu warm. »Das Leben«, sagte er, »ist zu kurz, um es nicht zu genießen.« Ein Satz, der unecht klang aus seinem Mund, aber das fiel niemandem auf, sowohl der Sohn als auch seine Frau nickten zustimmend. Als er ihn beim zweiten Bier wiederholte, klang er schon etwas echter, und beim dritten – aber das verboten sie ihm.

Seine Frau hat mit dem Tanzen aufgehört. Auf die Frage »Warum?« gab sie zur Antwort, es brächte nichts, sich etwas vorzumachen. Sie sei zu alt dafür. Und der Lehrer? In dem hätte sie sich getäuscht. Große Klappe und nichts dahinter. Und sie sei zufrieden, beinahe glücklich, dass sie dieses Kapitel nun endlich ad acta legen könne. Manche Dinge seien eben unerreichbar. »Schade«, er versuchte nicht, sie vom Gegenteil zu überzeugen, und sie war dankbar dafür:

»Es ist gut, wie es ist.« Was man einmal versäumt habe, ließe sich später nicht nachholen, und das als Tatsache zu akzeptieren, sei eleganter, als wild dagegen anzustrampeln. Ja, es sei von einer geradezu tänzerischen Eleganz, worin er ihr recht gab, weil sie ihm leid tat, und danach kamen sie nicht mehr darauf zurück, ebenso wenig wie auf die Rosen, die natürlich längst verwelkt waren. Er bemühte sich aufrichtig darum, nicht mehr auf sie zurückzukommen. Nach der Quittung hat er vergeblich gesucht. Seine Frau hatte die Hose mit all den anderen Kleidungsstücken, die er damals trug, in die Wäscherei gebracht, und wahrscheinlich war die Quittung dabei verloren gegangen. Oder sie hatte sie gefunden und ihre eigenen Schlüsse daraus gezogen? Hatte vielleicht gar eine der Rosen getrocknet und ihre Blütenblätter in einer Schatulle aufbewahrt? Das sind Fragen, die ihn immer wieder einmal beschäftigen, aber nicht so, dass es ihn quält.

Von der neuen Wohnung aus wird man das jährliche Feuerwerk nicht sehen können, was ein großer Nachteil ist, wie er findet, und er besteht darauf: Der Makler hätte das in die Beschreibung mitaufnehmen müssen. Er fühlt sich betrogen von ihm. Eine schöne Aussicht, hieß es, und jetzt das! Aber der Mond ist der gleiche geblieben. Unablässig schlägt der Hase auf den Klebreis ein.*

Er hat Chieko wiedergesehen. Wenigstens glaubt er, dass sie es war, die sich in dem Krankenhaus, in das er regelmäßig, jeden Monat einmal, zur Kontrolle fährt, an ihm vorbei in den Aufzug gezwängt hat, weshalb er selbst und zwei andere nicht mehr hineinpassten. Aber er fing ihren Blick auf, gerade rechtzeitig, bevor die Tür zuging, sie schien ihn um etwas zu bitten. Noch heute fragt er sich, was es wohl war. Er hat keine Antwort darauf.

Von Fujimoto kam neulich eine Postkarte. Nicht aus Paris, sondern aus London, wo das Essen zwar miserabel, das Wetter zwar na ja, dafür die Parks aber umso schöner wären. Das Gras sei von einer Farbe, so satt, schrieb er, und im Endeffekt sei das ja wiederum aufs Wetter zurückzuführen, wodurch das eine mit dem anderen einen runden Kreis ergebe. Mehr davon dann, wenn sie sich wiedersähen. Es wäre zu schade, wenn nicht.

Und Mie? Die hat sich nicht wieder gemeldet. Dabei hat er den Vertrag fürs Handy noch einmal verlängert für den Fall, dass sie anrufen sollte, und er ertappt sich häufig dabei, wie er danach greift, obwohl es gar nicht geklingelt hat, ertappt sich beim Golfspielen auf einem blendend grünen Rasen, während er sich gleichzeitig ausmalt, was sie ihm sagen würde: Vielleicht dass es sich gelohnt habe. Das Zurückgehen. Schon allein wegen der Mayonnaise auf den Okonomiyaki, sie habe drei an der Zahl verdrückt. Und übrigens. Aber damit will sie ihn bloß verunsichern. Ob er sich auch nur einmal die Frage gestellt habe, dass in Wahrheit alles erfunden gewesen sein könnte? Jordan und seine Mutter. Chieko und ihr Ehemann. Die Terazawas. Und jeder nur ein Stand-In? Und er der einzig Echte, der von nichts eine Ahnung gehabt hätte? Ob das etwas ändern würde? Ein Gedankenspiel, mit dem sie ihm auf den Pelz rücken möchte. Aber er stellt sich absichtlich dumm, nur um sie in der Leitung zu behalten. Will nicht zugeben, dass er versteht: Es ist alles ein Fake. Das Einlochen der Golfbälle. Gerade hat er ein Hole-in-One hingelegt. Dabei hat er in seinem Leben noch nie einen Schläger in der Hand gehalten. Er sieht Mies Gesicht vor sich. Durch das Fenster des Taxis schien es dunkler als in Wirklichkeit, und er bat den Fahrer, es herunterzulassen. Zu spät. Er konnte gerade noch erkennen, wie sie ihm eine Kusshand zuwarf, eine jener Gesten, die sich nur Mie erlauben konnte. Das Taxi bog scharf nach rechts, er lehnte sich zurück. »Eine schöne Frau, nicht wahr?«, sagte er und begann dem Fahrer von ihrer heimlichen Affäre zu erzählen. Der nickte bloß: »So was kommt vor.« Den Rest der Fahrt über schwiegen sie.

Seine Frau war gerührt, als ihr beim Auspacken der Umzugskartons - was sie in seinen Sachen herumstöbere? Da stünde doch klar und deutlich sein Name darauf, ob sie nicht lesen könne? - die Liste mit Paris-Flügen in die Hände fiel. Ob er sie denn überraschen wollte? Ja, das habe er vorgehabt. Und er war selber gerührt, als sie ihn lachend, dann weinend einen »alten Heimlichtuer« nannte. Wenn sie das gewusst hätte. Sie sprach nicht weiter. Blätterte stattdessen durch den zerlesenen Reiseführer, lachte und weinte bei jeder Zeile, die er unterstrichen hatte, bei jedem Eselsohr und jeder Randnotiz. Inzwischen besucht sie einen Französischkurs, und er hört sie, während sie kocht, Vokabeln üben: »Comment allez-vous? Je vais bien. Et vous?« Und es ist schön, dazu einzunicken, wie zu leiser, sehr leiser Musik, sich beim Aufwachen als Erstes ans Herz zu greifen. Zu spüren: Es schlägt.

DANK

Ich bedanke mich bei allen, die geduldig mit mir gewartet haben. Das lange Sitzen war schön.

Ein besonderer Dank an Thomas (du weißt warum), Theodor (aber wieso?), meinen Eltern (noch einmal, weil einmal nicht reicht), Luise (fürs Zusprechen), Hannes (fürs Nachfragen), Stephan (fürs Lachen), Cristina und Sophia (muchas gracias), Koumoto Toyohiko (du fehlst), Anna (weißt du noch? Am Wannsee?), Hans-Jürgen und Eveline (so viele Momente zusammen, beim Brandstetter und anderswo), Kris und Isabelle, Olivier und Françoise (dank je wel und merci), Brigitte (Stichwort: Anpanman-Schuhe), Hanako (für das Stück Japan, das du uns einmal pro Woche nach Hause holst), Erina (für die vielen Wörter), Lisbeth (für Kaffee und Kuchen), Frau Schlemmer (fürs Wohnzimmer im Winter), Annette (du hast wohl am meisten gewartet) und wieder Theodor (weil ich dir sagen möchte: Gerade deshalb. Und dass du so lächelst, wie keiner von uns es sonst kann).

WORTERKLÄRUNGEN

Aquabics: japanisch-englische Wortschöpfung, eine Mischung aus »Aqua« und »Aerobics«

Dorama: japanische Fernsehserie

Facial: Gesichtsbehandlung

Freeter: junge Menschen, die keiner Vollzeitbeschäftigung nachgehen, sich stattdessen mit diversen Teilzeitjobs über Wasser halten

Fuji: höchster Berg Japans

Hiragana: eine japanische Silbenschrift, eine der Schriften neben Katakana und Kanji

Kansai: Region im westlichen Teil der Insel Honshū

Karuizawa: Touristenort in Nagano, Japan

Klebreis: eine Reissorte, mit der sog. Mochi (Reiskuchen) zubereitet werden, in Japan heißt es, der Hase im Mond schlägt den Reis mit einem Holzstößel und bereitet damit Mochi zu

Love-Hotel: eine Art Stundenhotel

Okonomiyaki: japanisches Gericht, welches auch oft als japanische Pizza bezeichnet wird

RHS: Retired-Husband-Syndrome, eine psychosomatische Erkrankung der Frau, die eintritt, sobald ihr Mann in Rente gegangen ist

Shibuya: Stadtbezirk in Tokyo mit der berühmten Diagonal-Kreuzung beim Hachiko-Ausgang des Shibuya-Bahnhofs

Tatami: Matte aus Reisstroh

Tempura: Frittiertes, meist Gemüse oder Garnelen

Udon: eine Nudelsorte aus Weizenmehl

Washi: handgeschöpftes Papier

Wedding Chapel: japanische Hochzeiten finden nicht nur in einem Shintō-Schrein, sondern zusätzlich in einer Hochzeitskapelle westlichen Stils statt, das Zeremoniell orientiert sich an dem der Kirche, ist aber nicht an eine bestimmte Konfession gebunden

Yen: japanische Währung

FSC www.fsc.org
MIX
Papier | Fördert gute Waldnutzung
FSC® C014496

Penguin Random House Verlagsgruppe FSC® N001967

4. Auflage
Genehmigte Taschenbuchausgabe November 2019
btb Verlag in der Penguin Random House Verlagsgruppe GmbH,
Neumarkter Straße 28, 81673 München

Covergestaltung: semper smile, München
nach einem Entwurf von Julie August
Druck und Einband: GGP Media GmbH, Pößneck
MA · Herstellung: sc
Printed in Germany
ISBN 978-3-442-71828-3

www.btb-verlag.de
www.facebook.com/penguinbuecher

KATHY PAGE
All unsere Jahre
Wagenbach

Milena Michiko Flašar

Ich nannte ihn Krawatte

Roman

144 Seiten, btb 74656

Wer in einem Lachen nichts anderes als ein Lachen hört, der ist taub

Ist es Zufall oder eine Entscheidung? Auf einer Parkbank begegnen sich zwei Menschen. Der eine alt, der andere jung, zwei aus dem Rahmen Gefallene. Jeder auf seine Weise, beide radikal, verweigern sie sich der Norm. Erst einem fremden Gegenüber erzählen sie nach und nach ihr Leben und setzen zögernd wieder einen Fuß auf die Erde. Milena Michiko Flašars Parkbank befindet sich in Japan und könnte doch ebenso gut anderswo in der westlichen Welt stehen. Dieser Roman stellt der Angst vor allem, was aus der Norm fällt, die Möglichkeit von Nähe entgegen – sowie die archaische Kraft der Verweigerung.

»Ein zartes melancholisches Buch von großer sprachlicher Schönheit und Klarheit. Ein makelloser Roman.«

Christoph Bartmann, Süddeutsche Zeitung

La mariée était en rouge

La mariée était en rouge

Le gang des commères au foulard T1

THOMAS STIPSITS

Traduit de l'allemand
par Stéphanie Alglave

City
Roman

Publié pour la première fois en Autriche sous le titre
Kopftuchmafia: Ein Stinatz-Krimi [Title #1], par Carl Ueberreuter Verlag GmbH.
Traduction française publiée en accord avec Günter Berg Literary Agency
and Editio Dialog Literary Agency.
Illustration de couverture : Sébastien English
ISBN : 978-2-8246-2759-5
Code Hachette : 30 5355 3
Collection dirigée par Christian English & Frédéric Thibaud
Catalogues et manuscrits : city-editions.com

Dépôt légal : Octobre 2024

Pour mon papi Hansi.

1

Tout être humain est capable de tuer, dit-on. De disjoncter et de commettre des actes que l'on ne lit que dans les journaux, en une fraction de seconde. Tout peut basculer très vite. On dit aussi que, bien souvent, la victime et l'auteur du crime se connaissent. Ma foi. Je peux confirmer que tout cela est vrai.

Il aura suffi d'un coup. Le corps est tombé immédiatement à terre. Je n'ai entendu aucun cri, il n'y a eu qu'un bruit sourd, quelque chose a dû se casser, ai-je pensé. Je tiens encore l'objet qui m'a servi d'arme dans ma main, il doit être en métal. Je ne sais pas ce que c'est. Il était tout simplement posé là, sur un établi.

Les sons de l'activité fébrile qui règne dans l'auberge s'infiltrent dans la cour. Je regarde le corps. Presque pas de sang. J'étais persuadé qu'un être humain saignait davantage. J'attrape le tuyau qui ondule tel un serpent et j'arrose le sol en béton. La petite tache de sang s'évanouit rapidement dans la bouche d'égout, comme si elle voulait mettre les bouts.

Presque aussitôt, je songe à entrer pour tout raconter. Leur cracher la vérité au visage, comme si je leur annonçais le diagnostic d'un cancer. Mais non, il n'y a pas de rémission possible. Je veux que vous ressentiez pleinement la même douleur que moi. Chacun de vous est coupable, personne n'a le droit de me jeter la première pierre.

Et si vous vous apitoyez sur votre sort, si vous vous enfoncez vos propres conseils bien intentionnés dans le crâne, alors j'irai danser sur les tombes aux sons excentriques de la fanfare. Et vous ne pourrez m'en empêcher. Pour tout vous dire, cette pensée me séduit, mais j'ai d'autres plans en tête.

Je prends le cadavre par les bras et je le traîne vers l'arrière, à l'endroit où le propriétaire stocke son bois. Là, aucun client ne pourra me voir, même en pénétrant dans la cour. Je m'empare rapidement du portable de la victime, et je l'éteins. J'enlèverai la carte SIM lorsque je serai dans la voiture. J'essuie le tuyau à l'aide d'un chiffon à lunettes.

Au moment où je m'apprête à tirer le corps à l'extérieur, par la vieille porte en bois, un client entre dans la cour. Je me cache derrière une pile de bois et l'observe.

Il jette un regard rapide autour de lui et appelle la victime. Naturellement, il attend vainement une réponse. Il coince une cigarette dans sa bouche, et prononce de nouveau le prénom qui me causera de longues nuits sans sommeil. Mais ce que j'ai appris aujourd'hui a été trop lourd à porter. J'ai purement et simplement disjoncté.

Et si la vérité avait été révélée, ma réputation aurait été entachée, il y aurait eu des rumeurs et ils m'auraient montré du doigt.

Le client a déjà ouvert le bouton supérieur de sa chemise et desserré le nœud de sa cravate. Le costume qu'il porte est démodé depuis la nuit des temps, avec son pantalon à pinces. L'homme se tient maintenant juste à l'endroit où se trouvait la victime. Le sol est encore mouillé, mais en raison du faible éclairage, il ne le remarque pas. Sa cigarette échoue par terre et se noie dans l'eau funeste.

Il avance maintenant dans ma direction, bifurque juste avant le tas de bois et entre dans les toilettes des hommes. Lorsqu'il actionnera la chasse d'eau, je serai déjà loin.

Je dépose avec précaution le corps dans le coffre. Par chance, j'ai suffisamment de place, il y en aurait même largement assez pour un autre corps. Je veille à ne pas souiller la voiture avec des cheveux ou du sang. Mon véhicule mortuaire s'éloigne lentement, je quitte le lieu du crime les phares encore éteints. Les lumières de l'auberge se réduisent à de petits points, avant d'être finalement englouties par l'obscurité.

Le village d'Unterlimbach, en Styrie, tout près de la frontière du Burgenland, est totalement silencieux à cette heure. Je ne croise aucune voiture. La pensée que je viens d'ôter la vie me traverse subitement l'esprit. Si cette pensée avait une couleur, je dirais qu'elle est rouge. Et même lorsque je cligne des yeux, des taches rouges dansent devant moi. L'arme du crime est posée sur le sol devant le siège passager. Je la ferai disparaître à l'endroit prévu. Il s'agit d'un lieu situé derrière la frontière, au-delà de la rivière Lafnitz, dans le Burgenland, le Land d'Autriche le plus oriental.

Je suis certain que les gens, sur place, vont commencer à s'agiter. Le type au costume démodé leur a sûrement déjà dit qu'il a appelé et n'a pas obtenu de réponse.

Ils vont s'inquiéter parce que la personne qui se trouve dans le coffre de ma voiture va leur manquer. Je dois revenir rapidement sur place, pour éviter qu'ils ne remarquent mon absence.

L'avantage, avec les mariages croates, c'est que tout le village est présent, et que l'on peut facilement se fondre dans la foule et passer inaperçu. Je me demande si j'avais réellement l'intention de commettre un meurtre. Officiellement, je dirais que non, mais au fond de mon cœur, je savais que ces mains reposeraient à jamais dans le coffre de ma voiture.

Je tourne sur une route secondaire et éteins de nouveau mes phares. Puis je coupe le moteur et laisse ma voiture avancer en roue libre.

Brusquement, je perçois des lumières qui ne devraient pas être là. Mon pouls s'accélère et mes mains deviennent moites. Je me mets à transpirer si fort que la sueur me coule dans les yeux. Combien de fois ai-je entendu l'expression « avoir les jetons ». Désormais, je comprends ce que l'on ressent. En commettant le meurtre, j'ai moins tremblé.

Je reste un certain temps immobile et tente de mettre de l'ordre dans mes pensées. Je serais presque tenté de commettre deux autres meurtres, mais je renonce à cette idée, parce qu'il semble que ma présence n'a toujours pas été remarquée. Les hommes que j'observe ont l'air d'être soûls. Je les regarde se soulager tous les deux, entrecroiser leurs jets d'urine et éclater bruyamment de rire. Ils ont presque l'air de deux garçons de 5 ans qui s'amusent à se montrer mutuellement leurs zizis.

Lorsqu'ils ont terminé, ils se prennent par l'épaule et sortent de mon champ de vision. Peu de temps après, la lumière disparaît. Je remarque que mon pouls ralentit.

Je n'avais pas prévu cela. L'endroit auquel j'avais pensé pour me débarrasser du corps et le faire disparaître ne convient plus à mes yeux. Même si les hommes sont soûls, ils me remarqueront. Qui sait s'ils vont aller se coucher ? Il est bien possible qu'ils retournent boire, et je n'ai pas le temps d'attendre qu'ils sombrent de nouveau dans un sommeil alcoolisé.

Je desserre le frein à main et ma voiture recommence à avancer. J'avais tout prévu, sauf cela. Je dois retourner au mariage. Ma voiture progresse dans l'obscurité, isolée et silencieuse. Seul le chant des grillons pénètre dans l'habitacle. Nous, musiciens sauvages, jouons notre concert des nuits estivales à l'intention de votre affreuse cargaison.

Brusquement, une idée me vient à l'esprit. Cette option a beau comporter un grand risque, elle reste mon unique chance. Je prends donc une décision.

On dit qu'il existe quatre types de meurtres : le meurtre déloyal, le crime passionnel, le meurtre légitime et l'acte de gloire. Mais la jeune femme qui se trouve dans mon coffre se moque bien du genre de meurtre dont elle a été victime.

J'ai trouvé l'endroit où je vais la laisser. Bien sûr, elle sera rapidement découverte, du moins, ce qu'il reste d'elle. Je la regarde une dernière fois dans les yeux, je l'embrasse sur le front, puis je m'éloigne d'elle.

On dit également que le meurtre parfait est celui qui n'est jamais élucidé. Dans mon cas, je ne suis plus si sûr que ce sera le cas.

2

— Où est-il ? Où est ce salopard ?

C'est en hurlant ces mots que Charly Pyeber, une petite cinquantaine, cultivateur de son état, et hors de lui, fit bruyamment irruption dans l'auberge Zum Goldenen Hirsch[1], à Unterlimbach, en Styrie.

— Qui ça ? demanda Mikowits, l'aubergiste bien en chair, sans lever le regard.

Il était occupé à nettoyer ses verres sur lesquels figurait la mention « Buvez les vins de Mikowits », une activité à laquelle il s'adonnait volontiers.

— Arrête de poser des questions stupides !

— Ah, bon, tu veux parler du maire d'Unterlimbach ? Du président du club de musique, ou bien…

Charly l'interrompit.

— Je parle de mon frère ! Si je le trouve, je le tue !

Mikowits leva lentement le regard. Il posa son verre et jeta son éponge grasse sur le comptoir.

1. Au Cerf doré.

— Désolé, Charly. Cette histoire existe déjà et elle est très ancienne. On dirait que tu la répètes.

— Hein ? questionna Charly en haussant les sourcils.

— Chaque Caïn a son Abel, mais ton frère n'est pas un gibier, répondit Mikowits en esquissant un léger sourire. Allez, viens prendre une bière, ne te mets pas en colère !

— Je veux me mettre en colère, cela fait la deuxième fois en l'espace de trois semaines que cet imbécile balance une pièce métallique dans mon champ. Quand je passe dessus avec la moissonneuse-batteuse, la lame est complètement bousillée. Est-ce que tu as seulement une idée de ce que coûte une lame de moissonneuse-batteuse ?

Charly agita l'objet en métal devant le nez de Mikowits. Le patron s'empara d'un verre d'eau-de-vie sur l'étagère et se servit un Fernet-Branca. Il remplit le verre à ras bord et le vida d'un trait.

— Non, je n'en ai aucune idée, mais je n'en ai rien à cirer !

Il remplit et vida de nouveau son verre. Puis il prit l'objet en métal et l'examina longuement.

— Comment peux-tu être sûr que c'est ton frère qui a fait ça ? demanda l'aubergiste tout en vidant un troisième verre.

— Il veut se venger, parce que c'est moi qui gère son argent et qui tiens les cordons de la bourse. Pour son bien…

À Stegersbach, Peter, le frère de Charly, était volontiers comparé au personnage de la chanson « Peterle » de Ludwig Hirsch. En voici les paroles : « Quand le petit Peter était encore au ciel, il y a bien des années, un petit ange impertinent, pour s'amuser, a soufflé simplement comme ça une bougie dans sa tête ». Le cadet de Charly, Peter, avait le niveau intellectuel d'un enfant et, lorsque leur père décéda trois ans plus tôt d'un infarctus sur son tracteur, Charly hérita de la totalité de la propriété agricole, composée d'une parcelle située en Styrie et d'une autre dans le Burgenland. Peter, lui, n'hérita que d'un nouveau tuteur. Depuis, il était commis de cuisine à l'auberge. Souvent, il regardait les gens en souriant, et ceux-ci en faisaient autant ; même si c'était plutôt pour se moquer de lui que pour lui rendre son sourire, il était heureux. Souvent, de la salive lui coulait de la bouche, et il mouillait son pantalon. Oui, Peter était une charge, comme on disait ici.

À l'époque, Mikowits lui avait proposé de l'employer en cuisine par compassion. Bien sûr, cela n'était pas officiel, mais aucun des clients ne s'en était plaint. Peter adorait son travail, parce qu'il pouvait prendre autant d'Eskimau qu'il voulait dans la glacière, entreposée à l'arrière, près du jeu de fléchettes électronique.

Lorsque la journée était bonne, Mikowits offrait aussi à Peter un verre d'eau-de-vie. Peter était tout de suite soûl, il mouillait son pantalon, mais il était heureux.

— Ça vient sûrement du chantier, commenta l'aubergiste en rendant le morceau de métal à Charly.

— Je sais. Je suis déjà passé voir le chef de chantier, mais personne ne sait ce que c'est.

— Je suis désolé, Charly, mais je ne peux rien faire, répondit sèchement le patron, avant de s'intéresser de nouveau à son verre.

Charly jeta un regard mauvais à Mikowits. Ce dernier demeura imperturbable.

— Il y a autre chose ?

— Il est là, oui ou non ?

Charly était en train de redevenir agressif. Mikowits secoua la tête. Charly s'impatienta et passa rapidement derrière le comptoir par la gauche, à l'endroit où se trouvait un hublot donnant sur la cuisine. Mikowits lui barra le passage.

— Laisse-moi ! Je veux juste lui parler !

Mikowits n'en crut pas un mot.

— Non. Laisse ce pauvre garçon tranquille… Tu ne penses pas que c'est déjà assez dur pour lui ?

— Tu plaisantes ? À tes yeux, il agit normalement et nous passons pour des cons !

— Je crois qu'il vaut mieux que tu décampes ! affirma Mikowits avec détermination.

Il s'avança d'un pas vers Charly.

— Pardon ? Je crois que je n'ai pas bien compris… vociféra Charly.

— Au contraire, je pense que si !

Charly sortit un paquet de Hobby de la poche de son bleu de travail. Après avoir allumé sa cigarette, il envoya une bouffée au visage de Mikowits. Les deux hommes se postèrent face à face, comme dans un duel d'un western de Sergio Leone. L'air parut se raréfier, et un silence pesant s'abattit sur les lieux, seul le tic-tac d'une horloge couverte de projections de graisse se faisant entendre.

Mikowits se rapprocha de Charly. Il réprima une quinte de toux, pour ne pas montrer de faiblesse face à son adversaire. Lorsqu'ils furent presque nez à nez, il tendit la main vers un tiroir, en sortit un objet, une affiche enveloppée de film transparent, et la brandit devant le visage de Charly.

— Défense de fumer ! Nouveau règlement. Dégage !

Charly jeta un coup d'œil sur l'affiche, puis esquissa un petit sourire. Il s'éloigna du comptoir et se dirigea vers la cour, où se trouvaient également les toilettes.

— Prépare-moi une bière, pendant ce temps, dit-il tout en s'éloignant.

Le patron se servit un autre Fernet et attrapa un verre à bière sur l'étagère.

La cour était vaste et en désordre. Depuis la nouvelle loi contre le tabagisme, elle ne servait plus uniquement de lieu de passage vers les toilettes, mais également d'espace fumeurs. À son extrémité se dressait un abri à bois qu'il suffisait de traverser pour accéder à l'extérieur.

D'innombrables vieilleries, outils, morceaux de métal et bouteilles de bière vides étaient entreposés sur un établi également abrité. Charly posa dessus l'objet métallique. Il inhala les dernières bouffées de sa cigarette puis laissa tomber celle-ci dans la bouche d'égout au-dessus de laquelle il se tenait. Le sol de la cour légèrement incliné permettait aux eaux de pluie ou tout autre liquide de s'y déverser.

Il entendit le bruit de la chasse d'eau, et un instant plus tard, un homme qu'il connaissait très bien surgit dans la cour.

— Salut. Qu'est-ce que tu fais là ? J'ai fait un très mauvais rêve, hier. Un homme me volait ma glace, alors qu'elle était délicieuse…

Le t-shirt de la « Pat'Patrouille » que portait Peter était beaucoup trop petit. Il avait voulu l'avoir à tout prix, alors qu'il n'existait pas de taille adulte.

— Est-ce que tu as planqué un bout de métal dans mon champ ? lui demanda Charly avant d'allumer une autre cigarette.

— L'homme avait un pied fourchu !

— Ne change pas de sujet, Peter ! Je t'ai posé une question ! aboya Charly.

Peter baissa la tête et commença à marmonner dans sa barbe.

— Celui qui a le bonnet de curé peut m'aider…

— HEIN ? hurla Charly.

— Celui qui a le bonnet de curé peut m'aider…

Brusquement, une tache circulaire s'élargit aux pieds de Peter. De la salive lui coula de la bouche et ses yeux s'emplirent de larmes. Charly saisit fermement sa tête à deux mains et la releva. Il le regarda dans les yeux.

— Est-ce que c'est toi qui as mis le morceau de métal dans mon champ ?

Il se mit à le secouer brutalement, ce qui déclencha une crise de larmes chez Peter, qui ne put répondre parce qu'il se mit à hyperventiler. Charly cessa de le secouer et le prit doucement dans ses bras. Mais il bascula les hanches vers l'arrière, pour ne pas être en contact avec la tache d'urine.

— Calme-toi, Peter. Tout va bien. Je veux simplement savoir si c'est toi. Je ne te ferai pas de mal.

— Promis ?

Les yeux de Peter étaient gonflés et d'abondantes sécrétions nasales coulaient de son nez.

— Promis ! le rassura son frère.

Peter leva lentement la tête et le regarda dans les yeux.

— Allez, dis-le-moi ! le pressa Charly en caressant doucement le front de Peter, dont les lèvres se mirent à trembler.

— Je veux devenir cultivateur, comme toi ! s'exclama Peter, dont la morve lui coula sur le menton. L'homme qui avait un pied fourchu m'a dit que je devais le faire. Il a dit qu'ensuite, je serai cultivateur, et que tu ne le seras plus.

— C'est pour cela que tu as mis un morceau de métal dans mon champ ? demanda Charly d'une voix calme.

— Oui. Parce que comme ça tu vas arrêter de cultiver la terre et je pourrai conduire la moissonneuse-batteuse, déclara Peter, dont le visage s'illumina d'un sourire.

Sur son menton, ses sécrétions nasales se mêlaient désormais à un peu de salive. Le mélange s'écoula presque au ralenti dans la bouche d'égout.

— Je comprends !

Charly desserra son étreinte et tourna le dos à Peter.

— Tu es fâché contre moi ?

— Non, répondit Charly en se penchant et en ramassant le tuyau qui se trouvait sur le sol.

— Dieu merci. Je dirai à l'homme au pied fourchu qu'il n'a plus le droit de venir. Merci, Charly, tu es le meilleur des frères…

Peter aurait voulu ajouter quelque chose, mais il ne put le faire, parce que Charly le frappa à la poitrine à l'aide du tuyau. Il tomba aussitôt à terre, et Charly en profita pour lui abattre de nouveau le tuyau sur le dos. En l'espace de quelques secondes, un gros bourrelet rouge apparut. Son propriétaire cria comme un cochon qu'on égorge.

— Écoute-moi bien, imbécile, si tu recommences, là je te ferai réellement mal, bien plus qu'avant. Est-ce que tu as compris ?

Peter ne réagit pas, mais se mit à crier : « Arrête ! Arrête ! » sans interruption.

Lorsque Mikowits surgit dans la cour, pour voir qui criait ainsi, Charly s'était éclipsé depuis longtemps par la porte arrière de l'abri à bois. Son commis de cuisine gisait sur le sol dans un mélange de salive, d'urine et de larmes. Le dos de son t-shirt « Pat'Patrouille » était taché de rouge au dos.

Même si Mikowits savait qu'il s'agissait de Charly, Peter ne dénonça pas son frère. Lorsque l'aubergiste lui demanda qui l'avait battu, Peter répondit : « L'homme au pied fourchu ».

Quelques jours plus tard, la lame de la moissonneuse-batteuse de Charly Pieber se bloqua de nouveau, parce que quelque chose était coincé dans la plateforme de coupe. Mais cette fois, il ne s'agissait pas d'une pièce métallique.

3

Le commissaire général, une petite quarantaine, doté d'une légère bedaine, était assis à son bureau au sein de l'Office régional de police criminelle d'Eisenstadt et confectionnait une chaîne de trombones.

Il portait, comme à son habitude, un pantalon en coton ocre, une casquette Gavroche ocre, une chemise blanche et un gilet gris en tricot. Il possédait exactement dix exemplaires de cette tenue dans son armoire, pour s'épargner la peine d'avoir à choisir chaque matin ce qu'il allait porter.

Les espaces de travail étaient aménagés avec sobriété, n'étant équipés que du strict nécessaire – notamment en ce qui concernait la machine à café. Il s'agissait d'une cafetière filtre, qui n'était pas de la meilleure qualité, mais avec le temps, on s'habituait à la saveur.

Sifkovits, quant à lui, n'en prenait que rarement, car il préférait la tisane d'herbe à fromages aromatisée au miel. Personne d'autre que lui n'en buvait au commissariat. Les autres avaient certes goûté ce breuvage, l'avait qualifié de « pipi de chat bizarre », mais celui-ci n'avait pas suscité l'enthousiasme. Parmi ses collègues hommes et femmes, les plus polis avaient parlé prétentieusement de la tisane en ces termes : « Mmhh, oui, intéressant, mais je n'en ferais pas des folies ». La plupart avaient déclaré « Exécrable ! Et ça sent les pieds ! »

Il n'était que 6 h 30 du matin, Sifkovits se déplaça avec une lenteur de circonstance vers la bouilloire posée sur une étagère juste en face de lui. Au-dessus trônait une gigantesque carte du Burgenland, ce qui en soi semblait un peu incongru. En effet, le Burgenland était le Land le moins touché par la criminalité depuis des années. Vienne, qui décrochait la palme, avait été qualifiée avec humour de « mont Everest » des Länder, et le Burgenland, à côté, de « Geschriebenstein » – un sommet qui, avec ses 884 mètres, pouvait tout à fait être gravi sans appareil à oxygène…

Alors que Sifkovits était sur le point de se servir de l'eau bouillante, la porte qui se trouvait derrière son bureau s'ouvrit. Il sentit intuitivement que cela était à son intention, mais il laissa cependant la boule à thé dans sa tasse.

— Sifkovits. Dans mon bureau ! grogna une voix.

Puis la porte se referma.

— Mince, ça ne présage rien de bon ! lança un collègue à Sifkovits avant de mordre dans un petit pain garni de viande.

Sa mastication bruyante indiquait qu'il appréciait son petit déjeuner. Sifkovits désigna le petit pain.

— Ce n'est pas un peu tôt, dis donc ? Je n'arriverais pas à avaler un truc pareil à cette heure-ci !

Tout en mâchonnant bruyamment, le collègue désigna la tasse de Sifkovits.

— Et moi je ne pourrais pas avaler ta mixture ! répliqua-t-il.

Un petit morceau de pain de viande jaillit simultanément de sa bouche et atterrit sur un dossier intitulé « Vol de poules à Olbendorf-Untermühlen ».

— Quoi qu'il en soit, bon appétit !

Sa tasse de tisane à la main, Sifkovits franchit la porte située derrière son bureau.

— Est-ce que je vous ai demandé de vous asseoir ?!

Sifkovits se releva d'un bond.

— Avant que vous ne commenciez, mon commandant, j'aimerais vous poser une question.

— Laquelle ? vociféra ce dernier.

— Puis-je m'asseoir ?

Son supérieur dévisagea Sifkovits, l'air légèrement déconcerté, puis hurla un NON tellement sonore que dans le bureau voisin, un autre morceau de pain de viande jaillit de la bouche du collègue du commissaire.

— Vous ne pourrez vous asseoir que lorsque je vous le dirai !

— D'accord, commandant, compris.

Sifkovits resta debout et avala une gorgée de sa tisane.

Le commandant Sebastian Taschner, son supérieur hiérarchique, était manifestement de mauvaise humeur. Il était plus élégant que le commissaire général, avec son costume bleu immaculé, qui lui donnait autant de prestance que sa coupe impeccable et ses chaussures de luxe, dont il éprouvait le besoin constant de dire qu'il les faisait fabriquer sur mesure.

Taschner était pétri d'orgueil. C'était l'un de ces types qui ne laissait personne copier sur lui à l'école, et qui, lorsqu'il commandait deux cappuccinos, prononçait « cappuccini ». Même si, grammaticalement, il avait raison, on ne pouvait que mépriser des types comme lui.

— Savez-vous quel jour nous sommes ?

Sifkovits glissa la main sous sa casquette pour se gratter la tête.

— Eh bien, puisque vous me posez la question d'une manière aussi directe, je dirais que nous sommes... lundi.

— Exactement, commissaire. Et qu'y a-t-il de particulier, le lundi ?

Sifkovits haussa brièvement les épaules avant de répondre.

— Ah, il y a probablement une rediffusion des *Vorstadtweibern*, nos *Desperate Housewives* autrichiennes, ou quelque chose dans le genre.

Taschner se leva de son fauteuil tape-à-l'œil et tendit une liste à Sifkovits.

— Ah, vous vouliez parler de l'entraînement au tir, mon commandant, bien sûr, nous sommes lundi.

— Et pourquoi votre nom ne figure-t-il nulle part sur cette liste ?

Taschner lui arracha de nouveau le papier des mains.

— Pardonnez-moi, vous avez raison, j'ai sans doute oublié.

Sifkovits esquissa un sourire crispé.

— Comme les quatre fois précédentes... Monsieur Sifkovits, vos derniers résultats étaient catastrophiques. Je veux que vous vous rendiez à 10 heures précises au stand de tir. Est-ce clair ?

— À 10 heures, dites-vous ? demanda le commissaire en feuilletant son calepin. Ah, malheureusement, cela tombe mal parce que...

— C'est un ordre !

— Compris.

Sifkovits, impatient de s'extraire aussi rapidement que possible de cette entrevue, se tourna vers la porte.

— Restez ici !

Il obéit.

— Encore une dernière chose. J'ai également entendu dire que vous ne portez jamais votre arme de service.

Sifkovits tenta un geste d'apaisement.

— Oui, c'est vrai. Mais la dernière fois, je n'ai pas eu de chance. J'ai dû partir à toute vitesse et lorsque je suis assis, mon arme me gêne, alors je l'ai mise dans le coffre…

— Si cela se produit encore une fois, je fais un rapport. Sommes-nous bien d'accord ?

Sifkovits hocha la tête humblement.

— Absolument. Cela ne se reproduira plus, commandant.

— Vous êtes un excellent agent de police, mais vos méthodes d'investigation me tapent autant sur le système que l'odeur de votre tisane. Maintenant, disparaissez !

Le commissaire le salua si précipitamment que sa boule à thé tomba de sa tasse. Avec le choc, elle s'ouvrit et les feuilles d'herbe à fromages se répandirent sur le sol en stratifié de Taschner. Sifkovits se mit aussitôt à les ramasser. Il n'eut même pas le temps de s'excuser, parce que presque aussitôt, son collègue, qui sentait le pain de viande, entra sans frapper dans le bureau.

— Que se passe-t-il, Berner ?

— Un cadavre à Stegersbach. Il semble qu'il s'agisse d'un meurtre. La victime est de Stinatz.

En entendant prononcer le nom de son village, Sifkovits ferma brièvement les yeux.

— Stinatz. Intéressant. C'est bien de là que vous êtes originaire, Sifkovits ?

Toujours accroupi sur le sol, celui-ci hocha légèrement la tête.

— Qu'est-ce que vous attendez ? Filez ! ordonna le commandant.

Sifkovits se releva lentement.

— Croyez-vous vraiment qu'il s'agisse d'une bonne idée ? Personne ne me considère comme un agent de police, là-bas. Ils ne me respecteront pas. Est-ce que Berner ne peut pas y aller ? Et puis je dois m'entraîner au tir…

Le commandant parut contrarié.

— Pas question, personne ne connaît l'endroit ni les habitants mieux que vous. Emmenez Berner avec vous. Je veux un rapport ce soir. Rompez.

— Commandant ? Il vaut mieux que j'y aille seul…

L'expression qui s'afficha sur le visage de Berner montrait qu'il approuvait totalement l'idée de Sifkovits. Taschner se laissa tomber sur son fauteuil et croisa les mains derrière la tête.

— Si vous voulez. Mais ne prenez aucun risque. Tenez-vous-en aux consignes et collaborez avec vos collègues sur place. Je vous communiquerai les informations nécessaires.

Sifkovits hocha la tête et quitta le bureau de son supérieur. Il n'emporta pas son arme de service.

4

La Peugeot 206 verte traversa la localité de Stegersbach. Beaucoup d'endroits ressemblaient encore à ce qu'ils étaient durant l'enfance de Sifkovits, même si le village avait beaucoup changé depuis – avec la construction des thermes, les nombreux hôtels apparus dans les environs, l'importance prise par le golf avec la construction d'un parcours.

Cependant, une petite partie du village était restée identique et Sifkovits se revit enfant, parcourir les rues. Le trajet à Stegersbach lui semblait long, à l'époque, alors que Stinatz ne se trouvait qu'à quelques kilomètres.

Il emprunta une route de campagne. Le paysage devint plus rural, les champs se multiplièrent. Le soleil prit lentement de la hauteur. Sifkovits se mit à transpirer, car la climatisation de sa voiture ne fonctionnait plus depuis longtemps. Il tourna à droite sur une autre petite route et vit les thermes s'éloigner dans son rétroviseur.

Devant lui, le ruban de signalisation s'étendait à perte de vue. La Peugeot passa devant le chantier de construction d'un nouveau lotissement. L'endroit serait certainement magnifique, car il offrait une vue à couper le souffle sur les thermes et le complexe de golf.

500 mètres plus loin, il s'arrêta devant deux policiers en uniforme qui bloquaient l'accès à la localité.

— Vous ne pouvez pas continuer, déclara l'un des fonctionnaires.

— Je suis le commissaire général Sifkovits de la division locale de la police judiciaire d'Eisenstadt. Je me rends sur le lieu du crime.

Il se mit à la recherche de sa carte de police. Pendant ce temps, sa collègue féminine fit le tour de la Peugeot verte.

— Où est-ce que je l'ai fourré ?

Il farfouilla dans la boîte à gants et répandit une avalanche de bonbons Firn sur le tapis de sol du passager.

— Ah, le voilà.

Les fonctionnaires examinèrent sa carte, qui était glissée dans un étui en plastique tellement rayé que l'on distinguait à peine la photo.

— Savez-vous comment vous y rendre, commissaire ? interrogea sa collègue.

Sifkovits hocha la tête et reprit sa carte.

— Vous devez remplacer votre vignette, la date est dépassée.

Sa collègue désigna le pare-brise.

— Ah ? Vraiment ? Depuis quand ?

— Depuis longtemps. Il faut vous en occuper au plus vite.

Sifkovits se pencha maladroitement par la vitre pour vérifier la date.

— C'est vrai. J'avais complètement oublié. Je vous prie de m'excuser, j'irai au garage demain matin.

Les deux fonctionnaires approuvèrent d'un signe de tête. Sifkovits les remercia d'avoir accompli consciencieusement leur devoir et voulut redémarrer.

— Encore une dernière chose, commissaire. Procurez-vous un autre étui pour votre carte, déclara sa collègue avec un petit sourire.

— Absolument. Je m'en occuperai également demain. Comme cela, tout sera remis à neuf.

En regardant la Peugeot prendre la direction du lieu du crime, les deux fonctionnaires échangèrent un regard qui traduisait un accord tacite sur le fait que la courroie était légèrement lâche. La voiture ne se contenta pas de rouler, elle s'éloigna en crissant.

— Bonjour, commissaire. J'espère que votre repas n'a pas été trop copieux. J'exerce depuis longtemps dans la médecine légale, mais j'ai rarement vu quelque chose de ce genre…

C'est en prononçant ces mots que le collègue de Sifkovits s'avança vers lui.

— Où se trouve le cadavre ? demanda le commissaire.

— Dans le champ, enfin, une moitié. L'autre moitié est coincée dans la lame de la moissonneuse-batteuse.

Lorsque Sifkovits se trouva devant le cadavre, il comprit mieux les propos du médecin légiste. Devant lui gisaient la tête et le tronc d'une jeune femme vêtue d'une robe de mariée. Elle avait une large blessure à la tête. Des fragments de bassin saillaient de la partie inférieure de son corps. Sifkovits appliqua un mouchoir devant sa bouche et se pencha sur le cadavre.

— Au cas où vous me le demanderiez, commissaire, c'est la blessure à la tête qui a causé la mort, et non la séparation des jambes. La blessure a manifestement été causée par un objet contondant. Si la tête avait été prise dans la moissonneuse-batteuse, cela aurait compliqué l'autopsie. Je pourrai vous en dire plus demain…

— Parfait. Le service de médecine légale est situé à Oberwart, n'est-ce pas ?

Le médecin hocha la tête.

— La morte portait une pochette. Le contenu est prévisible : il y avait une jarretière et du maquillage.

Sifkovits enfila des gants et examina les objets.

— Aucun portable…

— Pardon ?

Le médecin eut l'air déconcerté.

— Il n'y a pas de portable dans la pochette. Quel jeune d'aujourd'hui se promène sans portable, qui plus est pour se rendre à son propre mariage ?

Le médecin légiste haussa les épaules et désigna quelques agents en uniforme, qui devaient sans doute être un peu plus informés.

Sifkovits le remercia, ôta ses gants et se dirigea vers les agents.

— Bonjour, messieurs. Pourriez-vous me rendre un service ? demanda le commissaire en se tournant vers l'un des hommes.

— Bien sûr, commissaire, répondit poliment son collègue.

— Pouvez-vous m'apporter de l'eau chaude et du miel ?

Le jeune policier ne sut exactement quoi penser de cette requête, et répondit par un « oui » légèrement dubitatif.

— Cela me permet de mieux réfléchir. J'ai mon infusion avec moi. Merci beaucoup.

Le fonctionnaire jeta un regard circulaire autour de lui comme pour consulter ses collègues plus âgés, et ceux-ci hochèrent la tête d'un air également dubitatif, pour l'encourager à s'exécuter.

Sifkovits s'adressa à un autre agent.

— Que savons-nous à propos de la victime ?

L'agent sortit un iPad Mini de sa poche, laissant Sifkovits stupéfait.

— Ah, vous prenez des notes sur un iPad ?

— Bien sûr, commissaire, nous ne sommes plus à l'âge de pierre.

Sifkovits sortit son calepin et l'agita en l'air.

— Quant à moi, je préfère ça ! Et pas besoin de le recharger...

Le fonctionnaire équipé d'un iPad se vit renforcé dans ses convictions à propos de l'âge de pierre. Il fit défiler l'écran vers le haut et se mit à lire.

— Donc, la victime s'appelle Anna Jusic, elle est âgée de 27 ans et il s'agit d'une ressortissante croate. Apparemment, elle a fui le pays durant les guerres de Yougoslavie lorsqu'elle était petite et s'est réfugiée en Autriche. Pour l'instant, nous ne savons pas encore si elle a de la famille ou des proches par ici. Nous avons informé nos collègues sur place. Elle vivait depuis près d'un an à Stinatz avec son fiancé, Robert Kirisits, et résidait au 37 Brunnengasse. Son beau-père est Richard Kirisits...

Sifkovits l'interrompit.

— Le directeur de la Landesbank[1] ?

— Vous le connaissez ?

— Oui, et même personnellement.

1. Banque territoriale, opérant au sein d'un Land.

Le jeune policier revint avec un gobelet d'eau chaude et une coupelle de miel.

— Voilà, votre eau, commissaire.

— Merci beaucoup.

Sifkovits sortit un sachet de tisane de la poche de sa veste et le plongea dans le gobelet.

— Continuez, dit-il à l'agent muni d'un iPad.

— D'accord, la victime a été pour ainsi dire kidnappée samedi vers 22 heures au cours de son mariage lors de la simulation de son enlèvement à Stinatz[1]. Elle devait être rejointe vers 23 heures dans une auberge en Styrie. Il était ensuite prévu que la mariée et ceux qui l'accompagnaient retournent à Stinatz. Comme elle n'est pas réapparue, sa disparition a été signalée vers une heure du matin. Les recherches ont d'abord été concentrées sur la Styrie, en vain, jusqu'à ce que cet homme roule sur la victime avec sa moissonneuse-batteuse à 7 h 10 du matin.

L'agent désigna un homme qui tremblait et fumait cigarette sur cigarette à quelque distance de là, à l'arrière d'un fourgon Volkswagen.

— Souhaitez-vous l'interroger ?

— Non. Renvoyez-le chez lui, déclara Sifkovits tout en sortant le sachet du gobelet et en y ajoutant du miel.

1. En Autriche, la tradition consiste à simuler l'enlèvement de la mariée lors du mariage. Le marié part alors à sa recherche.

— Charly, tu peux partir ! s'écria l'un des agents en direction du fourgon Volkswagen.

Le cultivateur, qui avait d'habitude la parole facile, sortit sans un mot du fourgon. Charly Pieber ressentit peut-être ce que son frère éprouvait souvent, car cette fois, son propre pantalon était humide.

— Veuillez vérifier si la morte possédait un portable, et si oui, essayez de le localiser. Il est peut-être en possession du meurtrier ou de la meurtrière.

L'agent tenta de taper la directive sur son iPad, mais n'y parvint pas.

— Je ne l'ai pas depuis très longtemps, et taper debout n'est pas évident, commenta-t-il pour justifier son manque d'habileté.

Sifkovits songea à son calepin, et un petit sourire victorieux se dessina sur ses lèvres. Lorsqu'il demanda où la mariée avait été vue pour la dernière fois, il se vit répondre : « À l'auberge Zum Goldenen Hirsch ».

5

La rivière Lafnitz forme une frontière naturelle qui sépare les Länder de Styrie et du Burgenland. Le trajet en voiture entre le lieu du crime et l'auberge en question, situé à Unterlimbach en Styrie, dura environ treize minutes.

Mikowits, comme à son habitude, était en train d'essuyer ses verres lorsqu'il entendit des crissements sonores en provenance du parking.

Lorsque l'homme vêtu d'une veste en tricot pénétra dans l'auberge, il fut salué par l'aubergiste en ces termes : « Salut, Schiffi ! »

— Une infusion ?

— Juste un peu d'eau et un peu de miel, j'ai mon sachet avec moi.

Telle fut la réponse apportée à Mikowits.

Tout comme Sifkovits, l'aubergiste était un Croate du Burgenland, et la langue parlée au sein de sa famille était également le croate. Il s'était installé en Styrie et avait repris l'auberge avec sa femme de nombreuses années auparavant. Tous deux en avaient fait l'un des restaurants les plus prisés de la vallée de la Lafnitz.

— Vous avez bien arrangé l'endroit. Je devrais venir plus souvent.

— C'est ce que tu répètes depuis la nuit des temps, Schiffi…

Alors que Sifkovits s'apprêtait à plonger son sachet dans l'eau brûlante, l'aubergiste s'empara d'une bouteille de Fernet-Branca.

— J'ai mal à l'estomac, expliqua-t-il pour justifier sa consommation d'alcool à cette heure matinale.

— Tu devrais essayer ma tisane, elle calme également les maux d'estomac, tenta de le convaincre Sifkovits.

Après avoir humé brièvement le breuvage, Mikowits prit la décision de s'en tenir au Fernet-Branca.

— Comment va ta femme, Schiffi ?

— Très bien. En ce moment, elle travaille au Kenya pour Médecins sans Frontières. Elle rentre à la fin du mois.

Sifkovits sortit son sachet de la tasse et le posa sur un sous-bock.

— Et la tienne ?

— Je crois qu'elle va très bien, depuis que nous avons divorcé !

— Oh, je l'ignorais. J'en suis désolé. Mais, cela ne fait pas longtemps, n'est-ce pas ?

— Non. Cela fait seulement huit ans, répondit l'aubergiste d'un ton cynique.

Sifkovits baissa le regard sur sa tasse. Il pouvait tout à fait imaginer que vivre ensemble au sein d'un petit village et y gérer un établissement à deux devait être très difficile.

— Que fait-elle, maintenant ? s'enquit-il.

— Je n'en sais rien. Depuis que les enfants sont majeurs, nous sommes rarement en contact.

Mikowits se versa une nouvelle dose de son breuvage noir.

— Est-ce que cela aurait un rapport avec ça ? demanda Sifkovits en désignant la bouteille de Fernet-Branca.

— C'est possible. Comment faire autrement ? L'être humain a besoin d'un peu de joie dans la vie. On s'en jette un derrière la cravate et le temps passe plus vite.

Il vida de nouveau son verre. L'auberge n'était pas encore très fréquentée à cette heure. En dehors de deux hommes d'âge mûr installés à la table des habitués et dégustant du vin rouge, il n'y avait personne. Le cuisinier arrivait une heure plus tard, pour les préparatifs du déjeuner. Les menus du midi rencontraient un grand succès dans les environs. La clientèle était une mosaïque composée de conseillers fiscaux, de médecins, d'artisans, de coiffeurs et de types comme Charly Pieber. Rares étaient les clients mécontents, et lorsque c'était le cas, le chef intervenait personnellement, ce qui étouffait aussitôt le conflit dans l'œuf.

— C'est affreux, ce qui s'est passé !

— Tu es déjà au courant ? demanda Sifkovits, étonné.

— Schiffi, dans les villages comme le nôtre, nous sommes au courant des meurtres avant même qu'ils ne se produisent.

Sifkovits approuva d'un hochement de tête, et un sourire de connivence apparut sur le visage des deux hommes.

— Peux-tu me raconter ce qui s'est passé, samedi ?

— Pas grand-chose. Je sais qu'ils ont fêté le mariage à Stinatz, que la fiancée a fait l'objet d'un enlèvement traditionnel et s'est rendue ici comme prévu. Avec un groupe qui était manifestement d'excellente humeur. Mais, eh bien, tu sais, il y avait beaucoup à faire, la salle était pleine. Je n'ai pas fait attention à tout et à tous. Je n'ai rien constaté de bizarre. Apparemment, la mariée est sortie pour aller aux toilettes, et n'est jamais revenue. Je ne peux rien te dire de plus.

Sifkovits le crut. Il était logique qu'il se soit soucié de ce qui se passait au sein de son restaurant, et non du bien-être d'une mariée qu'il ne connaissait même pas.

— Et lorsque vous avez constaté que la mariée ne revenait pas, est-ce que quelqu'un a appelé la police ? demanda-t-il avec une certaine naïveté.

— Non. Nous avons d'abord téléphoné à Stinatz, parce que nous avons pensé qu'il s'agissait peut-être d'une plaisanterie de la mariée ou des amis qui l'accompagnaient. Au bout d'une demi-heure, ses amis sont retournés à Stinatz. Je ne sais pas ce qu'ils ont fait là-bas.

— Je vois. Je vais aller examiner un peu l'extérieur.

Sifkovits se dirigea vers la sortie. L'aubergiste lui demanda s'il allait rester déjeuner. Mais le commissaire déclina la proposition, car il avait prévu de manger chez sa mère qui habitait toujours au village. Il l'avait appelée et lui avait dit qu'il avait envie d'un strudel aux pommes de terre. Il s'agissait de loin de son plat préféré.

Comme d'habitude, la cour était en désordre. Sifkovits l'inspecta, s'agenouilla au-dessus de la bouche d'égout, examina l'abri à bois, regarda le tuyau enroulé et s'intéressa au bric-à-brac de l'établi. Puis il griffonna quelques notes dans son calepin qui, lui, n'était pas soumis au risque de la panne.

Il était presque certain que la mariée avait été assassinée ici, car la cour offrait une vue dégagée de tous les côtés, aussi bien sur la porte qui permettait d'y accéder que sur l'entrée des toilettes. De plus, l'abri à bois offrait la possibilité de se cacher et si nécessaire, de fuir par la porte de derrière. Il ne pensait pas que quelqu'un était entré dans la cour par là. La seule fenêtre donnant sur la cour était celle de la cuisine. Elle était en verre dépoli opaque, ce qui constituait également un avantage pour le meurtrier. Sifkovits composa le numéro de la police scientifique, pour confier le relevé de traces et d'indices à ses collègues. Il ne pensait pas retrouver de traces réellement exploitables, car de nombreuses personnes circulaient dans la cour quotidiennement, mais le diable était souvent dans les détails.

Sifkovits passait la main sous sa casquette pour se gratter la tête, un geste qu'il accomplissait souvent lorsqu'il réfléchissait, quand il entendit soudain une voix derrière lui.

— Qu'est-ce que tu fais ?

Sifkovits se retourna. Devant lui se tenait un grand homme d'environ 35 ans qui portait un t-shirt « Pat'Patrouille » bien trop étroit.

— Rien. Je jette simplement un coup d'œil, répondit-il. Bonjour, je m'appelle Sifkovits. À qui ai-je l'honneur ?

Il tendit la main au jeune homme.

— Je m'appelle Peter.

— Enchanté. Je vois que tu es un fan de la « Pat'Patrouille ».

— Oui, j'adore !

Peter sourit et un peu de salive coula de sa bouche.

— Tu connais la Pat'Patrouille ? demanda-t-il au commissaire.

Sifkovits comprit que Peter n'avait pas toute sa tête.

— Non, pas vraiment. Il s'agit d'une série pour enfants, n'est-ce pas ? Je n'ai pas d'enfants.

Le visage de Peter s'assombrit.

— Ce n'est pas une série pour enfants. Il s'agit d'une série policière. Avec des affaires à résoudre. Mais ce ne sont pas des humains, ce sont des chiens.

Sifkovits fit quelques pas vers Peter.

— Je vois. Je suis aussi de la police.

Il chercha sa carte de police, mais se rendit compte qu'il l'avait oubliée dans la voiture.

— Toi aussi, tu dois résoudre des affaires ? demanda Peter.

— Oui, malheureusement.

— Pourquoi tu n'as pas de carte ? Les chiens de la Pat'Patrouille en ont une autour du cou.

— Il faut que j'y réfléchisse. Tu t'y connais vraiment bien !

Peter sourit de nouveau. Manifestement, il se sentait à l'aise avec le commissaire.

— Est-ce que tu es aussi doué que la Pat'Patrouille ? demanda-t-il.

— Non, je ne crois pas, ils peuvent courir beaucoup plus vite que moi.

Peter s'approcha tout près de Sifkovits, posa une main confiante sur son épaule et lui murmura à l'oreille :

— Il faut que je te dise un secret. Mais tu ne dois le répéter à personne. La « Pat'Patrouille » n'existe pas vraiment. Ce n'est qu'une série animée.

Il ôta ensuite sa main de son épaule, le regarda dans les yeux et posa son doigt verticalement sur sa bouche. Le commissaire, d'un regard, fit comprendre à Peter que son secret était bien gardé.

— Peter, puis-je te demander quelque chose ?

Sifkovits avait également parlé sur le ton de la confidence. Comme Peter hocha la tête, il lui demanda ce qu'il faisait à l'auberge.

— Je travaille à la cuisine. Mais bientôt, je serai cultivateur, déclara-t-il d'un ton empreint de fierté.

Ses yeux pétillaient.

— Cultivateur est un merveilleux métier ! Mais est-ce que tu sais ce que fait l'assistant d'un shérif ?

Le jeune homme secoua vigoureusement la tête en signe de dénégation.

— L'assistant d'un shérif aide le shérif à résoudre une affaire. C'est presque aussi amusant que dans « Pat'Patrouille », mais je vais moi aussi te confier un secret. Il s'agit d'une personne réelle. Est-ce que tu aimerais être mon assistant ? demanda Sifkovits.

— Qu'est-ce qu'il faut que je fasse ?

— Tu dois simplement répondre à une question.

Peter commença à sautiller de joie. Il eut tout à coup le sentiment d'être important et d'avoir de la valeur.

— Oui. Répondre à une question, se mit-il à répéter en boucle.

— Est-ce que tu travaillais ici, samedi dernier, Peter ?

Peter croisa les bras à la manière d'un enfant têtu. Il parut se concentrer, mais avoir des difficultés à trouver la réponse.

— C'était quand, samedi ? demanda-t-il d'un ton déçu.

Cela rappela à Sifkovits sa nièce de 4 ans, qui avait du mal à se souvenir de l'ordre des jours. À chaque fois que la petite Elisabeth, le lundi, pensait à ce qui devait se passer le samedi suivant, elle jouait à « Combien de nuits dois-je encore dormir avant ? » Bien entendu, elle ne connaissait pas encore bien les chiffres, mais cela était plus concret que les jours de la semaine.

— Tu as dormi deux fois, depuis, Peter. C'était ce jour-là, samedi.

Peter décroisa les bras et se mit à se balancer de manière incontrôlée.

— Nous avons préparé quelque chose avec des oignons. On pleure, quand on les coupe.

— Tu as découpé des oignons, Peter ? demanda Sifkovits.

— Oui, mais je me suis fait mal au doigt.

Il montra à Sifkovits une petite coupure sur son index.

— Il y avait beaucoup de gens, et ensuite je suis allé me coucher.

— Et est-ce que par hasard tu aurais vu des gens se tenir à l'endroit où nous sommes ?

— Non. On ne peut voir dehors que par la fenêtre de la cuisine, à l'endroit où l'air passe. Et seulement si elle est entrebâillée. Mais ils n'aiment pas qu'on l'ouvre, parce qu'après, cela sent mauvais dans la cour.

Sifkovits insista.

— Tu es un assistant formidable ! As-tu entrebâillé la fenêtre à un moment ou à un autre ? As-tu vu et entendu quelque chose ?

Peter, comme quelques jours auparavant, lorsqu'il avait tout avoué à son frère, commença à baisser la tête. Sifkovits se rendit compte que le jeune homme allait fondre en larmes. Il s'efforça de le rassurer.

— Il ne faut pas avoir peur !

— C'est ce que m'a dit aussi l'homme au pied fourchu…

Peter se mit alors à pleurer. Sifkovits eut conscience qu'il était allé trop loin. Il prit Peter dans ses bras et s'efforça de le calmer. Il sentit que les bras du jeune homme l'enserraient de plus en plus fermement. Un amas de salive et de morve se déposa sur sa veste grise, à hauteur de l'épaule.

— Tout va bien, Peter. Je vais m'en aller et te laisser tranquille. Je suis sûr que tu vas devenir un cultivateur formidable. Merci pour ton aide.

Sifkovits tenta de se dégager de son étreinte, mais Peter ne le laissa pas faire. Il le regarda droit dans les yeux.

— Seulement un petit moment. Je n'ai ouvert qu'un petit moment. Parce que je voulais avoir de l'air. Ne me dénonce pas, s'il te plaît.

— Bien sûr que non, ce sera aussi notre secret.

Peter se calma peu à peu et relâcha son étreinte.

— Là, dehors, j'ai vu quelque chose de blanc. Je ne sais pas ce que c'était. Ça n'a pas duré. Ça n'a fait que passer.

— Est-ce que tu sais ce que ça pouvait être ?

— Non, mais ça pouvait parler.

Sifkovits supposa que Peter avait aperçu la victime, Anna Jusic, dans sa robe de mariée, par l'interstice de la fenêtre. Il était sans doute également le dernier à l'avoir vue, en dehors du meurtrier, même si cela n'avait duré qu'un instant.

— Qu'est-ce que la chose blanche a dit, Peter ? Est-ce que tu te rappelles ?

— Presque pas, j'ai dû refermer tout de suite, sinon je me serais fait gronder.

Sifkovits comprit que ce n'était pas le moment de faire pression sur Peter.

— Ça ne fait rien. Je repasserai. D'ici là, tu t'en souviendras peut-être.

Peter hocha la tête et fit signe qu'il devait retourner à la cuisine.

Sifkovits s'attarda encore quelques instants dans la cour.

— Alors ? Tu as découvert quelque chose ? demanda Mikowits à sa vieille connaissance, qui était sur le point d'avaler sa dernière gorgée de tisane.

— Écoute-moi, Miko. Dans un petit moment, quelques personnes en combinaison blanche vont arriver dans ton restaurant. Mais il ne faut pas t'inquiéter. Elles vont examiner ta cour. Puis elles repartiront rapidement. Laisse-les faire leur travail, ne sors pas et donne la même consigne à tes clients, d'accord ?

Mikowits parut contrarié.

— Est-ce que ça veut dire qu'ils vont transformer ma cour en porcherie ?

— Tu crois vraiment que l'on remarquera la différence ?

Mikowits dut admettre que Sifkovits avait raison.

— Est-ce que je suis soupçonné ? Je n'ai pas bougé de la salle, mes employés peuvent en témoigner !

Une expression de colère et de peur mêlées apparut sur le visage de Mikowits, ce qui arrive fréquemment chez les personnes liées à un meurtre.

— Et quel serait ton motif ? demanda le commissaire à l'aubergiste qui, pour toute réponse, haussa les épaules. Tu vois bien ! Calme-toi, nettoie tes verres et offre-toi un autre Fernet. Si tu coopères, tout sera sans doute terminé dans quelques jours.

— Et si ce n'est pas le cas ?! aboya Mikowits.

— Alors, je reviendrai. Merci pour le miel et l'eau. Salut !

Sifkovits venait de poser la main droite sur la poignée de la porte lorsque Peter, très énervé, jaillit de la cuisine et se mit à beugler sans interruption : « Monika Maier. Monika Maier… »

Autant ces paroles demeurèrent incompréhensibles pour Mikowits, autant Sifkovits comprit aussitôt leur signification. Peter s'était souvenu de quelque chose…

— Peter, je t'ai dit que tu étais l'assistant du shérif ? Non ! Tu es le shérif. Merci.

Puis le commissaire posa son index à la verticale sur ses lèvres. Peter sut immédiatement ce que ce geste voulait dire. C'était leur secret.

Peu de temps après, une Peugeot 206 verte s'éloigna en couinant d'Unterlimbach en direction de Stinatz.

6

Barbara Sifkovits, surnommée Baba, enfila d'épais gants de cuisine pour ne pas se brûler en ouvrant le four de sa cuisinière à bois hors d'âge. Elle en sortit une tôle de cuisson sur laquelle trônait un strudel aux pommes de terre somptueusement parfumé, qu'elle posa sur un dessous de plat en liège sur la table de la cuisine, recouverte d'une nappe protégée par un plastique.

Sa maison n'était pas particulièrement grande. Elle se composait de trois pièces disposées en enfilade ainsi que d'une cuisine et d'une salle de bains. La porte d'entrée donnait directement sur la cuisine. Le salon se trouvait sur la gauche, du côté de la rue principale, et la chambre des enfants sur la droite, après la chambre à coucher parentale et la salle de bains. Toute la maison était chauffée par des poêles. Seule la salle de bains n'en possédait pas, et il y faisait très froid en hiver. Baba conseillait volontiers de laisser la porte de la chambre ouverte, afin qu'elle se réchauffe suffisamment. Pour se rendre aux toilettes, cela était hors de question, en revanche. La chambre des enfants, dans laquelle il n'y avait plus d'enfants depuis longtemps, servait désormais à stocker de la nourriture, parce que le cellier se trouvait à l'extérieur, dans une pièce isolée.

La maison de Baba était une maison d'agriculteur traditionnelle donnant sur la rue principale, comme il y en avait beaucoup à Stinatz. À vrai dire, l'existence d'une petite buanderie aurait été utile. Sa toiture était ornée de tuiles rouge vif, qui paraissaient toutes neuves.

Une grande porte en bois située sur la rue principale permettait d'accéder à la cour. Le cellier se trouvait sur la gauche, juste avant l'accès au caveau à légumes. Lorsque l'on quittait l'espace couvert de l'entrée, il fallait gravir deux petites marches sur la gauche pour accéder à la porte d'entrée. Une galerie couverte sur laquelle le temps avait laissé ses marques reliait l'entrée à l'extrémité bétonnée de la cour. Au bout, une autre porte conduisait à la chambre des enfants. Celle-ci avait été installée lorsque les enfants avaient grandi, pour éviter qu'ils ne passent par la chambre de leurs parents après les soirées bien arrosées. Ils possédaient donc leur propre clé. Malgré cela, Baba guettait le moment où ils se glissaient dans leur chambre pour leur demander s'ils n'avaient pas encore une petite faim.

Naturellement, cette proposition était un prétexte. Si les enfants répondaient par l'affirmative, ils faisaient alors l'objet d'un feu nourri de questions jusqu'au moment où ils allaient se coucher. Baba voulait savoir où ils étaient allés, qui était présent et s'ils avaient fumé. Parfois, elle les questionnait aussi sur les vêtements et l'apparence de certains habitants du village. La plupart du temps, les enfants ne répondaient pas. D'ailleurs, cela était souvent inutile, car Baba fournissait elle-même les réponses. « La Trixi devait avoir mis une tonne de rouge à lèvres !? » « La Heike s'est dégoté un nouveau chéri, non !? » « Le Fredi a encore dû repartir en voiture !? » « Est-ce que la Andrea a encore fait des papouilles en public ? » « Le Andi s'est certainement encore battu !? » Et ainsi de suite. Extérieurement, Baba pouvait donner l'impression d'être une commère. « C'est vrai, mais les autres “bonnes femmes” (le nom qu'elle donnait aux autres femmes du village) répandent encore plus de commérages que moi », se défendait-elle toujours contre ce type d'accusations.

Stinatz est un village autrichien typique, bâti autour d'un axe unique, dans lequel la vie, notamment en été, se déroule dans la rue. Durant la semaine, le lieu est plutôt calme, car beaucoup d'habitants travaillent ailleurs, généralement à Vienne, mais en fin de semaine, il s'éveille. Les habitants se rendent alors volontiers dans l'une des cinq auberges – un nombre élevé pour un village d'à peine 1 300 habitants. Dans au moins quatre d'entre elles, un téléviseur qui reste allumé toute la nuit trône au-dessus du crucifix. Il en était déjà ainsi dans les années 1950. On pourrait presque penser que le temps s'est figé, à Stinatz. Mais le fait que trois de ces téléviseurs au moins possèdent un écran LED ébranle quelque peu cette théorie. Les jeunes gens, en fin de semaine, préfèrent quant à eux fréquenter les discothèques environnantes que de traîner avec les « vieux » à l'auberge, mais certaines choses ne changent jamais : au village, il est de bon ton de commander un cocktail, et non un Spritzer[1] ; le Bacardi Cola reste une boisson à la mode ; et plus de soixante pour cent des habitants se considèrent comme Croates et parlent quotidiennement le croate. Chez les plus anciens, il est encore d'usage de ne pas verrouiller sa voiture ni sa porte. Dans la plupart des voitures, la clé reste sur le contact.

Le village est en outre connu de nombreux artistes. C'est le cas des frères Resetarits, qui en sont originaires, ou de cet humoriste[2] qui se bat pour l'aménagement d'une piscine depuis des années. Et pour l'anecdote, il y a davantage d'amateurs des Rolling Stones que des Beatles à Stinatz.

À propos de l'endroit, Lukas Resetarits a un jour déclaré qu'il ne savait pas pourquoi il possédait une

1. Boisson composée à 50 % de vin et à 50 % de soda ou d'eau minérale.
2. L'auteur lui-même.

telle énergie, et que cela était probablement dû à l'existence d'une source souterraine.

Lorsque le commissaire Sifkovits pénétra dans la cuisine, sa mère était en train de découper le strudel en parts gigantesques. Occupée à en déposer deux morceaux sur une assiette ornée d'une scène rurale, elle ne lui jeta pas un regard.

— Il faut donc que quelqu'un meure pour que tu viennes ici, lui dit-elle en s'adressant à lui en croate.

— Maman, je suis venu il n'y a pas longtemps. À Noël, répondit-il également en croate. Mince, cela fait tout de même six mois ! C'est fou comme le temps passe vite.

Il s'assit à table.

— Le strudel a l'air délicieux !

Il en saisit un morceau à la main et se brûla les doigts.

— Aïe, il est brûlant.

— Que croyais-tu ? Je viens de le préparer. Prends des couverts.

Les mères restent des mères.

— Carina ne te prépare jamais de plats comme celui-ci ?

Il y avait un soupçon de reproche dans sa voix.

— Non, elle n'a pas le temps. Elle est au Kenya, en ce moment.

Sifkovits paraissait se régaler.

— Ah oui, la médecine humanitaire… Elle ferait mieux d'exercer ici. Nos médecins meurent tous subitement.

Elle lui tendit un journal sur lequel figurait le titre « Lorsque le médecin de campagne ne passe plus ». L'en-tête du journal était orné d'une couronne.

— Tu sais maman, c'est important, ce qu'elle fait là-bas.

Sifkovits s'efforça d'orienter la conversation sur un autre sujet.

— Le toit est superbe.

— N'est-ce pas ? Freco a fait de l'excellent travail. Il serait heureux de te voir, maintenant que tu es là.

Sifkovits avait eu l'intention de limiter la conversation au toit, mais il avait encore échoué.

— Tu devrais également rendre visite à David. Sa tâche de pasteur est plutôt lourde. Il est responsable de trois paroisses, et puis il y a tous les enterrements. En été, les vieux meurent comme des mouches. Ta sœur aussi sera contente, si tu vas la voir. Prends-en encore un morceau, sauf si tu n'aimes pas ça.

Sifkovits tenta de ralentir le flot de paroles de sa mère.

— Arrête, maman. Je ne suis pas là pour mon plaisir. Je dois enquêter.

Il s'empara d'une autre part de strudel sur la grande tôle de cuisson.

— Anna était une fille si gentille. Courageuse. Elle assistait à la première messe tous les dimanches. C'était un si beau mariage. Vraiment festif, et David a eu des paroles magnifiques. Dire que quelque chose d'aussi affreux puisse se passer ici…

— Non, tu sais, elle a sans doute été tuée à Stegersbach.

Ce commentaire sembla n'avoir aucun effet sur Baba.

— Le jour de son mariage, est-ce que tu peux imaginer quelque chose de plus terrible ?

Elle vint s'asseoir près de son fils.

— Est-ce que tu es allé sur la tombe de papa ?

Sifkovits fit mine de ne pas avoir entendu.

— Donc tu n'y es pas allé.

— J'irai. Promis. Je dois d'abord interroger quelques témoins.

— Et qui vas-tu interroger ?

— La famille, le veuf…

Baba secoua la tête et lui coupa la parole.

— Aujourd'hui ?! Tu ne peux pas faire ça ! Anna n'est pas encore enterrée et tu veux déjà parler à ses proches ? Tu ne crois pas qu'ils devraient vivre leur deuil en paix ?

— Maman, je ne le fais pas par méchanceté, mais parce que je veux retrouver rapidement le meurtrier. C'est pour cela qu'il faut que je leur parle. Sais-tu qui était présent pour l'enlèvement traditionnel de la mariée ?

Elle lui cita quatre noms, et son fils lui promit qu'il interrogerait d'abord ces témoins et qu'il attendrait le lendemain avant d'aller voir les proches de la victime. Baba se déclara satisfaite.

Entre-temps, le strudel avait refroidi, et Mme Sifkovits s'autorisa à prélever un petit morceau de sa croûte. Cela permit de constater que le plat n'était pas de ceux qui sont allégés en matières grasses. Elle porta de ses doigts huileux le morceau à sa bouche.

— Alors ? Est-ce que tu soupçonnes déjà quelqu'un ?

— Maman, je viens à peine de m'y mettre ! Une enquête ne se résout pas du jour au lendemain.

Baba se leva et entreposa quelques morceaux de strudel dans une boîte en plastique.

— J'espère que ce n'est pas quelqu'un d'ici, sinon nous sommes les prochains sur la liste.

Puis elle se dirigea vers la porte avec le récipient.

— Où vas-tu ? l'appela Sifkovits.

— Dehors, sur le banc, avec les autres. Termine, et rejoins-nous.

Sifkovits savait ce que cela signifiait. Il prit tout son temps pour manger, afin de ne pas éprouver trop vite une sensation de satiété.

Le soleil était situé de telle façon que l'un des côtés de la rue principale de Stinatz était plongé dans une ombre bienfaisante. En face de la maison de Baba, trois femmes d'âge mûr étaient assises sur un banc en bois bleu devant une maison qui ressemblait beaucoup à celle de la mère de Sifkovits. Cette dernière était assise au centre avec, à sa droite, Hilda Resetarits – qui avait un peu plus de 80 ans – et, à sa gauche, Resl Grandits, la plus jeune et la plus ronde des Golden Girls. Juste à leur droite se dressait une petite épicerie devant laquelle son propriétaire, Franz Maikits, balayait stoïquement le trottoir. Il avait repris la boutique de ses parents. Sifkovits et lui avaient fréquenté la même école et se connaissaient depuis leur enfance.

Grâce au précieux soutien de l'épicier, les trois femmes en savaient autant sur chacun que Facebook, Google et Amazon réunis. Pour propager une rumeur, il n'y avait qu'une seule adresse. Les trois femmes avaient non seulement en commun leur talent pour raconter des histoires dramatiques, mais aussi le fait qu'elles étaient toutes veuves. Elles étaient souvent vêtues de noir et portaient également un foulard noir. Elles étaient donc affectueusement qualifiées de « gang des commères au foulard ». Maikits était en quelque sorte le *consigliere* des vieilles dames.

Lorsque Sifkovits sortit dans la rue par la grande porte en bois, les trois femmes l'attendaient déjà impatiemment. Maikits lui fit signe de traverser pour se joindre au groupe. Que pouvait-il faire ?

Se conformer aux exigences du gang faisait partie du *game*. De plus, Sifkovits se dit que les vieilles dames pourraient lui être utiles.

Maikits l'étreignit avec fougue. Il le serra si fort contre lui qu'il songea un moment à l'étreinte de Peter, à Unterlimbach.

— Tu as l'air en forme, mon ami ! Et la prochaine fois, viens nous voir dans des circonstances plus agréables !

Maikits ne laissa planer aucun doute sur le fait qu'il s'agissait d'un ordre. Le comité d'accueil prit rapidement le relais. Mme Resetarits parla la première.

— Bonjour, salut à toi. Cela fait longtemps que tu n'es pas venu. Tu avais certainement beaucoup à faire, avec ton métier de policier, hein ? Jésus, Marie, tu es devenu bel homme.

Sifkovits ne savait comment répondre à la vieille femme, mais cela s'avéra inutile.

— Comment va ta femme ? Est-ce qu'elle est encore partie en mission humanitaire ? Nous aussi, nous aurions besoin de quelques bons médecins, tu sais, le vieux Polzhofer a du diabète, et maintenant, il n'ose plus prescrire. Tu pourras peut-être demander à ta femme si elle ne veut pas reprendre le poste. Est-ce qu'elle est encore partie au Soudan ?

Mme Grandits intervint aussitôt.

— Allons, Hilda, ce n'est pas au Soudan, c'est au Nigéria.

— Au Kenya, rectifia Sifkovits.

— Ah oui, c'est exact, au Kenya. Quelque part en bas, ma foi, dans un endroit où il y a des crocodiles. Tous les noms se ressemblent.

Mme Resetarits reprit aussitôt les rênes de la discussion.

— Ah, ce qui s'est passé est tellement affreux. Anna était une fille si courageuse…

Cette fois, Maikits prit le relais.

— C'est vrai. Et elle allait tous les dimanches à la première messe.

— Comment le sais-tu ? De toute ta vie, tu n'es jamais allé à la première messe, rétorqua la mère de Sifkovits.

— C'est ce que j'ai entendu dire.

Mme Resetarits mit son grain de sel.

— Et elle a toujours beaucoup cuisiné pour Robert, le marié. Mon Dieu, cela doit être affreux, pour lui. Il n'a été marié que quelques heures et doit affronter un coup du sort pareil.

— Ce que tu dis est vrai, Hilda, ajouta Mme Grandits. Robert me l'a aussi raconté, juste après la messe de résurrection à Pâques, qu'elle cuisinait souvent pour lui. Il avait d'ailleurs beaucoup grossi, ces derniers mois. Sans doute à cause des bons petits plats.

Sifkovits tournait la tête d'un côté à l'autre comme s'il était en train d'assister à un match de ping-pong ultra rapide.

— Elle était originaire de Croatie, de Zadar ou quelque chose comme ça, et là-bas, ils font de la bonne cuisine, commenta la mère de Sifkovits.

— Non, je ne crois pas, répondit Mme Grandits. Elle parlait peut-être le croate, mais d'après son accent, elle paraissait être bosniaque.

— Après tout, ces pays n'en formaient qu'un seul, autrefois.

Au beau milieu de cette discussion passionnée, Mme Grandits posa une question à Sifkovits, ce qui lui permit d'échapper brièvement au match de ping-pong.

— Veux-tu encore une part de strudel ? Prends-en. Ta maman fait le meilleur strudel aux pommes de terre de tout le Burgenland.

— Non, merci. J'ai déjà bien mangé.

Une voiture passa. Tous saluèrent amicalement les passagers. Les membres du gang des commères au foulard étaient certaines que Georg, le conducteur, souffrait de la hanche depuis un an. Sans doute parce qu'il jouait trop au tennis. Il ne vivait d'ailleurs que pour le sport, une passion qui faisait souffrir non seulement sa femme, mais également ses enfants.

Maikits abattit sa main droite sous son bras gauche.

— Ces crétins de moustique ! Ils m'adorent.

— Oui, parce que ton sang est très sucré !

Le commentaire de Baba fit rire les autres femmes.

— Chaque fois que les moustiques se dirigent vers Maikits, ils crient à voix haute : « Le buffet est ouvert ! »

Elles rirent de nouveau de bon cœur. Mme Resetarits surenchérit.

— Et lorsque Maikits était à l'auberge tout à l'heure, ils ont pu s'enivrer gratuitement.

— Ou alors ils ont eu un pic de glycémie, parce qu'il ne boit que du Spritzer à la pêche.

Sifkovits, qui ne put s'empêcher de rire également, se souvint que l'épicier aimait déjà cette boisson lorsqu'il était jeune. Pour faire cesser les plaisanteries, Maikits orienta la conversation sur un sujet qui ne prêtait pas à rire.

— Pour moi, le marié est coupable !

La bonne humeur retomba aussitôt.

— Qu'est-ce que tu racontes comme bêtises, Maikits ? lança Baba.

— Ce ne sont pas des bêtises. Robert avait une bonne raison…

Sifkovits dressa l'oreille.

— Laquelle ?

— Chez Richard – tu connais Richard, Schiffi, le père de Robert, le président de la Landesbank –, Anna avait trouvé un foyer sûr, avec de l'argent, une grande maison. Et par la suite, elle a trompé Robert. Il s'est vengé.

Un silence absolu succéda brièvement à la théorie invraisemblable émise par Maikits.

— Hein ? Et ensuite il tuerait sa propre femme le jour de son mariage ? Pendant son enlèvement ? Il n'a pas bougé du presbytère.

Sifkovits trouva que les propos de Mme Resetarits avaient une certaine logique.

— Hilda, comment le sais-tu ? À cette heure-là, tu étais partie te coucher depuis longtemps, rétorqua Maikits.

— Le marié n'est jamais présent lors de l'enlèvement de la mariée. Comment aurait-il pu agir ? fut-il répondu à Maikits.

Le soleil de l'après-midi projetait des ombres si longues qu'elles couvraient presque toute la rue principale. Cependant, la chaleur était toujours palpable. Maikits partit chercher une bouteille de bière fraîche dans sa boutique et l'offrit à Sifkovits. Celui-ci déclina la proposition, mais demanda s'il pouvait avoir de l'eau bouillante. Malheureusement, Maikits ne disposait pas d'une bouilloire, il ne pouvait prélever de l'eau chaude qu'au robinet. Le commissaire se contenta d'eau fraîche. C'est Mme Resetarits qui but la bière.

Sifkovits remercia l'assistance et Maikits pour les nombreuses informations qu'il avait obtenues. Il allait interroger les personnes qui avaient organisé l'enlèvement, pour en savoir plus au sujet du déroulement de la soirée. Une madame Resetarits légèrement éméchée assura au commissaire qu'elles seraient toujours là pour lui s'il avait besoin d'aide. Sifkovits lui en fut reconnaissant. Il prit congé et se dirigea vers le nord. Il savait où se rendre. Au bout d'une trentaine de mètres, cependant, il se retourna.

— J'ai oublié de vous poser une question. Le nom de Monika Maier vous dit-il quelque chose ?

Les femmes secouèrent collectivement la tête en signe de dénégation.

— Mais nous allons trouver, affirma une madame Resetarits toujours plus éméchée.

Lorsque Sifkovits eut disparu derrière les maisons, Baba rompit le silence songeur qui s'était installé.

— Et si c'était Richard qui l'avait tuée ? Rappelez-vous, il n'a jamais accepté Anna. Il voulait toujours mieux pour son fils, et avant tout pour lui-même. Lorsque tu es directeur de la Landesbank et responsable de l'association des chasseurs, si ta future belle-fille est femme de ménage et, si, de surcroît, elle n'est pas autrichienne, cela n'est peut-être pas bon pour ta réputation. Surtout dans ce genre de milieu.

Le groupe réfléchit brièvement à la théorie de Baba, à l'exception de Mme Resetarits, qui s'était endormie entre-temps.

— Mais est-ce une raison pour la tuer ? demanda Mme Grandits, dont la question était légitime.

— Elle a peut-être découvert quelque chose concernant les activités de Richard.

— Baba, est-ce que tu penses à ses liens avec le docteur Farkas ?

Baba hocha la tête.

— Oui, c'est possible, ajouta Mme Grandits.

Le docteur Farkas avait par le passé fait l'objet d'une procédure judiciaire pour détournement de fonds, mais il avait été acquitté.

— Qu'en penses-tu, Hilda ?

Baba donna un petit coup à la femme qui s'était endormie. Celle-ci ouvrit aussitôt les yeux.

— Oui. C'est on ne peut plus vrai !!

Puis elle se rendormit instantanément.

L'interrogatoire des personnes qui avaient participé à l'enlèvement de la mariée n'apprit malheureusement pas grand-chose au commissaire. Il ne fit que confirmer sa supposition, à savoir que la victime possédait un portable qu'elle avait emporté, ce soir-là. Tous étaient arrivés à l'auberge Zum Goldenen Hirsch peu après 11 heures, l'ambiance était festive, puis la mariée s'était rendue aux toilettes, mais n'était jamais revenue. Une des personnes du groupe était allée la chercher, l'avait appelée à plusieurs reprises, mais n'avait pas obtenu de réponse. Un coup de fil avait ensuite été passé à Stinatz, où au bout d'une demi-heure, les convives étaient retournés. Les autorités avaient été prévenues vers une heure du matin.

Sifkovits nota le numéro de portable de la mariée. L'appel qu'il passa ensuite se révéla inutile. Le téléphone était éteint.

Il passa un bref coup de fil à l'Office régional de police criminelle d'Eisenstadt, ce qui lui permit de convaincre son supérieur hiérarchique qu'il devait passer la nuit à Stinatz, puis s'installa à la table de la cuisine de sa mère et mangea le reste du strudel aux pommes de terre. Le lendemain, il y aurait du rôti de porc.

Sa mère avait débarrassé autant que possible la chambre des enfants des provisions qui l'encombraient. Sifkovits s'était couché vers 22 heures et s'était aussitôt endormi. Mais à ce moment-là, il ne savait pas encore que la nuit serait courte. À exactement 1 h 37, il fut tiré de son sommeil parce qu'il y avait un autre cadavre.

7

Sifkovits, debout devant l'épave, passa la main sous sa casquette pour se gratter la tête. Robert était mort sur le coup et des analyses avaient montré qu'il avait 2,4 grammes d'alcool dans le sang. D'après des témoins, il avait passé toute la soirée à l'auberge Stinatzerhof, et avait bu liqueur de fruits sur liqueur de fruits. Katrin, l'aubergiste, avait tenté plusieurs fois de s'emparer des clés de sa voiture, mais Robert avait réagi agressivement. Il était resté blotti toute la soirée au fond de la salle, près du vieux juke-box et n'avait cessé d'appuyer sur le numéro A7 de l'appareil. Il s'agissait du tube de Roy Black intitulé *Wahnsinn*. « Folie, que de t'aimer aussi impitoyablement. Folie, que de te considérer comme une part de moi. Folie, cette peur de te perdre. Folie, car à cause de cela tu partiras un jour. »

Lorsque Robert avait voulu quitter l'auberge, quelques clients étaient parvenus à lui enlever ses clés de voiture. Mais aucun ne savait qu'il avait un double dans la poche de son pantalon.

Il y avait déjà une croix à l'endroit où Robert était décédé. Il faudrait désormais en installer une deuxième. Le virage était sans conteste très dangereux. Il se trouvait légèrement à l'extérieur du village, de sorte qu'en parvenant à cet endroit, la plupart des conducteurs avaient déjà accéléré. Sur le bas-côté de la route se dressait un gigantesque poirier. Robert n'avait eu aucune chance de s'en sortir.

Lorsque Sifkovits rentra vers 3 heures du matin, sa mère était encore réveillée. Comme autrefois, elle lui prépara des œufs brouillés au saindoux dont il ne mangea que la moitié.

— Mon Dieu, quelle tragédie !

À ces mots, sa mère se retira dans sa chambre.

Sifkovits passa par la cour pour rejoindre sa propre chambre. Le lendemain, des tâches très désagréables l'attendaient. Il devait d'abord se rendre au service de médecine légale à Oberwart, puis interroger les proches de la victime. Il aimait son travail, mais il était difficile de s'habituer à ce genre de choses.

8

— Que cherchez-vous ? demanda la femme fringante installée derrière le guichet vitré.

— Le service de médecine légale. Je suis le commissaire Sifkovits. J'ai rendez-vous avec le docteur…

Il chercha désespérément le petit calepin dans lequel il avait noté le nom du médecin légiste.

— Pourriez-vous vous dépêcher ?

La femme était manifestement pressée, même si elle passait toute la journée assise derrière la vitre. Sifkovits dénicha enfin son calepin.

— Voilà : docteur Miksch.

— Puis-je voir votre carte ?

Elle ne laissa d'autre choix à Sifkovits.

— Je reviens dans dix minutes…

Évidemment, il l'avait laissée dans la boîte à gants.

Après avoir subi un sermon interminable sur le fait que la photo de sa carte de police était à peine visible, il put enfin rejoindre le docteur Miksch.

Miksch ressemblait aux médecins légistes que l'on voit à la télévision : pâle, un peu étrange, prononçant souvent des plaisanteries macabres.

— Comme je le soupçonnais, commissaire, ce ne sont pas les lames de la moissonneuse-batteuse qui ont tué la victime, mais le coup qu'elle a reçu sur la tête, et en particulier dans la nuque. L'arme du crime est très certainement un objet métallique lourd, difficile à identifier avec précision. Je dirais que l'on en trouve sur tous les chantiers. En me basant sur l'état du cadavre, je peux situer le moment du décès entre 22 heures et minuit samedi dernier.

Sifkovits en déduisit qu'elle avait vraisemblablement été tuée au moment de l'enlèvement traditionnel.

— Le meurtrier ou la meurtrière a frappé avec une grande force. Une vertèbre cervicale a été brisée. Elle est morte sur le coup.

— Si la personne qui a commis le crime avait de la force, il s'agissait sans doute d'un homme ? demanda le commissaire. Ou alors d'une adepte du bodybuilding ?

Miksch éclata d'un rire si sonore que celui-ci résonna dans la pièce inhospitalière aux murs nus.

— Plus sérieusement, je pense qu'il s'agissait effectivement d'un homme. Le corps ne présente aucune trace de lutte.

— Elle devait probablement connaître l'auteur du crime.

— Je ferais la même déduction, commissaire.

Sifkovits pressa une main contre sa bouche.

— Elle a sans doute été assassinée dans la cour de l'auberge Zum Goldenen Hirsch, puis le meurtrier a dû transporter le cadavre à Stegersbach. Pendant mon trajet jusqu'ici, j'ai reçu un appel du service d'anthropométrie, qui a mentionné qu'une petite perle avait été retrouvée dans l'abri à bois, sur place, et que celle-ci provenait du voile de la mariée. Le meurtrier doit avoir traîné la victime par la porte de derrière, et la perle a dû se détacher à ce moment-là.

Sifkovits semblait incommodé par la présence de la victime. Cela, d'autant plus qu'il n'était que 7 heures du matin environ.

— Merci, docteur.

Beaucoup de questions se bousculaient dans l'esprit du commissaire : quelqu'un avait-il aperçu la voiture à cette heure tardive ? Et si oui, de quelle marque était-elle, ou quelqu'un avait-il vu sa plaque ? Pourquoi le corps avait-il été déposé dans le champ ? Où se trouvait l'arme du crime ? Qu'était devenu le téléphone portable ? La victime avait-elle échangé avec le meurtrier avant son assassinat ? Et à quel propos ? Pourquoi le meurtre avait-il eu lieu le jour du mariage ? Le meurtrier connaissait-il l'endroit où allait avoir lieu le pseudo-enlèvement ? L'acte avait-il été prémédité ? Sifkovits salua son interlocuteur d'un signe de tête et se dirigea vers la porte.

— Commissaire, un autre détail important : la mariée était enceinte de huit semaines.

9

La Peugeot verte pénétra sur le chantier de Stegersbach. Un bel homme était en train de descendre d'une Skoda Citygo d'un jaune criard. Le modèle était minuscule et portait malgré tout le nom de voiture. Il claqua la portière tout en s'emparant de son portable.

Quatre superbes maisons mitoyennes allaient bientôt s'élever sur le chantier. Sifkovits imagina des barbecues entre voisins, des hommes transformant leurs caves en ateliers, des restes de tartes offerts aux voisins par-dessus la clôture – une harmonie sans faille. Jusqu'à ce qu'un voisin, qui avait toujours été un peu bizarre, perturbe ce bel équilibre. « Les fleurs sont trop près de mon terrain ! Le pommier me gâche la vue ! Ton fils ne me dit pas bonjour ! Tes enfants sont-ils obligés de mettre la musique aussi fort ? Vos invités se sont garés sur mon terrain… » Et rapidement, les barbecues communs laisseraient place à des procédures collectives.

Freco Horvat, âgé d'une quarantaine d'années, mince et bronzé, se tenait debout sur le chantier, son portable vissé à l'oreille. Sifkovits le vit gesticuler en tous sens, ce qui montrait bien que son vieux camarade d'école était le maître des lieux. Lorsque Freco aperçut la Peugeot verte, il mit aussitôt fin à sa conversation et se dirigea vers Sifkovits.

— Salut, Schiffi. Comment vas-tu ? J'ai entendu dire que tu étais dans les parages.

— Salut, Freco. Malheureusement, je ne suis pas là pour le plaisir.

Sifkovits sortit de la voiture et les deux anciens camarades d'école s'étreignirent.

— Tu as l'air en forme, affirma Sifkovits.

— Merci, je fais un peu de sport, lorsque le travail me le permet. Qu'est-ce qui t'amène ?

— Es-tu au courant de ce qui s'est passé ?

— Oui ! Qui ne l'est pas ? Nous sommes tous sous le choc. Et avec ce qui est arrivé hier à Robert… Est-ce qu'une famille doit réellement endurer tout ça ?

— Est-ce que tu connaissais les victimes ? s'enquit Sifkovits.

— Je connaissais mieux Robert, comme on se connaît dans un village, ma foi. Quant à elle, elle ne vivait que depuis un an à Stinatz. Elle paraissait très gentille, mais nos conversations restaient plutôt superficielles : le temps, la cuisine, si elle se plaisait ici. Elle ne parlait pas volontiers de son pays d'origine. Elle avait dû être témoin de beaucoup de choses difficiles, pendant les guerres de Yougoslavie…

Freco déclara qu'il valait mieux continuer à discuter dans son bureau, aménagé dans un container. Ses employés n'avaient pas besoin de connaître la teneur de leur conversation, et il voulait éviter que des rumeurs ne se répandent. Il n'avait sans doute pas tort.

Le bureau de Freco était dénué de charme. Il était évident que ce n'était pas un lieu de vie, mais une pièce de travail. Sur le bureau de fortune étaient étalés une multitude de plans de construction, à côté d'un petit carnet, tout près d'une photo de son épouse Patricia. Sifkovits déclina le café proposé par son ami. Il se vit également proposer de l'eau chaude, mais il n'y avait pas de miel.

— La Skoda jaune, c'est à toi ? demanda Sifkovits avec incrédulité.

Depuis que Freco avait son permis, il avait toujours conduit des Volkswagen. Il avait commencé par une Polo puis avait fini par le haut de gamme, avec un Touareg.

— Tu es dingue ! C'est le modèle prêté par Wagner, le garagiste. Ma Volkswagen a un problème électronique. Le voyant STOP s'est allumé brusquement. Puis ça s'est arrêté. Puis c'est revenu. De toute façon, ce n'est peut-être rien, mais il vaut mieux faire un contrôle. Je la récupère cet après-midi.

Freco rejeta un appel.

— Cette voiture a le droit de sortir seule ? Ou bien est-ce qu'elle a une autorisation parentale ?

La remarque de Sifkovits fit sourire Freco.

— Tu peux parler, avec ton détecteur de mines français… Tu connais sa réputation : la Peugeot rouille déjà sur le prospectus.

Cette fois, ce fut Sifkovits qui sourit. Il évita de mentionner la question de la vignette.

— Mais tu n'es pas venu me parler de voitures, je suppose ?

— Sais-tu que le cadavre a été déposé dans un champ juste à côté ?

Freco hocha la tête.

— Tu n'as rien remarqué d'anormal ?

— Non. Le samedi, il n'y a personne, à cette heure tardive.

Le commissaire se rendit compte qu'il s'agissait d'une question stupide.

— Nous n'arrivons que le lundi matin de bonne heure. Parfois, nos deux Hongrois sont là dès le dimanche soir, parce qu'ils aiment bien boire un petit coup ici. Cela leur coûte moins cher qu'à l'auberge, et ils chipent quelques petites choses pour les envoyer chez eux – mais je ferme les yeux.

— Comment s'est passé le mariage ?

— Ma foi, comme tous les mariages croates. Beaucoup d'alcool, beaucoup de monde. C'était une cérémonie très festive. David a fait un beau discours. Es-tu déjà passé le voir ?

Sifkovits secoua la tête en signe de dénégation.

— Nous n'avons vraiment rien remarqué d'anormal. Lorsque le groupe est revenu d'Unterlimbach, nous avons encore fouillé tout Stinatz. Au bout d'une heure, Patricia a appelé la police, parce que nous étions vraiment inquiets.

Sifkovits regarda par une petite fenêtre qui offrait une vue sur le chantier. Des ouvriers en sueur, torse nu pour certains, étaient en train d'ériger un futur paradis familial et son petit coin de nature.

— Anna a été tuée à l'aide d'une lourde pièce métallique. Est-ce qu'elle pourrait provenir de ton chantier ?

— Schiffi, un chantier est plein de pièces métalliques. Pendant la nuit, n'importe qui peut entrer et emporter quelque chose. Nous ne pouvons pas le verrouiller. Nous avons un détecteur de mouvement, mais comment pourrait-on voir quelque chose, ici, sur cette hauteur, en pleine nuit ? Il y a toujours des objets qui disparaissent sur un chantier, c'est pourquoi nous commandons toujours un surplus de matériel.

Tout cela paraissait très logique aux yeux de Sifkovits.

— Je te remercie d'avoir aidé ma mère à refaire le toit.

— Pas de problème. Du reste, les tuiles provenaient aussi d'un surplus de différents chantiers. Nous commandons partout un peu plus de matériel que nécessaire, et le client ne remarque pas ce qui manque, une fois le chantier terminé. *Comprende* ?

— Quoi, tu veux dire que ma mère n'a rien payé ?

— Tu penses vraiment que je facturerais quelque chose à ta mère ? Elle a donné un beau pourboire aux deux Hongrois, et pour le reste, n'en parlons plus, OK ?

Freco Horvat n'avait sans aucun doute pas eu une enfance facile. Son père s'était éclipsé juste après sa naissance. Freco n'avait jamais eu de contact avec lui, et ne savait même pas s'il était encore en vie. Sa mère était morte d'un cancer du sein lorsqu'il avait eu 6 ans. Il avait été élevé par ses grands-parents.

Au fil des ans, la mère de Sifkovits était devenue comme une mère de substitution pour lui. Elle lui préparait souvent à manger des petits plats et s'était toujours montrée à l'écoute lorsque Freco avait eu des problèmes durant sa jeunesse. Il avait fréquenté un établissement fédéral d'enseignement supérieur technique, avait obtenu son diplôme puis fondé sa propre entreprise de construction.

Son courage et son ambition lui avaient permis de développer son entreprise au fil des ans. Les commandes affluaient aussi bien de tout le Burgenland que de la Styrie et de Vienne, où il gérait de gros chantiers. De la Polo au Touareg.

Sifkovits se dit qu'il s'entretiendrait avec les ouvriers hongrois pour savoir s'ils avaient remarqué quelque chose au cours de la nuit du meurtre.

— Passe nous voir, lorsque tu auras terminé ton service. Patricia sera très heureuse. Nous avons même de l'Uhudler, ce vin que tu aimes tant...

Il s'agissait de la seule boisson alcoolisée que s'autorisait Sifkovits de temps à autre. Avec modération, naturellement.

— Très volontiers, répondit Sikfovits à son ami avant de quitter le container en aluminium.

Freco avait déjà son portable plaqué contre son oreille lorsque la porte du container se rouvrit.

— Excuse-moi, encore une petite question.

Sifkovits se tenait dans l'encadrement de la porte.

— Oui ?

Freco éloigna son téléphone.

— Le nom de Monika Maier te dit-il quelque chose ?

— Il y a quelques Maier à Hackerberg, mais je ne crois pas qu'il y ait une Monika...

Hackerberg était un petit village proche de Stinatz.

— Ah, merci. Bon, je te laisse tranquille, maintenant ! À tout à l'heure !

Sifkovits adressa un petit signe de la main à Freco et referma la porte du container.

Freco avait entièrement raison. Le chantier était rempli de diverses pièces métalliques qui auraient toutes pu servir d'arme du crime. L'interrogatoire des deux Hongrois ne donna rien. Ils étaient bien arrivés sur place avant lundi, mais n'avaient rien remarqué de particulier.

Dix minutes plus tard, Sifkovits se tenait devant une femme en pleurs.

10

La villa de Judith et Richard Kirisits était située à l'entrée de Stinatz. Sa superficie devait être d'environ trois cents mètres carrés. Devant la maison était garé un tout-terrain tape-à-l'œil, un modèle Mercedes classe G. La voiture idéale pour un chasseur.

Le salon était décoré comme celui d'une demeure seigneuriale. Une grande quantité de trophées de chasse étaient accrochés au mur. Des meubles massifs alourdissaient la pièce. Le canapé Chippendale était en cuir rouge et sa présence était aussi imposante que celle de l'homme qui y était assis. La femme qui se trouvait à côté de lui ne cessait de sangloter. Sifkovits s'efforça d'adopter une expression compatissante.

— Votre maison est magnifique. Notamment vos meubles. J'aimerais avoir les mêmes, mais lorsqu'on est policier, il faut s'estimer heureux de pouvoir s'offrir des meubles Ikea… Votre maison est largement assez grande pour loger deux familles.

— Vous avez raison, nous l'avons voulue ainsi pour que les enfants puissent aussi y habiter ! Robert vivait à l'étage, avec sa future épouse.

Richard Kirisits, âgé d'environ 65 ans, était un homme de grande taille qui portait une moustache. Une personne de son statut social tolérait rarement un autre avis que le sien. Il s'agissait de l'un de ces hommes qui ne cessent jamais de travailler, excepté au moment de leur mort. Richard avait pour centres d'intérêt la chasse, sa réputation et avant tout l'argent.

Sa femme Judith, qui avait le même âge, était une femme au foyer typique. Il s'agissait d'une belle femme séduisante, extrêmement agréable, qui s'était accommodée de son destin. Dans cette génération, les divorces étaient rares. Les attributions de Judith Kirisits consistaient à tenir la maison, à cuisiner et à faire la lessive. Elle aimait collectionner les éléphants en verre, qui bayaient aux corneilles sur une étagère d'apparat. Celle-ci était époussetée tous les jours.

Comme Judith ne parvenait pas à retrouver son calme, son époux lui suggéra d'aller leur préparer une boisson dans la cuisine.

— Que puis-je vous proposer ? questionna une voix étranglée par l'émotion.

— Un peu d'eau chaude avec un soupçon de miel, j'ai de la tisane avec moi. Merci, madame Kirisits.

La femme disparut, le visage baigné de larmes.

— En s'occupant, elle pensera à autre chose. Ainsi, elle ne sera pas obligée de se confronter à un interrogatoire pénible, affirma Richard Kirisits.

— J'en suis affreusement désolé, monsieur Kirisits, mais nous essayons simplement de faire notre travail. Cela ne sera pas long.

— Naturellement, affirma-t-il avec autorité.

— Je sais que cela doit être très dur pour vous, monsieur Kirisits…

— Ah bon !? Qu'en savez-vous ? Avez-vous des enfants ?

Sifkovitz regretta sa rhétorique de policier.

— Vous avez raison, je n'en sais rien.

Les deux hommes restèrent silencieux un moment.

— Pour l'amour de Dieu, n'en parlons plus ! Que voulez-vous savoir ?

Sifkovits savait qu'il ne disposait pas de beaucoup de temps. Il posa donc tout de suite la question qui le préoccupait.

— Que pouvez-vous me dire sur la relation de votre fils avec votre belle-fille ?

— Vous savez certainement que je siège au comité directeur de la Landesbank ?

Évidemment, qui ne le sait pas ? songea Sifkovits.

— Robert était un excellent employé de banque. Bien entendu, grâce à mes relations, j'ai pu lui faciliter autant que possible l'entrée dans la vie professionnelle, mais il a bien appris le métier. Il possédait un talent et une perspicacité exemplaires en matière d'activités économiques. Il était non seulement intéressé par le débat politique, mais aussi par le bien-être de ses concitoyens. Il passait beaucoup de temps à Vienne pour compléter sa formation, et c'est là qu'il a rencontré, pour dire les choses telles qu'elles sont, cette femme de ménage. Elle travaillait dans un hôtel. Ne vous méprenez pas, cela n'est pas simplement à cause de cet emploi de sous-fifre... Je ne me suis jamais bien entendu avec Anna. Depuis qu'elle vivait chez nous, notre famille vivait des moments difficiles.

— Pourquoi ? voulut savoir Sifkovits.

— Parce qu'elle avait des idées saugrenues. Ils parlaient même de faire construire leur propre maison. Contre ma volonté. Dites-moi en quoi notre grande maison aurait servi à quelque chose, si les enfants partaient ? Il était prévu qu'ils restent ici.

— Je comprends. Aviez-vous peur de la solitude, dans une si grande maison ?

— Je n'ai fondamentalement peur de rien ni de personne, mais une maison à moitié vide n'est pas une bonne chose, ni pour la maison, ni pour ceux qui y restent. Il ne s'y passe plus rien, et elle manque de chaleur.

Mme Kirisits revint de la cuisine. Elle posa un pot fumant sur la table. Le miel était enroulé autour d'un bâton.

— Laisse-nous seuls, demanda Richard à sa femme.

Elle s'éloigna.

— Évidemment, je n'ai pas empêché mon fils d'agir à sa guise. Parce que vous savez, l'amour rend aveugle, puis il fait prendre des décisions irrationnelles. Vous connaissiez Robert ! Vous savez combien c'était un merveilleux garçon. Il avait du succès auprès des filles du coin… Et parmi elles, il y avait quelques candidates que je trouvais plus convenables et que j'aurais préféré avoir comme belles-filles. Des femmes de style, bien éduquées et de bonne famille.

Richard Kirisits baissa la tête.

— Et voilà que brusquement, le Seigneur le rappelle à lui. Mon garçon. À un endroit où un jeune homme a déjà perdu la vie.

Sifkovits comprit que l'homme allait bientôt lui donner congé. Il devait néanmoins lui poser une dernière question.

— Est-ce qu'ils envisageaient d'avoir des enfants ?

Richard leva le regard.

— Oui. Ils en avaient parlé. Heureusement, ils n'en ont pas eu. C'est la seule chose qui me console, durant ces heures difficiles. Imaginez, un enfant qui aurait perdu ses deux parents d'un coup…

Richard Kirisits ne savait donc rien de la grossesse de la belle-fille qu'il n'appréciait guère. Sifkovits prit en un éclair la décision de ne pas lui parler de l'enfant qu'elle portait.

— Quel drame, et puis la cérémonie devait être si belle…

Le commissaire ne savait pas si l'homme serait capable de supporter plus longtemps sa présence.

— Elle l'était, par instants. David a fait un beau prêche, même si je ne suis pas toujours d'accord avec lui. Cette ouverture de l'Église, ces débats indécents sur l'avortement… Seul Dieu a le droit de prendre la vie d'un être humain. Auparavant, ces questions ne se posaient pas. Autrefois, la paroisse était dirigée avec plus de fermeté. La fête consécutive a été l'épreuve la plus difficile, pour moi. Lorsque nous avons dîné à la table du presbytère, j'ai bien senti que quelques personnes qui ne m'apprécient pas me montraient du doigt. Regardez, la voilà assise là, maintenant ! Alors qu'on ne sait pas d'où elle vient… Qui connaît son passé ? Lorsque l'on a mon statut social, une belle-fille doit avoir une certaine image. Certes, elle s'occupait bien de mon fils, je ne peux le contester, elle lui faisait la cuisine, mais sa mentalité restait celle d'une paysanne tout droit sortie d'une province croate.

Richard Kirisits jeta un coup d'œil autour de lui pour s'assurer que son épouse se trouvait encore dans la cuisine. Puis il s'approcha de Sifkovits pour lui murmurer quelques mots à l'oreille.

— Le garçon s'est laissé détourner par la plus grande arme des femmes. Et celle-ci se trouve entre les jambes, monsieur Sifkovits.

Le commissaire n'aurait pas imaginé recevoir une telle confidence. Cet homme était réellement intimidant.

— Étiez-vous présent tout au long du mariage, ou bien vous êtes-vous absenté un moment, en dehors du fait d'être allé aux toilettes ?

Kirisits explosa.

— Pourquoi me posez-vous cette question ? Il est évident que je ne me suis pas absenté ! Il s'agissait tout de même du mariage de mon fils ! Et pour vous épargner une autre question stupide : mon épouse et mon fils ne se sont pas absentés non plus. Plus tard, tout le monde a pris part aux recherches.

— Je peux le comprendre… Ce qui me préoccupe, en revanche, et ensuite je ne vous ennuie plus, est de savoir pourquoi la police n'a été prévenue que si tardivement.

— Nous avons pensé que la disparition d'Anna faisait partie du scénario. Il semble qu'elle avait décidé de nous faire une surprise. Est-ce que vous en avez terminé !?

— Oui. Puis-je seulement jeter un bref coup d'œil à l'appartement du couple ?

— Un bref coup d'œil, j'insiste. Vous trouverez ensuite la sortie tout seul ! Au revoir.

Richard Kirisits se leva et sortit un verre à cognac d'un globe terrestre creux qui faisait office de bar.

L'appartement de l'étage était de style moderne. Beaucoup de verre, de meubles de designers futuristes, un univers immaculé, mais un peu froid. Sifkovits découvrit des photographies des jours heureux, des cœurs en pain d'épice portant la mention « *Ich liebe dich* », un vélo d'intérieur qui, étonnamment, ne servait pas de portemanteau, mais d'appareil de remise en forme. Un faire-part de mariage était posé sur la table de la cuisine. « Où tu iras, j'irai. Où tu demeureras, je demeurerai. Ton peuple sera mon peuple et ton Dieu sera mon Dieu ». Telle était la citation en lettres dorées qui figurait au-dessus de deux anneaux entrelacés. *Beaucoup de versets de la Bible sont des prophéties dramatiques*, songea Sifkovits. L'inscription « Le mariage d'Anna et de Robert » figurait à l'intérieur du faire-part. À côté étaient notés un numéro de téléphone, l'heure et le lieu de la cérémonie et la phrase : « Les invités peuvent participer à leur convenance à notre voyage de noces. »

Dans la chambre à coucher trônait un lit en bambou qui offrait un point de vue magnifique sur le ciel à travers la vitre panoramique du plafond. Dans l'une des prises électriques disposées à côté de la table de nuit en bambou était branché un chargeur d'iPhone. Sifkovits déduisit de la présence de petites pantoufles qu'il découvrit du même côté qu'il devait s'agir du chargeur du portable de la mariée. L'exploration du reste de l'appartement ne lui apprit rien.

Lorsqu'il redescendit l'escalier, Richard Kirisits était encore assis sur le canapé Chippendale. Le commissaire adressa un salut d'adieu à l'homme imposant, auquel ce dernier ne répondit pas.

— Pardon, monsieur Kirisits, encore une dernière question : la voiture garée devant la maison vous appartient-elle ? L'utilisez-vous pour la chasse ? Combien y a-t-il de place dans le coffre de votre Mercedes ?

— Bien sûr que la voiture m'appartient ! Il y a assez de place pour mon gibier, en tout cas ! lui répondit sèchement Richard Kirisits.

— C'est bien ce que je pensais. Au revoir.

Une fois arrivé près de la porte, Sifkovits se retourna une dernière fois.

— Le nom de Monika Maier… Vous dit-il quelque chose ?

— Non, je ne l'ai jamais entendu. Et maintenant, laissez-nous vivre notre deuil en paix, car je viens de me rendre compte que je connais votre supérieur hiérarchique.

Encore une fanfaronnade de plus, pensa Sifkovits en quittant les lieux.

— Pourquoi lui as-tu menti ? demanda Judith Kirisits en entrant dans le salon.

— Quoi ?

— Tu n'es pas resté en permanence avec nous.

— Qu'est-ce que tu racontes ?

— Après l'enlèvement d'Anna, tu es bien resté une demi-heure absent.

Richard Kirisits regarda longuement sa femme dans les yeux.

— Je me suis occupé des autres invités.

Judith eut le sentiment que son époux avait mis bien trop de temps à répondre. Elle regagna la cuisine sans dire un mot.

Sifkovits posa les mains sur les vitres latérales du tout-terrain Mercedes pour regarder à travers. Ainsi, il put mieux observer l'intérieur de la voiture. Les sièges arrière avaient été enlevés pour laisser davantage de place dans le coffre. Il ne remarqua pas tout de suite que la clé était sur le contact. Il ouvrit le hayon arrière avec précaution.

Il allait sans doute trouver son bonheur à l'intérieur du coffre.

11

— Vous n'avez pas le droit de fouiner ainsi dans la voiture d'un témoin. Surtout à son insu. Qu'est-ce qui vous arrive, Sifkovits ? Je vous ai dit de ne pas prendre d'initiatives… Vous avez la mémoire courte ?

Sebastian Taschner était hors de lui lorsqu'il eut Sifkovits au téléphone.

— Pardonnez-moi, ce n'était qu'une intuition…

— Notre métier consiste à nous appuyer sur des faits et des preuves. Les intuitions n'ont aucun rôle à jouer, ici. Et puis, ne trouvez-vous pas logique de trouver des traces qui ressemblent à du sang dans le coffre d'un véhicule utilisé pour la chasse ? Êtes-vous conscient qu'il sert parfois à transporter des chevreuils ? Et… là, il va vous falloir beaucoup d'imagination… Savez-vous que les chevreuils, lorsqu'on leur a tiré dessus, comment dire… euh… saignent ?

Sifkovits demeura indifférent aux sarcasmes de Taschner.

— Oui, certes. Cependant, j'aimerais beaucoup que le coffre soit examiné…

Taschner inspira profondément.

— Soit. Mais vous savez que si l'on y trouve quelque chose, cela pourra difficilement servir de preuve devant un tribunal.

— Oui, bien sûr. Mais il n'y a sûrement rien !

— Est-ce que nos agents ont appris quelque chose, à propos de l'ancien emploi de la mariée ? demanda Taschner.

— Pas grand-chose. Elle travaillait comme femme de ménage à l'hôtel Hilton, elle était très agréable et appréciée. Lorsqu'elle a fait la connaissance de Robert Kirisits, ils sont tombés instantanément amoureux l'un de l'autre. Ses collègues étaient heureuses pour Anna, mais elles ont regretté son départ. Elle parlait peu de son passé. Ses parents seraient morts pendant les guerres de Yougoslavie. Après avoir fui en Autriche, elle n'est jamais retournée là-bas.

Taschner dut reconnaître qu'ils avaient encore très peu d'éléments. Sans parler d'un suspect ou d'un motif. Cela le contrariait.

— Et qu'en est-il de l'arme utilisée ? demanda-t-il.

— Je pense que sa présence sur le lieu du crime était un hasard. Deux frères s'étaient disputés au même endroit. L'un d'eux avait déposé un morceau de métal dans le champ de l'autre pour endommager sa moissonneuse-batteuse. Ils ont laissé le morceau de métal dans la cour de l'auberge. L'auteur du crime a dû s'en servir tout simplement parce qu'il lui est tombé sous la main. Lorsque la police scientifique a examiné la cour, elle ne l'a pas retrouvé. L'objet venait du chantier situé à côté du champ. L'un des frères a dit qu'il l'avait volé là-bas. Mais je suis sûr que cet homme n'a rien à voir avec le meurtre.

— Pourquoi ?

— Parce que les frères ne connaissaient pas la mariée et n'avaient aucun lien avec la famille Kirisits.

— Je vois, fut la réponse donnée à l'autre bout de la ligne. Est-ce que nous en savons désormais un peu plus sur cette Monika Maier ?

— Commandant, il y a beaucoup de Monika Maier, ce qui est fâcheux. Celles qui ont été interrogées par les fonctionnaires locaux jusqu'à présent ont été éliminées de la liste, malheureusement.

Sifkovits s'apprêtait à prendre congé.

— Une dernière chose, Sifkovits.

— Oui ?

— Vous avez oublié un objet au commissariat.

Sifkovits saisit aussitôt ce que le commandant voulait dire, mais il fit mine de ne pas comprendre.

— De quoi s'agit-il ?

— De votre arme !

— Hein, ah bon ?

— Revenez immédiatement à Eisenstadt pour récupérer votre…

— Je suis désolé, commandant, je vous entends très mal.

Sifkovits raccrocha. Il irait récupérer son arme plus tard. Auparavant, il avait une tâche plus importante à accomplir.

12

Le presbytère de Stinatz était situé juste derrière l'église. Il s'agissait d'un beau bâtiment ancien, entouré de vieux arbres qui embellissaient non seulement le lieu, mais dispensaient de l'ombre dans le jardin. La réception du téléphone portable de Sifkovits s'était de nouveau miraculeusement améliorée. Il téléphona à un collègue qui avait examiné le téléphone de Robert.

— Il n'y a rien de vraiment étrange, en ce qui concerne ses appels, commissaire. Robert Kirisits, ces derniers jours, a fréquemment appelé sa femme, ses parents, le pasteur David Grandits et quelques amis du coin. Ses autres appels se limitent à des contacts professionnels et à des numéros liés à l'organisation du mariage. Les recherches n'ont rien révélé de suspect.

— Et dans le calendrier du portable ?

— C'est la même chose. Il y a beaucoup de rendez-vous liés au mariage, quelques rendez-vous privés, et essentiellement des rendez-vous professionnels. Une seule note se distingue des autres. La veille du mariage, entre 12 heures et 12 h 30, seul le mot « Stegersbach » figure dans le calendrier à côté de trois icônes représentant un point d'exclamation dans un triangle.

— Et en quoi cela est-il inhabituel ?

— Les autres rendez-vous sont décrits de manière beaucoup plus détaillée. Cela permet de savoir ce que Robert Kirisits avait prévu. Sauf ici.

— Merci.

Sifkovits raccrocha. *L'horaire de 12 heures à 12 h 30 devait correspondre à la pause déjeuner de Robert*, songea-t-il avant de pénétrer dans le jardin du presbytère. David, un homme trapu au visage rond et amical âgé d'une petite quarantaine d'années, y était assis sur un banc à l'ombre et lisait un livre.

— Bonjour, David.

— Bonjour, Schiffi.

Les deux amis se saluèrent d'une accolade.

— Assieds-toi, je t'en prie. Veux-tu un petit verre de vin ? Notre vin de messe est vraiment bon, avec un soupçon de Coca-Cola…

Les deux hommes sourirent et Sifkovits se sentit d'emblée aussi à l'aise que s'il était chez lui. David était son meilleur ami d'enfance. Plus jeunes, ils avaient projeté de faire ensemble le tour du monde avec un cyclomoteur, mais comme souvent dans l'existence, les rêves étaient beaucoup plus romantiques que la réalité. Ils n'étaient allés que jusqu'à Pinkafeld, à une trentaine de kilomètres de Stinatz.

Sifkovits leva son verre de vin avec gratitude et s'assit sur le banc.

— Que lis-tu ?

— J'ai un enterrement à 17 h 30 à Kemeten. Je cherche un texte approprié. En général, on lit toujours les mêmes textes, mais les proches aiment bien que le prêche soit un peu plus personnalisé. L'idéal est de trouver un compromis. Les textes de la Bible sont parfois insipides. Comment vas-tu, Schiffi ?

— Très bien, merci. J'aurais aimé venir ici dans d'autres circonstances…

— Quand es-tu allé à l'église pour la dernière fois ?

Sifkovits passa les doigts sous sa casquette pour se gratter la tête.

— Eh bien… Veux-tu dire comme aujourd'hui, ou pour une grande occasion telle que Pâques… ? bafouilla-t-il. Est-ce que la fête du mariage a réellement eu lieu ici, dans le jardin ?

Il connaissait la réponse à cette dernière question, mais ne trouva pas d'autre moyen de détourner la conversation.

— Oui. Des tables avaient été installées ici et même à l'extérieur, sur la place de l'église. Il y avait bien 500 invités. Richard n'a pas pu laisser échapper l'occasion. Pour le mariage de son fils, il a voulu jouer les Crésus. J'appréhende un peu l'enterrement de Robert. Je n'ai pas toujours eu de bonnes relations avec Richard, mais Robert était foncièrement honnête. Je l'appréciais vraiment beaucoup.

— Moi aussi. C'était un garçon adorable, répondit Sifkovits.

Il se remémora un épisode de leur enfance.

— Tu te souviens que nous avions campé avec lui dans la forêt voisine ?

— Bien sûr ! Et nous lui avions dit que le comte à la jambe de bois errait dans la forêt.

— « Où est ma jambe ? Où est ma jambe ? » J'entends encore le Freco croasser ces mots dans la forêt en déguisant sa voix.

— Tout à fait ! C'était un échec, pour son père ! Robert, un lâche, qui avait peur de passer la nuit dans la forêt…

— Je crois que Robert n'avait jamais couru aussi vite pour rentrer chez lui. Et il avait braillé ! Mais il était beaucoup plus jeune que nous…

Les deux hommes sourirent une nouvelle fois.

— C'était une époque d'insouciance, ajouta David.

Ils replongèrent silencieusement dans leurs souvenirs.

— Ma mère m'a dit que tu avais du travail par-dessus la tête.

La remarque de Sifkovits se voulait ironique. En quoi un curé pouvait-il être si occupé ? se demanda-t-il. Il ne travaille que quelques heures le week-end et durant la semaine, il met les pieds sous la table.

— Je peux te dire que je ne m'en sors plus, avec ce boulot ! Plus personne ne veut être curé. Pourtant, il s'agit du seul métier dans lequel il est possible de boire de l'alcool pendant le service. Mais si je facturais mes messes, je vivrais depuis longtemps dans les Caraïbes.

Sifkovits aimait l'humour de David. L'église serait sans doute plus fréquentée, s'il y avait davantage de personnages comme lui. Ce dernier se leva et lui fit signe de le suivre.

— Où allons-nous ? demanda Sifkovits au curé.

— Là où tu n'es pas venu depuis longtemps.

L'église était vide. Les deux amis s'installèrent au premier rang et contemplèrent Jésus sur la croix.

— L'endroit n'a pas changé, si j'ai bonne mémoire, déclara Sifkovits.

— Mais les bancs sont malheureusement en mauvais état. Il faudrait les changer, mais nous n'avons pas de budget.

— La quête rapporte donc si peu ? demanda Sifkovits avec un petit sourire.

— Ma foi, nous ne faisons pas le plein tous les dimanches, répondit David.

Sifkovits leva le regard. Le plafond était entièrement orné de fresques qui se décoloraient progressivement. Il se dit qu'il faudrait aussi faire quelque chose à cet égard.

— C'est là que tu as été baptisé.

David désigna l'endroit qui se trouvait à la droite de l'autel, où se dressaient les fonts baptismaux.

— Te souviens-tu encore de l'ancien curé, le Stani ?

— Est-il toujours vivant ? demanda Sifkovits.

— Non. Il est mort depuis longtemps. Cancer des poumons. C'était un gros fumeur.

— Il y a donc bien un lien de cause à effet.

Sifkovits leva un doigt vers le plafond.

— Est-ce que tu crois qu'on pense du bien de nous, là-haut ?

— Oui, je crois. Dieu a choisi le fils d'un charpentier pour transmettre sa parole aux hommes. Et ce charpentier a souffert pour nous.

Sifkovits hocha la tête, puis se tourna vers son ami.

— Où étais-tu assis, pendant le mariage ?

— Près de la famille. Pourquoi ?

David ne comprenait pas où son ami voulait en venir.

— Bon. Et est-ce qu'ils sont tous restés tout au long de la fête, ou est-ce que quelqu'un s'est absenté et n'est pas revenu ?

— Difficile de répondre à cette question, mon cher Schiffi. Je me suis plutôt concentré sur le repas. Il y avait un merveilleux bœuf à la sauce au raifort. Ensuite, le Jauntschi est venu me voir et a parlé de sa rétention d'eau dans les jambes. À ce moment-là, je n'aurais rien pu remarquer. Et puis, je n'ai pas constamment fait attention à la famille.

Sifkovits s'attendait à cette réponse. Avec cinq cents personnes présentes, il était difficile d'avoir un œil sur tous. Pour l'auteur du crime, s'éloigner discrètement n'aurait pas été difficile.

— Savais-tu que Anna était enceinte de huit semaines ?

— Oui. Elle s'était confiée à moi une semaine avant le mariage.

— Est-ce que Robert le savait ? Les parents n'étaient pas au courant…

— Je pense. Après l'enlèvement de la mariée, une surprise était prévue. Il s'agissait peut-être de l'annonce de l'heureux événement.

— Je vois. Je dois te demander de considérer ces informations comme confidentielles et de n'en parler à personne. Pas même aux parents.

— Tu sais ce qu'est le secret de la confession, au moins ?

— Euh… oui.

— Parfait ! Tu n'as donc rien à craindre, Schiffi.

David jeta un coup d'œil à sa montre.

— Il faut que j'y aille.

— Attends. Encore une petite question ! Le nom de Monika Maier te dit-il quelque chose ?

David réfléchit brièvement.

— Oui. Je la connais.

Sifkovits en fut ravi.

— Mais malheureusement, elle ne te sera pas d'une grande aide. Nous l'avons enterrée la semaine dernière. À Litzelsdorf. Je suis certain qu'elle n'était pas en contact avec la famille Kirisits, car elle était alitée, ces trois dernières années.

Le sentiment d'euphorie qu'avait initialement ressenti Sifkovits céda la place à une sensation d'abattement. David se leva et fit une génuflexion en direction de l'autel.

— Schiffi, je dois vraiment y aller. J'ai été heureux de te revoir. Veux-tu bien m'accorder une faveur ?

Sifkovits hocha la tête.

— Récite un Notre Père avant de partir.

Le prêtre se dirigea vers la sortie. Ses pas résonnèrent dans la nef jusqu'à ce que la lourde porte se referme.

13

— Est-ce que tu es venu parce que notre mère te l'a demandé, ou bien parce que tu avais envie de me voir ?

— Est-ce que j'ai droit au coup de fil à un ami ? répondit Sifkovits à sa sœur Lisa.

Lisa était plus jeune que lui. Quelques années auparavant, elle avait fait construire avec son époux une petite maison individuelle dans le quartier de Stinatz qui fonctionnait à l'énergie solaire. C'était une femme bien charpentée, capable de vraiment vous prendre à rebrousse-poil. Sa fille, la petite Elisabeth, était désormais âgée de 4 ans. Pendant qu'elle était au jardin d'enfants, Lisa travaillait à mi-temps au sein de l'agence de voyages Blaskovits.

Depuis leur enfance, il y avait toujours eu des tensions entre le frère et la sœur.

— Entre ! ordonna Lisa à son frère.

Le salon n'était pas du goût de Sifkovits. Les meubles en contreplaqué lui rappelaient trop une époque révolue. Une tasse ornée d'un horrible motif fleuri était posée devant lui. Bien entendu, Lisa avait placé la tasse sur une soucoupe assortie.

— Comment ça va, chez vous, à Eisenstadt ? Chez les friqués ? demanda-t-elle d'un ton légèrement moqueur.

— Très bien. Carina est souvent absente…

— Est-ce que tu sais à quel point cela rend maman triste que tu viennes aussi rarement ?

Cette phrase était une manière formelle de lui adresser des reproches.

— Oui, mais il y a toujours tellement à faire… Les criminels ne tiennent pas compte de mes projets personnels.

— Et puis la mamie a envie d'avoir d'autres petits-enfants. Quand vas-tu enfin t'y mettre ? Ou bien vous ne voulez pas avoir d'enfants ?

Cette phrase était encore plus accusatrice que la précédente.

— Nos raisons sont d'ordre professionnel. Carina a beaucoup de responsabilités. Et puis, tu me vois avec des enfants ?

Lisa examina son frère de la tête aux pieds.

— Quand je vois la tache qui se trouve sur le côté droit de ta veste, non ! Que s'est-il passé, quelqu'un t'a craché dessus ?

Sifkovits regarda la tache que lui avait faite Peter, à Unterlimbach. Il avait complètement oublié de la nettoyer.

— Il est bien trop tard, pour avoir des enfants, dit-il, s'efforçant de clore le sujet.

— Est-ce toi qui dis cela, ou ta femme ?

Sifkovits ne répondit pas à cette question.

— Est-ce que tu es allée au mariage ?

— Oui, j'y étais. C'est un interrogatoire, ou bien ?

— Allons, Lisa. Je veux seulement savoir si tu as remarqué quelque chose d'anormal, sur place.

— Non. Tout le monde était de bonne humeur. Et tu sais sûrement déjà que le vieux Kirisits ne s'entendait pas avec sa belle-fille.

— Oui, en effet. Est-ce qu'il est resté tout au long du mariage ?

— J'avais vraiment autre chose à faire que de le surveiller en permanence. Je dois préserver la santé de mes yeux.

— Vous êtes tous incroyables. Vous parlez tous mal du vieux Kirisits, mais vous avez tous assisté au mariage.

— Pour Robert ! répliqua Lisa d'un ton acerbe.

— Parfait. Il faut que j'y aille, maintenant. Merci pour l'infusion, Lisa. À bientôt.

— Il y avait quelque chose de bizarre, chez cette Anna.

— Quoi donc ?

— Elle était beaucoup trop gentille. Lorsque les gens sont toujours de bonne humeur, ils ont quelque chose à cacher.

Lorsque Sifkovits s'installa dans sa voiture, il avait depuis longtemps envie d'un verre de Uhudler. Et il savait parfaitement où se rendre pour en déguster un.

14

L'agencement de la maison de Freco permettait de deviner facilement son métier. L'endroit était moderne tout en ayant du cachet. Un Touareg Volkswagen noir était garé devant l'habitation. Freco, sa femme Patricia et Sifkovits étaient assis autour de la table du salon. Ils évoquaient essentiellement le passé. En particulier la nuit qu'ils avaient passée dans la forêt, durant laquelle ils avaient fait si peur à Robert en lui racontant cette histoire de revenant. Sifkovits dégustait un verre d'Uhudler. La table ployait littéralement, car Patricia n'avait pas hésité à proposer un « petit » quelque chose à grignoter. Le commissaire avait ignoré les deux appels de son supérieur hiérarchique. Il ne rentrerait à Eisenstadt que de bonne heure le lendemain matin, pour récupérer son arme de service, mais aussi pour apporter au laboratoire les échantillons de sang découverts dans la Mercedes classe G de Kirisits.

L'atmosphère amicale fit beaucoup de bien au commissaire, mais après deux verres de vin et quatre petits pains au lard, il orienta la conversation vers un sujet professionnel.

— Le vieux Richard Kirisits te semble louche ? demanda-t-il à Freco.

— Ma foi, aussi louche qu'on peut l'être quand on occupe sa position sociale. Il peut se montrer vraiment désagréable, et il a une marge de progression dans ses relations avec les autres, mais ses contacts sont très utiles pour mon entreprise. Jusqu'à présent, il m'a toujours aidé.

— Est-ce qu'il est impliqué dans ton projet de maisons mitoyennes ?

— Oui, bien sûr. Nous avons besoin d'un soutien financier. Il revient même sur le chantier demain.

Sifkovits leva un sourcil étonné.

— Moi aussi, cela m'a étonné. Je lui ai dit : « Richard, ça peut attendre ». Mais il s'est dit que le travail lui changerait peut-être les idées. Organiser un enterrement, qui plus est celui de son propre fils, est sans doute l'épreuve la plus terrible qu'un homme puisse vivre au cours de son existence.

— Il est affreux de penser qu'une famille a été entièrement détruite en l'espace de quelques jours, dit Patricia d'un ton compatissant.

— Robert voulait tellement fonder une famille et avoir des enfants… ajouta Freco.

— Savoir qu'il existe des personnes capables de tuer une femme enceinte au cours de son mariage est inimaginable, frémit son épouse. Que se passe-t-il dans la tête d'une telle personne ? Comment cela a-t-il pu arriver ?

— Si je le savais, nous aurions déjà trouvé le meurtrier. J'en ai tellement vu au cours de ma carrière que je perds souvent foi en l'humanité.

Sifkovits prit un cinquième petit pain. La bouche pleine, il demanda à ses amis pourquoi ils n'avaient pas d'enfants. Patricia lui répondit.

— Nous en avons beaucoup parlé, bien sûr, mais avoir des enfants est difficilement compatible avec le métier de Freco. Je n'ai pas non plus envie d'être la mère d'un enfant qui verrait très peu son père. À cause de sa profession, il est fréquemment en déplacement ou à Vienne, le week-end. Heureusement, il consacre son temps libre à notre couple.

— Je sais que cela peut sembler étonnant, dans un endroit tel que Stinatz, ajouta Freco, mais j'ai décidé de me consacrer à ma carrière. Ma société a connu des temps difficiles, et j'ai failli mettre la clé sous la porte, il n'y a pas longtemps. Je suis infiniment reconnaissant envers Patricia, parce qu'elle m'a toujours soutenu dans tous mes projets. Nous avons traversé ensemble beaucoup de difficultés et nous ne pouvons pas imposer cela à des enfants.

Sifkovits se sentit conforté dans son propre choix par les paroles de ses amis, et repensa à ce que lui avait dit sa sœur.

Il songea à partir, mais Patricia lui proposa de prendre un petit pain supplémentaire. Il la remercia chaleureusement, mais il était plus que rassasié.

— Retire un peu ta casquette, pour voir, lui demanda la femme de Freco.

Sifkovits s'exécuta et dévoila sa chevelure ébouriffée.

— Il faut absolument faire quelque chose ! s'exclama Patricia.

— Ma femme est la meilleure coiffeuse du Burgenland. Demande à ta mère !

Sifkovits affirma qu'il prendrait bientôt rendez-vous avec elle. Freco le raccompagna à la porte et il regagna rapidement sa Peugeot verte.

— Encore une dernière question : comment savais-tu qu'Anna était enceinte ?

— C'est Robert qui me l'avait dit, répondit Freco. Il s'agissait de notre secret le mieux gardé. Ils voulaient annoncer la nouvelle pendant le mariage.

— Je vois. Passe une belle soirée !

La Peugeot s'éloigna en couinant dans l'obscurité.

Lorsque Sifkovits arriva devant la maison de sa mère, la porte en bois était verrouillée. Or sa clé lui permettait uniquement d'ouvrir la porte de sa chambre. Il ne lui resta d'autre solution que de frapper bruyamment à la porte, avant de crier « Maman » de toutes ses forces.

Un quart d'heure plus tard, il dut se contenter de manger le rôti de porc qu'il avait commandé. Baba expliqua qu'elle avait verrouillé la porte parce qu'un meurtre avait été commis dans le village. Lorsqu'elle lui demanda s'il y avait déjà un suspect, son fils lui répondit « Oui ».

15

Sifkovits arriva très tôt à Eisenstadt et se rendit directement au laboratoire d'analyses.

— Le sang découvert dans la Mercedes classe G est indéniablement humain. Le groupe sanguin est O positif, déclara le responsable du laboratoire à Sifkovits. Et pour que vous éprouviez une petite satisfaction personnelle, la victime possède justement ce groupe sanguin. Cet indice se révèle suffisant pour examiner la voiture et entendre le suspect. Cependant, il est indispensable de réaliser un test ADN.

Sifkovits glissa la main sous sa casquette pour se gratter la tête.

— Très bien, veuillez envoyer toutes ces informations au laboratoire d'Innsbruck, nous ne pouvons réaliser des tests ADN que là-bas. Avant que nous ne provoquions un scandale, j'aimerais m'entretenir encore une fois avec M. Kirisits, déclara Sifkovits au responsable du laboratoire.

— Bien sûr qu'il faut fouiller immédiatement la voiture ! hurla Taschner lorsque Sifkovits s'installa en face de lui dans son bureau.

— Vous avez raison, commandant, mais laissez-moi d'abord lui parler. S'il fait intervenir son réseau politique, cela restreindra nettement notre champ d'action. Il ne nous laissera aucune marge de manœuvre. Attendons les résultats des tests ADN, pour être sûrs. Nos collègues d'Innsbruck pourront nous donner confirmation demain. Faut-il vraiment que nous soyons cités dans tous les journaux ? De plus, je ne vois pas de réel motif, chez monsieur Kirisits. Le fait qu'il ne supportait pas sa belle-fille ne me semble pas suffisant.

Taschner réfléchit brièvement et donna son assentiment d'un air morose.

— Merci, commandant.

Sifkovits reprit la direction de Stinatz. Bien entendu, il n'avait pas emporté son arme de service.

Juste avant de parvenir à destination, il fut arrêté par des agents qui lui mentionnèrent de nouveau que sa vignette était périmée. Il leur assura qu'il allait s'en occuper dès que possible.

— Alors, si vous voulez mon avis, Anna était liée d'une manière ou d'une autre à la drogue, déclara Maikits, occupé comme d'habitude à balayer le sol.

— Qu'est-ce qui te fait dire cela ? s'enquit Sifkovits.

— Rappelez-vous, elle était toujours tellement de bonne humeur, ce n'est pas normal. C'est sûrement à cause du haschisch. À Vienne, elle a dû nouer des contacts puis s'installer ici, un endroit calme et au-dessus de tout soupçon, pour mettre en place un trafic de drogue dans tout le sud du Burgenland. Le meurtrier n'est pas de la région, il fait partie de la mafia croate. Je ne peux pas imaginer qu'il s'agisse de quelqu'un de Stinatz. C'est certainement une personne étrangère.

— Je ne crois pas, Franz, affirma la vieille Mme Resetarits. Selon moi, Anna, Richard et le docteur Farkas étaient de mèche…

C'était la première fois que Sifkovits entendait le nom du docteur Farkas. Et il allait encore l'entendre au cours de la journée.

Mme Resetarits développa ses arguments.

— Cela n'a peut-être rien à voir avec la drogue. Parce que Farkas a toujours trempé dans des activités louches. Rappelez-vous ce qui s'est passé à Güssing !

— Mais il a été acquitté ! s'exclama Mme Grandits.

— Parce qu'il avait un bon avocat… rétorqua Baba.

Mme Resetarits demanda au gang des commères au foulard de se taire et de ne plus interrompre son monologue.

— Ils voulaient peut-être construire un incinérateur là derrière, chez la Claudia… Parce que le Farkas est le président du syndicat de gestion des déchets. La banque a mis le terrain à disposition, parce qu'elle en est propriétaire depuis que Hansi est insolvable. Et Anna a pris contact avec l'Est. Pour qu'un oligarque russe puisse investir dans cette affaire…

— Quelle histoire à dormir debout ! Et pourquoi Anna aurait-elle été assassinée ? demanda Maikits.

— Parce qu'elle s'est rendu compte qu'il s'agissait d'une affaire illicite. C'est pour cela que Richard l'a tuée. J'ai entendu dire qu'il s'était absenté au cours du mariage.

— Qui a dit ça, Hilda ? voulut savoir Mme Grandits.

— C'est la Doris qui me l'a raconté. Apparemment, mais je ne veux dire du mal de personne, il s'est absenté un bon moment du presbytère.

— Parce que la Doris surveillait Richard en permanence, vraiment ? demanda Mme Grandits.

— Quoi qu'il en soit, c'est bizarre, argumenta Mme Resetarits, qui énonça un autre de ses soupçons. Pense seulement à sa grosse voiture. Sais-tu combien de corps tu peux mettre, là-dedans ?

— Et si c'était l'aubergiste de Unterlimbach, ou le frère handicapé ? ajouta la mère de Sifkovits, orientant les soupçons dans une autre direction.

— Ton argument ne tient pas, maman ! Le frère n'aurait eu aucun motif.

— Oh que si ! Il n'a encore jamais eu de femme. Elle l'a peut-être rejeté, et il l'a tuée par désespoir.

— Et comment aurait-il transporté le corps jusqu'au champ ? Il n'a même pas le permis, décréta Sifkovits.

Quelques habitués étaient installés dans la cour intérieure de l'épicerie de Maikits et buvaient une bière sous un parasol publicitaire portant la marque de la limonade Almdudler. La cour, en été, était un lieu de rendez-vous apprécié. Elle faisait office de terrasse de café, et Maikits proposait des petits pains garnis de tranches de charcuterie. La charcuterie était découpée en tranches aussi épaisses que dans les années 1980 et les boissons étaient meilleur marché que dans les auberges environnantes.

Sifkovits observa son ami apporter d'autres bouteilles de bière au groupe des habitués. Quelque chose l'intrigua dans sa démarche. Il marchait les jambes très écartées. Le commissaire s'empara d'un petit pain garni sur le dessus de la pile et monta dans sa voiture pour prendre la direction du domicile de Richard Kirisits.

16

— Vous êtes vraiment une personne éprouvante, monsieur Sifkovits.

C'est à ces mots que le commissaire général fut accueilli dans le salon de Richard Kirisits.

— Cela ne sera pas long. Juste une petite question…

— Il est donc inutile de vous asseoir.

Le ton de Kirisits était extrêmement autoritaire. Il était évident que l'entretien allait être bref.

— Avez-vous lavé votre voiture ? demanda Sifkovits.

— Êtes-vous venu pour me poser cette question ?

— Non. Je me la suis posée lorsque je suis passé devant. Cela fait très longtemps que je pense à m'acheter une voiture neuve.

— Je crois, commissaire, que ce véhicule est légèrement au-dessus de vos moyens.

Naturellement, Kirisits avait raison. Sifkovits contempla la Mercedes G immaculée.

— Cet après-midi, je me suis rendu sur le chantier de M. Horvat, que vous connaissez. Ensuite, je suis allé faire nettoyer ma voiture. Intérieur et extérieur. Elle est impeccable.

Sifkovits songea en son for intérieur à son supérieur hiérarchique qui aimait hurler. « Qu'est-ce que je vous disais, Sifkovits ! Qu'il fallait inspecter le coffre ! » lui aurait-il crié au visage.

— Bon. Que voulez-vous savoir d'autre ? demanda sèchement Kirisits.

— Je voulais de nouveau vous demander si vous étiez effectivement présent tout au long du mariage.

— Je vous ai déjà répondu par l'affirmative.

— Ce qui est étrange, parce qu'une femme a témoigné que vous vous étiez absenté brièvement…

— Qui est cette femme ?

— Je ne peux pas vous le dire.

— Je trouverai de qui il s'agit.

Judith, l'épouse de Kirisits, s'approcha d'eux.

— Dis-lui la vérité, que l'on en finisse enfin !

— Que pourrais-je bien lui dire ? demanda Kirisits.

— Que tu t'es absenté, après l'enlèvement d'Anna.

Richard Kirisits croisa le regard de deux paires d'yeux attendant une réponse. L'atmosphère s'était brusquement tendue. Les yeux de Judith Kirisits se plissèrent, sa bouche était pincée.

— Où étais-tu ? rugit-elle brusquement.

Richard Kirisits s'assit lentement sur le gigantesque canapé Chippendale. Il joignit les mains en un geste de prière et se mit à se tourner les pouces.

— Tu as raison. Je me suis absenté un petit moment. Je suis allé fumer un cigare avec mon vieil ami le docteur Farkas[1]. Derrière, près de l'agence de voyages, où personne ne pouvait nous voir. Farkas pourra en témoigner.

Judith parut déçue par sa réponse, et encore en colère.

— Richard, combien de fois en avons-nous parlé ? Est-ce qu'il n'y a pas déjà eu assez de décès, dans notre famille ?

Elle quitta rageusement la pièce.

— J'ai eu trois pontages et j'ai cinq stents cardiaques. Mon médecin m'a strictement interdit de fumer. J'ai déjà failli mourir deux fois. Fumer un cigare est donc le pire que je puisse faire, compte tenu de mon état de santé. Voilà, vous savez tout. Êtes-vous soulagé ?

Sifkovits chercha ses mots.

— Pardon, monsieur Kirisits, j'ignorais tout cela.

Rien d'autre ne lui vint à l'esprit.

— Oui, évidemment. Mais ma femme va se faire énormément de souci. Sortez de chez moi !

Après que Sifkovits avait quitté la villa, Richard rédigea un SMS dont le destinataire allait bientôt faire la connaissance du commissaire Sifkovits.

---

1. Ici, docteur est un titre académique accolé au nom d'une personne titulaire d'un doctorat (dans d'autres disciplines que la médecine), ce titre symbolisant à la fois un statut social élevé et une expertise professionnelle.

17

Le portable vibra dans sa poche. Un message provenant de son ami Richard était affiché sur l'écran.

Un policier qui se comporte de façon étrange va te rendre visite. Il est inoffensif. Dis-lui que nous avons fumé un cigare ensemble au mariage. Derrière, à côté de l'agence de voyages. Je t'en dirai plus. Richard

Le docteur Farkas glissa de nouveau le portable dans sa poche.

18

— Bonjour Schiffi. Ta sœur a déjà terminé sa journée... déclara Melanie Blaskovits, la propriétaire de l'agence de voyages, au commissaire.

— Je suis venu pour toi !

— Ah bon, je pensais que tu étais marié ?

Melanie était une jolie jeune femme d'une trentaine d'années. Ses parents avaient créé l'agence de voyages dans les années 70. À l'époque, l'affaire était florissante : l'agence proposait des voyages en car en Hongrie, des séjours à Vienne pour assister à des comédies musicales et un vol pour la Grèce pour les téméraires. Aujourd'hui, elle souffrait de la concurrence d'Internet, car beaucoup de personnes réservaient leur voyage en ligne. Les clients qui fréquentaient encore l'agence étaient, tout comme ceux qui achetaient encore des CD, plutôt âgés.

— Chaque année, un certain nombre de nos clients meurent subitement, plaisantait parfois Melanie.

Sifkovits demanda s'il pouvait sortir pour vérifier quelque chose.

— Bien sûr. Tout va bien ?

— Oui, oui. Tout va bien !

— C'est affreux, ce qui est arrivé à Robert et Anna ! ajouta Melanie.

— Oui, oui, affreux.

Sifkovits ressortit de l'agence.

L'espace situé derrière la boutique permettait de se dissimuler facilement. Un interstice dans la clôture offrait une vue sur le presbytère. Il n'y avait pas de lumière, et la maison voisine était vide.

Lorsque Melanie rejoignit Sifkovits, le commissaire était en train d'examiner la pelouse à quatre pattes.

— Tout va bien, Schiffi ?

Il se releva avec une certaine maladresse.

— Dis-moi, est-ce que la pelouse a été tondue, depuis le mariage ?

— Non, pourquoi ? demanda Melanie.

— Juste pour savoir. Quand ma femme rentrera du Kenya, nous viendrons réserver un voyage.

À ces mots, le commissaire prit congé. Melanie savait qu'il ne tiendrait pas parole.

19

Le domicile du docteur Farkas ressemblait à celui de la famille Kirisits. Sifkovits fut reçu amicalement par son épouse et conduit au salon. Le docteur Farkas se tenait devant une grande baie vitrée et observait les oiseaux.

— Chéri, il y a là quelqu'un de la police qui souhaite te parler, expliqua sa femme.

— Merci, dis-lui d'entrer.

— En fait, je suis déjà là, déclara Sifkovits.

Le docteur Farkas était un homme maigre aux cheveux gris. Il portait un costume en lin et des chaussures blanches également en lin. Il s'agissait d'un homme élégant et très soigné.

— Je vous en prie, asseyez-vous, monsieur…

— Sifkovits.

Le docteur Farkas se déplaçait très lentement et avec précaution. Même s'il était plutôt grand, il utilisait un coussin épais pour s'asseoir. Sifkovits supposa qu'il avait des problèmes de reins.

Son épouse était une jolie femme, un peu plus jeune que lui.

— Avez-vous besoin de moi ? demanda-t-elle.

— Non, chérie, merci, répondit Farkas.

Elle laissa les deux hommes seuls dans la pièce.

— Pour quelle raison me rendez-vous visite, monsieur Sifkovits ?

— Vous savez sans doute que Anna Jusic, la belle-fille de Judith et Richard Kirisits, a été assassinée le jour de son mariage.

— Bien entendu. Richard est l'un de mes amis.

— Cela signifie-t-il que vous le fréquentez en privé ?

— Nous ne partons pas en vacances ensemble, si c'est à cela que vous pensez, mais nous partageons une même passion de la chasse. Il nous arrive également de jouer au golf à Stegersbach. Et naturellement, nos chemins se sont croisés professionnellement. Ce qui est normal, si l'on tient compte de nos métiers. Quant à moi, en tant que président du syndicat de gestion des déchets, je coopère souvent avec différentes banques.

— Bien sûr, répondit Sifkovits aux propos de son interlocuteur. M. Kirisits m'a dit que vous étiez également invité au mariage.

— Effectivement. Ma femme et moi étions invités. C'était une belle fête, tout le monde était présent, et nous avons croisé beaucoup de connaissances. Le groupe de tambura a joué, les tables étaient pleines à craquer, et il y avait de fabuleuses pâtisseries. Jusqu'à la disparition de la mariée, l'ambiance était excellente et décontractée. Richard était très fier de son fils, qui était un excellent financier. Robert aurait pu réaliser de grandes choses. Sa disparition m'a beaucoup affecté. Je le connaissais depuis son enfance. Il a fallu que ce tragique accident survienne, après ce qui s'était passé ! Cela n'aurait jamais dû se produire ! Je connaissais moins bien la mariée, en revanche. Nous avions peu de contacts. Parfois, les décisions de notre Seigneur sont impénétrables.

Farkas se mit à regarder par la fenêtre, qui offrait une vue spectaculaire sur Bernstein.

— Étiez-vous également assis à la table de la famille ?

— Non. Je me trouvais à une autre table avec mon épouse. La tablée était sympathique. Pour autant que je m'en souvienne, Richard est venu me voir peu après l'enlèvement de la mariée pour me proposer de fumer un cigare. Il ne voulait pas que nous fumions sur place, mais derrière, près de l'agence de voyages. Nous n'avons appris qu'ensuite que la mariée avait disparu. Nous avons participé aux recherches. Au bout d'un certain temps, la police a été prévenue.

Sifkovits se leva et s'approcha de la baie vitrée.

— Incroyable. Votre vue est à couper le souffle. Bernstein est un très beau village. Je vis dans le nord du Burgenland, qui est aussi une belle région, mais la platitude du relief, là-bas, me tape souvent sur les nerfs. Merci beaucoup pour votre temps.

— Pas de problème, monsieur le commissaire. N'hésitez pas à me contacter lorsque vous le souhaitez, si vous avez besoin d'aide.

Sifkovits enfonça la carte de visite dans la poche de son pantalon, puis prit congé du docteur Farkas.

— Veuillez m'excuser, encore une petite question.

— Oui, allez-y, monsieur le commissaire.

— Lorsque vous avez terminé de fumer votre cigare, où avez-vous jeté le mégot ?

Le docteur Farkas réfléchit.

— Je ne sais pas en quoi cela a une importance, mais dans mes souvenirs, Richard l'a jeté par terre et l'a éteint avec sa chaussure.

— Merci beaucoup ! dit Sifkovits avant de sortir du salon.

À peu près à la même heure, seule la moitié de l'effectif du gang des commères au foulard occupait son banc habituel. Hilda Resetarits s'était retirée pour aller faire une sieste. Quant à Maikits, il s'occupait des clients installés dans sa cour.

— Baba, je ne veux pas t'inquiéter ni répandre des rumeurs, mais pour autant que je m'en souvienne, la

Lisa s'est aussi absentée un moment après l'enlèvement de la mariée.

— Chut, Resl. Il ne faut pas en parler, et surtout pas à mon fils ! lui intima la mère de Sifkovits d'un ton sévère.

20

Sifkovits se réveilla à une heure tardive. Le réveil indiquait 11 h 30 passées. Le manque de sommeil des jours précédents avait exigé son tribut. Il s'extirpa maladroitement du lit et jeta un coup d'œil sur son portable. Sept appels en absence. Deux d'entre eux provenaient d'un numéro inconnu, et les autres de son supérieur hiérarchique. Encore somnolent, il traversa d'un pas traînant sa chambre pour se rendre dans la cuisine.

— Bonjour, bonnet de nuit, le salua Baba.

Une mère reste une mère.

Elle était assise sur une chaise dans la cuisine et Patricia Horvat, la femme de Frecos, était en train de la coiffer.

Sifkovits avait complètement oublié l'enterrement. Il devait y assister, mais n'avait pas emporté de costume.

— Prends un costume de papa dans l'armoire, lui dit sa mère.

Comme il n'avait pas très envie de retourner en chercher un dans son appartement d'Eisenstadt, il n'eut pas d'autre choix. En définitive, il était un peu trop grand pour lui, mais on ne pouvait nier que Sifkovits, affublé d'un costume des années quatre-vingt, avait un certain charme.

— Et comment voudrais-tu que je te coiffe ? demanda Patricia, lorsque ce fut son tour.

— Coupe-les, simplement.

— Oui, bien sûr, il est plus que temps de le faire, mais je me demandais si nous ne pouvions pas un peu moderniser ta coupe ?

Patricia lui montra quelques modèles sur son téléphone portable. Aucune des coupes n'inspira Sifkovits, et lorsqu'elle lui présenta ensuite plusieurs coiffures décolorées, il se sentit découragé.

— Patricia, je crois que ce n'est pas mon style. Ma femme aime les choses classiques, comme moi. Elle ne serait pas enthousiasmée par une coiffure de ce genre. Coupe ce qui est trop long, et je verrai avec ma femme pour un éventuel changement de style. Pour la prochaine fois.

Patricia ne s'avoua pas vaincue.

— Laisse-moi au moins enlever ta raie sur le côté, elle est démodée.

— Je porte constamment ma casquette. On ne verrait pas la différence, répondit le commissaire, tentant de convaincre la coiffeuse.

Mais malgré ses protestations, il dut lui confier ses cheveux et se soumettre à une transformation de son style capillaire. Lorsqu'il se regarda dans le miroir, il constata que ses cheveux étaient très courts.

— Alors ? Qu'en dis-tu ? l'interrogea Patricia.

— Oui. Cela change, pour une fois, déclara Sifkovits avec diplomatie.

— Tu es très bien. Avec cette coupe, tu fais dix ans de moins, claironna sa mère.

Elle avait tendance à exagérer, et il était loin de faire dix ans de moins. *Deux, tout au plus*, songea-t-il.

— Patricia, combien te dois-je ? demanda-t-il.

— Je t'offre la coupe.

— Non, je ne suis pas d'accord ! protesta-t-il.

Cependant, il se réjouit intérieurement de ne pas devoir débourser de l'argent pour une telle coupe.

Patricia prit congé en affirmant qu'ils se verraient bientôt.

Baba aspira les cheveux tombés sur le sol à l'aide de son énorme aspirateur. Elle l'avait autrefois acheté à un représentant et, comme celui-ci l'avait affirmé, l'appareil était très puissant. Il consommait trois fois plus d'électricité qu'un aspirateur classique, mais il fonctionnait à plein régime. Les sacs n'étaient plus disponibles dans le commerce depuis longtemps, mais Baba avait ses contacts. Le vieux Tischler se rendait fréquemment en Hongrie, où l'on trouvait des copies de ces sacs.

— Patricia est une femme tellement adorable. La situation n'est pas facile, pour elle…

— Pourquoi ? À cause de Freco ? demanda Sifkovits.

— Non. Freco est vraiment quelqu'un de bien. Pour lui aussi, la situation est difficile.

— Pourquoi ça ?

— Parce qu'ils ne peuvent pas avoir d'enfants. Ils auraient aimé en avoir.

— Freco m'a dit qu'ils n'en voulaient pas, bredouilla Sifkovits, surpris.

— Oui, c'est ce qu'il dit. Mais tout le monde, ici, sait de quoi il retourne. Patricia a eu un cancer de l'utérus, lorsqu'elle était jeune. Ils ont dû dire adieu à leur projet d'enfants.

— Pourquoi n'en ont-ils pas adopté ? s'enquit Sifkovits.

— On voit vraiment que tu es parti de Stinatz depuis longtemps ! Qu'est-ce que tu imagines, les gens d'ici en ont fait des gorges chaudes… Le fait qu'ils savent qu'elle ne peut avoir d'enfants est déjà suffisant.

— Est-ce que tu as déjà abordé le sujet avec elle ?

— Non. Cela ne se fait pas !

Sifkovits donna raison à Baba. Il savait bien, d'ailleurs, qu'aucun autre habitant du village n'aborderait ce sujet avec la famille Horvat.

Il prépara une tasse d'eau chaude avec le miel de forêt du voisin et composa le numéro inconnu affiché sur son portable. Il se rendit dans sa chambre pour passer tranquillement l'appel.

Le numéro était celui de l'un de ses collègues d'Innsbruck. Les informations qu'il lui transmit lui firent l'effet d'une douche froide et soulevaient de nouvelles questions.

— Ah, bon, s'étonna Sifkovits auprès de son interlocuteur, le groupe sanguin est identique, mais l'ADN ne correspond pas ?

— Exactement, monsieur le commissaire. Le sang qui se trouvait dans le coffre de la Mercedes G ne provient pas de la victime, déclara son collègue à l'autre extrémité de l'Autriche.

— Je vous remercie !

Déçu, Sifkovits rabattit le clapet de son téléphone portable.

Il se gratta la tête. Sa nouvelle coupe offrit peu de résistance. Il réajusta aussitôt sa casquette. Cependant, il ne remit pas son portable dans sa poche, car celui-ci fit entendre les notes de *L'Inachevée* de Schubert. Il s'agissait de la seule sonnerie que Sifkovits parvenait à supporter.

— Pourquoi ne décrochez-vous pas ? aboya Taschner, son supérieur hiérarchique, dans le téléphone.

— Mon portable était en mode silencieux, mentit Sifkovits.

— Comment pouvez-vous régler votre portable sur silencieux au beau milieu d'une enquête ? Que vais-je bien pouvoir faire de vous ? Savez-vous ce que nous avons appris, entre-temps ? gronda Taschner.

— Cela fait trois questions, commandant. Je peux répondre à la dernière…

— Ne vous foutez pas de moi, Sifkovits ! Vous savez donc que le sang ne provient pas de la mariée ? questionna son supérieur.

— Oui, se contenta de répondre le commissaire.

— Que comptez-vous faire ? demanda Taschner.

— Eh bien, je vais tenter de découvrir d'où provient le sang, et surtout, de quelle manière il a atterri dans la voiture de Richard Kirisits.

Sifkovits entendit Taschner expirer bruyamment.

— Croyez-vous réellement que je suis stupide au point de ne pas y avoir pensé moi-même ?

Crétin, songea Sifkovits, mais il se garda bien d'exprimer le fond de sa pensée à voix haute.

— Vous avez trouvé du sang dans le véhicule d'un suspect… Du sang humain… Il serait grand temps de convoquer officiellement M. Kirisits pour l'entendre, trancha Taschner avec autorité.

— Oui, commandant, je suis de votre avis, mais vous ne connaissez pas Stinatz.

— Il m'est arrivé de traverser le village, une fois. Cela m'a suffi, répliqua Taschner.

— Justement, expliqua Sifkovits. Il s'agit d'un endroit magnifique. Un petit village très calme. Connaissez-vous le proverbe selon lequel les Européens ont la montre et les Africains ont le temps ?

— Oui. Mais que dois-je en conclure ?

— Dans notre situation, les habitants de Stinatz sont les Africains. Dans le sens positif. Si l'on va trop vite, les choses peuvent mal tourner. Les enfants naissent parfois d'un moment d'inattention…

Son supérieur hiérarchique l'interrompit.

— Venez-en au fait, Sifkovits !

— Je crois qu'il vaut mieux ne pas faire de vagues. Si vous me laissez encore un peu de temps, je préférerais agir à ma manière.

Il y eut un bref silence à l'autre bout du fil.

— Commandant ? s'inquiéta Sifkovits.

— Écoutez-moi bien. Nous n'avons pas d'arme du crime. Nous n'avons pas de motif. Nous avons découvert dans un véhicule du sang appartenant peut-être à une autre victime, et le portable de la mariée assassinée n'a pas été retrouvé. Et vous voulez sérieusement me convaincre d'attendre ?

Sifkovits resta à son tour silencieux un petit moment. Jusqu'à ce qu'il se résolve à fournir une réponse concise.

— Oui, commandant.

— Ah bon. D'accord, je vois ! répliqua ce dernier d'un ton cynique. Nous n'avons rien. Et nous ne devons rien faire. Telle est votre méthode. Je vous félicite !

Sifkovits s'efforça de convaincre Taschner.

— C'est aujourd'hui qu'a lieu l'enterrement de Robert Kirisits. Laissez-moi m'y rendre, et si je remarque quelque chose de suspect, j'enquêterai aussitôt.

— Et si vous ne remarquez rien ? insista Taschner.

— Alors, je convoquerai Richard Kirisits. Il faut que vous compreniez… M. et Mme Kirisits enterrent leur fils, aujourd'hui.

Taschner songea brièvement à ce qu'il éprouverait s'il perdait sa fille. La pire épreuve qu'une mère et un père puissent vivre. Les étapes de l'existence de sa fille lui revinrent en mémoire en un éclair. Il se remémora la première fois qu'elle avait ouvert les yeux après sa naissance, ses premiers pas dans le jardin, la manière dont elle s'endormait contre lui. Il se souvint des moments où il entrait dans sa chambre tôt le matin, et sentait un parfum de bébé – un parfum d'innocence et d'avenir.

— Je vous laisse jusqu'à demain matin, concéda le supérieur hiérarchique de Sifkovits. Ensuite, je veux des résultats. C'est compris ?

Sifkovits répondit par l'affirmative. Son ton était à la fois plus joyeux et moins tendu.

— Ne revenez pas les mains vides, ajouta aussitôt Taschner, sinon je me verrais contraint de vous retirer de l'affaire et d'envoyer votre collègue Berner à Stinatz.

— Comptez sur moi, commandant ! affirma le commissaire.

— Et encore une chose, Sifkovits ! Il s'agit de mon dernier avertissement…

Sifkovits devina aussitôt ce qu'il allait dire, et interrompit Taschner.

— Ah oui, mon arme, lança-t-il en se donnant une petite tape sur la tête par réflexe. Mais vous voyez, commandant… Jusqu'ici, je n'en ai pas eu besoin !

— Demain ! Sifkovits ! Des résultats ! Au revoir !

Taschner raccrocha.

Le commissaire referma l'étui de son portable et vida sa tisane à l'herbe à fromages d'un trait. Il se dirigea de nouveau vers la cuisine d'un pas traînant. Sa mère avait posé plusieurs tenues sur une chaise. Elle s'apprêtait à choisir celle qui conviendrait le mieux à un enterrement. Naturellement, son fils allait lui faire le plaisir de la conseiller.

— Ah, tu es là ! s'exclama Baba lorsqu'il entra dans la pièce. Pourquoi es-tu parti aussi longtemps ?

— J'étais en train de téléphoner, maman.

— À ta femme ?

— Non. Il s'agissait d'un appel professionnel. Au Kenya, il y a encore des frais d'itinérance. Cela coûterait beaucoup trop cher…

Après que Sifkovits avait désespérément tenté d'expliquer à sa mère ce qu'étaient les frais d'itinérance, celle-ci aborda un autre sujet crucial. Elle brandit une robe devant le nez de son fils.

— Qu'en penses-tu ? Je n'arrive pas à me décider... Est-ce que je peux porter cette robe, pour l'enterrement ? demanda-t-elle.

Sifkovits regarda la robe et haussa les épaules.

— Oui... pourquoi pas ? répondit-il.

Elle fut rassurée par sa réponse et se mit à évoquer le passé avec nostalgie.

— Tu sais, je l'ai portée lorsque le vieil Adam a été enterré. Mon Dieu, il n'était vraiment pas bien, à la fin de sa vie. Il était gravement atteint de la maladie de Parkinson, et au bout d'un moment, il ne reconnaissait même plus sa propre femme. Mais la Liesl était devenue un dragon, alors ce n'était peut-être pas si mal, pour Adam.

Sa mère passa dans le salon contigu et plaça la robe devant elle.

— Est-ce que tu sais qu'il n'est pas mort à cause de sa maladie ? expliqua Baba depuis l'autre pièce.

— Ah bon, de quoi alors ? demanda Sifkovits, modérément intéressé.

— Il s'est étouffé à cause d'une arête de poisson. Il tremblait déjà tellement, ils n'auraient jamais dû lui donner de poisson. Ou alors uniquement en bâtonnets.

— Tragique, répondit son fils qui ressentait réellement de la tristesse, parce qu'il était en train de lire le faire-part de décès de son père, accroché de manière bien visible au-dessus de la table de la cuisine.

Baba revint dans la cuisine. Son visage avait une expression indécise.

— Trésor, je ne peux pas mettre cette robe, déclara-t-elle à Sifkovits. L'enterrement d'Adam a eu lieu l'an dernier, en hiver, et les gens ont déjà vu la robe. Ils diront que la Baba met toujours la même aux enterrements.

Elle en prit une autre qui reposait sur la chaise et la montra à son fils.

— Et celle-ci, qu'en dis-tu ?

Sifkovits observa longuement la robe sans rien dire. Sa mère interpréta son silence à sa manière.

— Tu as raison. Elle est peut-être un peu trop étroite pour un enterrement. Parce que tu vois, en haut, au niveau du cou, elle est un peu serrée. Cela va bloquer ma respiration. Ils pourraient tout de suite creuser une deuxième tombe.

Elle s'en empara d'une troisième.

— Et celle-là, qu'en penses-tu ?

Sifkovits s'efforça de rester aussi pragmatique que possible.

— Eh bien, toutes ces robes sont noires !

— Naturellement, répondit Baba avec détermination. Je ne peux pas mettre une robe de couleur. On ne parade pas à un enterrement comme un babouin !

— Je suis désolé, maman. Mais je trouve que toutes ces robes se ressemblent…

Sa mère lui expliqua que l'essentiel lui échappait. Entre une robe noire et une autre, il y avait, de son point de vue, d'importantes différences. Mais Baba eut une autre idée concernant la tenue qu'elle pourrait porter à l'occasion de l'enterrement.

— Écoute, Spatzl. Puisque tu vas porter le costume de papa, je peux peut-être mettre la robe que je portais à son enterrement. Comme cela, nous offrirons une image harmonieuse. Je ne l'ai pas mise depuis longtemps ! s'exclama Baba à cette idée.

Sifkovits modéra immédiatement son enthousiasme.

— Si tu as porté cette robe pour l'enterrement de papa, à ta place, je ne la mettrais pas. Car les gens ont justement dû t'observer et la regarder.

Mme Sifkovits hocha la tête et revint à la raison.

— Ah oui. Tu as encore raison, parce que la Resl la connaît sûrement. Elle m'a d'ailleurs déjà parlé de la robe…

— Tu vois. Et les autres doivent la connaître aussi, maman.

Lorsque Baba se concentrait, elle regardait toujours vers le haut, comme si elle attendait d'avoir une inspiration. Cela sembla être le cas, car au bout d'un court instant, elle s'exclama :

— Ça y est, je sais ! Je vais mettre la robe que Silvia m'a rapportée d'Oberwart. C'est une belle robe.

Elle l'extirpa de dessous le tas de fringues de bigote. Sifkovits ne vit aucune différence dans cette robe non plus.

— Si tu te poses la question, elle n'a coûté que 39,90 euros. Pourtant, on dirait qu'elle en a coûté 150, déclara fièrement sa mère. Je ne l'ai encore jamais portée. Elle fait pourtant jeune... Mais c'est une bonne chose, parce que Robert, Dieu ait son âme, était un homme jeune, en réalité.

La mère de Sifkovits avait manifestement choisi. Pour pouvoir échapper à son rôle de conseiller vestimentaire, Sifkovits la conforta dans sa décision.

— Oui ! Celle d'Oberwart est la plus jolie, maman. C'est certain. Je suis content que nous ayons regardé autant de modèles.

Baba se sentit heureuse d'être soutenue par son fils. Elle voulut retourner dans sa chambre, mais son fils la retint.

— Maman, avant que nous ne recommencions le même manège avec tes chaussures, je voudrais te demander une dernière chose : peux-tu me préparer quelque chose à manger ?

Mme Sifkovits répondit par la négative avec une vitesse surprenante. C'était la première fois que Sifkovits obtenait cette réponse à la question qu'il venait de poser. Habituellement, le dialogue se déroulait de la manière suivante :

Baba : « As-tu faim ? »

Sifkovits : « Non ! »

Baba : « Très bien. Je te prépare quelque chose. »

Mais cette fois, la réponse de sa mère surprit beaucoup Sifkovits.

— Non, Spatzl. C'est impossible. J'ai beaucoup à faire. Un jour comme aujourd'hui, je ne peux pas me mettre aux fourneaux. Je dois encore aller chercher les cierges, puis je dois me rendre chez Resl pour l'aider à choisir sa robe, et ensuite chez Hilda, parce qu'elle récupère à 13 heures la couronne qui a été commandée, et tu sais que ceux qui travaillent à l'exploitation horticole ne sont pas toujours très soigneux. Il y a un nouvel apprenti. Ce n'est pas un Krowod[1] et il ne sait pas comment se passe un enterrement à Stinatz. Va en face chez Maikits et prends-toi un petit pain à la saucisse…

Sifkovits comprit aussitôt.

À Stinatz, un culte est depuis toujours voué aux morts et n'a pas son équivalent. C'est un hommage très festif. Un enterrement, c'est un peu le Life Ball[2] qui aurait lieu à Stinatz. Il s'agit de regarder et d'être regardé. Et gare à celui qui a reçu un faire-part, mais

1. Croate du Burgenland.
2. Bal organisé à Vienne au profit de la lutte contre le SIDA.

ne vient pas. Quelles que soient ses raisons, telles que des vacances dans les Carpates. On ne manque pas un enterrement. Point barre.

La chapelle ardente de Stinatz est, sur le plan technique, mieux équipée que le jardin d'enfants. Y compris pour ce qui est des sièges et des bancs. Il s'agit du dernier endroit où l'on peut voir le visage des défunts. Naturellement, tous les cercueils, dans la mesure où l'état du corps le permet, ont une vitre – ce qui n'est pas le cas pour Robert. À une soirée dans la chapelle ardente, où tous font leurs adieux au mort, comme il se doit, succède l'étape du cheminement du cercueil. Celui-ci est transporté à l'intérieur de l'église, où une messe est dite, puis une procession traverse à pas lents le village aux sons assourdissants et parfois dissonants de la fanfare. Puis elle gagne le cimetière, où les villageois, côte à côte, renouvellent leurs adieux en écoutant les paroles éloquentes du curé. Lorsque le cercueil est ensuite mis en terre, ceux qui assistent à l'enterrement rendent une nouvelle fois hommage au mort et lui font… leurs adieux.

Enfin, tous rejoignent généralement l'auberge Stinatzerhof en face du cimetière pour prendre un repas en mémoire du défunt, et pour lui faire, pour la dernière fois, leurs adieux.

Une fois l'enterrement terminé, les endeuillés évoquent le repas, les paroles du curé, l'absence de certaines personnes et la robe de… (nom quelconque).

On parle peu du mort ou des morts, car les adieux ont déjà été faits à de multiples reprises.

Il ne restait pas d'autre choix à Sifkovits que de remonter la rue pour que son vieil ami Maikits lui prépare un petit pain généreusement garni de saucisse. Il s'agit en quelque sorte du Big Mac du village. La seule différence avec un burger du fast-food, c'est que le petit pain de Maikits vous rassasie et que les cornichons sont vraiment délicieux.

Le commissaire prit congé de sa mère pour se rendre chez l'épicier. Cependant, Mme Sifkovits avait encore quelque chose sur le cœur.

— Que fais-tu demain ? lui demanda-t-elle.

— J'enquête. Que veux-tu que je fasse d'autre, maman ?

— Oui, je comprends. Mais demain, il faut que tu ailles chez Penny, parce que le papier toilette est en promotion. Hilda t'en parlera certainement.

Sifkovits se tourna vers sa mère. Le fait que l'affaire ne soit pas résolue lui pesait, et il songea aux reproches de son supérieur hiérarchique.

— Maman, est-ce que tu parles sérieusement ?

Sa mère ne se laissa pas impressionner par la question.

— Ne fais pas semblant d'avoir oublié. Le papier toilette se conserve. Si tu m'en rapportes suffisamment, demain, je pourrai en avoir assez pour tout l'hiver. Ensuite, tu pourras te consacrer à ton enquête.

Sifkovits donna son accord, mais n'avait pas prévu que sa mère n'en resterait pas là.

— Ou bien tu sais quoi, Spatzl ? Je vais t'accompagner !

Tous les signaux d'alarme se mirent à résonner dans la tête de Sifkovits, mais il assura à sa mère qu'ils se rendraient bien à Stegersbach le lendemain. Baba n'avait jamais passé le permis.

Autrefois, son époux s'occupait de ce type d'achats. Aujourd'hui, elle dépendait des autres. Idéalement, de son propre fils. Sifkovits songea brièvement à sa sœur. Elle pourrait également s'en occuper. Mais la faim l'empêcha de jouer cette carte.

— C'est d'accord, maman. À plus tard.

Il sortit de la maison. Le temps qu'il parvienne à la porte en bois qui ouvrait sur la rue et symbolisait en quelque sorte son échappatoire, de nouvelles informations lui parvinrent de la cuisine.

— Et n'oublie pas ! La messe est à 14 heures. Ensuite, nous irons tous ensemble au cimetière, parce que l'inhumation a lieu à 15 h 12. Ensuite, pour le repas funéraire à l'auberge Stinatzerhof, il y aura du goulasch. C'est la Katrin qui l'aura préparé, il sera donc très gras, n'en mange pas trop.

— J'y serai, maman !

Telle fut la réponse qui retentit à travers la cuisine rustique de la mère de Sifkovits.

Le commissaire s'était rarement senti aussi heureux que lorsqu'il retrouva Maikits devant sa boutique. Bien sûr, il ne savait pas encore que le petit pain serait très sec et que son vieil ami d'enfance lui suggérerait une idée qui aurait son importance dans l'enquête en cours. Une grande importance, même !

21

Sifkovits était installé sur le banc situé en face de la maison de ses parents et mastiquait le petit pain généreusement garni de charcuterie. Il y avait de nouveau quelques clients dans la cour de Maikits. Même David, le curé, était là. Il s'accordait une petite bière pour se détendre. Il y aurait du monde au cimetière, et il voulait que la cérémonie d'adieu soit réussie. Maikits sortit de sa boutique et se dirigea vers son ami les jambes écartées. Il s'assit avec précaution sur les deux coussins qu'il avait placés sur le banc. Son visage était légèrement déformé par la douleur.

— Qu'y a-t-il, Schiffi ? Tu n'aimes pas t'asseoir dans la cour ? demanda-t-il au commissaire.

— J'irai plus tard. Je souhaite manger en silence, répondit Sifkovits.

— Est-ce que le petit pain est bon ? s'enquit Maikits.

Sifkovits aurait voulu lui répondre que le petit pain était trop sec, que la tranche de charcuterie était trop épaisse et le fromage trop suintant.

— Délicieux, répondit-il cependant à contrecœur. Mais que se passe-t-il ? Tu marches bizarrement. As-tu mal quelque part ?

— Ah, comment dire…

Sifkovits se rendit compte que Maikits hésitait à lui donner une réponse, car celle-ci devait être gênante.

— Dis-moi ce que tu as. Ce n'est pas la peine de faire des manières avec moi, assura le commissaire à son ancien ami d'école.

Maikits inspira profondément tout en baissant la tête.

— Oui, c'est sûr. Personnellement, et te l'avouer est réellement une grande marque de confiance, eh bien… j'utilise très volontiers… euh… du papier toilette humide.

Sifkovits hocha la tête d'un air compréhensif. Maikits en fut soulagé.

— C'est beaucoup plus agréable, ajouta Sifkovits.

— Tout à fait, approuva Maikits. Mais le problème est le suivant : lorsque l'on commence par utiliser le papier humide, les fesses sont mouillées, et lorsque l'on termine par du papier sec, et que celui-ci est trop rêche, quand il a trop été recyclé – tu vois de quoi je parle, Schiffi, ces papiers recyclés qui sont comme du papier de verre – alors il arrive que derrière, à l'intérieur, cela se… déchire. C'est ce qui m'est arrivé récemment, cela s'aggrave de jour en jour et me fait de plus en plus mal. Je ne peux presque plus marcher. C'est affreux.

— Je comprends, déclara Sifkovits. Je ne suis pas médecin, mais on dirait qu'il s'agit d'une fissure anale.

Maikits comprit de travers.

— Une frisure ? demanda-t-il.

— Non. Pas une frisure, une fissure. Avec deux s, le corrigea Sifkovits.

— Ah, d'accord. Anale, j'avais compris, mais j'avais mal entendu le premier mot, précisa Maikits.

— Une fissure, c'est comme une gerçure. En cas de fissure anale, cette gerçure touche directement la muqueuse, qui est très fine à cet endroit, lui expliqua Sifkovits.

— Ça alors, tu pourrais être médecin. Nous en avons vraiment besoin d'un, ici. Laisse tomber la police, déclara Maikits, impressionné.

— Ma foi, ma femme est médecin ! Un médecin par famille suffit. Est-ce que tu as eu des saignements ? demanda Sifkovits.

— Oui, ça m'est arrivé. Je n'ai pas saigné comme un cochon, mais c'était visible. La douleur était si horrible que c'est à cause de cela que j'ai installé des coussins ici. Je souffre un peu moins, avec.

Sifkovits tenta de rassurer son ami.

— Pour autant que je sache, ce que tu as n'est pas grave. Il est possible de traiter la fissure avec une pommade. Tu auras sans doute encore mal quelques jours. Il serait préférable que tu te laves les fesses à l'eau froide. Et les premiers temps, il vaut mieux les essuyer tout doucement. Demain, je me rends à Stegersbach avec ma mère, je te rapporterai une pommade de la pharmacie.

— Ah oui, je vois. Le papier toilette est en promotion. La Resl me l'a dit. Elle va y aller aussi.

De l'autre côté de la rue, Fritz, un cultivateur, et l'alcoolique du village, appela Maikits pour que celui-ci lui serve une autre bière.

— Oui, j'arrive ! s'écria Maikits. Il est déjà tellement soûl, qu'il n'est même plus capable d'aller lui-même jusqu'au réfrigérateur…

L'épicier se leva avec difficulté du banc et regagna la cour d'un pas chancelant. Sifkovits l'observa. Involontairement, il pensa au docteur Farkas, le partenaire commercial de Richard Kirisits. Celui-ci avait une démarche identique et avait aussi placé un coussin sur sa chaise de bureau. Il souleva sa casquette pour se gratter la tête. Une idée germa dans son esprit, avant de se transformer en un soupçon bien établi.

Lorsque Maikits sortit de sa cour, le commissaire était déjà parti.

22

— Salut, frérot ! Qu'est-ce qui t'amène ? Est-ce que tu viens pour me voir ou est-ce que tu as besoin de quelque chose ? demanda Lisa au commissaire, qui se tenait devant la porte.

Elle tenait sa petite fille, Elisabeth, dans les bras, et s'apprêtait sans doute à faire cuire quelque chose, car une odeur de friture régnait dans l'entrée.

— Les deux, en toute honnêteté. Je ne vais pas te déranger longtemps, promit le commissaire tout en caressant la tête de sa nièce et en lui déposant un léger baiser sur le front.

— Est-ce que nous laissons ton oncle entrer ? demanda Lisa à sa fille.

Elisabeth répondit joyeusement par l'affirmative. Elle voulait montrer sa nouvelle maison Playmobil au commissaire.

— Entre, proposa sa sœur à ce dernier. Veux-tu manger quelque chose ? Je suis en train de préparer des bâtonnets de poisson.

Sifkovits refusa poliment. Les bâtonnets de poisson l'avaient fait involontairement penser au vieil Adam.

— Puis-je utiliser ton ordinateur ? demanda-t-il à sa sœur.

— Oui, bien sûr. Il se trouve en haut, dans le bureau de Hannes, répondit Lisa.

Hannes était son époux. Un gars gentil, mais extrêmement ennuyeux. Il passait son temps libre à fabriquer des appâts de pêche. Ensuite, il partait avec des amis pêcheurs sur la rive d'un lac en Hongrie. Il le faisait chaque année. Là, ils parlaient essentiellement de pêche. Pour lui, le comble du bonheur était de réussir une grosse prise et de se faire prendre en photo avec le poisson. Sa page Facebook était pleine de photos de ce type.

Lisa avait fait sa connaissance neuf ans plus tôt lors d'une visite de la chocolaterie Zotter. Les premiers temps, ils partaient souvent en vacances. Lisa organisait des voyages par l'intermédiaire de l'agence de voyages dans laquelle elle travaillait à mi-temps. Mais après la naissance d'Elisabeth, tous deux s'étaient éloignés de plus en plus. Les voyages s'étaient faits plus rares. Le couple s'entendait bien, mais uniquement en ce qui concernait la gestion du quotidien. Le feu était encore raisonnablement incandescent, mais aucune bûche ne venait plus le nourrir.

— Est-ce que je te prépare une tisane ? demanda Lisa à son frère.

— Oui, volontiers. Juste de l'eau chaude avec du miel, j'ai la tisane avec moi.

— J'ai de la tisane à l'herbe à fromages, si tu veux.

— Vraiment ? demanda Sifkovits, surpris par la remarque de sa sœur.

— Eh bien, j'espérais, en quelque sorte, que tu repasserais à la maison. Et je sais que tu aimes cette tisane, expliqua Lisa.

— Merci, Lisa. C'est vraiment gentil de ta part. Je n'en ai pas pour longtemps. Je dois simplement vérifier quelque chose, puis j'irai voir la maison Playmobil.

Sifkovits gravit l'escalier qui menait au bureau de Hannes. Il laissa les portes ouvertes et s'installa devant l'ordinateur. Il ouvrit le navigateur Internet et entra les termes « Causes d'une fissure anale » sur la page Google. Lisa l'appela depuis le rez-de-chaussée.

— Est-ce que vous avez déjà un suspect ?

— Oui, il y en a un, répondit son frère.

— Est-ce que le meurtrier est un homme ? s'enquit Lisa tout en versant de l'eau du robinet dans une bouilloire.

— Oui, il s'agit probablement d'un homme, clama Sifkovits, dont la réponse se faufila jusqu'à la cuisine. Une personne très costaud. En réalité, ça pourrait être toi.

Sifkovits rit de sa plaisanterie. Lisa ne la trouva pas drôle. Elle se dirigea vers le bas de l'escalier.

— Comment ça ? Je fais partie des suspects ? demanda-t-elle prudemment.

— Non, Lisa. C'était une plaisanterie. À moins que tu n'aies eu un motif ?

— Tout à fait ! répondit sa sœur.

Sa réponse irrita Sifkovits. Avait-il bien entendu ? Il sortit du bureau et regarda sa Lisa au bas de l'escalier. Alors qu'il s'apprêtait à la questionner, celle-ci éclata bruyamment de rire.

— Tu y as cru, pendant un moment, hein ? se réjouit-elle, en voyant que sa plaisanterie avait fonctionné. Ta tisane est prête, Schiffi.

Puis elle regagna la cuisine.

Sifkovits secoua la tête et retourna dans le bureau. Une page médicale s'afficha sur l'écran. « Une fissure anale désigne une déchirure, généralement en longueur, de la muqueuse de l'anus. La plupart du temps, les fissures anales provoquent d'intenses douleurs locales et des saignements », lut Sifkovits.

Il fit défiler la page jusqu'à l'endroit qui présentait les causes. « Les fissures anales apparaissent en raison d'une déchirure de la muqueuse dans la partie basse du canal anal. Elles sont causées principalement par la constipation avec distension du rectum, par la diarrhée, les hémorroïdes, mais également par des manipulations, voire par un coït anal. »

Sifkovits nota quelques éléments dans son carnet, puis il sortit du bureau pour se consacrer à la maison

Playmobil de sa nièce. Elisabeth fut ravie que son oncle joue avec elle. Sifkovits s'entendait bien avec les enfants, et sa sœur en profita pour aborder de nouveau le sujet. Elle lui demanda s'il n'envisageait pas d'en avoir.

— J'aime les enfants, mais uniquement si je peux les rendre ensuite… Il y a une différence entre le fait de jouer une demi-heure avec, et s'en occuper toute une vie. Mon travail est malheureusement peu compatible avec le fait d'avoir des enfants, expliqua Sifkovits à sa sœur, un cheval Playmobil à la main.

En jetant un coup d'œil à sa montre, il constata que la messe d'enterrement de Robert était prévue une demi-heure plus tard. Il prit congé de sa sœur et de sa nièce.

— À tout de suite, dit Lisa, qui allait naturellement elle aussi à l'enterrement.

— Merci, c'était une belle après-midi.

— Tu es le bienvenu quand tu le souhaites, lui assura Lisa.

— Encore une petite question, sœurette : pourrais-tu me donner un coton tige et un morceau de film alimentaire ?

— Oui, bien sûr. Même s'il s'agit d'un assortiment bizarre, commenta Lisa.

Elle apporta le tout à son frère. Celui-ci mit les objets dans sa poche et sortit de la maison.

23

Le cortège funéraire des obsèques de Robert Kirisits traversa lentement le village. Il était dirigé par David, qui était accompagné de deux enfants de chœur brandissant une grande croix. Judith Kirisits dut être soutenue, mais Richard Kirisits avança l'air impassible le long de la rue principale. Il y avait presque autant de monde que lors du mariage. La fanfare locale jouait une marche funèbre qui résonnait dans tout le corps. Chaque coup de tambour faisait trembler les cœurs des endeuillés. Il était difficile d'imaginer qu'une musique puisse être aussi désagréable.

Sifkovits marchait près de sa mère dans le dernier tiers du cortège. L'assemblée se tenait dignement, et l'on pouvait constater que Robert était très aimé au sein de son village. Sifkovits pensa à la note que celui-ci avait laissée sur son portable. Qu'était-il allé faire une journée avant le mariage à Stegersbach ? Pourquoi avait-il associé à son rendez-vous trois icônes représentant un point d'exclamation dans un triangle ? Et surtout : où était-il allé ?

Lorsque le groupe atteignit le cimetière, la musique cessa progressivement. La tombe fut ouverte, derrière se dressait une simple croix en bois sur laquelle figurait en lettres sobres l'inscription « Robert Kirisits ». Cette croix impressionna davantage Sifkovits qu'une pierre tombale qui aurait été ornée d'une épitaphe.

Ces simples croix en bois ornées de lettres noires, qui s'imprimaient de manière indélébile sur la rétine, soulignaient de manière cruelle le caractère éphémère de la vie humaine.

Le cercueil fut déposé. David se posta devant, et prononça son prêche d'adieu.

— Chère Judith, cher Richard, chère assemblée venue rendre hommage au défunt ! Nous avons la certitude de mourir, mais nous ne connaissons pas le moment de notre mort. Aujourd'hui l'heure est venue, et nous devons faire nos adieux à Robert.

En entendant David prononcer le prénom de son fils, Mme Kirisits fondit en larmes. Son époux la prit dans ses bras. Pendant quelques instants, le silence régna dans le cimetière. David, en jetant un regard vers Richard Kirisits, comprit qu'il pouvait poursuivre.

Il eut des paroles vraiment touchantes sur l'enfance de Robert. Il expliqua qu'il était aimé dans la région, évoqua quelques événements de son existence, et enfin, le plus beau et le plus terrible jour de sa vie : celui de son mariage. Il choisit avec soin ses mots pour évoquer l'épouse de Robert, Anna, et dit que ce qui s'était passé à Stinatz, ce lieu paisible et calme, était une honte. Enfin, il parla de la mort de Robert.

— Honnêtement, nous ne nous sommes jamais fait de souci pour Robert. Il était réellement charmant, et doué pour rallier les gens à ses idées. Et puis, il est arrivé. Ce terrible virage, que tous ont à l'esprit. Ce virage qui avait déjà pris la vie d'un jeune homme. Il n'a pas laissé une once de chance à Robert. Mais ne lui accordons pas ici plus de place que nécessaire, rendons hommage à ce merveilleux jeune homme, que nous avons tous connu. Efforçons-nous de prolonger ses rêves, et veillons les uns sur les autres. Nous pouvons tous avoir besoin, en cette heure, d'une main secourable et d'une oreille attentive. Cher Robert, nous savons désormais que tu es parti. Et que ce n'est qu'un au revoir. Cela peut soulager un peu notre douleur en ces moments difficiles.

David regarda Mme Kirisits, qui devait à cet instant prononcer quelques mots. Elle en fut incapable. Secouée par d'énormes sanglots, elle ne put continuer à assister à l'enterrement. Quelques habitants du village l'emmenèrent au-dehors.

Le docteur Farkas, qui était également présent, se chargea aussitôt d'exposer le texte de la mère de Robert. Il se plaça devant la tombe et se mit à lire ce qui figurait sur une feuille. Ses mains tremblaient. Le discours de Mme Kirisits eut pour effet de faire fondre en larmes la totalité de l'assemblée, y compris l'orateur. La lettre se terminait par les mots suivants : « Mon cher Robert, cher Burli ! Nous devons désormais apprendre à vivre notre deuil, mais toi, tu dois apprendre à voler avec les anges. Ils t'emmèneront dans un lieu où tu seras heureux. Et s'il arrive qu'une étoile entre en fusion dans le ciel, je saurais que cela est le fruit de ton amour. Que j'emprunte les ailes de l'aurore, que j'aille habiter de l'autre côté de l'océan, c'est encore ta main qui me conduit, ta droite qui me guide. Au revoir, mon ange ! Ta maman. »

Farkas poursuit : « Au nom de ma famille, je serais heureuse que vous restiez tous après l'inhumation, pour raconter une anecdote ou une autre à propos de Robert, en partageant un bon goulasch et du vin à l'auberge Stinatzerhof. »

Le cercueil fut alors descendu dans la tombe. Il était 15 h 12 précises.

L'auberge Stinatzerhof était pleine à craquer. Bien sûr, tous ceux qui avaient assisté à l'enterrement n'avaient pu entrer, c'est pourquoi des bancs et des tables furent installés en un éclair dans la rue principale. Sifkovits s'assit sur un banc près de sa mère et observa le docteur Farkas, qui s'entretenait avec animation avec le maire de Stinatz. Richard Kirisits était stoïquement assis à une table et buvait un verre de vin. David était assis près de lui. Beaucoup de convives vinrent lui serrer la main et lui exprimèrent leur gratitude à propos de son prêche. Katrin, la patronne de l'auberge, posa deux portions de goulasch sur la table de Sifkovits.

— David a vraiment bien parlé. Et le discours de Judith aussi était réussi, déclara Baba à son fils.

Le regard de Sifkovits était toujours posé sur le docteur Farkas. Celui-ci vidait un verre de vin. Lorsque Katrin arriva à sa table, elle lui demanda s'il en voulait un autre ; il refusa, parce qu'il devait conduire ensuite. L'aubergiste emporta son verre.

— Que se passe-t-il ? Tu ne manges rien, dit Baba à son fils, qui détourna le regard du docteur Farkas. Au cas où tu me demanderais, Spatzl, le goulasch est trop gras. Et Katrin met trop de marjolaine, on ne sent presque plus l'ail.

Sifkovits interrompit sa mère.

— Je reviens tout de suite, maman.

Il se dirigea vers la cuisine. Katrin était une aubergiste chevronnée, qui avait repris l'affaire de ses parents. Elle connaissait par cœur les histoires des gens du village, mais les laissait toujours parler, notamment lorsqu'ils avaient beaucoup bu. En effet, son père lui répétait constamment : « Le client a toujours raison ! » Et si un problème se présentait à l'auberge, elle intervenait elle-même pour jeter le trouble-fête dehors.

Sifkovits pénétra dans la cuisine, où régnait une intense activité.

— Salut, Schiffi. Que fais-tu ici, dans notre cuisine ? lui demanda Katrin, tout en transmettant les commandes aux commis.

— Ah, rien ! Je voulais simplement te demander si tu n'aurais pas…

Sifkovits chercha ses mots.

— Oui ? demanda Katrin avec impatience.

Rien d'autre ne vint à l'esprit du commissaire, car il dut improviser rapidement :

— Du Maggi ?

— Du Maggi ? demanda l'aubergiste, l'air incrédule.

— Oui. Pour le goulasch. Je l'aime bien un peu plus épicé. Je mets également du Maggi dans les épinards. Et parfois, je mange le riz avec du ketchup.

Katrin sourit en entendant les justifications du commissaire, mais comme c'était un original, ces excentricités culinaires ne l'étonnaient guère.

— OK. Il s'agit de ton estomac, après tout. Prends le Maggi sur l'étagère, en haut. Je dois y aller.

— Merci beaucoup, déclara le commissaire. Le goulasch est délicieux. Et pas gras du tout. J'adore quand il y a beaucoup de marjolaine…

Katrin apprécia le compliment. Elle lui répondit que sa nouvelle coupe de cheveux lui allait très bien.

Puis elle posa le verre de vin du docteur Farkas à côté de l'évier et sortit de la cuisine avec cinq assiettes de goulasch.

Sifkovits sortit le coton-tige et le film alimentaire de la poche du costume de son père. Il essaya avec un peu de maladresse de s'emparer de la main gauche du flacon de Maggi sur l'étagère tout en frottant de la droite le coton-tige contre le verre du docteur Farkas.

Il aurait pu s'épargner tous ces gestes malhabiles, car les commis de cuisine ne lui prêtèrent pas la moindre attention. Ils étaient trop occupés à maintenir le goulasch à la bonne température et à veiller à ne pas trop faire cuire les pâtes des trois végétariens de Stinatz.

Lorsque Sifkovits eut effectué le prélèvement, il déposa avec précaution le coton-tige dans le film alimentaire. Il prit ensuite le flacon de Maggi et sortit de la cuisine. Il se rendit derrière l'auberge, le flacon encore à la main, et composa un numéro à Innsbruck.

24

Je le vois. Je le vois clairement et distinctement. Il se rend derrière la maison et passe un appel. Il gesticule. Il s'agit vraisemblablement d'un appel professionnel. Il a sans doute déjà un soupçon. J'ai beaucoup de mal à le cerner. Il a l'air si inoffensif, mais il s'agit peut-être d'une stratégie de sa part. Je crois que beaucoup le sous-estiment. Je me mets à transpirer. Et s'il savait quelque chose ? J'ai déjà commis une erreur. Cela ne doit pas se reproduire. Suppose-t-il que le meurtrier d'Anna était présent à l'enterrement ? Il a l'air ridicule, dans son costume. Et sa nouvelle coupe de cheveux ne lui va pas du tout.

Beaucoup de pensées me traversent la tête. J'ai le sentiment qu'elle pourrait exploser. Je le fixe comme un prédateur fixe sa proie. Non. Calme-toi ! Il ne peut pas savoir. Il n'y a qu'un seul homme qui connaît Monika Maier, et celui-ci se trouve très, très loin.

Je m'efforce de m'intéresser de nouveau à ceux qui étaient présents à l'enterrement. Il m'est difficile de faire comme si de rien n'était. La manière dont ils engloutissent le goulasch me répugne. Je ne mange rien. Dois-je jouer mon dernier atout ? Son coup de téléphone est terminé, il se rassied près de sa mère. Il lui murmure quelque chose. Et maintenant, il se lève et s'éloigne. Cela m'inquiète. Je dois jouer mon dernier atout. Que puis-je faire d'autre ? Les jours à venir seront certainement compliqués.

25

Il était 16 h 37 lorsque Sifkovits atteignit la poste de Stegersbach. La courroie de sa Peugeot grinçait si fort que sa rupture n'était sans doute plus qu'une question de temps. Après être entré dans le bureau de poste, il chercha un emballage de la taille adéquate. Lorsqu'il eut trouvé le carton idéal, il ne parvint pas à le plier de façon à ce qu'il reste fermé. Il demanda à la femme qui se trouvait au guichet si elle pouvait l'aider. Elle jaugea l'homme dans son costume bien trop large. Ce fut la pitié qui la décida.

— C'est très simple. Comme le fait de plier le linge. Une fois que l'on maîtrise le geste, tout se met en place facilement, déclara la dame.

Sifkovits fut impressionné par l'adresse de la postière. Cette dernière examina le colis et se mit à taper sur le clavier de son ordinateur.

— Bon. Le paquet est à destination d'Innsbruck. Il va être expédié au service de médecine légale, marmonna la femme.

— Exact ! s'exclama Sifkovits. Envoyez-le en express, s'il vous plaît.

La fonctionnaire regarda le carton. Elle jeta un coup d'œil à l'horloge et maugréa un « Bon, mais il est déjà 16 h 43 ».

— Je comprends. Ce qui veut dire, concrètement ? demanda le commissaire.

— Que je ne peux pas vous promettre que votre paquet partira aujourd'hui.

Sifkovits haussa légèrement la voix.

— Il est essentiel qu'il parte aujourd'hui. Vous savez, je suis de la police criminelle.

La postière détailla le commissaire de la tête aux pieds.

— Je sais que je n'en ai pas l'air, déclara-t-il, mais cela a une importance vitale pour mon enquête en cours. Vous savez, le temps, dans notre métier, conditionne souvent la réussite ou l'échec.

La femme arqua les sourcils.

— Lorsque je vois votre costume, je constate que vous avez manqué de temps, et que cela vous a conduit à un échec, déclara-t-elle d'un ton hautain.

Sa remarque fit rire Sifkovits, qui lui donna entièrement raison. Il s'agissait du costume de son père décédé, qu'il portait par nostalgie. La postière le comprenait, et lui dit que son propre père était également décédé, et que pas un jour ne passait sans qu'elle ne pense à lui. Elle ne lui réclama pas sa carte de police. Elle fit confiance à cet homme excentrique dont la coupe de cheveux était un peu trop juvénile.

— Bon, écoutez, déclara la dame, si Kurtl est d'accord pour repasser au centre d'expédition, votre paquet pourra être livré de bonne heure demain matin à Innsbruck.

— Et comment faire pour que Kurtl accepte de repasser au centre d'expédition aujourd'hui ? demanda le commissaire.

— Cela, c'est mon affaire, commissaire. Attendez ici un instant, claironna la postière avec assurance.

Elle se rendit à l'arrière du bureau de poste. Après un bref échange verbal, émaillé de propos vifs, un petit homme moustachu sortit de la pièce du fond et pénétra dans l'espace dévolu à la clientèle. Il semblait énervé et s'empara du colis de Sifkovits. Sans un mot, il passa devant le commissaire et sortit. La postière regagna triomphalement son guichet.

— Eh bien, qu'est-ce que je vous avais dit, monsieur le commissaire ? Lorsque l'on motive un peu les gens, tout fonctionne comme sur des roulettes, déclara-t-elle fièrement en bombant le torse.

— Comment avez-vous fait ?

— Kurtl est mon mari. D'autres questions ?

Sifkovits n'en avait pas, mais comprit aussitôt ce qui s'était joué dans l'arrière-boutique de la poste. Il remercia la femme et regagna sa Peugeot vétuste. Il prit son portable et composa un numéro.

— Université d'Innsbruck, service de médecine légale, Haller à l'appareil, annonça une voix.

— Commissaire Sifkovits, de nouveau. Vous recevrez l'échantillon demain matin de bonne heure. Quand pourrai-je avoir les résultats ?

— Si nous sommes rapides, dans l'après-midi, répondit la voix à l'autre bout du fil.

— Il faut que cela soit rapide. Je vous remercie !

Sifkovits referma le clapet de son antique téléphone portable. Il parviendrait sans doute à contenir son supérieur hiérarchique jusqu'au lendemain après-midi, et espérait que son hypothèse serait confirmée. Si cela n'était pas le cas, il allait avoir des problèmes. De gros problèmes.

26

Sifkovits était assis dans la cour de l'épicerie de Maikits. Il s'était débarrassé du costume et portait sa tenue habituelle. Le cultivateur Fritz, l'alcoolique du village, dormait assis en face de lui. Il avait posé sa tête sur la table. Il y avait des supports plus souples, mais l'épais plateau de bois lui convenait. Il était déjà 18 heures passées et la cour était entièrement plongée dans l'ombre. Le parasol publicitaire portant la marque Almdudler avait rempli son office pour la journée.

Les dernières heures avaient été plutôt pénibles. Une ambiance particulière régnait dans le village. L'enterrement de Robert avait laissé un sentiment durable. Les gens s'entretenaient à voix basse. Cela donnait presque l'impression qu'une couche de neige, au sol, étouffait les voix.

David, le curé, était assis près de Sifkovits. Un cocktail rouge était posé devant lui et il regardait dans le vide, plongé dans ses pensées. Ses paroles résonneraient encore longtemps dans l'esprit des personnes présentes à l'enterrement. Les deux hommes étaient silencieux. Maikits balayait la cour. Lui aussi était d'un calme surprenant.

Au-dehors, le gang des commères au foulard occupait le banc de la rue principale. Les trois dames étaient plongées dans une conversation animée.

— Hilda, comment peux-tu le savoir ? Est-ce que tu l'as observé en permanence ? demanda la grassouillette Mme Grandits à Mme Resetarits, assise à côté d'elle.

— Oui, évidemment. Quand le Schiffi est allé téléphoner, il ne l'a pas quitté du regard un seul instant. Quelque chose se prépare…

Baba intervint.

— Je sais qu'il est allé enquêter chez lui. Ce n'est pas bon signe, quand un policier se rend chez quelqu'un. Il y a de quoi avoir mauvaise conscience, même si l'on n'a rien fait.

— Oui, c'est vrai, Baba, commenta Mme Resetarits, mais lorsque l'on n'a rien à cacher, on n'observe pas les gens aussi ouvertement. Et puis il y a des précédents. Vous ne devez pas l'oublier.

Mme Grandits avait des doutes à propos de la théorie de Mme Resetarits.

— Cependant, il a été acquitté, après avoir été accusé d'abus de confiance. Il faut aussi être capable de passer l'éponge. Chacun peut s'améliorer.

Mme Resetarits réfléchit quelques instants à la remarque de la plantureuse Resl.

— Vous pouvez dire ce que vous voulez, Farkas est d'une manière ou d'une autre lié à l'affaire, affirma Hilda.

À cet instant, Sifkovits sortit de la cour et se dirigea vers les vieilles dames. Ce fut sa mère qui le remarqua la première.

— Bonjour, Spatzl. Qu'est-ce que tu aimerais manger, ce soir ?

Sifkovits réfléchit. Lorsqu'il pensait à la nourriture, il avait l'impression d'avoir de nouveau 6 ans.

— Maman, est-ce que tu voudrais me préparer du bœuf avec un brouet de pommes de terre ?

En réalité, lorsqu'il était enfant, il n'aimait pas tellement la viande, et souvent, ne mangeait que le brouet, le nom qui désignait parfois la sauce aux pommes de terre qui l'accompagnait. Même sans viande, le plat était plus que substantiel. Sa mère était une spécialiste de ce brouet. Elle le préparait toujours avec un roux épais, ajoutait une généreuse portion de paprika et la pointe d'acidité était parfaite. Sifkovits avait tenté plusieurs fois de faire ce plat chez lui, mais n'arrivait pas à obtenir la même saveur que sa mère. Cela tenait peut-être aux vieux ustensiles en émail. L'arôme avait dû les imprégner au fil des décennies.

Sa mère fut ravie du choix de son fils.

— Oui, bien sûr, je vais te préparer le brouet avec la viande. J'ai justement acheté du bœuf chez Tinki, notre boucher. Il est tendre, et provient de son propre élevage. Tu ne trouveras pas de la viande de cette qualité à Eisenstadt. Là-bas, il n'y a que de la viande sous cellophane. Chez nous, elle vient directement du pré. Et nous n'avons pas besoin d'écrire dessus « BIO » en lettres capitales, parce que nous savons que c'est de la bonne viande. Nos animaux ont la meilleure vie qui soit. Crois-tu que nous aimerions manger des cochonneries ?

Le commissaire se serait volontiers passé de tous ces détails. Il ne contredit pas sa mère, parce qu'il savait que cela aurait été inutile. Mme Resetarits confirma au commissaire qu'il avait fait un bon choix concernant son repas du soir, et en profita pour expliquer que sa propre sauce aux pommes de terre était également délicieuse.

Sifkovits en était persuadé, et il assura à Mme Resetarits qu'il goûterait sa sauce un jour.

— J'en serai ravie. Je mets toujours quelques cornichons dedans, déclara celle-ci. Bref ! As-tu remarqué, quand tu es allé téléphoner pendant l'enterrement, que le docteur Farkas te regardait ?

— Non !

Le commissaire se montra surpris.

— Cela n'était pas très discret, je dois dire, ajouta Mme Resetarits.

— Ah bon ? demanda Sifkovits.

— Oui. Nous l'avons toutes remarqué. N'est-ce pas, Resl ?

— Pour ma part, je n'ai rien vu, répondit la femme replète. Tout d'abord, je n'ai pas envie de me mêler de ça, et deuxièmement, j'ai plus important à faire que d'observer Farkas.

— Est-ce que le Farkas est soupçonné ? demanda Baba à son fils.

— Non, maman.

— À qui as-tu téléphoné pendant l'enterrement ? voulut-elle savoir.

— Lorsque j'ai passé un coup de fil, l'enterrement était terminé, précisa son fils. Mon appel était professionnel, maman, et n'avait rien à voir avec Farkas.

Sa mère remarqua pourtant à la manière dont son fils lui avait répondu que l'appel devait avoir un lien avec Farkas.

— Cela avait un rapport avec le Farkas, hein ? insista-t-elle. Je te connais, Spatzl. Lorsque tu ne veux pas répondre, tu tords ta bouche d'une manière bizarre.

Sa mère avait raison. Sifkovits avait déjà cette expression lorsqu'il était petit. Baba était la seule personne au monde à le remarquer.

— Maman, au fait, est-ce que tu pourrais tranquillement commencer à préparer le repas ? J'ai vraiment faim. Je n'ai pas pris de goulasch, dit-il pour détourner la conversation.

— Tant mieux, Schiffi ! s'exclama Mme Grandits. Il était beaucoup trop gras et il y avait beaucoup trop de…

— Je sais. De marjolaine ! compléta Sifkovits.

Baba s'éloigna du groupe et traversa la rue pour regagner sa maison. Sifkovits resta assis auprès des deux autres femmes.

— Je t'appellerai dès que le repas sera prêt, lui dit sa mère en s'éloignant.

Sifkovits demanda de l'eau bouillante et du miel à Maikits. Il sortit son dernier sachet de tisane de sa veste.

— Demain matin, nous allons à Stegersbach ! Il y a une promotion sur le papier toilette ! s'exclama Mme Resetarits.

— Je sais. Ma mère m'en a parlé.

Sifkovits plongea son sachet de tisane dans une tasse.

— Je viens aussi !

Sifkovits se tourna vers la rondouillarde Mme Grandits. Il se demanda si toutes les femmes allaient entrer dans sa petite Peugeot 206.

— À quelle heure partons-nous ? demanda-t-il.

— À 8 heures, déclarèrent les femmes en chœur.

Il y avait des perspectives plus réjouissantes pour le commissaire que de se rendre à Stegersbach avec sa mère et ses deux amies. Il savait qu'ils ne seraient pas revenus avant midi. Lorsque ces dames se mettaient à courir les promotions, une visite chez Penny se transformait en pillage des rayons les plus divers.

Cependant, il voulait faire plaisir à sa mère et à ses amies et ne protesta donc pas contre cette sortie matinale. De plus, à côté du Penny, il y avait la droguerie Dm, où il était certain de trouver de la tisane à l'herbe à fromages.

Malgré cette excursion matinale qui lui restait sur l'estomac, il devait recueillir des informations cruciales pour la suite de son enquête.

27

Lorsque le quatuor sortit du supermarché le lendemain vers midi, Sifkovits se vit confronté à deux problèmes. Tout d'abord, son supérieur hiérarchique d'Eisenstadt allait désormais interférer dans l'enquête, parce qu'il était mécontent du travail accompli par son subordonné. Ensuite, il se demanda comment il allait parvenir à faire entrer tous les achats dans sa petite Peugeot. Il y avait plus de dix paquets de papier toilette. Sans compter les packs de lait stérilisé. Sifkovits entassa tout ce qu'il pouvait dans son coffre. Les deux dames assises à l'arrière durent prendre le papier toilette sur leurs genoux, et disparurent derrière les rouleaux.

Mme Grandits, à cause de son poids, prit place sur le siège passager. Après que tout avait été empilé dans la voiture, et que toutes les femmes avaient pris place à l'intérieur, Sifkovits, certain que sortir du véhicule leur prendrait du temps, en profita pour s'échapper.

— Je reviens tout de suite. Je dois encore passer au Dm, dit-il, je laisse les fenêtres ouvertes.

Les femmes voulurent protester, mais Sifkovits disparut aussi vite qu'il le pouvait dans le magasin tout proche.

Il parcourut les rayons, mais ne trouva pas de tisane à l'herbe à fromages. L'aimable caissière se rendit compte de son manège et s'approcha de lui.

— Puis-je vous aider ? demanda-t-elle.

— Oui, s'il vous plaît. Je cherche un article depuis un bon moment, et dehors, il fait très chaud, répondit le commissaire.

— Ah. Votre chien est dans la voiture ? s'enquit la femme.

— Non. Ma mère. Et ses amies.

— Que cherchez-vous ?

— De la tisane à l'herbe à fromages, répondit Sifkovits.

— Est-ce pour vous ou pour votre mère ? demanda la caissière.

— Pour moi. Pourquoi ?

— Je travaille depuis longtemps pour ma société. Auparavant, j'étais à Wiener Neustadt, mais je suis ici depuis un mois. Je vois tout de suite quand un homme achète quelque chose pour une femme. Il n'y a pas longtemps, un homme est venu ici pour acheter un test de grossesse. Savez-vous dans quel rayon il a cherché ?

Sifkovits haussa les épaules.

— Dans celui des bougies, répondit l'aimable caissière.

Sifkovits sourit, ce qui incita la femme à sourire également.

— Il était tout excité, il m'a dit qu'il se mariait le lendemain à Stinatz et que sa femme et lui essayaient depuis longtemps d'avoir un enfant, ce qui est une bonne chose, en soi, expliqua la femme, tout en attrapant une boîte de tisane sur l'étagère.

Sifkovits devint tout ouïe.

— Deux questions : quand était-ce et à quoi ressemblait l'homme ?

Les détails de la caissière ne laissèrent au commissaire aucun doute sur le fait qu'il s'agissait de Robert Kirisits. Sifkovits songea à la note « Stegersbach » qui se trouvait dans le portable de Robert. La caissière ne le connaissait pas, parce qu'elle ne travaillait ici que depuis un mois. Elle avait entendu parler du meurtre et de l'accident, mais elle ne connaissait pas la victime ni l'accidenté.

Alors que Sifkovits était sur le point de la remercier et de payer la tisane, trois dames âgées pénétrèrent brusquement dans le magasin et déclarèrent qu'elles n'étaient pas des chiens que l'on pouvait abandonner de la sorte dans une voiture. Lorsque Sifkovits entendit la phrase « Maintenant que nous sommes là, nous pouvons jeter un coup d'œil rapide dans le magasin », il sut que la visite à Stegersbach allait être encore un peu plus longue que prévu.

Après le passage des vieilles dames chez Dm, Mme Grandits, dans la voiture, dut également poser des achats sur ses genoux. La Peugeot de Sifkovits était si chargée que les pneus frottaient presque contre le passage de roue. L'équipée n'alla pas très loin, toutefois, car elle fut arrêtée par une patrouille peu avant Stinatz.

Celle-ci était composée de vieilles connaissances de Sifkovits, dont ces fonctionnaires qui l'avaient déjà arrêté quelques jours plus tôt à petite distance du lieu du crime. Sifkovits entendit prononcer des phrases telles que : « En tant qu'agent de la police criminelle, comment pouvez-vous circuler de manière aussi irresponsable ? », « Il s'agit de notre dernier avertissement, monsieur le commissaire, rendez-vous dès aujourd'hui au garage », sans oublier « Décidez-vous enfin à remplacer l'étui de votre carte de police » !

Le reste du trajet fut ponctué par les protestations véhémentes des vieilles dames à propos des policiers.

À l'arrivée à Stinatz, les achats furent répartis comme il se doit. Mme Resetarits et Mme Grandits remercièrent Sifkovits et disparurent dans leur maison. Les femmes avaient prévu de se retrouver après le déjeuner sur leur banc.

Mme Sifkovits prépara une escalope à son fils. Des cliquetis se faisaient entendre depuis la cuisine. Son fils était ravi, d'autant que la viande allait être cuite dans du beurre clarifié. Il se tenait dans la cour de la maison de ses parents et composa un numéro à Eisenstadt.

— Arrêtez, avec vos obscures théories, Sifkovits, aboya un Taschner manifestement hors de lui à l'autre bout du fil.

— Mais, commandant, réfléchissez. Pourquoi achèterait-il un test de grossesse une journée avant le mariage ? demanda Sifkovits à son supérieur hiérarchique.

— Pour être sûr ! Comme je vous l'ai dit ce matin, j'ai tout mis en œuvre pour que quelque chose avance enfin dans cette affaire, maugréa Taschner.

— Commandant, savez-vous ce que je crois…

Sifkovits fut interrompu.

— Croire est ce que l'on fait à l'église. Dans notre métier, ce sont les faits et les preuves qui comptent. CELA SUFFIT ! hurla Taschner.

Puis il raccrocha. Sifkovits se sentit tout penaud, au milieu de la cour, et ne sut quoi faire sur l'instant.

— Le repas est prêt ! Rentre, sinon cela va refroidir. Et les escalopes froides, ce n'est pas bon ! s'exclama sa mère, décidant en quelque sorte pour lui.

Pendant que Sifkovits engloutissait des escalopes panées généreusement revenues dans la graisse, il reçut un appel du service de médecine légale d'Innsbruck. Ses collègues avaient comparé l'échantillon qu'il leur avait envoyé la veille avec le matériel dont ils disposaient déjà. Il allait devoir se rendre de nouveau au domicile de Richard Kirisits. Le sang qui avait été retrouvé dans la voiture du père de Robert était celui du docteur Matthias Farkas.

28

— Que voulez-vous encore ? Ne pouvez-vous pas nous laisser faire notre deuil en paix ?

C'est par ces paroles que Richard Kirisits accueillit Sifkovits. Ce dernier pénétra dans le salon de style seigneurial. Il ne lui fut pas proposé de s'asseoir.

— Ma femme est partie faire des courses. Faites vite, gronda le président de la Landesbank.

— Savez-vous quelle question je me pose régulièrement ? demanda Sifkovits. Vous, les banquiers, prêtez souvent à vos clients des sommes démesurées d'argent, mais vous attachez les stylos bille posés sur le guichet. Pourquoi ?

Richard Kirisits se servit de l'eau-de-vie dans un verre à cognac.

— Je ne vois pas le rapport que cela peut avoir avec votre visite, monsieur le commissaire.

Puis il vida son verre d'un trait.

Sifkovits s'approcha de Kirisits.

— Puis-je m'asseoir ? demanda-t-il.

Richard Kirisits ne répondit pas. Il regarda le commissaire avec une expression qui signifiait « Ne pousse pas le bouchon trop loin ». Sifkovits ne fut pas impressionné.

— Je m'assieds quand même, affirma-t-il, et compte tenu de ce que j'ai à vous dire, vous devriez le faire également.

Richard Kirisits n'était pas habitué à ce que l'on emploie ce ton avec lui. Il remplit un deuxième verre à ras bord et s'assit près de Sifkovits sur le canapé.

— Pourquoi êtes-vous là, monsieur le commissaire ?

— Au moment de l'enlèvement traditionnel de votre belle-fille, lorsque vous vous êtes absenté de la fête, êtes-vous vraiment parti fumer un cigare avec le docteur Farkas ? demanda Sifkovits.

Richard répondit par l'affirmative d'une voix étouffée.

— Où avez-vous acheté le cigare ?

— Pardon ? s'étonna Kirisits.

— Où avez-vous acheté le cigare ? répéta le commissaire.

— Je ne sais plus.

— OK. Vous ne savez plus. Lorsque vous avez eu terminé, où avez-vous jeté le mégot ? demanda Sifkovits.

Richard Kirisits haussa les épaules.

— Votre ami, le docteur Farkas, affirme que vous l'avez jeté par terre avant de l'écraser avec votre chaussure.

— Oui, c'est possible, concéda Kirisits.

— Écoutez-moi bien, monsieur Kirisits. Je ne suis pas votre ennemi. Je pourrais faire effectuer un relevé sur les chaussures que vous portiez au mariage. Cela rallongerait le processus, mais le résultat serait le même. Nous ne trouverions rien. Et avant que vous ne me disiez que vous avez nettoyé vos chaussures entre-temps : cela vous disqualifierait en tant que père. Lorsque l'on a perdu un enfant dans un accident, on a mieux à faire que de nettoyer ses chaussures.

Kirisits se tassait peu à peu sur lui-même.

— Est-ce que vous en voulez un également ? demanda-t-il au commissaire, s'apprêtant à aller chercher un second verre.

Sifkovits accepta.

— Monsieur Kirisits, je vous propose de nous épargner l'examen de vos chaussures et je vous présente ma vision des choses, d'accord ?

Kirisits posa le verre sur la table et hocha la tête.

29

Huit semaines auparavant.

Anna Jusic se promenait dans la forêt de Stinatz. C'était une magnifique journée du début de l'été, et son humeur s'améliora progressivement. Elle allait bientôt épouser son fiancé, Robert. Elle avait de gros problèmes avec son beau-père, mais était fermement convaincue que son amour serait plus fort.

Son beau-père ne cessait d'essayer de convaincre son fiancé qu'elle n'était pas la personne qui lui convenait. Brusquement, sa colère refit surface. *Pourquoi le vieux s'immisçait-il dans leur relation, pourquoi ne voyait-il pas à quel point son fils était heureux ?* pensa-t-elle. Elle imaginait d'innombrables scénarios qui lui permettraient de prouver à son beau-père qu'elle était une femme de valeur.

Robert et ses parents ne savaient rien de son passé, et elle avait en outre fait en sorte que personne n'en sache rien. Elle aurait bientôt réglé le problème qu'elle avait avec une personne du village et avec son beau-père.

Anna bifurqua sur un chemin dans la direction « Fünf Sterne ». L'endroit était l'un des plus beaux au sein des forêts de Stinatz. Une voiture stationnait à l'extrémité du chemin. En s'approchant, elle vit qu'il s'agissait d'une Mercedes classe G, comme celle de son futur beau-père. *Il est peut-être venu ici avec d'autres chasseurs*, pensa-t-elle. Cela était très fréquent. Lorsqu'elle se trouva plus près du véhicule, elle vit son futur beau-père assis au volant. Sa tête était renversée en arrière et ses paupières étaient closes. Anna se cacha derrière un stock de bois pour pouvoir observer la scène sans être vue. *Que se passe-t-il ?* se demanda-t-elle.

Elle constata que la bouche de son beau-père s'ouvrait régulièrement, comme s'il gémissait. Puis celui-ci baissa le regard, et se servit de sa main pour guider quelque chose vers le bas. Au bout de cinq minutes environ, il pencha la tête complètement en arrière. Il paraissait détendu. Quelqu'un lui avait visiblement fait une fellation. Juste après, une tête apparut au niveau du volant. Il s'agissait d'un homme aux cheveux gris qui s'essuya la bouche. Il embrassa Richard Kirisits. Elle reconnut l'homme en question. Celui-ci avait un nom hongrois : Farkas.

Lorsque la Mercedes classe G démarra, Anna se cacha un peu mieux derrière le tas de bois. Elle ne sortit de sa cachette que lorsque la voiture eut disparu. Elle réfléchit brièvement. Désormais, plus rien ne s'opposerait à son mariage, et pour cela, elle n'aurait même pas besoin de prouver sa valeur à son beau-père.

30

Lorsque Sifkovits eut terminé de raconter sa version des faits, Richard Kirisits baissa la tête. Le commissaire constata que l'homme imposant se mettait à trembler. Il inspira profondément, son visage était devenu légèrement congestionné.

— Est-il possible que mes suppositions correspondent à la réalité, monsieur Kirisits ? demanda Sifkovits à son interlocuteur d'un ton calme.

— Vous ne savez pas ce que cela signifie, lorsque l'on a mon statut social, d'éprouver de tels penchants, soupira Kirisits en levant les yeux vers le commissaire. Pendant longtemps, j'ai voulu l'ignorer, mais au fil des ans, je me suis senti de plus en plus attiré par les hommes. Vous ne pouvez pas savoir comme j'ai honte !

Les yeux de Kirisits s'emplirent de larmes.

— Ah, je vous en prie, monsieur Kirisits. De nos jours, l'homosexualité n'est plus un problème, argumenta Sifkovits, tentant de l'apaiser.

— Oui, à Vienne, peut-être. Mais ici ? Savez-vous quelles conséquences cela aura pour moi si l'on dit : « Le président de la Landesbank est une tapette ? » Je sais bien qu'ici, il y a des gens qui critiquent les homosexuels. C'est une maladie, disent-ils. Cela signifierait la fin de ma carrière.

Sifkovits but une gorgée d'eau-de-vie. Manifestement, il n'apprécia pas le breuvage.

— Est-ce que quelqu'un est au courant ? demanda-t-il à Richard Kirisits.

— Je crois que ma femme le sait. Au début, elle devait penser qu'il s'agissait d'une autre femme, mais à la façon dont elle me regarde depuis un certain temps, je soupçonne de plus en plus qu'elle sait de quoi il retourne.

Kirisits baissa de nouveau le regard. Il posa les deux mains sur son front et secoua la tête.

— Encore une dernière question importante, monsieur Kirisits, ne put s'empêcher de lui demander Sifkovits. Votre belle-fille était-elle au courant ?

Kirisits resta silencieux un long moment, puis hocha brièvement la tête.

— Anna nous a surpris, une fois. Moi et Farkas. Nous ne l'avions pas vue.

— A-t-elle fait pression sur vous ? questionna Sifkovits.

— Eh bien, elle n'a pas demandé d'argent, ni rien de tel. Elle m'a simplement menacé de rendre la chose publique si je me mettais de nouveau en travers de son chemin et de celui de Robert.

— N'avez-vous pas trouvé risqué de vous absenter brièvement avec M. Farkas, le jour du mariage ?

— Non, bien au contraire, répondit Kirisits. Beaucoup de gens ne remarquent pas que deux personnes s'éloignent. De plus, l'ambiance, après l'enlèvement traditionnel de la mariée, était plus détendue. Les gens sortaient de table, allaient boire un verre au bar, par exemple. Le désir humain est souvent insondable, et surtout, il va et vient quand il le souhaite. Je suis allé à la table de Farkas, nous nous sommes caressés discrètement sous la table, puis nous sommes… partis. Pas loin. La forêt se trouve à trois minutes en voiture. Là, nous nous sommes rués l'un sur l'autre. Matthias était merveilleusement beau. Je n'ai pas pu réfréner ma passion, et je l'ai étreint un peu trop fort, ce qui a causé une blessure chez lui, et explique la présence de son sang dans ma voiture.

Sifkovits nota tous ces éléments dans son carnet.

— Monsieur Kirisits, je vous remercie pour votre franchise. Vous savez que vous aviez un réel motif pour assassiner votre belle-fille, et cependant, vous disposez d'un alibi pour l'heure du crime. Si M. Farkas me le confirme.

— Il le fera. De toute façon, Matthias fait déjà l'objet de rumeurs quant à son…

Sifkovits l'interrompit d'un signe de la main.

— Je vous remercie, monsieur le commissaire. De tout cœur.

La sonnerie de la porte d'entrée retentit. Richard Kirisits alla ouvrir. Sifkovits n'en crut pas ses yeux. Son collègue Berner, l'amateur de pain de viande, était venu. Derrière lui se tenaient deux autres agents en uniforme.

— Que fais-tu là ? demanda Sifkovits, surpris.

— Je viens enquêter. C'est ce que tu aurais dû faire aussi, répondit Berner d'un ton cynique.

Il tenait un sachet en plastique à la main. À l'intérieur, il y avait un téléphone portable. Il s'adressa à Richard.

— Richard Kirisits ?

L'homme, décontenancé, hocha la tête.

— Nous avons trouvé ce portable dans votre voiture. Voici le mandat de perquisition.

Berner tendit à Kirisits un papier officiel qui autorisait la police à fouiller son véhicule. Kirisits s'en empara précipitamment.

— Nous avons pu vérifier entre-temps qu'il s'agissait du portable d'Anna Jusic, la victime du meurtre. Voudriez-vous bien nous suivre ?

— Comment cela ? objecta Sifkovits. Cela ne peut pas être lui !

— Pourquoi ? demanda Berner.

— Une fois à Eisenstadt, je vous expliquerai tout, répondit Sifkovits à son collègue.

Berner empêcha Sifkovits de sortir.

— Non. Tu ne viens pas avec nous. Je vais interroger M. Kirisits avec notre commandant. Ordre d'en haut.

Richard Kirisits mentionna au commissaire qu'il allait suivre ses collègues à Eisenstadt sans opposer de résistance. Il devait y avoir une explication. Ensuite, M. Kirisits fut emmené par les deux agents. Sifkovits resta seul.

31

Les tentatives de Sifkovits de persuader son supérieur hiérarchique qu'il était indispensable qu'il soit présent au cours de l'interrogatoire de Richard Kirisits restèrent vaines. Taschner lui demanda de revenir à Eisenstadt le lendemain matin de bonne heure.

Sifkovits se tenait dans l'entrée de la maison de la famille Kirisits. La Mercedes classe G était en train d'être examinée par la police scientifique. Ses collègues prirent congé du commissaire et quittèrent les lieux.

Pourquoi ne trouvons-nous le portable d'Anna que maintenant ? se demanda le commissaire. Il ne parvenait pas à en comprendre la cause, malgré sa bonne volonté, sauf si quelqu'un avait voulu que ce soit le cas.

Il songea à se rendre tout de suite à Eisenstadt, pour être sur place. Mais finalement, il choisit de ne pas le faire, tout d'abord parce que son supérieur était furieux, ensuite parce qu'il n'était pas certain que sa Peugeot verte parviendrait jusque-là. Il décida de se rendre chez Wagner, le concessionnaire, pour faire réparer sa voiture.

Le concessionnaire se trouvait au milieu du village, non loin de l'église et du presbytère. Il tenait l'un de ces garages que l'on trouve partout à la campagne, dont la porte est toujours ouverte. Il fallait traverser l'atelier pour atteindre le bureau. Naturellement, le bureau était aussi doté d'une entrée séparée, que seuls les étrangers utilisaient. Les gens de la région passaient directement par l'atelier.

Franz Wagner, le directeur, était un homme de haute stature proche de la soixantaine. Il portait une barbe à la Henri IV et avait constamment les mains pleines d'huile. C'était un concessionnaire à l'ancienne et son personnel était à son image.

Au cours des dernières années, Wagner était de plus en plus agacé par ses clients viennois qui se rendaient en nombre dans son garage pour faire effectuer un contrôle technique de leur véhicule. Chez lui, l'heure de main-d'œuvre ne coûtait que 55 euros. À Vienne, pour ce prix, un mécanicien ne soulevait même pas le capot. Wagner était heureux d'avoir de nouveaux clients, mais il trouvait que les Viennois faisaient toujours des histoires, parce qu'ils n'appréciaient pas son franc-parler. La négociation du prix d'un véhicule, chez lui, ne se déroulait absolument pas comme ce qui était enseigné dans les séminaires de vente.

La demande du client : « Combien me donnes-tu pour la voiture ? »

Wagner : « 7 000, pas plus ! »

Si le client disait : « Ce n'est pas assez ! », Wagner répliquait : « Va te faire voir. » Point. C'est une chose qui peut se produire lorsque l'on se rend chez Wagner, mais on peut être certain qu'il n'arnaque personne. C'est un mécanicien consciencieux qui aime pouvoir remettre en état un véhicule défectueux pour un prix raisonnable, et qui ne dit pas « il faut changer ça et ça par sécurité » pour extorquer plus d'argent à ses clients.

Selon Wagner, il y avait dans sa branche des pourris capables de changer un filtre à air en bon état. Le concessionnaire déclara qu'il aurait pu les étrangler. Et il se montrait là plutôt modéré. Les mots qu'il employait habituellement étaient beaucoup plus grossiers.

La Peugeot de Sifkovits stationnait depuis environ une heure dans le garage. Le patron en personne donna le dernier tour de vis, parce que l'apprenti était en congé, que son autre employé réparait une Dacia Logan et que lui-même aimait travailler sur les voitures un peu anciennes.

— Aujourd'hui, on ne peut plus rien faire, sur les voitures. On ne peut même plus changer l'huile, parce que cela annule la garantie. Avant, les voitures avaient encore une âme et un cœur. Aujourd'hui, elles semblent tout droit sorties d'un casting. Parfaites, mais impersonnelles. Autrefois, on pouvait donner un petit coup sur une Coccinelle, et elle repartait jusqu'à Dornbirn.

Wagner trouvait que cet engouement pour les voitures électroniques était un non-sens, parce que personne ne savait comment recycler ces machines une fois qu'elles ne fonctionnaient plus.

— Rien que la batterie ? Qu'est-ce que tu en fais ? Où est-ce que tu la balances ? lui gronda-t-il au visage.

Le commissaire ne l'écoutait que d'une oreille, parce qu'il observait avec une grande admiration l'employé qui travaillait sur la Dacia Logan. Lorsqu'il lui demanda comment était cette Dacia, il obtint une réponse franche de l'homme blond en bleu de travail :

— Elle est super. C'est une sorte de Renault issue de l'immigration !

Sa remarque fit rire Sifkovits, qui s'approcha de nouveau de Wagner et de sa voiture de marque française. Le concessionnaire n'avait pas remarqué que Sifkovits s'était brièvement éloigné. Il était encore plongé dans son monologue à propos d'autrefois.

— Schiffi, il faut que je te dise, honnêtement, que ce n'est plus du tout comme avant. Ce n'est plus du tout agréable de gérer un garage. Tout est extrêmement réglementé, nous devons tenir des registres pour tout – même s'il n'y a pratiquement rien. Ces crétins de Viennois viennent ici parce que c'est moins cher, mais avant de faire quoi que ce soit, tu es obligé de regarder la voiture sous toutes les coutures, parce que sinon, tu as droit à : « Cette rayure-là n'existait pas avant que je vienne au garage. » Et quand tu es un petit concessionnaire ? Que te reste-t-il à faire ? Payer de ta poche ! Ces imbéciles du siège en Allemagne ne savent pas ce qui se passe sur le front. Ils ont étudié et savent comment vendre des voitures sur le papier, mais lorsque le joint de culasse fuit, ils appuient sur la touche SOS de la ceinture de sécurité. Chaque jour, nous recevons de nouveaux documents du groupe. Lorsqu'une voiture entre au garage, nous devons noter avec précision le kilométrage et entrer l'information dans cet ordinateur de merde, et une fois que la voiture a été réparée, nous ne pouvons faire un essai que sur un kilomètre, pour vérifier si tout fonctionne bien. Et tout ça doit obéir à un protocole précis. L'ordinateur, cette merde, est relié au siège. Ils surveillent tout. Avant, on emportait la voiture qui venait d'être réparée jusqu'à Trieste pour le week-end et personne ne faisait d'histoire. Tu vois ce que je veux dire ?

Sifkovits hocha la tête. Il était impossible d'arrêter Wagner.

— Et c'est là que commencent les problèmes. Dominik, notre apprenti, vient de passer le permis jeune conducteur de 17 ans. Et qu'a-t-il fait ? Il a effectué un test sur 1 000 mètres, puis il a continué à conduire pendant 22,7 kilomètres. Il voulait sûrement conduire une belle voiture, au lieu d'un détecteur de mines comme la Hyundai. Il voulait sans doute impressionner sa poule (il parlait de la petite amie de Dominik). Ça ne me gêne pas, en ce qui me concerne, s'il me dit la vérité, je serai le dernier à le condamner. Mais le fait qu'il ait menti et ait dit qu'il n'avait pas pris la voiture, en tant que patron, ça me contrarie. S'il l'utilise pour aller manger une glace, il peut, mais je ne tolère pas qu'il me mente, parce qu'ensuite, j'ai un problème avec le siège. Après, j'ai sur le dos un de ces Allemands qui me demande ce qui se passe chez nous. « Vous n'arrivez pas à prendre en main votre apprenti, monsieur Wagner ? » Qu'on me pose seulement la question ! Là, je répondrai : « Non, mais toi je vais te prendre en main, et tu vas le sentir passer. » Tu vois le topo, Schiffi !

Wagner entraîna Sifkovits jusqu'à un ordinateur qui se trouvait directement dans l'atelier. Après quelques clics de souris, il trouva la bonne page. Le kilométrage de la voiture en question excédait les 1 000 mètres prescrits de 22,7 kilomètres.

Wagner retourna ensuite s'occuper de la Peugeot verte. Il promit au commissaire que cela ne serait pas long. La courroie fut changée, et les deux hommes retournèrent dans le bureau du concessionnaire.

Il s'agissait du type de bureau que l'on trouve fréquemment dans les garages. Derrière l'imprimante, il y avait l'habituel calendrier avec des photos de femmes nues, et sur le « comptoir » était posée une tirelire à l'effigie de l'abeille Sumsi[1] sur laquelle était collée une étiquette mentionnant « cagnotte pour le café ». À gauche, sur l'étagère, Wagner vendait du miel produit par son beau-père. Les ventes de miel restaient limitées.

Wagner remit à Sifkovits une nouvelle vignette de contrôle technique à apposer sur le pare-brise. Une fois que le commissaire l'eut collée, les deux hommes prirent congé en se saluant d'une vigoureuse poignée de main. Sifkovits avait maintenant de l'huile sur la main.

Il s'éloigna du garage au volant de sa voiture qui ne grinçait plus et prit la direction de la maison de ses parents. Soudain, il fit demi-tour et retourna au garage.

Wagner était surpris.

— Que se passe-t-il, Schiffi ? Est-ce que tu veux un arbre magique ? J'ai le parfum vanille, lui proposa-t-il.

1. Sumsi est une abeille de bande dessinée imaginée par la banque allemande Raiffeisen pour sensibiliser les enfants et jeunes de moins de douze ans à l'épargne.

— Non, merci ! J'ai une dernière question à te poser : quel était le modèle de la voiture dont le kilométrage a été dépassé ? demanda Sifkovits tout en introduisant 50 cents dans la tirelire.

Wagner répondit aussitôt : « Un Touareg Volkswagen ! »

Sifkovits éprouva brusquement de nouveau le besoin de prendre un verre.

32

Lorsque Sifkovits regarda sa montre, il n'en crut pas ses yeux. Il était 22 h 34, et il avait déjà bu sept bières dans la cour de Maikits. Les effets de l'alcool se faisaient de plus en plus sentir. Cela tenait aussi au fait qu'il ne buvait jamais de bière.

Il était en bonne compagnie. Le cultivateur Fritz en avait déjà douze dans le sang et Maikits neuf. Et en guise de mesure de soutien, les trois hommes avaient également bu dix-sept eaux-de-vie.

Le commissaire finit par se lever et se dirigea en vacillant vers les toilettes, qui se trouvaient dans l'espace privé de Maikits. L'épicier ne voyait pas d'inconvénient à ce que ses clients utilisent ses toilettes privées. Sifkovits se laissa choir sur le siège des WC et sa tête commença à tourner. Motif ? « Motif » était le mot qui revenait en boucle dans son esprit embrumé. Pourquoi tuer une femme enceinte ? Le meurtrier savait-il que la mariée l'était ?

Dans la cour, Maikits et le cultivateur Fritz étaient étroitement enlacés et chantaient une chanson populaire croate. Sifkovits se joignit à eux. La scène donnait l'impression que les trois ténors de Stinatz donnaient un concert que personne n'avait envie d'entendre. La chanson était intitulée *Oral jesam*.

Oral jesam oral
ali malo's oral
Nisu majko gledal
kuda konjki hidu
Neg sun majko gledal
kuda roze hodu
(J'ai labouré, labouré, mais peu labouré.
Je n'ai pas regardé, mère,
où allaient les chevaux,
Mais j'ai regardé, mère, où sont allées les filles.)

Les hommes se mirent à chanter plus fort et avec plus de ferveur :

Kuda roze hodu
hladnu vodu nosu
Jedno jutro rano
Su mi tri izasle
(Où vont les filles, porter de l'eau fraîche.
Un matin à l'aube, trois sont passées devant.)

Les hommes ne se rendirent pas compte qu'une autre personne était entrée dans la cour.

Prva mi je bila
Tunka i visoka
Druga mi je bila
Mala i debela
Treca mi je bila
Srcv povolija
(La première était mince et grande,
La deuxième était petite et grosse
La troisième m'a bien plu.)
Poj si poj si sinak
I si ju izprosi
Bil sam bil sam majko
Nisu mi ju dali
(Va, fils, va, demande-lui sa main.
J'y suis allée, mère,
mais elle ne me l'a pas donnée.)

— Dis-moi, tu n'as pas honte ?

Baba Sifkovits interrompit en ces termes les hommes dans leur beuverie. Elle portait déjà sa chemise de nuit, et plusieurs bigoudis de couleur étaient fixés dans ses cheveux.

— En plein milieu de la nuit et complètement soûl. Si la Resl l'apprend, tout le village sera au courant demain. Allez, rentre maintenant. Tu dois retourner à Eisenstadt, demain.

Baba prit son fils par la main et le tira à l'extérieur. En traversant la rue, elle lui adressa d'autres reproches, dont ce dernier n'eut pas conscience.

Il tomba tel un bloc de pierre sur son lit. Naturellement, il ne s'était pas brossé les dents et ne s'était pas non plus changé. On peut très bien dormir avec un pantalon en coton.

Le lendemain matin, le commissaire arriva à 8 heures précises à l'office régional de police criminelle d'Eisenstadt. Il avait une sale mine et ses vêtements paraissaient chiffonnés. Il avait une sacrée gueule de bois. Son collègue Berner était assis à sa place et effectuait des recherches sur Internet. Un petit pain garni de pain de viande était posé devant lui.

— Bonjour, lança Berner lorsque Sifkovits entra dans le bureau. Tu sais la dernière ? Nous avons trouvé les empreintes de Kirisits sur le portable de la mariée.

— Ah bon, déclara Sifkovits tout en faisant chauffer de l'eau dans la bouilloire. Comment avez-vous retrouvé ce portable ?

— Nous avons reçu un appel anonyme.

— Je vois. Y avait-il d'autres empreintes, dessus ?

— Non. Il n'y avait que celles de Richard Kirisits.

Sifkovits se gratta la tête sous sa casquette.

— Mais… n'est-ce pas un peu bizarre ?

— Quoi donc ? demanda Berner.

— Eh bien, pourquoi n'y a-t-il que ses empreintes, sur le portable ? Il devrait également y avoir les empreintes de la mariée, qui utilisait sans doute souvent son téléphone, expliqua le commissaire.

— Kirisits l'a peut-être nettoyé, puis a posé de nouveau les mains dessus par mégarde… Telle fut la meilleure explication que trouva Berner.

— Mais ce n'est pas logique, Berner ! Réfléchis. Quelqu'un organise péniblement un meurtre, efface toutes les traces, puis commet une erreur aussi grossière ? Et de plus, Richard Kirisits a un alibi.

— Un alibi qui ne tient pas tellement la route ! décréta Berner. Farkas pourrait très bien le couvrir. Après tout, ils ont des liens professionnels. Farkas ne trahirait pas un partenaire commercial. De plus, il est déjà passé devant les tribunaux, ce qui laisse penser que sa fibre criminelle est plus marquée que chez beaucoup d'autres personnes.

Sifkovits doutait de la version de son collègue.

— Réfléchis, Schiffi ! Le Kirisits avait un véritable motif. Si Anna Jusic avait découvert son homosexualité et a fait pression sur lui – et elle l'a fait, selon ses déclarations – alors il avait le meilleur motif qui soit. Il a donc mis en scène l'histoire avec Farkas pour se créer un alibi. Et le sang qui se trouve dans la voiture pouvait très bien déjà s'y trouver.

Sifkovits but une longue gorgée de sa tisane.

— Parfait. Je vais examiner le portable de la mariée, dit-il à son collègue.

— Tu peux, cela ne me gêne pas, mais tu n'apprendras pas grand-chose. Nous l'avons fouillé hier et n'avons rien découvert d'utile, expliqua Berner, tentant de minimiser les espoirs de Sifkovits.

— Où est Kirisits ? demanda le commissaire principal.

— Il est encore chez nous. Mais son avocat est déjà là. Nous verrons combien de temps nous pouvons encore le garder.

Sifkovits quitta le bureau et se dirigea vers la salle des pièces à conviction.

Berner avait raison. Le portable d'Anna Jusic ne lui apprit rien de nouveau. Elle n'avait enregistré qu'un petit nombre de numéros, et n'avait pris que quelques rares notes personnelles. Sifkovits continua cependant de faire défiler de bas en haut la liste de ses contacts. Il fut étonné que rien ne lui paraisse suspect. Quelle serait la meilleure manière de cacher une information ? Brusquement, il eut une idée.

Il fit défiler les contacts jusqu'à ce qu'il lise le mot « Renseignements ». En ouvrant la fiche, il tomba sur un numéro de téléphone portable qui n'avait certainement rien à voir avec celui des Renseignements. *Voilà une cachette bien pensée*, songea Sifkovits. Il composa volontairement le numéro depuis le portable d'Anna Jusic. Au bout de quelques sonneries, un homme décrocha.

— Oui, allô, Monika. Cela faisait longtemps ! Comment se passe ta nouvelle vie chez les Krowoten[1] ?

---

1. Krowoten : ce mot désigne la population qui parle croate dans le Burgenland, à Vienne ou dans les environs.

33

L'homme auquel Sifkovits faisait face portait une robe de chambre en velours rouge. Son ventre était légèrement proéminent. Il avait la tête penchée en arrière. Un verre de gin tonic était posé devant lui. Sifkovits se trouvait dans un établissement du nom de Puderdöschen[1]. Celui-ci était situé dans le 11e arrondissement de Vienne, dans une petite rue miteuse. Flichi, ainsi s'appelait l'homme au peignoir rouge, était visiblement peiné. Une heure auparavant, il s'était entretenu avec le commissaire général qui l'avait appelé à l'aide d'un portable dont il connaissait très bien le numéro.

Le calme régnait au sein de la maison close. En dehors d'une jeune femme qui nettoyait quelques tables dans un coin au fond, la salle était déserte. La décoration faisait preuve d'autant de goût que la robe de chambre de Flichi – d'horribles tentures en velours

1. « Petit poudrier ».

avec des dorures de pacotille. Les photos accrochées sur le mur n'étaient pas des clichés de professionnels.

Flichi avala une longue rasade de gin tonic et dévisagea le commissaire. Puis il secoua la tête.

— C'est affreux. Quelle tragédie ! Je n'étais pas au courant. V'savez, les nouvelles du sud du Burgenland n'arrivent pas jusqu'ici, à Vienne. C'est aussi parce que nous nous en fichons, mais là, je suis plus que choqué !

Flichi venait d'apprendre que Anna Jusic était morte.

— Apparemment, Anna était une fille très gentille, d'après ce que m'ont dit les gens de Stinatz. C'est également votre avis ? demanda Sifkovits.

— Oui, tout à fait. Elle a eu une vie mouvementée. Elle a fui la Yougoslavie, autrefois, et comme vont les choses, elle a fini par atterrir chez nous. Elle a fait du bon travail, mais il était évident depuis le début qu'elle ne resterait pas ici pour toujours. Je vous le dis honnêtement : notre activité est ce qu'elle est. Les uns l'apprécient, les autres la critiquent, mais dans mon secteur, nous avons pour le moins un code d'honneur. Je l'ai toujours fait suivre par un médecin, mais elle n'a jamais eu de problème. Je ne lui ai pas non plus mis de bâtons dans les roues. Je lui ai toujours dit : si tu veux t'en aller, un jour, préviens-moi suffisamment tôt. Nous avons tellement de filles qui atterrissent en Europe et qui veulent trouver un boulot. Anna était déjà un peu âgée, pour travailler dans notre secteur, et il y a constamment des jeunes qui arrivent.

Sifkovits fut étonné par la franchise de Flichi. Dans les milieux de la prostitution, les gens étaient souvent plutôt fermés et laconiques.

— Cela veut dire que vous l'avez aidée à quitter le milieu ? demanda Sifkovits.

— Oui. Nous avons fait en sorte qu'elle obtienne ce job au Hilton, une connaissance nous a filé un coup de main. Je ne peux pas vous donner plus de détails, parce que je ne vais pas jouer contre mon propre camp, si vous voyez ce que je veux dire…

Sifkovits voyait très bien et ne chercha pas à en savoir plus.

— Anna était très heureuse de travailler au Hilton.

— Je comprends, monsieur Flichi. Pourquoi portait-elle le nom de Monika Maier ?

Flichi demanda un autre gin tonic à la jeune femme, puis répondit à Sifkovits.

— Ici, elle a pris le nom de Monika. Lorsqu'elle est partie de chez nous, nous avons modifié quelques détails de son curriculum vitae et l'avons un peu amélioré. C'est ce que nous faisons habituellement. Pour faciliter la reconversion professionnelle de nos dames. Aucun employeur n'embauche volontiers une prostituée. Lorsqu'elle était encore chez nous, elle a fait la connaissance d'un gars de sa région, et lorsqu'il venait, ils ne restaient jamais ici, mais louaient une chambre à l'heure dans un hôtel. Sous le nom de Monika Maier. Je ne dirai pas qu'elle était amoureuse de lui, mais il a au minimum contribué à ce qu'elle s'en aille. Il est malheureusement arrivé un drame, parce qu'elle est tombée enceinte du type, et elle a perdu l'enfant. Ensuite, elle a pris la décision de partir.

Sifkovits souleva sa casquette pour se gratter la tête. Les pièces du puzzle commençaient à s'assembler lentement dans son esprit.

— Je comprends, monsieur Flichi. Est-ce qu'Anna est ensuite allée vivre avec ce monsieur ? demanda-t-il.

— Eh bien, il y a eu un gros problème. Le gars était marié. Je l'ai appris par hasard, mais il semble qu'il ne pouvait pas se séparer de sa femme, parce qu'il y avait une histoire d'entreprise pour laquelle elle se serait portée caution pour lui. Comme d'habitude, il s'agit d'une histoire d'argent.

Et ironiquement, Anna s'est de nouveau dégoté un type du sud du Burgenland par la suite.

Sifkovits avait une dernière question à lui poser :

— Savez-vous dans quel hôpital Anna a fait une fausse couche ?

— C'était à l'AKH[1].

— Merci beaucoup.

1. Allgemeines Krankenhaus der Stadt Wien : Hôpital général de Vienne.

Sifkovits salua son interlocuteur et prit la direction de l'hôpital AKH.

Après s'être entretenu avec le médecin de l'établissement qui s'était occupé d'Anna Jusic à l'époque, il apprit qu'elle n'avait pas fait de fausse couche, mais qu'elle avait avorté.

Avant de revenir à Stinatz, Sifkovits fit une brève halte à son bureau d'Eisenstadt. Pour une unique raison : récupérer son arme de service.

34

Sifkovits effectua avec sa Peugeot un circuit dont le point de départ était le garage Wagner. Il se rendit à l'auberge Zum Goldenen Hirsch à Unterlimbach, puis jusqu'au champ dans lequel le cadavre avait été découvert, avant de regagner le garage Wagner. Il avait parcouru 23,1 kilomètres. Le meurtrier devait avoir parcouru les 400 mètres séparant le chantier de Freco du champ en roue libre, car la route était en pente.

La distance obtenue était alors de 22,7 kilomètres, la distance que Wagner soupçonnait son apprenti d'avoir parcourue, même si celui-ci avait affirmé plusieurs fois ne pas avoir utilisé la voiture. Sifkovits le croyait. Il composa un numéro.

35

Il est assis à côté de moi dans la voiture et conduit sa Peugeot verte le long d'un chemin forestier. Je crois qu'il sait que je suis coupable. J'ai intentionnellement choisi cet endroit, parce qu'il est lié à de nombreux souvenirs et qu'ici, personne ne nous trouvera. Nous nous enfonçons plus profondément dans la forêt. Le chemin est de moins en moins praticable.

Je lui demande de s'arrêter à l'endroit appelé « Fünf Sterne ». Nous descendons du véhicule et nous dirigeons vers une petite chapelle qui se trouve sur place. Tout est très calme. Je remarque que je commence à trembler légèrement.

Il me précède de quelques pas et observe le Sauveur sur la croix dressée ici depuis des années. Il reste un moment immobile.

Aucun de nous ne prononce un mot. Nous entendons les oiseaux gazouiller. Je vérifie que mon couteau se trouve bien à portée de main dans la poche de mon pantalon. Je suis à peu près certain de devoir l'utiliser. Il se tourne vers moi et se met à me parler.

36

— Te souviens-tu, lorsque nous faisions du camping ici ? demanda Sifkovits à son ami.

Il désigna un endroit situé derrière la chapelle.

— C'est là que nous installions la tente, répondit Freco. Et toi, tu te rappelles ? « Où est ma jambe ? Où est ma jambe ? »

Les deux hommes hochèrent la tête et eurent un petit sourire.

— Je repense volontiers à cette époque, ajouta Freco, nous étions si insouciants. Nous étions innocents et pleins d'énergie. Aucun de nous ne savait vers quelle vie de merde le vent allait nous pousser. Parfois, j'ai l'impression d'étouffer… Ma vie n'est qu'une façade. Je n'ai pas pu vivre mon grand amour. Et j'ai toujours voulu avoir des enfants, une grande famille. Même cela ne m'a pas été donné. J'aurais aimé avoir un garçon. Je serais allé assister à ses matchs de football, s'il avait joué dans une équipe junior, et je l'aurais encouragé. Et j'aurais entrepris beaucoup de choses que l'on ne réalise qu'avec son fils.

— Est-ce que tout cela en valait vraiment la peine, Freco ?

— Ah, Schiffi. Imagine. Tu ne peux pas savoir. Comment puis-je te le faire comprendre ? murmura Freco. Tout à coup, Anna était de retour. Qui plus est, à Stinatz, devant mes yeux, avec Robert, ce type insipide. Et j'assistais à tout cela. Ma souffrance a ressurgi brutalement et elle était plus forte qu'avant. Il était si difficile de conserver une façade... Je pensais tous les jours au fait que j'aurais pu fonder une famille heureuse avec Anna... Après tout, c'est moi qui l'avais sortie du bordel. À l'époque, j'ai dépensé beaucoup d'argent, je devais payer chaque heure passée avec elle. Lorsqu'elle a commencé à travailler au Hilton, elle voulait m'épouser. Comme c'était impossible, elle m'a laissé tomber. J'ai été là pour elle, et je ne pouvais en parler à personne. Sinon, l'histoire aurait circulé et tout Stinatz aurait été au courant, y compris ma femme.

— Je ne comprends pas ton geste, mais je veux bien que tu m'expliques, répliqua le commissaire. Tu as commis une énorme erreur, Freco !

— C'est vrai, répondit son vieil ami d'école.

— Comment savais-tu qu'Anna était enceinte ? Tu m'as dit que Robert te l'avait raconté. Mais cela est faux. Je ne crois pas que tu l'aies appris par Robert, car il a acheté un test de grossesse une journée avant le mariage. Robert ne savait pas que sa femme était enceinte. Seuls Anna et David le savaient. Mais notre curé ne l'a raconté à personne. Secret de la confession. Est-ce qu'Anna te l'a dit peu de temps avant sa mort ?

Sifkovits avait touché juste. Freco hocha la tête.

— Pendant le mariage, je n'ai pas quitté Anna des yeux. Elle n'a fait que boire du champagne. J'ai observé la table à laquelle elle était assise. Celle-ci était pleine de verres. Quelle mariée passe son temps à boire le jour de son mariage ? Je l'ai regardée et mes soupçons se sont renforcés. Et lorsqu'elle a été enlevée, j'ai perdu la boule. OK, j'étais déjà un peu soûl. Je suis retourné au garage Wagner, parce que je savais que mon Touareg n'était plus dans l'atelier, mais dehors, sur le parking, et qu'il était prêt à circuler. C'est pourquoi je l'ai suivie. Une fois dans la voiture, ma colère n'a fait que s'amplifier de façon irrémédiable. Lorsque je suis arrivé à l'auberge Zum Goldenen Hirsch, je me suis caché derrière, dans l'abri à bois, et j'ai attendu le moment propice. Lorsque celui-ci s'est présenté, j'ai eu une explication avec elle. Elle a alors avoué qu'elle était enceinte, de cet imbécile sans intérêt de Robert. Nous nous sommes disputés, et elle m'a dit qu'elle avait avorté de mon enfant. J'entends encore ses paroles résonner dans mes oreilles : « Non ! Ce n'était pas une fausse couche. C'était un avortement.

Je ne voulais pas d'enfant de toi ! Tu comprends ? » Pour moi qui ne désirais rien de plus que d'avoir des enfants, ce fut le choc le plus terrible de ma vie. Je souffre encore de savoir que cette sale pute a tué mon enfant. Toutes mes certitudes se sont effondrées. J'ai attrapé le premier objet que j'ai pu trouver sur l'établi, et j'ai frappé. Un coup a suffi.

Les yeux de Freco étaient rouges.

— Schiffi, elle était mon grand amour, mais cette salope n'a fait que m'utiliser !

Ses yeux s'emplirent de larmes.

— Ce n'est sûrement pas un hasard si les mots amour et affabulation commencent tous les deux par un A.

Les épaules de Freco s'affaissèrent légèrement.

Sifkovits le regarda en silence.

— Après le meurtre, as-tu emmené le corps jusqu'au chantier ? finit-il par demander.

Freco hocha la tête. Le commissaire avait une théorie.

— Parce que tu savais parfaitement que lundi, vous alliez couler du béton dans les fondations. Tu voulais déposer le corps d'Anna dans le fossé qui avait été creusé et le faire recouvrir à ce moment-là. Personne n'aurait rien remarqué et le corps n'aurait jamais été retrouvé…

Freco hocha de nouveau la tête.

— Tu as raison, Schiffi. Malheureusement, je ne savais pas que ces deux imbéciles de Hongrois étaient là. C'est pour cela que j'ai déposé le corps dans le champ.

— Tu as roulé jusqu'au champ, n'est-ce pas ?

— Oui. Une fois là-bas, je me suis dit que si je laissais Anna sur place, la moissonneuse-batteuse la rendrait méconnaissable, expliqua le meurtrier.

— Pas de chance, la machine n'est pas passée sur la tête d'Anna, déclara Sifkovits.

— Oui, cela m'a porté préjudice. Car sinon, il n'en serait pas resté grand-chose.

Sifkovits constata que ce scénario rendait Freco pensif.

— Pourquoi as-tu pris son portable, avant de le refiler à Kirisits ? voulut savoir le commissaire. Cela aussi était une erreur.

— Elle m'a filmé lorsque nous nous sommes disputés. Je l'ai simplement emporté, et lorsque les soupçons se sont orientés vers Kirisits, je me suis dit que j'allais donner un coup de pouce au destin. Il ne ferme jamais sa voiture. J'ai mis le portable à l'intérieur, puis j'ai passé un coup de fil anonyme chez vous à Eisenstadt, et j'ai donné le tuyau. Je savais qu'il n'était pas au presbytère, au moment du crime. Je me suis montré… stupide. Sinon, cela aurait été le crime parfait !

—Freco, le crime parfait n'existe pas. Comment as-tu fait pour que les empreintes de Kirisits soient présentes sur le portable ? demanda Kirisits.

—Lorsque Richard s'est rendu sur le chantier avec moi, je lui ai mis le téléphone dans la main, en prétextant de lui montrer des photos des logements. Je portais des gants. Lorsqu'il l'a pris, je me suis excusé, en disant que je m'étais trompé et ne lui avais pas donné le bon portable, mais qu'il s'agissait de mon portable privé. Il m'a alors rendu le téléphone, et je lui ai donné le bon. Cela m'a permis d'obtenir ses empreintes.

Très astucieux, pensa Sifkovits. Il s'abstint cependant d'exprimer son avis.

—Est-ce qu'il n'était pas trop risqué de t'absenter du mariage pendant une demi-heure ? Et si quelqu'un l'avait remarqué ?

Freco comprenait très bien la question du commissaire. Il avait eu la chance qu'aucun des invités ne remarque son absence. Il s'approcha tout près de Sifkovits. Le commissaire sentit que quelque chose allait se passer. Freco inspira bruyamment et regarda son ami dans les yeux avec intensité. La masse d'air qui les séparait était devenue d'une densité à couper au couteau.

—Tu sais ce qui va se produire, maintenant ? demanda Freco de manière plutôt rhétorique.

Sifkovits hocha la tête.

— Je te promets que tu auras un cercueil ouvert. Ta mère pourra te faire ses adieux honorablement.

Les paroles de Freco vrillèrent l'estomac du commissaire. Lorsqu'il vit le couteau, il comprit que ce n'étaient pas de simples mots. Il sortit son arme de service et la braqua sur son ami.

— Freco ! C'est stupide. Je comprends tout à fait l'humiliation que tu as subie, mais est-ce n'as-tu pas déjà vu assez de sang ? Est-ce que tu veux vraiment faire une autre victime ?

Sifkovits agita brièvement son arme.

— Tu n'auras pas le cran de me tirer dessus ! s'exclama Freco avec détermination.

— Si j'étais toi, je n'en serais pas si sûr.

Freco s'avança vers Sifkovits, leva le couteau et le dirigea vers lui. Juste avant que Sifkovits ne décide de tirer dans la jambe de Freco, ce dernier retourna le couteau vers lui, tentant de frapper son propre ventre. Sifkovits parvint à heurter le couteau pour qu'il le lâche.

Puis les deux hommes tombèrent à terre.

Freco se mit à pleurer amèrement. Secoué par une crise de larmes, il enlaça le commissaire et le serra avec force contre lui.

— Je suis tellement désolé, Schiffi ! beugla-t-il contre l'épaule de son ami.

Sa voix s'adoucit, il relâcha son étreinte, et Sifkovits remarqua que sa veste était pleine de sang.

Les collègues de Sifkovits qui, pour des raisons de sécurité, s'étaient cachés à proximité de la chapelle, bondirent hors de leur cachette et maintinrent Freco allongé.

Sifkovits leur cria : « Il est blessé. Appelez tout de suite les secours ! »

37

Lorsque Freco fut de nouveau en état de parler, il fit d'amples aveux.

Le lendemain, Sifkovits rendit visite à son ami à l'hôpital.

— Tu as eu beaucoup de chance.

— Je sais, en frappant deux centimètres plus en profondeur et un peu plus à gauche, j'aurais touché mon aorte et je me serais vidé de mon sang. Merci d'avoir réagi aussi rapidement. Tu m'as sauvé. Quel que soit le sort qui m'est réservé…

— Tu as bien fait d'avouer.

Freco s'était montré extrêmement coopératif et avait assuré qu'il renouvellerait au cours de l'audience les déclarations qu'il avait faites lors du procès-verbal.

— Je suis plutôt certain que le verdict prononcé sera celui de crime passionnel. Tu seras probablement relâché pour bonne conduite au bout de quelques années de prison. J'intercéderai en ta faveur, mais je ne peux rien te promettre.

— Merci !

Freco tendit la main pour saluer Sifkovits. Ce dernier la prit, la secoua, prit congé de son ami d'un signe de tête silencieux et quitta la chambre d'hôpital.

Richard Kirisits fut innocenté et put rentrer chez lui. Peu de temps après, il allait se séparer de son épouse et commencer une nouvelle vie. Avec son ami Matthias Farkas.

Sifkovits entra dans son bureau et s'attela à la paperasse. Une tâche qui ne le réjouissait guère. De plus, il avait reçu l'ordre de se rendre dans le bureau de son supérieur.

— Félicitations, vous avez vraiment eu du flair. Même si votre façon d'enquêter s'est éloignée à plusieurs égards de nos règles, je dois reconnaître que vous avez fait du bon travail. Et au moins, vous aviez votre arme de service au moment de l'arrestation, il y a donc eu un léger progrès. Vous pouvez vous retirer !

Lorsque Sifkovits remit son arme de service dans le tiroir de son bureau, il remarqua que celle-ci n'était pas chargée.

38

Quelques jours plus tard, le commissaire était assis sur le banc situé en face de la maison de ses parents. Le gang des commères au foulard était au complet et les discussions à propos du meurtre allaient bon train.

À la campagne, on peut observer un phénomène intéressant lorsque l'auteur d'un crime vient d'un petit village et que les villageois le connaissent bien. Presque systématiquement, les commentaires suivent une évolution en trois étapes. Cela donne quelque chose de ce type :

D'abord, les gens disent : « Je n'aurais pas pensé cela de lui. C'était un homme si gentil. Amical, discret et très serviable. »

Peu de temps après, survient la seconde étape : « Ma foi, il a toujours été un peu bizarre. »

Et un peu plus tard encore, au cours de la troisième étape, les commentaires sont les suivants :

« Nous avons toujours su que quelque chose clochait chez lui. »

Le gang des commères en était à la seconde étape.

Sifkovits contempla le ciel sans nuages. Il buvait sa tisane favorite et était de bonne humeur. Le soir même, il se rendrait à l'aéroport de Schwechat. Sa femme rentrait enfin du Kenya.

— Il y a une chose que tu as oublié de mentionner ! s'exclama Mme Resetarits en s'adressant au commissaire.

— De quoi s'agit-il ? demanda ce dernier.

— Du fait que ta sœur ne se trouvait pas au presbytère au moment du crime, lui cracha la vieille femme au visage.

Sifkovits ne put que reconnaître que c'était vrai.

— Je ne pouvais vraiment pas enquêter sur son absence, avoua-t-il, mais où était-elle ?

— Elle avait une cloque au pied gauche, expliqua la corpulente Mme Grandits. À cause de ses nouvelles chaussures à talons. Cela m'est souvent arrivé.

Le commissaire se serait volontiers passé de ces détails.

Il prit congé des vieilles dames et de Maikits en leur précisant que sans leur aide, il n'aurait jamais résolu l'affaire.

Puis il grimpa dans sa Peugeot verte, qui fonctionnait désormais comme sur des roulettes. Sa mère l'interpella de nouveau :

— Mais la prochaine fois, viens à Stinatz dans d'autres circonstances ! D'accord ?

Sifkovits hocha la tête et démarra.

Strudel aux pommes de terre de Baba

Ingrédients

Pour la pâte du strudel :

- env. 60 ml d'eau tiède
- 120 g de farine fluide
- 1 c. à s. d'huile végétale neutre
- ½ c. à c. de vinaigre
- 1 pincée de sel
- saindoux pour badigeonner la pâte

Pour la garniture :

- 800 g de pommes de terre farineuses
- 1 gros oignon
- 1 c. à c. de marjolaine séchée
- 1 c. à s. de persil
- 1 petite gousse d'ail frais
- sel
- poivre
- 1 pincée de noix de muscade moulue

Préparation

Pour confectionner la pâte, mélangez l'eau, l'huile, le vinaigre et le sel dans une grande terrine.

Ajoutez environ la moitié de la farine, et battez le tout vigoureusement à l'aide d'une cuillère en bois.

Ajoutez le reste de farine et incorporez-la au reste de la préparation ; d'abord à l'aide d'une cuillère en bois, puis avec les mains, pour obtenir une pâte homogène et souple.

Formez une boule lisse avec la pâte, farinez légèrement le plan de travail et pétrissez vigoureusement la boule de pâte durant 8 à 10 minutes. Frappez-la régulièrement sur le plan de travail, et veillez à ce qu'elle reste légèrement humide, sans être collante. Sinon, ajoutez une petite quantité de farine.

Badigeonnez d'huile une grande terrine et déposez-y la pâte façonnée en une boule régulière. Badigeonnez également la pâte d'huile.

Laissez reposer la pâte environ 1 heure à température ambiante en la recouvrant.

Pendant que la pâte repose, épluchez les oignons destinés à la garniture et coupez-les en petits dés. Lavez le persil et hachez-le également finement.

Faites chauffer une petite quantité d'huile dans une poêle et faites blondir les oignons, ajoutez le persil haché et laissez cuire brièvement le tout à l'étuvée.

Lavez soigneusement les pommes de terre, épluchez-les et laissez-les tremper environ 10 minutes dans de l'eau froide.

Égouttez les pommes de terre et râpez-les assez grossièrement à l'aide d'une râpe à légumes.

Disposez les pommes de terre râpées dans une terrine et recouvrez-les d'eau.

Farinez légèrement le plan de travail et étendez la pâte sur la longueur d'une tôle de cuisson à l'aide d'un rouleau à pâtisserie également fariné. Ajoutez de la farine à la pâte si nécessaire, pour qu'elle n'adhère pas à la tôle.

Étendez un petit linge propre sur une table et saupoudrez-le de farine.

Glissez le dos des mains sous la pâte et étirez-la de l'intérieur vers l'extérieur jusqu'à ce qu'elle soit très fine et longue.

Posez délicatement la pâte sur le linge et étirez de nouveau celle-ci avec les doigts en formant un rectangle très fin.

Aspergez légèrement d'huile la pâte du strudel et appuyez fortement sur les pommes de terre râpées avec les mains. Déposez ensuite celles-ci sur un torchon et pressez-les de nouveau fortement pour qu'elles ne soient pas trop humides.

Parsemez la pâte avec les dés d'oignons refroidis et la gousse d'ail pilée. Répartissez dessus les pommes de terre râpées et assaisonnez le tout avec du sel, du poivre, la marjolaine et la noix de muscade.

Rabattez les extrémités supérieures et inférieures de la pâte du strudel sur la garniture puis faites de même avec la bordure gauche de la pâte.

Enroulez le strudel depuis le côté gauche en vous servant du linge et faites-le glisser sur une tôle de cuisson ou dans un moule tapissés de papier sulfurisé, côté soudure de la pâte au-dessous. Badigeonnez le strudel de saindoux à l'aide d'un pinceau et faites-le cuire à four préchauffé 30 à 40 minutes à environ 185 °C avec cuisson voûte/sole jusqu'à ce qu'il soit bien doré.

Après la cuisson, sortez le strudel aux pommes de terre du four et laissez-le refroidir légèrement.

Coupez le strudel en tranches et dégustez-le avec une salade croquante.

Je remercie

Brigit et Marina des éditions Ueberreuter pour leur excellent accompagnement. Sans vous, ce livre n'aurait jamais pu paraître.

Je remercie également M. Halm de la KRIPO (police judiciaire autrichienne) pour ses conseils professionnels.

Enfin, je remercie de tout cœur Lieselotte, Emil, Katharina, Angelika, Thomas, Geli, Anna, Christian, Julia, Diethmar, Katharina, Franzi, Klaus, Simon, Clara, Blacky, E&A, Andreas, Manuel, les habitants de Stinatz, les dames de la couverture et, naturellement, toutes les personnes qui ont acheté ce livre.

Johann et Hugo : je sais que vous recevrez tout cela là-haut.

Thomas

Thomas Stipsits à propos de Stinatz

Quel est ton lien avec Stinatz, le lieu où se déroule ton nouveau livre ?

Thomas Stipsits : Mon papa est originaire de Stinatz. Lorsque j'étais enfant, j'y passais toujours mes vacances. L'endroit est assez magique, cela est très difficile à décrire. Il faut s'y rendre pour comprendre.

Qu'en est-il du projet « Une piscine à Stinatz » ?

Thomas Stipsits : Je continue à me battre.

Si Fitzcarraldo peut bâtir un opéra dans la jungle, une piscine à Stinatz est de l'ordre du possible.

Comment t'est venue l'idée d'écrire ton premier roman policier ?

Thomas Stipsits : J'ai toujours eu envie de créer un personnage de commissaire qui s'inspire de l'inspecteur Columbo.

Mon commissaire Sifkovits lui ressemble. Il a une vie de famille, aime aller manger chez sa mère et est très apprécié dans le village.